THE
PARIS
LIBRARY

JANET SKESLIEN
CHARLES

파리의
도서관

THE AMERICAN LIBRARY IN PARIS INC

Atrum
post
bellum

ex
libris
lux

· 1920 ·

THE PARIS LIBRARY

JANET SKESLIEN CHARLES

파리의
도서관

1

자넷 스케슬린 찰스 장편소설 ∿ 우진하 옮김

하빌리스

파리 미국 도서관

주소 테헤란 거리 9번지

전화 카르노 28-10

이용 시간 오후 1시 30분부터 7시까지 연중 무휴

지하철 **미로메닐-빌리에역**

버스 **AB, AH, A5, B, 5, U, D, 15, 16, 17, 28, 33, 36, 37, 38**

모든 열람실 무료 이용 가능

— 일러두기 —

1   '주'는 편집자주이며 각 권에 미주로 수록했다.
2   '참고'는 소설에 나오는 작가, 문학 작품을 간략히 설명한 것이다.

차
례

나의 부모님께

오딜
Odile

1939년 2월, 프랑스 파리

822, 823. 숫자들이 별이 되어 머릿속을 맴돌았다. 이 숫자들은 나에게 새로운 삶을 열어줄 열쇠이자 희망의 별자리였다. 늦은 밤 내 방에서, 또 이른 아침 크루아상을 사러 가는 길에서 810, 840, 890 같은 숫자들이 끊임없이 눈앞에 모습을 드러냈다. 나는 자유와 미래를 상징하는 이 숫자들을 따라 1500년대로 거슬러 올라가 도서관의 역사에 대해 공부했다. 잉글랜드 국왕 헨리 8세가 툭하면 왕비를 갈아치우는 데 정신이 팔린 사이, 프랑스의 프랑수아 1세는 왕실 도서관을 재정비해 학자들에게 개방했고 당시 그가 수집했던

책은 오늘날 프랑스 국립 도서관의 근간이 되었다. 나는 책상 앞에 앉아 파리 미국 도서관 사서 채용 면접을 위한 자료를 마지막으로 한 번 더 살펴봤다. '파리 미국 도서관(American Library in Paris); 1920년 설립, 일반 이용자가 자유롭게 드나들 수 있는 파리 최초의 개가식 도서관, 현재 등록 회원의 국적만 30여 개국에 이르며 이 중 프랑스 국적 회원은 4분의 1 정도.' 나는 면접관에게 제대로 된 자격을 갖춘 지원자라는 인상을 심어줄 수 있길 바라며 숫자라든가 자료 따위를 머리에 단단히 새겨 넣었다.

나는 생라자르역 건너편 로마 거리에 있는 우리 집을 나와 성큼성큼 발걸음을 옮겼다. 역을 드나드는 기관차가 뿜어내는 연기로 인해 거리에는 늘 그을음이 끼어 있었다. 바람이 애써 한 머리를 자꾸 흐트러트리려고 했다. 나는 베레모를 단단히 눌러썼다. 멀리 생토귀스탱 성당의 검정색 돔이 보였다. 종교 관련 서적은 200, 그중에서 《구약 성경》 관련은 221. 그럼 《신약 성경》은? 나는 번호를 기억해내려고 걸음을 멈췄지만 허사였다. 이런 간단한 내용마저 생각나지 않는다는 사실에 신경이 바짝 곤두섰다. 나는 가방에서 공책을 꺼냈다. 아, 맞다. 225. 그럴 줄 알았어.

사서 양성 학교에서 가장 재미있었던 부분은 듀이 십진분류법이었다. 도서관의 모든 장서는 미국의 사서 출신 교육자 멜빌 듀이가 1873년에 고안한 이 분류법에 따라 열 가지 주제에 맞춰 구분되고 정리되었다. 분야를 막론하고 책이라면 뭐든지 숫자로 표시가 가능한 덕분에 세계 어떤 도서관을 가든 누구나 원하는 책을 쉽게 찾아낼 수 있었다. 책뿐만이 아니었다. 우리 집 같은 경우, 엄마는 가사 관련 번호인 648. 아빠는 785. 본인은 아닌 척했지만 아빠는 실내악에 푹 빠져 있었다. 나와 내 쌍둥이 남동생 레미는 성향이 아주 다른 636.7과 636.8이었다. 나는 개를, 레미는 고양이를 좋아했으니까.

나는 파리를 가로지르는 대로변에 도착했다. 이곳을 기점으로 파리는 노동자 계급의 외투를 벗어던지고 화려한 모피로 갈아입었다. 동시에 퍽퍽한 석탄 그을음 냄새도 사라지고, 니나 리치[1] 원피스, 초록색 키슬라브[2] 가죽 장갑으로 치장한 여자들이 내뿜는 달콤한 자스민 향이 그 자리를 대신했다. 낡은 악보를 파는 상점을 나서는 음악가 무리와 파란 문이 있는 바로크식 건물을 지나고 모퉁이를 돌아 좁은 골목길에 들어섰다. 나는 이 근처 지리라면 손금 보듯 환했다.

나는 비밀스러운 도시, 파리를 사랑했다. 가죽이나 천으로 된 다양한 책 표지를 펼치듯 각양각색인 파리의 문들을 열어젖히면 전혀 생각지도 못한 세계가 펼쳐졌다. 어떤 문 뒤에는 줄지어 늘어선 자전거가, 또 다른 어떤 문 뒤에는 빗자루로 무장한 풍채 좋은 건물 관리인이 있는 안마당이 기다리고 있었다. 파리 미국 도서관의 거대한 목재 정문 뒤에는 비밀의 정원이 있었다. 하얀 자갈이 깔린 길을 사이에 두고 한쪽에는 페튜니아 화단이, 다른 한쪽에는 잔디밭이 있었고, 자갈길의 끝에는 벽돌과 돌로 지어진 커다란 건물이 있었다. 머리 위로 프랑스와 미국 국기가 나란히 휘날리고 있는 건물의 문턱을 넘어선 나는 재킷을 벗어 삐걱거리는 옷걸이에 걸었다. 그리고 세상에서 제일 좋은 냄새—오래된 책 냄새와 갓 찍어낸 신문 냄새가 뒤섞인—를 들이마셨다. 마치 집에 온 것 같은 기분이었다.

면접이 시작되려면 아직 시간이 좀 남았기에 대출과 반납 업무를 하는 곳을 둘러봤다. 도서관이란 곳에 난생처음 발을 들여본 듯한 카우보이 부츠의 남자가 다짜고짜 파리에서 스테이크 잘하는 집이 어디인지 물어봐도, 고집 세고 도도한 시몬 부인이 다 읽지도 못한 책을 반납하는데 왜 연체료를 물어야 하느냐며 불평해도 이곳 도서관의 사서는 언제나 정중한 태도로 사람들을 맞이했다. 이윽고 나는 조용하고 아늑한 일반 열람실로 들어섰다.

이렌느 코헨 교수가 프랑스식 창문 근처의 책상 앞에 앉아 신문을 읽고 있었다. 단정하게 말아 올린 그녀의 머리에 화려한 공작새 깃털 하나가 장식으로 꽂혀 있었다. 파이프 담배를 뻐끔거리며 〈타임〉지를 읽는 일에 몰두하고 있는 프라이스-존스 씨도 보였다. 평소 같으면 아는 체를 했겠지만 긴장을 좀 가라앉힐 겸 내가 제일 좋아하는 구역을 찾아갔다. 오래된 것이든 바로 지난달에 출간된 것이든 상관없이, 나는 소설책에 둘러싸여 있는 걸 아주 좋아했다.

문득 레미가 읽을 만한 소설이라도 한 권 빌릴까 하는 생각이 들었다. 요즘 들어 레미는 학회지에 실을 원고를 쓰느라 밤을 새우는 일이 잦아졌고, 나는 레미가 타자기를 두드리는 소리에 종종 잠에서 깨곤 했다. 레미는 스페인 내전으로 발생한 난민들을 프랑스 정부가 나서서 어떻게든 도와야 한다는 기고문을 쓰는가 하면, 히틀러가 체코슬로바키아 일부 지역을 강제로 병합한 것처럼 머지않아 유럽 전체를 손아귀에 넣을 것이라고 주장하기도 했다. 그런 레미의 근심─대부분 다른 사람들에 대한─을 잠시 잊게 해줄 수 있는 건 오직 읽을 만한 책뿐이었다.

나는 서가에 꽂혀 있는 책을 손가락으로 어루만지다가 한 권을 골라 아무 곳이나 펼쳤다. 나는 어떤 책이든 결코 첫 장만 읽고 판단

하지 않았다. 이건 마치 처음이자 마지막이었던 어떤 남자와의 데이트와 비슷했다. 그나 나나 첫 만남에 너무 가식적으로 웃고 떠들었다. 역시 첫인상은 별로 중요하지 않아. 나는 책의 중간을 펼쳤다. 그 정도쯤 되면 작가는 독자에게 뭔가를 보여주려 굳이 애쓰지 않게 된다. "삶에는 어둠도 있고 빛도 있지. 그대로 말할 것 같으면 빛 중의 하나요, 모든 빛 중에서도 가장 밝은 빛." 맞아요. 고마워요, 브램 스토커 씨. 내가 레미에게 하고 싶은 말을 대신해줘서.

나는 넋 놓고 시간 가는 줄 모르고 있다가 그만 면접에 늦고 말았다. 서둘러 대출 창구로 가서 대출증에 이름을 적고 《드라큘라》를 가방에 넣었다. 도서관장이 나를 기다리고 있었다. 늘 그렇듯 둥글게 잘 말아 올려 묶은 밤색 머리에 손에는 은색 펜을 들고 있었다.

파리 미국 도서관의 관장인 도로시 리더를 모르는 사람은 없었다. 아직 미혼인 그녀는 신문에 기고를 하고 라디오에도 출연하는 유명 인사였으며, 학생과 교사, 군인, 그리고 프랑스인이건 외국인이건 간에 가리지 않고 누구에게나 자유롭게 도서관을 개방한 인물이었다. 리더 관장은 도서관이 모두를 위한 장소가 되어야 한다는 확고한 신념을 가지고 있었다.

"오딜 수셰이입니다. 늦어서 죄송합니다. 실은 더 일찍 도착했는데 책을 좀 둘러보느라 그만……."

"독서는 위험한 법이지요." 리더 관장이 다 이해한다는 듯 살며시 웃으며 말했다. "일단 내 사무실로 갈까요."

그녀를 따라 일반 열람실을 지나가는데 신문을 읽던 점잖은 차림의 사람들이 그 유명한 도서관장을 자세히 보려고 하나둘씩 고개를 들었다. 우리는 나선형 계단을 올라가 '관계자 외 출입 금지' 구역인 신성한 별관으로 향하는 복도로 다시 내려갔다. 별관에 위치한 리더 관장의 사무실 주변에 커피 향이 맴돌았다. 사무실 벽에는 어느 도시의 항공 사진이 커다랗게 걸려 있었다. 하늘에서 내려다본 도시의 거리는 파리의 구불구불한 거리와 달리 장기판처럼 반듯했다.

내 시선을 알아본 리더 관장이 입을 열었다. "워싱턴 D.C. 사진이에요. 거기 있는 미국 의회 도서관에서 일했었거든요." 그녀는 책상 앞에 앉으며 나에게도 앉으라는 손짓을 했다. 책상 위에는 서류 같은 것들이 잔뜩 있었는데, 일부는 사무용 천공기로 잘 눌러놓았지만 일부는 금방이라도 책상 밖으로 떨어질 것처럼 보였다. 책상 한 구석에는 윤기가 흐르는 검은색 전화기가 놓여 있었다. 리더 관장 옆쪽으로 의자가 하나 더 있었는데 거기에도 몇 권의 책이 쌓여 있었다. 곁눈질로 흘깃 보니 이자크 디네센과 이디스 워튼이 쓴 소설이었다. 책마다 끼워져 있는 반들반들한 리본이 달린 책갈피는 리더 관장에게 빨리 와서 읽어달라고 손짓하는 듯했다.

리더 관장은 어떤 타입의 독자일까? 아마 나처럼 서표[3]가 부족해서 책을 펼쳐놓은 상태로 두진 않을 거야. 또 침대 밑에 책을 쌓아두는 일도 절대 없을 거고. 한번에 책 네다섯 권 정도는 거뜬히 돌려 읽지 않을까. 이를테면 시내에 나갈 때 버스 안에서 읽으려고 가방에 넣어놓은 책이 한 권, 절친한 친구가 그녀의 감상을 들어보기 위해 권한 책이 한 권, 비 오는 일요일 오후의 은밀한 즐거움을 위한 책이 또 한 권…….

"가장 좋아하는 작가가 누구인가요?" 리더 관장이 물었다.

가장 좋아하는 작가라니. 도저히 대답할 수 없는 질문이었다. 어떻게 단 한 명의 작가만을 선택할 수 있을까. 하긴 일전에 나는 카로 이모와 함께 한 명의 작가만 골라야 하는 곤란한 순간을 맞닥뜨리지 않기 위해 이런저런 기준에 따라 좋아하는 작가들을 구분해 본 적이 있었다. 이미 세상을 떠난 작가, 아직 생존해 있는 작가, 외국 작가, 그리고 프랑스 작가 등등. 나는 리더 관장의 사무실에 오기 바로 전에 들른 일반 열람실에서 어루만졌던 책들이며, 그동안 내 마음을 어루만져줬던 책들을 떠올려봤다. 나는 랄프 왈도 에머슨의 사유 방식을 존경해 마지않았다. 그는 이런 말을 남겼다. "주변에 아무도 없을지라도 읽고 쓸 수만 있다면 나는 결코 외롭지 않다." 한편 나는 제인 오스틴도 아주 좋아했다. 그녀의 책이 나온 지 백 년이 훌쩍 넘었지만 그때나 지금이나 여성의 미래는 배우자에 의해 결정된다는 점에서 크게 달라지지 않았다. 문득 3개월 전 일이 기억났다. 내가 남편 따위 필요 없다고 선언하자 아빠는 코웃음을 치며 매주 일요일 점심시간마다 부하 직원들을 돌아가며 집으로 불러들이기 시작했다. 그러고는 엄마가 잘 차려진 칠면조 요리를 내오듯 그렇게 한 사람씩 차례차례 소개를 시키는 것이었다. "마르크는 결근 한번 한 적 없어. 독감에 걸려도 출근할 정도로 성실하다니까!"

"독서는 좋아하시나요?"

아빠는 종종 내가 생각하기 전에 말부터 내뱉는 습관이 있다고 지적하곤 했다. 나는 리더 관장의 첫 번째 질문에 순간 당황해서 입에서 나오는 대로 답하고 말았다.

"세상을 떠난 작가 중에서 가장 좋아하는 작가는 도스토옙스키예요.《죄와 벌》의 주인공 라스콜리니코프가 마음에 들거든요. 누군가의 머리를 내려치고 싶은 건 비단 그 사람뿐만이 아니니까요."

정적이 흘렀다.

왜 나는 평범한 답안을 내놓지 못했는가. 지금 살아 있는 작가 가운데 내가 제일 좋아하는 미국 작가 조라 닐 허스턴의 이름만 댔어도……

"만나 봬서 영광이었습니다." 나는 자리에서 일어나 문으로 향했다. 면접이 이대로 끝이라는 건 굳이 말해주지 않아도 알 수 있었다.

자기로 된 문손잡이를 잡으려는데 등 뒤에서 리더 관장의 목소리가 들려왔다. "좌고우면하지 말고 일단 뛰어들어라. 두려워할 건없다. 흐르는 물에 몸을 맡기기만 하면 자연스레 마른땅에 닿게 되겠지. 그러면 다시 무사히 두 발로 설 수 있을 테니까.'"

《죄와 벌》, 891.73. 내가 제일 좋아하는 구절이었다. 나는 몸을 돌렸다.

"여기 지원한 사람들 대부분이 셰익스피어를 좋아한다고 대답했어요." 리더 관장이 말했다.

"작품이 독립된 번호로 따로 관리되는 유일한 작가죠."

"《제인 에어》라고 한 사람들도 몇 있고요."

아마도 그게 정상적인 대답일 것이다. 나도 샬럿 브론테를, 아니브론테 자매 중 아무나 이름을 댈걸 그랬다. "저도 《제인 에어》 좋아해요. 브론테 자매의 작품은 모두 같은 번호, 그러니까 823.8로시작하잖아요."

"하지만 난 오딜 양의 대답이 더 마음에 드는군요."

"정말요?"

"생각하는 그대로 답했으니까. 도서관 관장이 듣고 싶어 할 것 같은 대답이 아니라."

그건 맞는 말이었다.

"다른 사람들과 다르다고 해서 걱정할 필요는 없어요." 리더 관장이 몸을 앞으로 숙이며 말했다. 그녀의 지적이면서도 차분한 눈과 내 눈이 마주쳤다. "그런데 왜 이 도서관에서 일하고 싶어 하는 건가요?"

속마음을 있는 그대로 털어놓을 수는 없었다. 그러면 아무리 너그럽고 개방적인 리더 관장이라도 나를 이상하게 보게 될 테니까. "저는 듀이 십진분류법을 완벽하게 외우고 있어요. 사서 양성 학교에서 전 과목 A를 받을 만큼 성적도 좋았고요."

그녀는 내가 제출한 지원서를 흘끗 봤다. "네. 자격은 정말 충분해요. 그렇지만 그건 내 질문에 대한 대답은 아니군요."

"저는 이 도서관 회원이기도 하고 무엇보다 책을……."

"잘 알겠어요." 리더 관장의 목소리에 실망감이 묻어나는 것 같았다. "아무튼 찾아와줘서 고마워요. 1, 2주 정도 후에 결과를 알려드릴게요. 자, 이만 가실까요."

도서관 건물을 나온 나는 답답한 마음에 한숨을 내쉬었다. 내가 왜 이곳에서 일하고 싶어 하는지 솔직하게 말했어야 했다.

"오딜, 무슨 일이야?" 코헨 교수가 말을 걸어왔다. 나는 파리 미국 도서관에서 열리는 그녀의 영문학 강좌를 아주 좋아했다. 언제나 보라색 숄을 두르고 나타나는 그녀는 《베오울프》 같은 접근하기 어려운 책을 알기 쉽게 설명해줬고, 무엇보다 강좌 자체가 유머가 적절히 버무려져 있어 늘 활기가 넘쳤다. 사람들은 코헨 교수의 과거를 두고 이러쿵저러쿵 말이 많았다. 소문은 이랬다. 그녀는 원래 이탈리아 밀라노 출신이며, 현지에서 최고의 발레리나로 각광받다가 모든 명예와 지루하기 짝이 없는 남편을 뒤로하고 돌연 정부와 함께 아프리카로 떠나버렸다. 그러다 홀로 파리에 모습을 드러내서는 소르본 대학교에 입학했고 그 어렵다는 교수 자격시험인 아그레가시옹에 합격했다. 그리고 시몬 드 보부아르처럼 최고 학부에서 가르칠 수 있는 자격을 가지게 되었다.

"오딜?"

"사서 면접을 보러 왔는데 망한 것 같아요."

"너처럼 똑똑한 아가씨가? 리더 관장한테 내 강좌를 하나도 빠짐없이 다 들었다고 얘기했어? 다른 학생들이 네 반만이라도 따라와준다면 소원이 없겠다!"

"그런 얘기까지 할 생각은 미처 못했어요."

"그럼 고맙다는 편지라도 쓰면서 오늘 못한 말을 해보는 건 어때?"

"어차피 면접을 망쳤으니 편지도 소용없을 거예요."

"인생은 전쟁이야. 원하는 게 있으면 나서서 쟁취해야지."

"정말 그런가요……."

"나를 봐." 코헨 교수가 말했다. "소르본 대학교의 늙다리들이 날 어떻게 인정했겠어? 난 여자도 대학교 강의를 할 수 있다는 걸 보여주려고 죽을힘을 다해 노력했거든."

나는 고개를 들어 그녀의 눈을 쳐다봤다. 아까까지는 코헨 교수의 보라색 숄밖에 보지 못했지만 지금은 그녀의 강철 같은 눈동자를 알아볼 수 있었다.

"끈질기게 노력하는 걸 나쁘게 보는 사람은 없어." 코헨 교수의 말이 이어졌다. "물론 우리 아버지는 내가 한마디도 지지 않으려고 한다고 불평하셨지만."

"그건 저희 아버지도 마찬가지예요. 도대체 기가 죽는 법이 없다고 늘 말씀하세요."

"그럼 이번에도 기죽지 말고 해봐."

코헨 교수의 말이 옳았다. 내가 좋아하는 책의 여자 주인공들도 절대 포기하는 법이 없었다. 그리고 편지에 내 생각을 적어 보내라는 말도 일리가 있었다. 직접 얼굴을 맞대고 말하는 것보다 편지를 쓰는 게 아무래도 더 쉬울 테니 말이다. 나는 지난 일은 다 잊고 새로운 마음으로 다시 시작하기로 했다. 필요하다면 몇 번이라도 그렇게 할 생각이었다.

"교수님 말씀이 맞아요……." 내가 말했다.

"당연하지! 일단 리더 관장에게 네가 내 강좌에서 가장 돋보이는 학생이라고 말해둬야겠다. 누누이 말하지만 이대로 물러서면 안 돼." 코헨 교수는 숄을 휘날리며 도서관 안으로 사라졌다.

내가 아무리 실망스러운 일을 겪어도 파리 미국 도서관은 이렇게 나를 다시 일으켜 세워주고 제자리로 돌아갈 수 있게 해줬다. 파리 미국 도서관은 단순히 책이 쌓여 있는 건물이 아니었다. 파리 미국 도서관의 진정한 힘은 도서관을 아끼고 사랑하는 사람들에게서 나왔다. 물론 다른 도서관에도 가봤다. 딱딱한 나무 의자에 앉아 "'봉주르', 안녕하세요, 마드무아젤." 아니면 "'오르브와', 또 봐요, 마드무아젤."을 입에 달고 사는 사서들은 친절하기 그지없었다. 이런 도서관들에 딱히 불만이 있는 건 아니었다. 다만 진정한 공동체가 가지고 있어야 할 어떤 동지애 같은 게 느껴지지 않을 뿐이었다. 하지만 파리 미국 도서관에는 내 집 같은 따뜻함이 있었다.

"오딜! 잠깐만!" 프라이스-존스 씨였다. 페이즐리 패턴의 나비넥타이를 한 이 전직 영국 외교관 뒤로, 청회색 앞머리를 한껏 부풀린 턴불 부인이 보였다. 턴불 부인은 도서관에서 장서 목록을 정리하는 직원이었다. 코헨 교수가 두 사람에게 나를 격려해주라고 부탁한 게 틀림없었다.

"아직 끝나지 않았어." 프라이스-존스 씨가 어색하게 내 등을 토닥거렸다. "도서관장을 설득시키는 건 일도 아니야. 네가 왜 자격이 있는지를 편지에 일목요연하게 정리해서 쓰기만 하면 돼. 그런 건 나처럼 한물간 외교관도 할 수 있는 아주 쉬운 일이란 말이지."

"그렇게 무조건 다 잘될 거란 식으로 말하지 마세요!" 턴불 부인이 프라이스-존스 씨에게 쏘아붙이고는 나에게 말했다. "내 고향 위니펙은 하루하루 살아가는 것 자체가 만만치 않아. 하지만 어느 누구 하나 불평하는 사람이 없어. 겨울에 영하 40도 밑으로 기온이 뚝 떨어져도 불평 한마디 안 한다니까. 정말이야. 미국인들이랑은 다르게……." 그제서야 나는 턴불 부인이 도서관 밖까지 따라 나온 이유를 알 수 있었다. 누군가에게 장광설을 늘어놓을 기회를 놓치고 싶지 않았던 것이다. 그녀는 가느다란 손가락으로 내 얼굴을 똑바로 가리키며 말했다. "정신 바짝 차려. 안 된다, 할 수 없다, 이런 말은 그냥 무시해!"

집은 원래 비밀이 없는 곳이었지 하는 생각에 헛웃음이 났다. 하지만 리더 관장에게 편지를 써야겠다고 마음을 먹어서인지 기분이 썩 나쁘진 않았다.

나는 집으로 돌아와 차분하게 편지를 쓰기 시작했다.

리더 관장님께,

면접을 볼 기회를 주셔서 감사합니다. 결과와 상관없이 면접을 본 것만으로도 정말 기뻤습니다. 저에게 있어 이 도서관은 파리의 그 어떤 곳보다 의미가 있답니다. 어렸을 때 카롤린, 그러니까 제가 카로라고 부르는 친이모가 저를 도서관의 낭독회에 데려다주셨습니다. 이모 덕분에 영어를 공부할 수 있었고 파리 미국 도서관의 매력에 흠뻑 빠지게 되었습니다. 지금 이모는 곁에 없지만 저는 여전히 도서관에 갈 때마다 이모의 흔적을 찾고 있습니다. 혹시라도 이모의 이름을 볼 수 있지 않을까 책 맨 뒷장의 대출증을 확인하는 일을 통해서요. 이모와 같은 책을 읽고 있으면 이모가 곁에 있는 것 같은 기분이 들거든요.

파리 미국 도서관은 저에게 안식처나 마찬가지입니다. 저는 제 스스로 지정석으로 정해놓은 서가의 구석에서 책도 읽고 꿈도 꿉니다. 저는 다른 모든 사람들이 저와 같은 경험을 할 수 있기를 진심으로 바랍니다. 특히 집이라고 부를 만한 곳이 꼭 필요한 외로운 사람들과 제 경험을 나누고 싶습니다.

나는 편지 말미에 서명을 하며 도서관 면접에 종지부를 찍었다.

릴리
Lily

1983년, 미국 몬태나주 프로이드

옆집 여자의 이름은 구스타프슨이라고 했다. 사람들은 그녀를 '전쟁 신부[4]'라고 불렀지만, 나이 든 부인에게 왜 자꾸 신부라고 부르는 건지 도무지 알 수가 없었다. 일단 그녀가 신부처럼 새하얀 옷을 입은 걸 한 번도 본 적이 없었고, 게다가 나이도 우리 부모님보다 훨씬 많아 보였으니까. 그리고 신부가 있으면 신랑도 있어야 하는 법인데 그녀의 남편이란 사람은 이미 오래전에 세상을 떠났다. 구스타프슨 부인은 2개 국어를 능숙하게 할 줄 알았지만 그녀가 다른 사람들과 대화를 나누는 걸 본 적이 거의 없었다. 그녀는 1945

년부터 지금까지 쭉 여기서 살아왔지만 어찌 된 일인지 사람들은 아직도 그녀를 이방인 취급했다.

구스타프슨 부인은 프로이드에 유일하게 남아 있는 전쟁 신부였고, 그건 마치 스탠치필드 선생님이 마을의 유일한 의사라는 것과 느낌이 비슷했다. 나는 이따금 그녀의 거실을 훔쳐보곤 했다. 거실의 탁자는 물론 의자에까지 조각으로 장식된 호두나무 다리가 붙어 있는 것이 마치 인형의 집에 딸려 있는 앙증맞은 가구처럼 이국적인 분위기를 풍겼다. 한번씩 그녀의 우편함을 살펴보기도 했다. 시카고 같은 먼 데서 온 편지의 받는 사람 칸에 마담 오딜 구스타프슨이란 이름이 적혀 있었다. 내가 알고 있는 트리샤며 티파니 같은 이름과 비교하면 '오딜'이란 이름은 참으로 낯설었다. 사람들은 구스타프슨 부인이 프랑스인이라고 했다. 나는 그녀에 대해 더 자세히 알고 싶어서 백과사전의 '파리' 부분을 찾아봤다. 노트르담 대성당의 회색빛 괴수 석상, 나폴레옹의 개선문 사진 등이 나왔지만 그 어떤 것도 내가 품고 있는 의문에 대한 답이 되어주진 못했다. 구스타프슨 부인이 마을 사람과 다른 분위기를 풍기는 이유는 무엇일까?

그녀는 프로이드의 다른 부인들과 사뭇 달랐다. 마을 여자들은 종달새처럼 통통했고, 대부분 수수한 디자인이나 색깔로 된 신발에 펑퍼짐한 스웨터 차림이었다. 심지어 머리를 말고 제대로 풀지도 않은 채 장을 보러 다니기도 했다. 하지만 구스타프슨 부인은 하다못해 쓰레기를 버리러 잠시 집 밖으로 나올 때마저도 특별한 날에나 입을 것 같은 주름 스커트에 하이힐 차림이었다. 허리에 두른 빨간 벨트는 그녀의 허리선을 돋보이게 했다. 늘 그랬다. 성당에 갈 때도 밝은색 립스틱을 발랐다. "자기가 뭐라도 되는 줄 알고 저렇게 차려입고 다니지." 그녀가 설교단 바로 앞의 항상 앉는 자리를 찾아가 앉을 때면 다른 여자들이 수군거렸다. 그도 그럴 것이 그녀의 얼굴은 클로슈 해트[5]에 가려져 있었는데 그녀 외에는 아무도 모자를 쓰지 않았다. 뿐만 아니라 신도 대부분이 하나님의 관심이 달갑지 않은 듯, 혹은 신부님의 눈길이 부담스러운 듯 웬만하면 성당 뒤편에 앉으려고 했다.

이날 아침 말로니 신부님은 소련이 발사한 K-8 미사일을 맞고 추락한 보잉 747기와 희생당한 269명의 탑승객을 위해 기도하자고 말했다. 우리는 앵커리지를 경유해 서울로 가던 대한항공 007편이 격추당했다는 사실을 레이건 대통령의 텔레비전 담화문을 통해 이미 알고 있었다. 성당의 종소리와 함께 신부님의 기도가 울려 퍼졌다. "충격과 비통함, 그리고 분노를 금할 수 없습니다. 소련은 온갖 인간성을 말살하고 있습니다. 우리는 이런 잔혹하고 반인륜적인 행태를 모른 척하지 말아야 합니다." 러시아인은 남녀노소를 가리지 않고 누구든 잔혹하게 살해할 수 있다는 게 신부님이 말하고자 하는 요지인 듯했다. 이런 외진 마을에서조차 사람들은 냉전으로 인한 공포에 떨어야 했다. 근처 맘스트롬 공군 기지에 근무하는 월트 삼촌 말로는, 몬태나주 전역에 1천여 기가 넘는 미니트맨[6] 대륙 간 탄도 미사일이 땅속에 심어진 감자마냥 숨겨져 있다고 했다. 핵탄두들은 콘크리트를 부어 만든 지하 기지에서 마지막 때가 오기를 참을성 있게 기다리고 있었다. 삼촌은 우리가 가지고 있는 미니트맨 미사일이 히로시마에 떨어졌던 핵폭탄보다 훨씬 더 위력이 세다고 떠벌렸다. 그리고 원래 적국의 공격 목표는 상대방의 공격 무기이기 때문에 소련의 미사일은 워싱턴이 아니라 우리를 겨냥하고 있을 거라고도 했다. 물론 우리의 미니트맨도 이에 지지 않고 내가 학교 갈 준비를 할 때 걸리는 시간보다 더 빠르게 하늘 높이 치솟아 모스크바를 강타할 것이었다.

미사를 마친 사람들이 느릿느릿 거리를 가로질러 건너편 마을 회관으로 향했다. 커피와 간식, 그리고 친교를, 아니 마을에 떠도는 소문을 나누는 시간이었다. 엄마와 내가 도넛을 받기 위해 줄을 서 있는 동안 아빠는 커피 주전자 옆 아이버스 씨 근처에 모여든 다른 남자 어른들 틈에 합류했다. 아이버스 씨는 마을 은행장이었다. 아빠는 은행의 부행장이 될지도 모른다는 희망을 품고 아이버스 씨의 은행에서 주 6일 근무를 했다.

"소련놈들이 희생자 수색도 못하게 한다는군요. 천벌을 받을 놈들 같으니."

"케네디 대통령 시절에는 국방부 예산이 지금보다 70퍼센트는 더 많았는데 말입니다."

"그냥 앉아서 당하는 꼴이지."

나는 이런 유의 이야기가 나올 때면 한 귀로 듣고 한 귀로 흘렸다. 냉전에 대한 끝없는 경계심 속에서 이런 우울한 대화가 우리의 일요일을 장식하는 배경 음악으로 깔리는 건 어쩔 수 없는 일이었다. 접시에 도넛을 담는 데 정신이 팔려 있던 나는 한참 후에야 엄마가 숨을 헐떡이고 있다는 사실을 알아차렸다. 천식기가 있는 엄마가 숨을 급하게 몰아쉴 때는 대개 그럴 만한 이유가 있었다. 엄마는 "추수 철이라 그런가 공기 중에 먼지가 많네."라고 하거나 "말로니 신부님이 향으로 성당 소독이라도 하실 건가. 왜 저렇게 향을 흔들어대신다니."라고 말하곤 했다. 그런데 내 팔을 꼭 움켜쥔 엄마가 이번에는 아무 말도 하지 않았다. 나는 엄마를 가까운 탁자로 데려가 구스타프슨 부인 옆에 앉혔다. 엄마는 나를 끌어당기며 허물어지듯 의자에 주저앉았다.

나는 아빠에게 상황을 알리려 했다.

"괜찮아. 괜히 소란 피우지 말고." 엄마의 목소리는 자못 진지했다.

"끔찍한 일이에요. 비행기에 타고 있던 사람들은 다 어찌 됐는지." 탁자 반대편에서 아이버스 부인이 말하는 소리가 들렸다.

"그래서 내가 어디를 안 가잖아요." 그중 나이가 제일 많은 머독 부인이 대꾸했다. "여기저기 돌아다녀봐야 큰일당하기 십상이라니까요."

"죄 없는 사람들이 많이 죽었대요." 내가 말했다. "레이건 대통령 말이 국회 의원도 한 명 있었다던데."

"세금만 축내는 인간이 하나 줄어들었군." 머독 부인이 누런 이 사이로 마지막 도넛을 씹어 삼키며 말했다.

"그건 좀 너무하신 거 같아요. 국회 의원이든 누구든 안전하게 비행기를 탈 권리가 있잖아요." 내가 항변했다.

그때 구스타프슨 부인의 눈과 내 눈이 마주쳤다. 부인은 내가 하는 말이 옳다는 듯 고개를 끄덕였다. 나야 그동안 몰래 그녀를 관찰해왔지만 그녀 쪽에서 나를 알아본 건 이번이 처음이었다.

"그렇게 말할 수 있다니 정말 용감한데." 구스타프슨 부인이 말했다.

나는 어깨를 으쓱해 보였다. "전 그저 사람이라면 응당 넘지 말아야 하는 선이 있다고 생각하는 것뿐이에요."

"나도 같은 생각이야." 그녀가 말했다.

구스타프슨 부인의 말에 내가 뭐라고 대답하기 전에 아이버스 씨가 큰소리로 말했다. "냉전이 시작된 지 40년이 다 돼가는데 이래서야 가망이 있겠어."

틀린 말은 아니라는 듯 사람들이 고개를 끄덕였다.

"피도 눈물도 없는 잔인한 놈들이라고." 아이버스 씨가 덧붙였다.

"소련, 그러니까 러시아 사람을 한 번이라도 만난 적이 있으세요?" 갑자기 구스타프슨 부인이 물었다. "그들과 같이 일한 적은 있나요? 그 사람들도 우리랑 다를 게 없는 똑같은 인간인데요."

사방이 조용해졌다. 이런 질문을 하는 구스타프슨 부인은 어딘가에서 우리의 적인 러시아인을 만난 적이 있다는 말일까? 그리고 도대체 어떻게 그들과 같이 '일했다'는 걸까?

프로이드 사람들은 서로에 대해 모르는 게 없었다. 우리는 누가, 왜 술을 잔뜩 퍼마셨는지, 누가 세금을 떼어먹었는지, 누가 아내 몰래 바람을 피우는지 속속들이 알고 있었다. 남편 몰래 바람을 피우는 아내에 대해서도 마찬가지였다. 하지만 구스타프슨 부인에 관해서만큼은 모든 게 다 수수께끼였다. 그녀의 부모님이 무슨 일을 했고, 이름은 무엇이었는지 아는 이가 단 한 명도 없었다. 그녀가 지난 2차 세계 대전 중에 어떤 사연으로 벽 구스타프슨을 만나 구스타프슨 부인이 되었는지, 또 어떻게 벅을 설득해 고등학교 시절부터 사귀어오던 여자 친구를 버리게 만들고 결혼했는지에 대해서도 아는 사람이 없었다. 그녀와 관련된 소문은 끊이지 않았지만 뭐하나 제대로 확인된 바는 없었다. 한 가지 확실한 건 그녀의 두 눈이 늘 슬픔으로 가득 차 있었다는 사실이다. 그 슬픔은 상실로 인한 걸까, 아니면 후회 때문일까? 그리고 프랑스 파리에서 살았다는 사람이 어떻게 해서 머나먼 미국에 그것도 이런 촌구석에 정착하게 되었을까?

나는 학교 수업에 열심히 참여하는 이른바 모범생이었다. 내 뒤에 앉은 메리 루이즈는 책상에 낙서를 하고 있었다. 교탁 앞에 선 핸슨 선생님은 내가 속한 중학교 2학년 학생들에게 《아이반호》에 대해 가르치기 위해 안간힘을 쓰는 중이었다. 메리 루이즈가 중얼거렸다. "아이바노가 뭐야?" 옆줄에 앉은 로비의 검게 그을린 손가락 사이에 연필이 쥐어져 있었다. 머리카락—내 머리와 비슷한 갈색이었다—을 아무렇게나 기른 로비는 벌써 운전을 했다. 수확한 곡물을 나르는 일을 도와야 했기 때문이다. 로비가 연필을 입으로 가져가 끝에 붙은 분홍색 지우개로 아랫입술을 문질렀다. 이렇게 로비를 훔쳐보는 일은 하루 종일 해도 질리지 않았다.

프렌치 키스. 프렌치토스트. 프렌치프라이. 온갖 그럴듯한 것에는 다 '프랑스식'이라는 말이 들어간다. 어쩌면 깍지콩도 미국산보다 프랑스산이 더 맛있지 않을까. 프랑스 노래 역시 이 마을에 하나밖에 없는 라디오 방송국에서 밤낮으로 틀어주는 컨트리 음악보다 훨씬 듣기 좋을 것 같았다. "내가 아끼는 암소가 젊은 황소에게 반해 나를 외면했을 때 내 인생은 끝장이 나버렸지." 가사하고는. 프랑스인이라면 사랑에 대해서도 더 잘 알고 있을 게 틀림없었다.

나는 공항의 활주로를 날아 화려한 패션쇼의 런웨이에 안착하고 싶었고,[7] 철의 장막 뒤에 무엇이 숨겨져 있는지 엿보기 위해 브로드웨이의 연극배우가 되고 싶었다.[8] 또 내 입으로 프랑스어를 발음하면 어떤 기분이 들지 궁금했다. 내 주변에서 프로이드라는 이 작은 시골 마을 너머의 세상을 경험해본 사람은 구스타프슨 부인이 유일했다.

우리는 서로 이웃하고 있었을지언정 마음의 거리는 까마득히 멀었다. 해마다 핼러윈 축제가 시작되면 엄마는 나에게 주의를 줬다. "전쟁 신부네 집 현관문 등이 꺼져 있는 게 보이지? 그 여자는 애들이 사탕 달라고 집에 찾아오는 걸 좋아하지 않아." 메리 루이즈와 내가 걸 스카우트 기금을 모으러 다닐 때 메리 루이즈의 엄마가 이렇게 말하기도 했다. "그 여편네한테 기부금 걸을 생각 같은 건 꿈에도 하지 마라."

지난 일요일 마을 회관에서 구스타프슨 부인과 마주쳤던 일은 나에게 작게나마 용기를 불어넣어줬다. 이제 필요한 건 적당한 핑곗거리였다. 숙제 같은 게 있다면 구스타프슨 부인에게 물어보러 갈 수도 있을 텐데.

예상대로 핸슨 선생님은 《아이반호》를 읽고 독후감을 써오라는 숙제를 내줬다. 수업이 끝나자 나는 선생님을 찾아가 독후감 대신 한 나라에 대한 보고서를 써도 되냐고 물었다.

"이번 한 번만이야." 선생님이 말했다. "프랑스에 대해 뭘 조사해 올지 기대해보마."

나는 일이 계획대로 착착 진행되는 데 너무 흥분한 나머지 화장실 전체 문을 잠그는 걸 까맣게 잊어버리고 말았다. 볼일을 마치고 칸에서 나오니 아니나 다를까 티파니 아이버스와 그 패거리들이 세면대 주변에 몰려와 있었다. 티파니는 거울을 보며 금발 머리를 매만졌다.

"물이 잘 안 내려가나 봐." 티파니가 말했다. "똥 덩어리가 돌아다니네."

나도 모르게 내 차림새를 훑었다. 내 몸에서 갈색인 건 머리카락뿐이었다. 나는 내가 있었던 화장실 칸 주변에서 이러지도 저러지도 못하고 있었다. 세면대로 손을 씻으러 가면 티파니가 나를 수도 쪽으로 밀어붙일 거고 그럼 물에 흠뻑 젖을 게 뻔했다. 그렇다고 손을 씻지 않고 나와버리면 온 학교에 더러운 아이로 소문이 날 터였다. 실제로 메이지가 그런 꼴을 당했고 아이들은 꼬박 한 달을 '오줌 묻은 손' 근처에 얼씬도 하지 않았다. 화장실에 쳐들어온 티파니 패거리는 팔짱을 끼고 서서 내 다음 행동을 기다렸다.

때마침 화장실 전체 문이 열리더니 핸슨 선생님이 나타났다. "티파니, 또 화장실이니? 방광에 무슨 문제라도 있는 거야?"

티파니 패거리가 화장실을 빠져나갔다. 하지만 그들의 눈은 이렇게 말하고 있었다. '이게 끝이 아니야.' 나 또한 그 사실을 잘 알고 있었다.

때와 장소를 가리지 않는 낙관론자인 엄마라면 이 상황에서 나에게 구름 뒤의 해를 보라고 말해줬을 게 분명했다. 그렇다면 아이버스 씨가 자식이 티파니 하나인 걸 그나마 다행이라고 생각해야 하나. 게다가 오늘은 금요일이고.

매주 금요일 우리 집에서는 음식을 싸와서 나눠 먹는 어른들의 저녁 식사 모임이 있었다. 이를테면 엄마가 갈비 구이를 준비하면 케이는 샐러드를 가져오고 수 밥은 모양은 이상하지만 맛은 그럴듯한 파인애플 케이크를 구워오는 식이었다. 덕분에 나는 금요일 밤마다 메리 루이즈네 집에서 놀 수 있었다. 하지만 오늘 밤은 내 방에서 구스타프슨 부인에게 물어볼 질문거리를 정리하는 데 시간을 보냈다. 밖에서 음식 먹는 소리와 웃음소리가 들려왔다. 그러다 소란스러움이 잦아들었다. 영국 귀족들처럼 아내들은 물러가고 남자들만 남아 아내들 앞에서는 감히 할 수 없는 남자들만의 이야기를 나누는 시간이 된 것이었다.

여자들이 설거지를 하는 동안 나는 평소와는 다른 엄마의 목소리를 들었다. 친한 친구들과 있을 때만 내는 말투와 목소리였다. 엄마는 친구들과 있을 때 더 행복해 보였다. 상황에 따라 한 사람이 다른 사람으로 변한다는 건 참 재미있는 일이었다. 그리고 그런 생각을 하다 보니 문득 엄마에게도 내가 모르는 부분이 있지 않을까 하는 생각이 들었다. 물론 엄마가 구스타프슨 부인처럼 비밀투성이라는 건 아니지만.

나는 책상 앞에 앉아 이런저런 질문을 적어 내려갔다. 프랑스에서 기요틴이 마지막으로 사용된 건 언제인가? 프랑스에도 여호와의 증인이 있는가? 왜 마을 사람들은 부인에게 다른 여자에게서 남편을 낚아채 결혼했다고 말하는가? 남편은 이미 세상을 떠났는데 부인은 왜 이 마을을 떠나지 않는가? 질문 쓰는 일에 온 정신을 쏟고 있던 나는 엄마의 손이 내 어깨를 따뜻하게 토닥거리고 나서야 비로소 엄마가 방에 들어와 있다는 걸 알아차릴 수 있었다.

"오늘은 메리 루이즈네 집에 안 갔네?"

"숙제하느라고요."

"금요일인데?" 엄마가 미심쩍다는 듯 되물었다. "학교에서 무슨 일 있었던 건 아니고?"

무슨 일이 없는 날을 찾는 게 더 쉬울 정도였지만 나는 티파니 아이버스에 대해 이야기할 기분이 아니었다. 엄마는 나에게 상자 하나를 내밀었다. "너 입으라고 만들어봤어."

"정말요?" 포장을 뜯고 상자를 열자 니트 조끼가 나왔다.

나는 입고 있던 티셔츠 위에 조끼를 입었다. 엄마는 옷을 이리저리 잡아당기더니 몸에 잘 맞는 걸 보고는 아주 흡족해했다. "정말 예쁘네. 초록색이라서 우리 딸 눈이 더 반짝반짝하는 것 같아." 거울에 비친 내 모습은 정말 멍청해 보였다. 이런 걸 입고 학교에 갔다가는 티파니 아이버스가 나를 산 채로 뜯어먹을지도 몰랐다.

"어…… 정말 예뻐요." 나는 겨우 말했지만 이미 늦어버렸다.

엄마는 마음이 상한 것 같았지만 아무렇지 않은 듯 웃어 보였다. "그나저나 무슨 숙제하고 있었어?"

나는 프랑스에 대해 보고서를 써야 하는데 그러기 위해서는 구스타프슨 부인을 찾아가 뭘 좀 물어봐야 한다고 설명했다.

"아, 릴리, 구스타프슨 부인을 귀찮게 하는 건 아닌지 엄마는 걱정되는데."

"그냥 가서 몇 가지만 물어볼 거예요. 아니면 구스타프슨 부인을 우리 집에 초대하면 안 될까요?"

"글쎄…… 그런데 뭘 물어볼 건데?"

내가 질문을 적은 종이를 가리켰다.

종이를 훑어본 엄마가 크게 한숨을 내쉬었다. "아마 프랑스로 절대 돌아가지 못할 무슨 사정이 있을 거야."

토요일 오후가 되자 나는 구스타프슨 부인의 오래된 쉐보레를 빠른 걸음으로 지나쳐 금방이라도 무너질 것 같은 낡은 현관 계단에 올라섰다. 그리고 초인종을 눌렀다. 딩-댕-동. 인기척이 없었다. 다시 초인종을 눌렀다. 역시 대답이 없었다. 나는 조심스럽게 현관문을 밀었다. 문이 삐걱거리며 열렸다. "안녕하세요?" 나는 인사를 하며 집 안으로 들어갔다.

사방이 고요했다.

"아무도 안 계세요?" 다시 외쳤다.

고요한 거실의 벽은 책으로 가득 채워져 있었다. 환하게 트여 있는 널찍한 창문 아래로는 화분이 쭉 늘어서 있었다. 거실에 잘 어울리는 작은 냉장고만 한 전축도 있었다. 나는 어떤 음반이 있는지 훑어봤다. 바흐도 있고 차이코프스키도 있었지만 주로 차이코프스키 음반이었다.

낮잠을 자다 막 깬 듯한 얼굴의 구스타프슨 부인이 느릿하게 걸어왔다. 그녀는 혼자 집에 있을 때조차 예의 그 빨간 벨트와 함께 옷을 단정히 차려입고 있었다. 다만 밖에서와는 달리 도도한 구두 없이 맨 스타킹 발로 서 있는 그녀의 모습이 왠지 모르게 쓸쓸해 보였다. 그러고 보니 그녀의 집 앞에 친구나 다른 누군가의 차가 있던 걸 한 번도 본 적이 없었다. 다른 사람을 초대했다는 소리도 들은 적이 없었다. 구스타프슨 부인의 삶은 그야말로 고독 그 자체였다.

몇 발자국 앞에서 걸음을 멈춘 그녀는 차이코프스키의 '백조의 호수' 음반을 훔치러 온 도둑이라도 보는 양 나를 가만히 응시했다. "무슨 일이니?"

'당신은 뭔가를 알고 있죠? 당신이 알고 있는 걸 나에게도 들려주세요.'

구스타프슨 부인이 팔짱을 꼈다. "무슨 일이냐니까?"

"학교 숙제를, 그러니까 아줌마 조국에 대한 보고서를 쓰려고 해요. 잠깐 시간 내서 인터뷰 좀 해주실 수 있을까요?"

구스타프슨 부인의 입꼬리가 아래로 처졌다. 그녀는 아무 대답도 하지 않았다.

어색한 침묵에 나는 아무 말이나 주절거렸다. "그나저나 여기는 무슨 도서관 같네요." 내가 그녀의 책장을 가리키며 말했다. 거기에는 내가 모르는 이름—마담 드 스탈, 《마담 보바리》, 시몬 드 보부아르—이 가득했다.

어쩌면 큰 실수를 저지른 걸 수도 있었다. 나는 문 쪽으로 조용히 몸을 돌렸다.

"언제 시간을 내달라는 건데?"

나는 뒤돌아보며 말했다. "혹시 지금 괜찮으세요?"

"지금은 좀 바쁘긴 한데." 그녀는 당장 제자리로 돌아가 집이라는 영토에 산적한 문제들을 해결해야 하는 대통령처럼 거침없는 말투로 대답했다.

"보고서를 써야 하는데 이게 학교 숙제거든요." 나는 다시 한 번 학교 숙제라는 걸 강조했다. 학교는 하나님과 조국과 미식축구 다음으로 신성한 존재가 아닌가.

구스타프슨 부인은 하이힐을 신고 열쇠 꾸러미를 집어 들었다. 나는 현관으로 향하는 그녀를 따라갔다. 그녀는 현관문을 걸어 잠갔다. 프로이드에서 문을 잠그는 사람은 구스타프슨 부인뿐이었다.

"항상 그렇게 남의 집에 불쑥 들어오니?" 잔디밭을 걸어가는 동안 그녀가 물었다.

나는 어깨를 으쓱해 보였다. "다른 사람들은 집에 있으면 대답을 해주거든요."

우리 집에 들어선 그녀는 양손을 모았다가 다시 옆으로 늘어트렸다. 그녀의 눈이 양탄자를, 창가를, 그리고 벽에 걸려 있는 가족사진을 차례로 훑었다. 그리고 뭔가를 말하려는 듯 입술을 달싹거렸다. 일반적인 손님들이 하듯 "집이 참 좋군요."라고 말하려는 거겠지. 하지만 그녀는 그대로 입을 굳게 다물었다.

"어서 오세요." 엄마가 식탁에 초콜릿 칩 쿠키 접시를 내려놓으며 말했다.

나는 우리의 이웃 손님에게 자리에 앉으라는 손짓을 해보였다. 엄마가 나와 자기 자리 앞에는 보통 때 쓰는 머그잔을 놓고, 구스타프슨 부인 자리 앞에는 특별한 찻잔을 냈다. 그 찻잔에 얽힌 사연이라면 나도 아주 잘 알고 있었다. 몇 년 전인가, 아이버스 부인이 영국으로 '성 투어'를 갔을 때 아빠가 엄마에게 줄 찻잔 세트를 사다달라고 부탁한 적이 있었다. 하지만 영국의 본차이나 값은 상상 이상으로 비쌌고, 때문에 아이버슨 부인이 사온 건 달랑 찻잔 하나에 거기에 딸린 받침 접시뿐이었다. 그마저도 행여 깨지지나 않을까 비행기를 타고 대서양을 건너오는 내내 품에 안고 왔다고 했다. 우리는 귀여운 푸른색 꽃무늬로 뒤덮인 그 작은 찻잔이 구스타프슨 부인처럼 이곳이 아닌 더 멋지고 아름다운 어딘가에서 왔다는 사실을 늘 마음속에 담아두고 있었다.

엄마가 차를 대접하는 동안 내가 입을 열었다. "파리에 살면서 제일 좋았던 점은 뭔가요? 세상에서 가장 아름다운 도시가 정말 파리예요? 그런 파리에서 산다는 건 어떤 기분인가요?"

구스타프슨 부인은 바로 대답해주지 않았다.

"혹시 폐를 끼치는 건 아닌지 모르겠어요." 엄마가 말했다. "이런 식으로 질문을 받는 건 프랑스에서 직장을 구할 때 이후로 처음이네요."

"그때 많이 긴장하셨었나요?" 내가 물었다.

"그럼. 하지만 웬만한 질문에 다 대답할 수 있도록 필요한 건 몽땅 외우고 가긴 했었지."

"그게 실제로 도움이 됐어요?"

그녀가 아쉽다는 듯 살짝 웃어 보였다. "뭐 세상 일이 그렇잖아. 미처 예상하지 못한 질문도 있는 법이니까."

"릴리는 그렇게까지 곤란한 질문은 하지 않을 테니 염려 마세요." 엄마는 구스타프슨 부인을 보며 장담했지만 사실 그건 나에게 보내는 경고이기도 했다.

"파리에서 가장 좋았던 거? 책을 좋아하는 사람들에게는 최고의 도시지." 그녀가 대답했다. 그녀는 파리 사람들은 책을 집의 가구만큼이나 중요하게 여긴다고 말했다. 여름이면 숲이 우거진 공원에서 책을 읽었고, 첫서리가 내리고 난 후에는 온실에서 따로 돌보는 열대 식물마냥 도서관에 틀어박혀 창가에 바싹 붙은 채로 책을 읽으며 겨울을 났다고 했다.

"책 읽는 걸 좋아하세요?" 나로서는 학교에서 배우는 영어 고전 작품을 읽는 건 따분한 일 그 이상도 이하도 아니었다.

"책을 읽기 위해 산다고 해도 과언이 아닌걸." 그녀가 대답했다. "주로 역사와 시사에 관한 책을 읽어."

그녀의 말에 눈 녹는 걸 지켜볼 때와 같은 호기심이 일었다. "제 나이 때는 어떤 책을 읽으셨어요?"

《비밀의 화원》같은 책을 아주 좋아했어. 내 쌍둥이 남동생은 세상 돌아가는 소식에 관심이 많았고."

쌍둥이 남동생이라. 나는 이름을 묻고 싶었지만 그녀는 곧 다른 이야기를 꺼냈다. 파리 토박이, 즉 파리지앵은 문학을 사랑하는 것만큼이나 음식에도 관심이 많다고 했다. 40년 가까운 세월이 흘렀지만 그녀는 여전히 첫 출근을 하고 돌아온 날 그녀의 아버지가 사다준 특별한 빵을 기억하고 있었다. 그 프랑스 빵의 이름은 피낭시에라고 했다. 그녀는 버터를 섞은 아몬드 가루의 풍미가 입안에 퍼질 때 마치 천국에 있는 것 같았다고 두 눈을 감은 채 말했다. 그녀의 어머니가 좋아했던 건 오페라라고 부르는 초콜릿 케이크였다. 커피에 적셔 켜켜이 쌓은 빵을 깊고 진한 맛의 초콜릿으로 감싼 케이크였다……. 피-낭-시-에. 오-페-라. 나는 단어의 발음을 따라해보며 혀끝에서 느껴지는 맛에 흠뻑 빠져들었다.

"파리는 언제나 사람들에게 말을 걸어와." 구스타프슨 부인의 이야기는 계속되었다. "뿐만 아니라 늘 자기들만의 노래를 흥얼거리지. 여름이 되면 파리지앵들은 창문을 활짝 열어놔. 그러면 이웃집에서 피아노 치는 소리, 카드놀이하는 소리, 라디오 주파수를 맞추느라 지지직거리는 소리가 들려와. 아이들의 웃음소리, 누군가 화내는 소리, 광장에 울려 퍼지는 음악가의 연주 소리도 끊이지 않고."

"와, 참 멋지네요." 엄마가 꿈꾸듯이 중얼거렸다.

일요일 미사 후 구스타프슨 부인은 힘없이 처진 어깨에 불 꺼진 동네 술집 간판 같은 눈을 하고 있었다. 하지만 지금 부인의 눈동자는 환하게 빛나고 있었다. 특히 파리에 대해 이야기할 때면 그녀의 각진 얼굴과 목소리가 부드러워지는 것 같았다. 나는 왜 그녀가 그런 파리를 떠날 수밖에 없었는지 궁금해졌다.

"전쟁 중에는 어땠나요?" 나는 엄마의 깜짝 질문에 놀라지 않을 수 없었다.

"힘들었죠." 구스타프슨 부인의 손가락이 찻잔을 힘주어 움켜쥐는 것이 보였다. 공습경보가 울리면 그녀는 다른 가족들과 함께 지하실로 몸을 피해야 했다. 식료품 배급제가 실시되자 달걀 같은 건 한 달에 한 개 정도만 배급받을 수 있었다. 사람들은 야위어만 갔고 이러다 연기처럼 사라져버리지나 않을까 하는 생각이 들 정도였다. 거리에서는 독일군이 늑대처럼 무리 지어 몰려다니며 파리 사람들을 마구잡이로 검문했다. 사람들은 영문도 모른 채 붙잡혀 갔다. 때로는 야간 통행금지 시간을 위반했다는 말도 안 되는 이유로 체포되기도 했다.

야간 통행금지라니. 그런 건 10대 여자아이들한테나 적용되는 게 아니었나? 메리 루이즈의 언니 엔젤에게 지켜야 할 귀가 시간이 있는 것처럼 말이다.

"그럼 파리 생활에서 뭐가 제일 그리우세요?" 내가 물었다.

"가족들과 친구들." 구스타프슨 부인의 갈색 눈동자가 촉촉해졌다. "그리고 나를 이해해주던 사람들도 그립고. 프랑스어로 말하고 싶고 고향에서만 느낄 수 있는 기분도 다시 느끼고 싶어."

나는 할 말을 잃고 말았다. 사방이 고요해졌고 엄마와 나는 이런 어색한 분위기를 견디기 힘들었지만 우리가 초대한 이웃은 아무렇지 않은 듯 남은 차를 홀짝였다.

구스타프슨 부인의 찻잔이 빈 것을 본 엄마가 급하게 몸을 일으켰다. "가서 차 좀 더 내올게요."

주방 쪽으로 향하던 엄마가 갑자기 멈춰 섰다. 엄마는 비틀거리며 한쪽 손을 뻗어 찬장 모서리를 움켜쥐었다. 내가 몸을 일으켜야겠다고 미처 생각하기도 전에 구스타프슨 부인이 먼저 자리를 박차고 일어서더니 엄마의 허리를 감싸 안고 의자에 앉혔다. 나도 엄마 옆으로 가서 엄마를 살펴봤다. 엄마의 뺨이 붉게 달아올라 있었다. 호흡도 얕고 거칠었다. 마치 공기가 엄마의 폐까지 들어가는 걸 거부하는 듯했다.

"곧 괜찮아질 거야." 엄마가 말했다. "앉아 있다가 갑자기 일어서서 그래. 내 몸은 내가 잘 아니까."

"전에도 이런 적이 있었어요?" 구스타프슨 부인이 물었다.

엄마가 나를 쳐다보자 나는 다시 식탁으로 돌아가 이것저것 정리하는 척했다.

"몇 번 그랬어요." 엄마가 어쩔 수 없다는 듯 대답했다.

구스타프슨 부인이 스탠치필드 선생님에게 전화를 걸었다. 프로이드에 사는 어른들은 입을 모아 말하곤 했다. "큰 도시에 살아봐야 무슨 소용이 있겠어? 아무리 아프다고 하소연해도 의사 선생이 집까지 찾아와주지도 않는데. 프로이드에서는 전화만 걸면 선생에게 바로 연결이 되고 10분도 안 돼서 집에 찾아오잖아." 스탠치필드 선생님은 주변 마을 세 곳을 넘나들며 산부인과 의사 역할까지 맡았다. 우리들 대부분이 태어나자마자 처음으로 마주한 건 여기저기 검버섯이 핀 스탠치필드 선생님의 따스한 손이었다.

검은 가죽 가방을 든 선생님이 문을 두드리고는 집 안으로 걸어 들어왔다.

"이렇게 집까지 오실 필요는 없었는데요." 당황스러운 표정으로 엄마가 말했다. 엄마는 내가 재채기만 조금 심하게 해도 선생님을 찾아갔지만 정작 본인은 한 번도 진찰을 받으러 간 적이 없었다.

"그런 판단은 의사인 제게 맡겨주시지요." 스탠치필드 선생님은 천천히 엄마의 머리카락을 옆으로 넘기고 청진기를 엄마의 등에 가져다 댔다. "숨을 한 번 깊게 들이마셨다 내쉬어보세요."

엄마가 숨을 내쉬었다.

"이 정도가 깊게 내쉬는 거라면……." 스탠치필드 선생님은 엄마의 혈압을 재고 얼굴을 살짝 찡그렸다. 선생님은 혈압이 높다고 말하고는 약을 처방해줬다.

어쩌면 엄마는 자신의 증상에 대해 지금까지 잘못 알고 있었는지도 모른다.

저녁을 먹고 메리 루이즈와 나는 방바닥에서 뒹굴뒹굴하며 함께 숙제를 했다. "구스타프슨 부인이 뭐래?" 메리 루이즈가 물었다.

"전쟁이 아주 무서웠대."

"무섭다고? 뭐가 어떻게 무서운데?"

"사방에 적이 가득한 거야." 나는 구스타프슨 부인의 출근길을 상상해봤다. 거리는 더럽고 흉측한 늑대들로 가득했다. 어떤 늑대들은 으르렁거렸고 또 어떤 늑대들은 그녀의 발치에서 군침을 삼키기도 했다. 하지만 구스타프슨 부인은 가던 길을 계속 갔다. 어쩌면 매일 다른 길로 출근했을지도.

"그럼 막 몰래 다니고 그래야 하는 거야?"

"아마도."

"야, 혹시 무슨 첩보원 같은 거였으면 정말 멋있었겠다."

"그러니까." 나는 오래된 책 사이에 접선 내용을 감춰 전달하는 구스타프슨 부인의 모습을 상상해봤다.

"나도 비밀 하나 말해줄까?" 메리 루이즈가 연필을 내려놓으며 말했다. "엔젤 언니 담배를 한번 피워봤어."

"너 혼자 담배를 피웠다고? 설마."

메리 루이즈는 대꾸하지 않았다.

"진짜 혼자 담배 피웠어?" 내가 재차 물었다.

"티파니랑."

나는 큰 충격을 받았다. "또 담배 피우면 다시는 너랑 말 안 할 거야." 나는 이렇게 말하고 입을 꾹 다물었다.

우리는 열두 살 동갑내기였지만 메리 루이즈는 뭐든지 나보다 빨리 배웠다. 메리 루이즈는 고학년들이 밖에서 무슨 일을 하고 다니는지 언니 엔젤로부터 어렴풋이 들어 알고 있었다. 우리 부모님은 화장 같은 걸 못하게 했고, 그래서 가끔 메리 루이즈가 자기 화장품을 빌려주기도 했다. 메리 루이즈는 나보다 힘도 세고 몸도 날렵했다. 언젠가 그녀는 나보다 까마득히 앞서 나가버릴지도 몰랐다. "어쨌거나 담배 맛이 영 별로였으니까." 메리 루이즈가 말했다.

그 후 몇 주에 걸쳐 엄마는 식욕을 잃어갔고 입던 옷도 헐렁해졌다. 처방받은 약은 별다른 도움이 되지 못했다. 아빠는 엄마를 더 큰 병원에 데리고 갔지만 신경과민일 뿐이라는 대답만 듣고 왔다. 엄마가 요리를 할 수 없을 정도로 쇠약해져서 대신 아빠가 샌드위치를 만들어줬다. 추수 감사절에는 아빠와 나 둘이서만 주방에 서서 그릴드 치즈 샌드위치를 먹었다. 우리는 샌드위치를 먹으며 엄마가 기운을 차리고 방에서 나오진 않을까 이따금씩 주방 문가를 힐끗거렸다.

아빠가 헛기침을 했다. "요즘 학교 공부는 어때?"

나는 전 과목 만점을 받았고 남자 친구는 한 명도 사귀지 못했다. 티파니 아이버스는 나에게서 메리 루이즈를 빼앗을 기회를 호시탐탐 노리는 중이었다. "나쁘지 않아요."

"나쁘지 않다고?"

"다른 여자애들은 다 화장하고 다니는데 왜 나만 안 돼요?"

"너처럼 예쁜 아이는 얼굴에 덕지덕지 분칠을 하고 다닐 필요가 없으니까."

아빠가 하는 말의 대부분은 도무지 납득이 가지 않았다. 아빠의 염려도, 나보고 예쁘다고 하는 다정한 말도 귀에 들어오지 않았다. 내 귀에 들려오는 건 그저 안 된다는 단호한 말뿐이었다.

"하지만 아빠……."

"엄마한테 이런 식으로 조르지 마라."

아빠와 나는 행여나 엄마가 방에서 나올까 주기적으로 돌아보기를 멈추지 않았다. 한 천 번은 그랬던 것 같다.

책가방을 어깨에 대강 둘러메고 학교에서 나온 메리 루이즈와 나는 터덜터덜 걷다가 프로이드 1번가에서 걸음을 멈췄다. 그리고 잠시 스모키라는 이름의 독일 셰퍼드를 쓰다듬어주고 다시 플레셔 씨네 집을 지나갔다. 플레셔 씨 집 마당에는 도자기로 만든 정원지기 요정 인형이 마흔일곱 개나 있었는데, 결혼기념일마다 하나씩 사 모은 것이었다. 길모퉁이 집에서는 나이가 지긋한 머독 부인이 레이스 커튼을 털고 있었다. 아이들이 지름길이랍시고 그 집 잔디 밭을 가로질러 가려고 하면 머독 부인이 득달같이 아이들 부모에게 알리곤 했다.

프로이드 주민들은 모두 같은 가게에서 장을 보고 같은 시설을 이용했다. 우리는 다 함께 같은 과거와 추억을 공유하고 같은 일상을 반복하고 있었다. 머독 부인은 남편이 눈을 치우다 쓰러지기 전까지만 해도 그리 심술궂은 사람이 아니었다. 벅 구스타프슨 또한 전쟁이 끝나자 전혀 다른 사람이 되었다. 우리는 같은 신문을 구독했고 한 의사 선생님에게만 의지했다. 마을 어디를 가든 흙투성이의 비포장도로를 지나야 했고 밭마다 밀 이삭을 수확해 정리하는 콤바인이 있었다. 솔직히 공기는 맑고 시원했다. 입과 코로는 부드러운 건초 향이, 혈관으로는 밀을 수확할 때 피어오르는 먼지가 가득 밀려들었다.

"큰 도시로 떠나자." 메리 루이즈가 머독 부인을 노려보며 말했다. "우리가 누군지 아무도 신경 쓰지 않는 곳으로 가자고."

"뭐든 우리가 원하는 대로 할 수 있는 곳?" 내가 덧붙였다. "성당에서 마음껏 소리 지르고."

"아니면 성당에 아예 안 갈 수도 있어."

우리는 잠시 입을 다물었다. 너무나 엄청난 생각이라 마음을 진정시키는 데 시간이 좀 걸렸다. 메리 루이즈와 나는 우리 집까지 남은 거리를 말없이 걸었다. 집 앞에 도착하니 창가에 서 있는 엄마가 보였다. 유리창에 비친 엄마의 모습은 유령처럼 창백했다.

메리 루이즈도 자기 집으로 향했다. 나는 우편함을 확인한 후에도 집에 들어가고 싶지 않아 낡은 우편함 앞에 계속 서 있었다. 엄마는 쿠키를 굽고 친구들을 불러 수다 떠는 걸 좋아했다. 때로는 학교까지 차를 몰고 와 나를 태우고 야생 동물 서식지로 지정된 메디슨 레이크 레퓨지까지 가기도 했다. 메디슨 레이크 레퓨지는 이 근처에서 새를 구경하기 제일 좋은 장소였다. 엄마와 나는 차 안에서 같은 풍경을 바라봤다. 우리 앞에는 수많은 가능성으로 가득 찬 길이 끝없이 펼쳐져 있었다. 이런 분위기 속에서는 티파니 아이버스와의 갈등이나 떨어진 성적에 대한 이야기를 터놓고 할 수 있었다. 물론 좋았던 일에 대해서도 이야기했다. 체육 시간에 주장으로 뽑힌 로비가 다른 아이들, 심지어 남자아이들까지 제치고 제일 먼저 나를 선수로 뽑아줬다는 등의 이야기였다. 내가 제 몫을 못해 낼 때마다 남자아이들은 야유를 퍼부어댔지만 로비는 내 옆으로 와서 "괜찮아. 다음번에 잘하면 되지." 하고 말해줬다.

엄마는 나에 대해서라면 뭐든지 알고 있었다.

메디슨 레이크 레퓨지에는 270종의 새들이 살고 있었다. 우리는 무릎 높이까지 자란 풀숲을 헤치고 나아갔다. 엄마의 목에는 쌍안경이 걸려 있었다. "겉모습이야 매가 제일이지만," 엄마가 말했다. "이름은 피리 물떼새가 최고구나. 그래도 엄마는 개똥지빠귀가 제일 좋아."

나는 우리 집 앞마당에서도 볼 수 있는 새를 보려고 여기까지 차를 몰고 온 거냐고 엄마를 놀렸다.

"개똥지빠귀는 우아한 새거든." 엄마가 말했다. "우리가 특별한 존재를 눈앞에 두고도 잊고 산다는 사실을 일깨워주는 훌륭한 전령사야." 그러고 나서 엄마는 나를 꼭 안아줬다.

하지만 지금 엄마는 그런 말을 할 기운조차 없이 홀로 집에 남아 있었다.

바로 그때였다. 구스타프슨 부인이 자기 집 우편함을 확인하려고 나왔다. 나는 두 집의 경계선이 되어주고 있는 갈색 풀을 넘어갔다. 부인은 가슴 앞에 편지 한 통을 꼭 쥐고 있었다.

"편지 받으셨어요?"

"뤼시엔느라고 시카고에 사는 친구한테 편지가 왔네. 그 친구랑은 몇 십 년 동안 이렇게 편지를 주고받고 있어. 뤼시엔느랑 나는 노르망디에서 뉴욕까지 함께 배를 타고 건너온 사이야. 잊을 수 없는 3주였지." 그녀가 나를 가만히 응시했다. "그나저나 별일 없는 거지?"

"네. 없어요." 누구나 알고 있는 간단한 규칙이 있다. 사람들의 관심을 끌려고 하지 마라. 누구도 튀는 사람을 좋아하지 않는다. 미사 중에는 절대 뒤를 돌아보지 마라. 설사 바로 뒤에서 폭탄이 터진다 해도. 누가 별일 없느냐고 물으면 아무리 슬프고 힘든 일이 있어도 아무 일 없다고 대답해라.

"잠깐 들렀다 갈래?" 구스타프슨 부인이 물었다.

나는 거실 책장 앞에 책가방을 털썩 내려놓았다. 사방에 책이 가득했지만 사진이라고는 손바닥만 한 것 세 장 정도뿐이었다. 우리 집만 해도 책보다 사진이 더 많았다. 물론 책이라고 해야 성경 책과 엄마의 야생 조류 도감, 그리고 동네 벼룩시장에서 건진 백과사전 한 세트 정도가 전부였지만.

사진 중에 젊은 해병대원의 모습이 보였다. 남자의 눈은 구스타프슨 부인의 것과 닮아 있었다.

부인이 내 옆에 와서 섰다. "내 아들 마르크야. 베트남 전쟁에서 전사했어."

한번은 성당에서 소식지를 나눠주다가 여자들 한 무리가 성수반 (聖水盤) 근처에 모여 있는 걸 본 적이 있었다. 그때 구스타프슨 부인이 들어오자 아이버스 부인이 속삭였다. "내일이 마르크 기일이야." 그러자 머독 부인이 고개를 흔들며 대꾸했다. "자식 잃는 일처럼 끔찍한 불행은 없지. 어떻게 꽃이라도 좀 보내야 하나……."

"뒷담화는 그만하시지요." 구스타프슨 부인이 말을 끊었다. "최소한 성당에 미사를 보러 왔을 때는 말이에요."

여자들은 떨리는 손가락을 성수에 담갔다가 빠르게 성호를 긋고는 조용히 자기 자리로 돌아갔다.

나는 액자를 손으로 더듬으며 말했다. "죄송해요. 상심이 크시겠어요."

"뭐, 그렇지."

그녀의 목소리에 담긴 슬픔이 나를 불안하게 했다. 아무도 그녀를 찾아오지 않았다. 남편의 친척은 물론이거니와 프랑스의 가족들도. 그녀가 사랑했던 사람들이 이미 다 세상을 떠났다면? 구스타프슨 부인은 내가 여기 와서 잊고 지냈던 아픈 기억을 들춰내는 게 싫을지도 몰랐다. 나는 가방을 챙기려고 몸을 돌렸다.

"쿠키 좀 먹고 갈래?" 그녀가 물었다.

나는 접시에 담아놓은 쿠키 중 가장 큰 쿠키 두 개를 와구와구 먹어 치웠다. 구스타프슨 부인은 아직 쿠키에 손도 대지 않았다. 작은 대롱 모양으로 돌돌 말린 쿠키에는 설탕이 뿌려져 있었다. 쿠키는 얇고 바삭바삭했다.

그녀는 이제 막 쿠키 한 판을 구워낸 모양이었다. 나는 한 시간가

량 구스타프슨 부인을 도와 나머지 쿠키 반죽을 돌돌 말았다. 나는 그녀가 엄마에 대해 아무것도 물어보지 않는 게 고마웠다. "어머니 보고 부인회에 한번 나오시라고 해."라거나 "돼지고기 요리는 준비 하지 않아도 된다고 말씀드려." 같은 말을 들었다면 얼마나 곤란했 을까. 침묵이 이토록 고맙게 느껴진 적은 처음이었다.

"이건 무슨 쿠키예요?"

내가 쿠키를 집어 들며 물었다.

"시가레테 루스. 러시아 담배란 뜻이야."

그렇다면 빨갱이 쿠키? 나는 쿠키를 다시 접시에 내려놓았다. "이 런 건 누구한테 배우셨어요?"

"친구에게 부탁받은 책을 전해주러 갔다가 먹어보고 만드는 법 을 배웠어."

"책을 대신 가져다주는 일도 하셨어요?"

"그 친구는 전쟁 기간 동안 도서관 출입이 금지되어 있었거든."

자세한 사정을 더 물어보려고 하는데 문 두드리는 소리가 들렸다.

"구스타프슨 부인?"

아빠였다. 다시 말해 여섯 시, 즉 저녁 먹을 시간이 되었다는 뜻이었다. 나는 입장이 곤란해졌다. 입에 문 쿠키 부스러기를 닦아 내면서 변명거리를 생각했다. 시간이 이렇게 순식간에 흘러가다니. 여기 남아서 마무리하는 걸 도와야 하는데…….

구스타프슨 부인이 문을 열었다. 나는 아빠가 쏟아낼 잔소리를 기다렸다.

아빠의 눈은 화등잔만 했고 넥타이는 비뚤어져 있었다. "브렌다 를 병원에 데려가야겠어요." 아빠는 구스타프슨 부인을 향해 말하고 있었다.

"죄송하지만 릴리 좀 맡겨도 되겠습니까?"

나는 아빠에게 무슨 말을 하려 했지만 아빠는 아무 대답도 듣지 않고 쏜살같이 사라졌다.

제
3
장

오딜
Odile

1939년 2월, 프랑스 파리

엄마와 레미, 그리고 내 머리 위로 생토귀스탱 성당의 그림자가
드리워졌다. 우리는 변함없이 지루한 일요일 미사를 막 마치고 나
온 참이었다. 나는 미사 때 피우는 거북한 향내와 신부님의 우울한
설교로부터 해방된 것에 안도하며 차갑고 신선한 공기를 마음껏 들
이마셨다. 우리는 엄마의 재촉에 이끌려 레미가 두 번째로 좋아하
는 서점과 실연의 상처 때문에 빵을 굽다가 홀랑 태워버린 제빵사
의 빵집을 지나쳐 집으로 들어섰다.

"오늘은 누구니? 피에르? 아니면 폴?" 엄마가 조바심이 나는 듯

물었다. "어쨌거나 누가 됐든 몇 분 안에 집에 오겠구나. 오딜, 그렇게 인상을 쓰면 어떡하니? 물론 아빠라고 해서 그 사람들을 속속들이 잘 아는 건 아니지……. 여기 데려오는 사람들이 전부 아빠의 부하 직원은 아니니까. 그래도 그중에 완벽한 네 짝이 될지도 모를 사람이 한 명 정도는 있겠지."

오늘 점심 식사 손님은 아빠의 의도를 전혀 모르는 경찰이었다. 이런 식으로 우리 집을 방문하는 남자들이 나에게 관심을 보이면 어색해서 불편했지만, 그렇다고 아무 관심을 보이지 않으면 왠지 모르게 분한 마음이 들었다.

"그나저나 그 옷 좀 어떻게 해봐! 일요일 미사에 어떻게 그런 닳아빠진 옷을 입고 참석하니? 사람들이 뭐라고 생각하겠어." 엄마는 이렇게 말하고는 오븐에 넣어둔 요리를 살펴보러 서둘러 주방으로 뛰어갔다.

나는 현관에 걸려 있는 칠이 벗겨진 낡은 거울 앞에서 적갈색 머리를 다시 잘 말아 올렸다. 레미는 머릿기름을 발라 제멋대로 뻗친 머리를 잠재웠다. 프랑스 가정에서 일요일 점심 식사는 성당 미사만큼이나 성스러운 종교 행사처럼 취급되었다. 엄마는 우리 모두가 가장 단정한 모습이어야 한다고 주장했다.

"이런 점심 식사도 듀이 십진분류법으로 구분할 수 있어?" 레미가 물었다.

"당연하지. 841이야. 《지옥에서 보낸 한 철》.

레미가 웃음을 터트렸다.

"지금까지 아빠가 불러들인 남자들이 전부 몇 명이지?"

"열네 명." 레미가 대답했다. "분명 아빠 말을 거절할 수 없어서

끌려왔을 거야."

"너는 무슨 복을 타고나서 이런 고문을 겪지 않아도 되는 거니?"

"그거야 남자의 결혼 문제에 대해서는 아무도 신경 쓰지 않으니까." 레미는 약 올리듯 히죽거리면서 내 모직 목도리를 낚아채고는 엄마가 하는 식으로 자기 머리와 얼굴을 감싸고 턱 밑으로 매듭을 묶었다. "사랑하는 내 딸아! 여자의 젊음은 쏜살같이 사라지는 법이란다!"

피식하고 웃음이 터져나왔다. 레미는 항상 내 기운을 북돋워주는 존재였다.

"너처럼 그러고 살다가는," 레미는 계속해서 엄마의 꾸짖는 듯한 말투를 흉내 내며 말했다. "늙어 죽을 때까지 시집을 못 간다고!"

"일단 취직만 하면 도서관에 늙어 죽을 때까지 붙어 있을 수 있어."

"취직은 언제 하는데?"

"그건 나도 잘⋯⋯."

레미가 목도리를 풀었다. "사서 양성 학교 출신에 영어도 능숙하고, 게다가 수습 직원으로 일할 때 평가도 아주 좋았잖아. 난 널 믿어. 그러니 너도 네 자신에게 믿음을 좀 가져봐."

그때 현관문을 두드리는 소리가 들렸다. 레미와 함께 나가 문을 여니 피코트를 입은 금발의 경찰이 서 있었다. 나는 마음의 준비를 했다. 지난주에 왔던 사람은 인사를 한답시고 기름이 좔좔 흐르는 통통한 턱을 내 얼굴에 비벼댔었다.

"폴 마르텡이라고 합니다." 남자가 말했다. 그 역시 얼굴을 마주 대며 인사를 해왔지만 그의 뺨은 내 얼굴에 거의 닿지 않았다.

"만나서 반갑습니다." 폴은 레미와도 악수를 나누며 말했다. "아버님께서 두 분 칭찬을 많이 하셨습니다."

남자는 정직해 보이는 얼굴이었지만 아빠가 우리 남매에 대해 좋은 이야기를 했다는 말에는 믿음이 가지 않았다. 레미가 집에서 듣는 소리라고는 성적이 왜 이렇게 좋지 않느냐는 정도였고, 나는 왜 이렇게 칠칠치 못하느냐는 정도가 다였기 때문이다. 사실 레미는 성적과 별개로 법과 대학에서 뛰어난 말솜씨로 유명했고, 나는 그저 침대 위에 책을 잔뜩 펼쳐놓은 채 치우지 않고 잠을 자는 것뿐이었다.

"일주일 내내 오늘만 기다렸습니다." 남자가 엄마에게 말했다.

"음식이 입에 맞았으면 좋겠어요." 엄마가 대꾸했다. "이렇게 찾아와주셔서 기뻐요."

아빠가 손님에게 벽난로 옆의 편안한 의자를 권하고 식전주를 내왔다. 남자들은 베르무트[9], 여자들은 셰리[10]였다. 엄마가 아끼는 화분 근처 자리와 주방 사이를 왔다 갔다 하며 가정부가 시키는 대로 일을 잘하고 있는지 살펴보는 동안, 아빠는 자신의 루이 15세 시대풍 의자에 앉아 대화를 이끌었다. 아빠가 큰소리로 뭔가를 말할 때마다 빗자루 같은 콧수염이 부르르 떨렸다. "그러니까 소위 말하는 '갈 곳 없는 지식인'을 누가 데려다 쓰겠냐는 말이지. 내 말은 이런 작자들을 광산에라도 집어넣고 싶다는 거야. 거기서 일하면서 시를 쓰든 책을 쓰든 마음대로 하라지. 다른 나라에서는 약삭빠른 게으름뱅이와 진짜 도움이 필요한 사람을 어떻게 구분하나? 적어도 내가 내는 세금만큼은 제대로 쓰여야 한다, 이 말이야!" 일요일마다 찾아오는 사람은 달랐지만 아빠의 장광설은 언제나 똑같았다.

나는 또다시 설명했다. "아빠에게 화가나 작가를 도우라고 강요하는 사람은 아무도 없어요. 관련 기금을 조성하기 위해 세금을 조금 더 붙여서 파는 우표가 있긴 하지만 원한다면 일반 우표를 써도 된다고요."

내 옆의 등받이 없는 긴 의자에 앉아 있던 레미가 팔짱을 꼈다. 나는 레미의 뜻을 읽을 수 있었다. '아빠가 뭐라고 하든 신경 쓰지 마.'

"그런 기금이 있다는 건 처음 듣는군요." 폴이 말했다. "편지 쓸 일이 생기면 그 우표를 사서 붙여야겠어요."

어쩌면 오늘 온 사람은 다른 사람들과 다를 수도 있을 것 같았다.

아빠가 폴을 돌아봤다. "요즘 국경 근처 난민 수용소에 있는 경찰들이 아주 고생이 많아. 스페인에서 난민들이 어찌나 많이 쏟아져 들어오는지 머지않아 스페인 본토보다 프랑스에 스페인 사람들이 더 많아질지도 몰라."

"그건 스페인 내전 때문이에요." 레미가 말했다. "그들은 도움의 손길이 필요해요."

"아무리 그래도 멋대로 프랑스로 들어오면 쓰나!"

"아무 잘못 없는 민간인들은 어떻게 하면 좋겠습니까?" 폴이 아빠에게 물었다. "스페인에 그대로 남아서 죽을 날만 기다려야 할까요?"

아빠도 그 질문에는 답을 하지 못했다. 나는 오늘 온 손님에 대해 곰곰이 생각해봤다. 내 관심을 끈 건 꼿꼿하게 솟아 있는 짧은 머리나 제복에 어울리는 파란 눈동자가 아니라, 자신의 신념을 굽히지 않는 강직한 성품과 조용하지만 대담한 태도였다.

레미가 불쑥 끼어들었다. "이렇게 정치적으로 혼란한 시기에 분명한 건 한 가지밖에 없어요. 곧 전쟁이 일어날 겁니다."

"터무니없는 소리 마라!" 아빠가 소리쳤다. "우리가 국방력 강화를 위해 쏟아부은 돈이 얼마인데. 마지노선[11]만 있으면 프랑스는 절대 안전해."

나는 마지노선이 이탈리아, 스위스, 독일과의 국경선에 걸쳐 있는 거대한 도랑과 같다고 생각했다. 적군이 공격해오더라도 죄다 그 도랑에 삼켜지고 말리라.

"전쟁 얘기를 꼭 해야 하나요?" 엄마가 말했다. "일요일에 왜 그런 우울한 이야기만 하고 앉아 있어요! 레미, 그러지 말고 요즘 학교에서 뭘 배우는지 한번 들려주렴."

"우리 아들은 법대를 그만두고 싶어 해." 아빠가 폴에게 말했다. "녀석이 수업을 빼먹고 있다는 걸 확실한 소식통한테서 전해 들었어."

나는 이 시점에서 무슨 말이라도 해야 한다고 생각했다. 그런데 내가 머리를 쥐어짜 끼어들기 전에 폴이 레미를 돌아보며 말했다. "그럼 법학 공부 말고 따로 하고 싶은 일이 있는 건가요?"

나는 아빠가 레미에게 그런 질문을 해주길 바랐었다.

"정치가가 되고 싶어요." 레미가 대답했다. "전 세상을 바꿀 수 있는 일을 하고 싶습니다."

레미의 말을 들은 아빠가 눈을 부릅떴다.

"아니면 삼림 감시원이라도 돼서 이 타락한 세상을 벗어나거나요." 레미가 덧붙였다.

"자네와 나는 사람들과 사회를 안전하게 보호하는 일을 하고 있는데," 아빠가 폴에게 말했다. "저 녀석은 숲으로 가서 솔방울이나 줍고 곰이 싸놓은 똥이나 치우겠다는군."

"우리의 숲도 루브르 박물관만큼이나 중요하니까요." 폴이 말했다.

폴의 말에 아빠는 또다시 할 말을 잃은 것 같았다. 나는 레미가 폴에 대해 어떻게 생각하는지 파악하기 위해 레미를 쳐다봤지만, 레미는 우리가 지루한 일요일 점심시간에 종종 그랬던 것처럼 이 자리에서 멀찌감치 떨어지려는 듯 창문 쪽으로 향했다. 하지만 나는 다른 때와 달리 그대로 남아 있었다. 나는 폴이 뭐라고 말하는지 더 듣고 싶었다.

"음식 냄새가 정말 근사해요!" 나는 아빠의 관심을 레미가 아닌 다른 쪽으로 돌리기 위해 말했다.

"정말 그렇군요." 폴이 맞장구를 쳤다. "몇 개월 동안 제대로 된 집밥을 먹어보지 못했어요."

"법대를 관두면 그 난민들을 어떻게 도울 수 있다는 거냐?" 아빠의 이야기가 계속되었다. "뭐 하나라도 끈기 있게 해야 하는 거야."

"음식 준비가 다 된 것 같은데……." 엄마가 초조한 얼굴로 화분의 말라붙은 잎사귀를 떼어내며 말했다.

레미는 아무 대꾸도 하지 않고 엄마를 지나쳐 식탁으로 향했다.

"넌 그저 일하기 싫은 것뿐이야." 아빠가 소리쳤다. "뭘 먹을 때는 늘 1등이면서!"

아빠의 싫은 소리는 손님이 와 있어도 멈출 줄을 몰랐다. 우리는 평소에 하던 대로 감자와 대파가 들어간 수프부터 먹었다.

폴이 수프 맛이 좋다고 칭찬하자 엄마는 조리법대로 했을 뿐이라며 부끄러운 듯 응수했다. 아빠의 숟가락이 수프 접시 바닥을 긁으며 다음 음식을 내올 차례임을 알렸다. 엄마의 입이 살짝 벌어졌다.

아마도 예의 좀 차리라고 말하려는 것 같았다. 그렇지만 엄마는 어떤 일이 있어도 아빠를 힐난하는 말 따위는 하지 않았다.

가정부가 로즈메리를 넣어 으깬 감자와 구운 돼지고기 요리를 내왔다. 나는 벽난로 위에 있는 시계를 곁눈질했다. 평소에도 점심시간이 길게 늘어지기는 했지만 벌써 오후 두 시가 다 되어가고 있었다.

"아직 학생이세요?" 폴이 이번에는 나에게 말을 걸었다.

"아니요. 학교는 졸업했어요. 지금은 파리 미국 도서관에 이력서를 내고 결과를 기다리는 중이에요."

폴의 입가에 웃음이 스쳐 지나갔다. "그렇게 멋지고 평화로운 곳에서 일해보는 것도 괜찮을 것 같군요."

아빠의 검은 눈동자가 흥미롭다는 듯 번쩍였다. "폴, 그쪽 경찰서 근무가 마음에 차지 않으면 내 밑으로 들어오는 게 어때? 마침 경사 자리 하나가 비어 있는데."

"감사합니다. 하지만 지금 있는 자리도 충분합니다." 대답을 하면서도 폴의 시선은 나를 떠날 줄 몰랐다. "사실은 아주 만족스럽습니다."

갑자기 이 자리에 우리 둘만 있는 것 같은 착각이 들었다. '의자에 몸을 기대며 움푹 패인 눈으로 그녀가 있는 쪽을 바라봤을 때, 어쩌면 그는 그녀 마음속에서 일어나고 있는 갈등을 눈치챘는지도 모른다. 그녀는 그의 품에 몸을 내던지고 자신의 마음을 억누르고 있는 비밀을 털어놓고 싶다는 충동을 느꼈다.' 문득 찰스 디킨스의 《어려운 시절》의 한 구절이 떠올랐다.

"일하는 여성이라," 아빠가 코웃음을 쳤다. "그런데 왜 하필 미국 도서관이냐?"

"아빠, 미국 도서관은 책을 알파벳 순서로만 정리하지 않아요. 거기서는 듀이 십진분류법이라는 방법을 사용해서……."

"책을 숫자로 분류한다고? 분명 어떤 장사꾼이 그런 생각을 고안해낸 거겠지……. 그 사람들은 언제나 숫자를 더 중요하게 생각하니까! 도대체 우리 방식이 뭐가 문제라는 거냐?"

"리더 관장님은 각자 나름대로 장점이 있다고 하셨어요."

"외국인이 하는 말 따위! 다음에는 또 누구를 만나서 어떤 이야기를 들을 건데?"

"그거야 알 수 없죠. 아빠도 앞으로 무슨 일이 일어날지 모르시잖아요……."

"뭘 모르는 건 바로 너야." 아빠가 포크를 들어 나를 가리켰다.

"사람들과 부대끼는 사회생활이라는 건 정말 힘든 일이다. 어제는 한 국회 의원이 무단 침입을 했다고 해서 출동했었지. 어떤 할머니가 자기 집에 들어와 기절해 있는 의원을 발견하고 신고한 거야. 무슨 영문인지 그 의원은 온갖 더럽고 지저분한 말을 쏟아내다가 결국 구토를 하기 시작했어. 그 탓에 물을 끼얹어 씻어내고 나서야 겨우 진술을 들을 수 있었어. 의원은 자신의 내연녀 집을 찾아갔다고 생각했는데, 열쇠가 안 들어가서 담을 넘어 유리창을 깨고 집 안으로 들어갔던 거지. 내 말을 믿어라. 너는 이런 사람들과 부대끼는 일이 어울리지 않아. 그리고 이 나라를 망치고 있는 쓰레기를 내 입에 두 번 담게 하지 마라."

하지만 아빠는 외국인과 정치가, 그리고 기가 센 여자에 대한 불평을 멈추지 않았다. 나는 신음 소리를 냈고 레미는 양말 신은 발로 내 발을 토닥였다. 그 가벼운 토닥거림에 마음이 편안해지며 어깨를 짓누르는 긴장이 조금씩 풀리는 것 같았다. 우리 남매는 어린 시절부터 이런 식으로 아무도 모르게 서로를 응원해주곤 했다. "레미, 이번 주에만 두 번씩이나 학교에서 말썽을 피웠다면서! 아예 말썽꾸러기라는 꼬리표를 달아줄까!" 아빠는 화내고 소리 지르는 일밖에 몰랐다. 아빠는 레미의 마음을 돌리는 데 친절하고 따뜻한 말이 더 효과적이라는 걸 전혀 알지 못했다. 지난번에는 내가 레미 편을 들자 아빠가 이렇게 말했었다. "그 녀석 편을 들어? 너희 둘 다 회초리 맛을 한번 봐야겠구나."

"어쨌거나 미국 도서관이라면 미국인을 채용하겠지. 너 같은 프랑스인이 아니라." 아빠의 결론이었다.

나는 아빠처럼 뭐든 아는 척하는 척척박사도 틀릴 때가 있다는 사실을 보여주고 싶은 마음이 간절했다. 그리고 아빠가 내 앞길을 마음대로 정해주는 대신 내 선택을 존중해줬으면 싶었다.

"파리 미국 도서관 회원의 4분의 1은 프랑스 사람이에요." 내가 반박했다. "그러니까 당연히 프랑스인 직원이 필요한 거예요."

"사람들이 뭐라고 생각하겠니?" 엄마가 중재라도 하듯 서둘러 끼어들었다. "아빠가 식구들 하나 건사 못한다고 수군거리지 않겠어?"

"요즘은 직장 다니는 여자들이 많아요." 레미가 말했다.

"내 딸은 직장에 다닐 필요가 없어." 아빠가 말했다.

"하지만 그 딸이 그렇게 하고 싶어 한다면요." 내가 조용히 말했다.

"그만들 해요." 엄마가 후식으로 작은 크리스털 볼에 초콜릿 무스를 내왔다. 그 진하고도 몽환적인 맛에 우리는 지금까지 하던 말들을 잊고 하나같이 입을 모아 엄마의 초콜릿 무스 맛을 칭찬했다.

오후 세 시가 되자 폴이 자리에서 일어났다. "점심 감사했습니다. 죄송합니다만 이제 가봐야 해서요. 곧 교대 근무 시간이거든요."

우리는 폴을 현관문 앞까지 배웅했다. 아빠는 폴과 악수를 나누며 말했다. "내 제안을 한번 생각해보게."

나는 레미를, 그리고 내 입장을 편들어준 폴에게 고맙다고 말하고 싶었지만 아빠가 바로 옆에 있었기에 아무 말도 하지 않았다. 폴이 내 앞에 가까이 다가왔다. 나는 숨을 참았다.

"원하는 일을 하실 수 있게 되길 바랍니다." 폴이 속삭였다.

작별 인사를 하는 그의 입술이 내 뺨에 부드럽게 와 닿았다. 나는 그의 입술이 내 입술에 닿으면 어떨지 궁금했다. 폴과의 키스를 상상하자 갑자기 심장이 두근거리기 시작했다. 《전망 좋은 방》을 처음 읽었을 때와 같은 기분이었다. 나는 천생연분인 조지와 루시가 어느 한적한 광장에서 격정적인 사랑을 고백하고 끌어안는 장면이 나오기를 기다리며 정신없이 책장을 넘겼었다. 내 인생이라는 책도 그렇게 마음대로 빠르게 넘길 수 있다면 얼마나 좋을까. 그러면 폴을 다시 볼 수 있을지 미리 알 수 있을 텐데.

나는 창가로 가서 폴이 서둘러 거리를 걸어 내려가는 모습을 지켜봤다.

뒤에서 아빠가 식후주를 요란스럽게 들이켜는 소리가 들렸다. 일주일에 한 번, 일요일 점심시간이면 아빠와 엄마는 지난 전쟁과 관련된 어두운 기억을 되새겼다. 엄마는 술을 몇 모금 마시고는 묵주를 한 알씩 헤아리며 기도문을 읊조리듯 경건하게 전쟁으로 목숨을 잃은 이웃 사람들을 호명했다. 아빠의 소속 부대는 다수의 전투에서 승리를 거뒀다. 하지만 너무 많은 전우들이 전사했기 때문에 아빠는 그 반쪽짜리 승리를 인정하지 않았다.

레미가 내 옆에 와서 엄마의 화분을 어루만졌다. "손님이 깜짝 놀랐겠어."

"아빠 때문이지 뭐."

"날 너무 화나게 하니까. 왜 그렇게 편견이 심할까. 아빠는 지금 무슨 일이 벌어지고 있는지 전혀 모르시는 것 같아."

나는 언제나 레미 편이었지만 이번 한 번만은 아빠의 생각이 옳기를 바랐다. "아까 했던 말 말인데……. 정말 전쟁이 날 거 같아?"

"유감스럽지만, 그래." 레미가 말했다. "어려운 시절이 다가오고 있어."

《어려운 시절》. 823. 영국 문학.

"스페인에서는 민간인이 죽어나가고 있고 독일에서는 유대인이 박해받고 있지." 레미는 얼굴을 찌푸린 채 손가락 사이의 잎사귀를 바라보며 말을 이었다. "그런데도 난 이렇게 학교나 다니고 있으니."

"네가 학회지에 싣고 있는 기고문 덕분에 스페인 난민의 실상이 많이 알려졌잖아. 헌 옷을 기증받는 운동도 시작해서 우리 가족 모두가 너를 돕고 있고. 난 네가 정말 자랑스러워."

"그 정도로는 충분하지 않아."

"지금 당장은 학업에 충실할 필요가 있어. 예전에는 학과에서 성적이 제일이었는데 지금은 제대로 졸업할 수 있을지를 걱정해야 하잖아."

"학교에서 법률 이론만 공부하는 게 신물이 나. 당장 도움을 필요로 하는 사람들이 저 밖에 있는데 정치인들은 몸 사리기 바쁘고. 이렇게 집에만 처박혀 있을 순 없어. 누군가 나서서 뭐라도 해야 해."

"졸업이 먼저야."

"학위를 받는다고 달라지는 건 없어."

"아빠가 전적으로 틀린 말만 하는 건 아니야." 내가 다시 부드럽게 말했다. "일단 시작한 건 끝을 내야지."

"내가 지금 말하려고 하는 건⋯⋯."

"가족 모르게 또 뭔가 무모한 일을 벌인 건 아니지?" 레미는 모아뒀던 돈을 몽땅 난민 돕는 일에 기부했다. 그리고 어느 날인가는 엄마에게 말도 없이 찬장에 있던 먹을거리를 밀가루 한 줌까지 탈탈털어서 가난한 사람에게 나눠주기도 했다. 덕분에 엄마와 나는 아빠가 퇴근 후 집에 와서 저녁 식사를 하기 전에 급하게 시장을 다녀와야 했다. 다행히 아빠는 무슨 일이 있었는지 눈치채지 못했다.

"너라도 날 이해해줘야지." 레미는 자기 방으로 성큼성큼 걸어 들어가더니 있는 힘껏 세게 문을 닫았다.

나는 레미의 비난에 움찔했다. 레미에게 너야말로 이렇게 충동적으로 군 적이 없었으면서 도대체 왜 그러느냐고 소리치고 싶었다. 하지만 나는 입씨름해봤자 아무 도움이 되지 않는다는 걸 잘 알고 있었다. 나중에 다시 이야기해봐야지. 지금은 아빠도 폴도, 그리고 심지어 레미에 대해서도 생각하고 싶지 않았다. 나는 내 책장에서 찰스 디킨스의《어려운 시절》을 꺼내 들었다.

릴리
Lily

1984년 1월, 미국 몬태나주 프로이드

아빠와 나는 병원에 누워 있는 엄마 주변을 맴돌았다. 엄마는 우리에게 애써 웃어 보이려고 했지만 핏기 하나 없는 입술만 달싹거릴 뿐이었다. 엄마가 눈을 느리게 깜빡거렸다. 엄마 몸에는 여러 장치가 연결되어 삑삑대고 있었다. 왜 학교를 마치고 곧장 집에 가지 않았을까. 만일 그랬다면 이런 일이 벌어지지 않았을지도 모르는데.

나는 눈을 감고 반쯤 먹다 남긴 음식 그릇과 병원의 소독약 냄새로부터 벗어나 엄마를 데리고 메디슨 레이크 레퓨지로 가는 상상을 했다. 엄마와 나는 축축한 냄새를 맡으며 주변을 돌아다녔다. 엄마의 얼굴이 햇볕을 받아 벌겋게 달아올랐다. 엄마가 풀숲 사이에서 뭔가를 발견한 것 같았다. 가까이 가보니 오래된 쿠어스 맥주 캔이었다. 엄마는 바람막이 주머니에서 비닐봉지를 꺼내 캔을 주워 담았다. 이 순간을 그저 즐기고 싶었던 나는 엄마에게 말했다. "엄마, 쓰레기 같은 건 내버려두고 어서 가요." 그렇지만 엄마는 내 말을 듣지 않았다. 엄마에게는 이곳을 우리가 처음 찾아왔을 때보다 더 나은 장소로 만드는 일이 훨씬 중요했다.

스탠치필드 선생님이 들어오자 나는 꿈에서 깨어났다. 선생님은 전문의가 내린 진단을 쉽게 풀어 알려줬다. 심전도 검사 결과 엄마가 과거 몇 차례 본인도 모르게 심장 마비를 일으켰었고 그 결과 심장에 큰 무리가 가게 되었다고 했다. 나는 엄마가 단순히 숨 고르기가 힘들다고 했던 것이 어떻게 심장 마비로 연결될 수 있는지 이해되지 않았다. 그야말로 '낙석 주의'나 '강풍 주의' 같은 경고문 하나 없는 길게 뻗은 도로를 달리다가 날벼락을 맞은 듯한 기분이었다. 어쩌다 일이 이 지경에 이르렀을까? 엄마는 얼마나 더 버틸 수 있을까?

아빠가 냉동 즉석식품을 데워 저녁을 차렸다. 그러고는 텔레비전을 켰다. 아빠는 뉴스를 보기 위해서라고 말했지만, 나는 아빠와 나만 있는 이 어색한 분위기를 그레이엄 브루스터라는 나이 든 진행자에게 떠맡기기 위해서라는 사실을 잘 알고 있었다. 오늘 밤 초대 손님은 참여 과학자 모임 소속의 한 과학자였고, 주제는 핵전쟁으로 인해 벌어질 결과였다.

"엄마는 좀 어때요?" 내가 아빠에게 물었다.

"잘 모르겠다. 조금 덜 피곤해하는 것 같기도 하고."

MIT 출신의 물리학자가 핵전쟁이 일어나면 225톤에 달하는 방사능 먼지가 대기 중에 퍼지게 된다고 말했다.

"언제쯤 퇴원할 수 있을까요?"

"나도 언제가 될지 좀 알고 싶구나. 스탠치필드 선생은 아직 아무 말이 없어. 하지만 곧 그렇게 되겠지. 그렇게 될 거야."

방사능 먼지가 태양을 가리면 빙하 시대가 시작된단다.

"아빠, 나 무서워요."

"밥부터 먹어. 식겠다." 아빠가 말했다.

핵전쟁 직후의 상황이 아무리 심각해도 그 이후에 닥쳐올 일에 비하면 아무것도 아니라는 게 그 과학자가 내린 결론이었다.

나는 포크로 접시의 음식을 헤집었다. 먹은 것도 없는데 헛배가 빵빵하게 불러왔다. 그러더니 고장 난 심장처럼 배 속이 한참을 천천히 울렁거렸다.

저녁 식사가 끝나자 아빠는 자기 방으로 사라졌다. 나는 전화기 줄을 손가락으로 감으며 메리 루이즈에게 전화를 걸었지만 통화 중이었다. 보통은 엔젤 언니가 남자 친구와 약속이 없는 날 전화기를 붙들고 있는 때가 많았다. 나는 아빠가 방에서 나오지 않은 걸 확인하고 5896번으로 전화를 걸었다. 로비가 제발 집에 있었으면. "여보세요?" 로비의 목소리가 들렸다. "여보세요? 누구세요?" 나는 로비에게 아무 말이라도 할 수 있다면 좋겠다고 생각했지만 무슨 말을 어떻게 해야 할지 몰랐다. 수화기를 살며시 내려놓았지만 전화를 바로 끊지는 못했다. 로비의 깊고 부드러운 목소리가 내 외로움을 조금은 달래준 것 같았다.

내 방 창문으로 보름달이 보였다. 보름달도 나를 보고 있었다. 바람이 여윈 나뭇가지를 흔들었다. 어린 시절 내가 폭풍우에 떨 때마다 엄마는 침대는 작은 배로, 거친 비바람은 몰아치는 파도로 상상해보라고 했다. 바다가 우리 집 잔디밭을 이리저리 휘감고 돌다가 우리를 먼 미지의 땅으로 데려다주는 거라고. 그렇지만 엄마 없이 맞는 바람은 요란스럽게 흘러왔다가 더 좋은 곳으로 떠나버리는 그렇고 그런 바람일 뿐이었다.

그로부터 열흘쯤 지났을까 집으로 돌아온 엄마는 침대에 허물어지듯 몸을 뉘었다. 아빠는 캐모마일차를 한 잔 타왔고, 나는 레몬색 담요를 덮고 엄마 곁에 누웠다. 엄마에게서 아이보리 비누 냄새가 났다. 처마에는 고드름이 주렁주렁 매달렸고, 전신주에는 눈이 꽁꽁 얼어붙어 있었다. 하늘은 눈이 부시도록 파란색이었고, 땅은 온통 흰색으로 뒤덮여 있었다.

"오늘은 운이 아주 좋네." 엄마가 창문을 가리키며 말했다. "저기 매가 있어."

매가 길 건너 목초지 위를 높이 날아올랐다가 다시 낮게 내려왔다. 생쥐라도 찾는 걸까. 엄마는 이렇게 새를 보는 게 텔레비전을 보는 것보다 더 낫다고 했다.

"널 가졌을 때 창가에서 아빠랑 바싹 붙어 앉아서 개똥지빠귀를 봤어. 엄마는 밝은색 개똥지빠귀 가슴 털을 아주 좋아했어. 그걸 보고 있으면 금방 봄이 올 것 같았거든. 하지만 네 아빠는 새가 애벌레를 잡아먹는 광경을 그리 좋아하지 않았지. 그래서 내가 네 아빠한테 말했어. '그냥 스파게티 먹는 거라고 한번 생각해봐요.'라고 말이야."

"웩! 그게 뭐예요."

"네 이름은 원래 로빈[12]이 될 뻔했거든. 네가 태어났을 때 간호사에게 아기 이름이 로빈이라고 했으니까. 네 아빠는 릴리라는 이름을 더 좋아했지만. 이 집을 샀을 때 계곡에 백합이 가득 피어 있었거든. 그러다 네가 아빠랑 함께 있는 모습을 봤는데 네 작은 손이 아빠의 새끼손가락을 움켜쥐고 있는 거야. 그 모습이 꼭 작은 꽃잎 같았어. 네 아빠가 네 배에 입을 맞췄어. 그때 널 바라보는 아빠의 눈길이……. 그 사랑이 가득 찬 눈길을 보고 엄만 마음을 바꿨어." 엄마는 내 이름에 얽힌 이야기를 전에도 자주 들려줬지만 오늘은 다른 이유가 있는 것 같았다. 엄마가 덧붙였다. "아빠가 일을 하는 건 본인의 출세를 위해서가 아니야. 우리 가족 모두가 편하게 살 수 있도록 해주려는 거지. 아빠는 어릴 때 가난하게 자랐기 때문에 마음속 깊은 곳에서는 모든 걸 잃게 될까 봐 두려워하고 있어. 내 말 알아듣겠니?"

"대강은요."

"사람들은 말이지, 뭘 어떻게 말하고 행동해야 할지 늘 알 수는 없기 때문에 가끔 어색한 모습을 보이는 거야. 그걸 보고 뭐라 하면 안 돼. 그 사람의 마음에 무엇이 들어 있는지 다른 사람은 절대 알 수 없으니까." '사람들이 어색해해도 그걸 보고 뭐라 하지 마라. 그들의 마음속에 무엇이 들어 있는지 절대로 알 수 없으니까.' 엄마는 도대체 무슨 말을 하고 있는 걸까? 엄마 자신에 대한 이야기일까? 아니면 아빠에 대해서? 나는 메리 루이즈의 엄마가 우리 아빠를 두고, 스스로를 월가의 재무 전문가쯤으로 생각하고 있으며 사람보다

돈에 더 관심이 많다고 말하는 걸 들은 적이 있었다.

"하지만 아빠하고는 뭔가 잘 안 맞아요." 내가 말했다.

"아, 우리 딸. 아기들이 얼마나 많은 보살핌을 받는지 당사자는 기억할 수 없다는 게 아쉬울 뿐이구나. 네 아빠는 밤새도록 너를 안고 돌봐줬어."

엄마는 아빠가 용감하고 침착한 독수리 같았다고 했다. 독수리는 암수가 돌아가며 둥지의 알을 지킨다는 사실을 나도 들어서 알고 있었다.

"사람에게는 가족이 있지." 엄마의 이야기는 계속되었다. "그렇지만 거위는?"

나는 어깨를 으쓱해 보였다.

"거위 무리라고 해."

"참새도 있잖아요."

"참새는 보통 참새 떼라고 하고."

"그러면 매는요?"

"매는 혼자 다녀."

엄마와 나는 '동물의 왕국'에나 나올 법한 말을 주고받았다. 나는 웃음을 터트렸다.

"그럼 혹시 큰 까마귀들이 모여 있는 걸 보고 예전에 뭐라고 그랬는지 아니? 무법자놈들이라고 했어."

정말 그렇게 불렀을까. 나는 긴가민가하며 엄마의 얼굴을 빤히 바라봤는데 정작 엄마는 진지해 보였다. "보통 까마귀들이 모여 있는 건요?"

"사람 잡는 놈들."

"사람 잡는 놈들." 나는 엄마의 말을 따라 했다.

마치 아무 근심 걱정 없이 마냥 좋았던 때로 돌아간 것 같았다. 나는 엄마를 힘껏 끌어안았다. 그러면서 모든 일이 딱 이렇게만 흘러가기를 빌었다. 엄마와 내가 커다란 침대에 함께 누워서 언제까지나 서로의 따뜻함을 느낄 수 있기를 빌었다.

다음 날 아침 가족 모두가 주방에 모였다. 아빠는 오늘 하루쯤 학교를 빠진다고 큰일이 나지는 않을 거라고 했다.

"내가 애도 아니고, 혼자서도 괜찮다고요!" 엄마가 말했다.

"사실 스탠치필드 선생은 당신이 병원에 좀 더 있어야 한다고 했어." 아빠가 대꾸했다.

우리는 말없이 달걀과 베이컨을 먹었다. 아침밥을 먹자마자 엄마는 아빠와 나를 집 밖으로 내몰았다. 나는 학교에서 내내 엄마 생각만 했다. 적어도 병원에서는 엄마가 혼자는 아니었다. 수학 수업 도중에 티파니 아이버스가 내 의자를 걷어찼다. "야, 멍청아," 티파니가 말했다. "선생님이 질문하잖아." 나는 고개를 치켜들었지만 선생님은 이미 다른 곳을 보고 있었다. 마지막 수업이 끝나고 집까지 쉬지 않고 내달렸다. 엄마와 아빠가 창가에 앉아 있는 모습이 보였다. 나는 집 뒤로 돌아가 뒷문을 통해 조용히 주방 쪽으로 들어갔다.

"스탠치필드 선생이 돌봐줄 사람을 구하는 게 어떻겠냐는데." 아빠가 말했다.

"무슨 그런 소리를! 난 괜찮아요."

"집에 도와줄 사람이 있는 게 낫지 않겠어? 내 생각에는 그러면 릴리도 안심하고 학교에 갈 수 있을 것 같은데."

아빠 말이 맞았다. 그러면 정말 안심이 될 텐데.

"누구한테 부탁하게요?" 엄마가 물었다.

"수 밥?"

아빠 입에서 메리 루이즈의 엄마 이름이 나오자 나는 귀를 더 쫑긋 세웠다.

"친구들에게 이런 모습 보여주고 싶지 않아요." 엄마가 말했다.

"그냥 한번 생각해본 거야." 아빠가 한발 물러섰다.

어쩌면 구스타프슨 부인의 도움을 받을 수 있지 않을까. 나는 그녀의 집으로 가 문을 두드렸다. 이번에는 그녀가 대답을 할 때까지 기다렸다.

"엄마 몸이 여전히 좋지 않아요." 내가 말했다.

"속상하겠네."

"우리를 도와줄 사람을 찾고 있는데, 그러니까 엄마가 무리하면 안 돼서. 혹시 도와주실 수 있으면⋯⋯."

"릴리?" 등 뒤에서 아빠의 목소리가 들렸다. "여기서 뭐 해? 얼른 엄마한테 가봐야지."

"제가 도움이 돼드릴 수 있을 것 같은데요." 구스타프슨 부인이 말했다.

"괜찮습니다." 아빠가 말했다. "우리 식구끼리 알아서 할 수 있을 거예요."

구스타프슨 부인이 아빠를, 그다음에는 나를 바라봤다. "저녁 식사를 만들게요. 몇 가지만 바로 챙겨오면 돼요." 그녀는 집 안으로 들어갔다가 채소며 크림 등을 한 아름 들고 나왔다.

우리 집 주방 조리대 앞에 선 구스타프슨 부인은 감자 껍질부터 벗겼다. 어찌나 얇게 벗겨내는지 껍질이 투명해 보일 정도였다.

"뭘 만드시는 거예요?"

"감자랑 대파가 들어간 수프."

"대파요?"

"이곳 몬태나 동부에서는 사람들이 제일 무시하는 재료이긴 하지만."

구스타프슨 부인은 대파의 구불구불한 뿌리를 잘라낸 다음 하얀 줄기 부분을 기다랗게 여러 갈래로 쪼갰다. 그러고는 프라이팬을 달궈 버터를 녹이고 거기에 덜 매운 양파 냄새가 나는 대파를 넣어 볶았다. 감자도 삶았다. 대파가 끓어서 걸쭉해지자 삶은 감자와 크림 덩어리를 넣어 섞었다. 마지막으로 완성된 하얀 수프를 접시에 담았다.

"저녁 준비 다 됐어요." 내가 소리쳤다.

아빠가 엄마를 부축하며 걸어왔다. 아빠의 손이 간호사처럼 엄마의 허리를 감싸고 있었다. 예전에는 두 사람이 키스만 해도 민망하게 여겼지만 지금은 그때처럼 두 사람의 감정을 마음대로 표현할 수 있게 되기만을 바랄 뿐이었다.

감사 기도부터 올리고 수프를 한 숟가락 입에 떠 넣었다. 뭐라 말할 수 없을 만큼 부드러운 맛이 입안 가득 퍼졌다. 빨리 먹고 싶은 마음이 굴뚝같았지만 수프가 아직 뜨거웠다.

"수프를 먹으면 참을성을 배울 수 있단다." 구스타프슨 부인이 말했다. 그녀는 수프를 한 숟가락씩 먹을 때마다 등을 꼿꼿하게 폈다. 나도 등을 쭉 폈다.

"너무 맛있어요." 엄마가 말했다.

"저희 아들이 제일 좋아하던 음식이에요." 순간 구스타프슨 부인의 눈빛이 어두워졌다. "사실 몸에 좋은 음식에는 재료가 많이 필요하지 않아요. 미국의 즉석식품 회사들은 사람들에게 요리를 직접 하려면 많은 시간이 필요하다는 인식을 심어주는 것 같아요. 그러니 캔만 따면 먹을 수 있는 수프 따위를 만들어내죠. 대파에 버터만 넣고 볶아도 이렇게 환상적인 맛이 나는데."

"사람은 뭔가 부족할수록 그 고마움을 더 절절하게 느끼는 것 같아요. 전쟁 중에 어머니는 다른 무엇보다 설탕을 아쉬워하셨어요. 전 버터가 제일 그리웠고요."

"식료품이 그 정도로 부족했었습니까?" 아빠가 물었다.

"제대로 된 식료품이 귀했어요. 전쟁 때문에 힘들었던 것 중에 뭐가 제일 안 좋았는지는 잘 모르겠네요. 밀가루가 없어서 톱밥을 섞어 빵을 굽기도 했고, 물이랑 순무만 넣어서 아무 맛도 나지 않는 수프를 끓여 먹기도 했어요. 고기며 유제품, 과일, 특히 신선한 채소를 구하기 위해 끝없는 행렬이 늘어서 있었죠. 순무조차 쉽게 얻을 수 없는 형편이었으니까. 그런데 제가 몬태나로 넘어오고 나서 시어머니가 스튜를 끓일 때마다 빠뜨리지 않고 넣었던 게 뭔지 아세요? 바로 순무였어요!"

우리는 모두 웃음을 터트렸다. 구스타프슨 부인은 이런저런 이야기를 하며 엄마, 아빠, 나를 웃게 해줬고 덕분에 우리 가족은 집 안에 내려앉아 있던 어색한 침묵을 깨트릴 수 있었다. 그녀가 갈 시간이 되자 엄마가 말했다. "오딜, 고마워요."

우리의 이웃은 적잖이 놀란 것 같았다. 아마도 아주 오랜만에 남편의 성이 아닌 자신의 이름으로 불렸기 때문이 아닐까. 잠시 침묵했던 그녀가 마침내 입을 열었다. "천만에요."

메리 루이즈와 내가 학교를 마치고 집에 왔는데 안방에서 웃음소리가 흘러나왔다. 오딜의 구두가 바닥에 아무렇게 나뒹굴고 있었고 오딜은 침대 가까이에 붙여놓은 흔들의자에 앉아 있었다. 엄마의 머리가 새로 감겨져 잘 말려 있었고 입술에는 오딜과 똑같은 벽돌색 립스틱이 발라져 있었다. 엄마는 무척이나 아름다웠다.

"뭐가 그렇게 재밌으세요?" 메리 루이즈가 엄마에게 물었다.

"오딜이 남편 가족이 이름을 제대로 발음하지 못했던 얘기를 해주고 있었어."

"날 '오디일[13]'이라고 불렀거든."

"결혼식 할 때 혼인 서약서에 내용을 추가해야겠어요. '배우자 식구가 본인을 이상하게 불러도 견디고 참을 것!'" 엄마가 말했고 두 사람은 함께 웃었다.

내 방에 들어온 메리 루이즈와 내가 공부를 하려는데 엄마가 묻는 말이 들렸다. "이런 거 물어봐도 괜찮을지 모르겠지만, 남편은 어디서 만나신 거예요?"

"파리에 있는 병원에서요. 당시 파병 온 군인은 소속 부대장의 허가 없이는 결혼을 할 수 없었어요. 허가가 안 떨어지니까 벅이 부대장하고 카드로 내기를 했어요. 자기가 이기면 결혼 허가를 받고, 지면 한 달 동안 화장실 청소를 하기로요."

"정말 작정을 했군요!"

두 사람이 말소리를 죽이자 우리는 방문에 귀를 바짝 가져다 댔다.

"남편은 저한테 그런 얘기 안 했는데," 오딜의 이야기가 계속되었다. "미국에 와보니 우리 결혼에 대해 말이 너무 많은 거예요. 전 프랑스로 돌아가고 싶었지만 그럴 만한 돈이 없었고……. 사람들이 언젠가는 다 잊고 용서해주겠지 생각했지만, 아니, 사실 전 그들의 용서를 구할 필요가 없었어요!"

"뭐가 말이 많았다는 거야?" 메리 루이즈가 속삭였다. "저 여자 혹시 어디 술집에서라도 일했었나? 그래서 지금까지 사람들이 말도 안 붙이는 건가?"

"그게 아니라 아줌마 쪽에서 말을 안 거는 거야." 내가 씩씩거리며 대꾸했다.

ᨆ

엄마는 겨울잠을 자듯이 겨우내 잠만 잤다. 학교를 마치고 돌아오면 나는 엄마 옆에 누워 오늘 하루가 어땠는지 들려줬다. 엄마는 고개를 끄덕였지만 눈을 뜨지 못했다. 아빠도 가까이에서 언제든 엄마가 원하면 엄마가 좋아하는 찻잔에 캐모마일차를 따라줄 준비를 했다. 스탠치필드 선생님이 약을 더 처방해줬지만 엄마의 상태는 나아질 기미를 보이지 않았다.

"상태가 왜 저런 겁니까?" 아빠가 선생님에게 물었다. 우리 세 사람은 현관문 앞에 모여 있었다. "손만 까딱해도 저렇게 몸을 못 가누게 되니 말입니다."

"심장이 너무 많이 상했어요." 스탠치필드 선생님이 말했다. "시간이 얼마 남지 않았습니다."

"몇 개월 정도요?" 아빠가 되물었다.

"몇 주 정도." 스탠치필드 선생님이 대답했다.

우리가 처한 현실을 알게 된 아빠는 나를 꼭 끌어안았다.

엄마, 아빠는 나에게 학교를 절대 빠지면 안 된다고 강하게 말했다. 그러면서도 아빠는 임시 휴가를 얻어 엄마를 돌보며 엄마 곁을 지켰다.

"당신 때문에 숨 막혀 죽겠어!" 엄마가 아빠에게 화를 내는 소리가 들렸다. 지금까지 엄마, 아빠가 싸우는 걸 한 번도 보지 못했었다. 하지만 요즘 아빠는 엄마를 화나게 하는 일 말고는 할 줄 아는 게 없는 사람 같았다. 엄마는 짜증을 내고 나면 제대로 숨을 쉬지 못했다. 상황을 더 악화시킬까 겁이 난 아빠는 다시 출근을 하기 시작했고, 해 뜨기 전에 서둘러 집을 나가 어두워지기 전에 돌아왔다. 그리고 엄마에게 방해되지 않게 거실에서 잠을 잤다. 밤이면 집 안은 쥐 죽은 듯이 고요해졌고 그러면 엄마의 신음 소리를 들을 수 있었다. 나는 엄마가 거칠게 숨을 몰아쉬거나 기침을 하고 한숨을 내쉴 때마다 두려움에 휩싸여 몸을 웅크린 채 침대에 가만히 누워 있었다. 엄마가 괜찮은지 가보는 것조차 무서웠기 때문이다.

오딜을 찾아가 엄마의 호흡 문제를 털어놓고 나니 기분이 조금 나아졌다. 오딜은 자신이 뭘 해야 하는지 잘 알고 있었다. 그녀는 심지어 엄마 침대 옆에 간이침대까지 가져다 놓고 밤에도 엄마를 돌봐주려고 했다. 엄마가 그렇게까지 하지 않아도 된다고 했지만 오딜은 아무 상관없다며 엄마를 안심시켰다. "내가 같이 있어 준 병사만도 수십 명이에요."

"오딜!" 엄마가 깜짝 놀라 내 눈치를 살피며 소리쳤다.

"전쟁 동안 야전 병원에서요."

밤 아홉 시가 되자 뒷문이 열리고 아빠가 돌아왔다. 오딜이 간이침대에서 일어나 주방으로 갔다. 나는 그림자처럼 벽에 붙어 오딜의 뒤를 살금살금 따라갔다.

"브렌다는 남편이 필요해요. 릴리는 아빠가 필요하고요."오딜이 말했다.

"집사람은 나를 볼 때마다 자신이 벌써 이 세상 사람이 아닌 것처럼 비참한 기분이 든대요."

"그래서 친구들도 못 오게 하는 건가요?"

"남들이 자기를 걱정해 눈물 흘리는 걸 참을 수 없나 봅니다. 동정 같은 건 바라지 않는 거겠지요. 나도 아내 곁에 있고 싶지만 지금은 아내가 원하는 대로 멀리 떨어져 있는 게 최선인 것 같습니다."

"나중에 후회 같은 거 하고 싶지 않으시잖아요?"냉정하던 구스타프슨 부인의 목소리가 엄마 목소리처럼 부드럽게 변했다.

"제가 할 수 있는 일이 있다면 뭐든 할 겁니다."

안방에서 엄마의 기침 소리가 났다. 엄마가 잠에서 깬 걸까? 나를 부르는 소리인가? 나는 엄마에게 달려갔지만 갑자기 겁이 나서 침대 끝에 멈춰 섰다. 뒤에서 아빠의 목소리가 들렸다. "여보?"

오딜이 나를 엄마 쪽으로 슬며시 밀었지만 나는 움직이려 하지 않았다. 어깨를 누르는 그녀의 손길이 느껴졌다. 그때 엄마가 손을 뻗었다. 나는 엄마의 손을 잡기가 두려웠지만 그렇다고 엄마의 손을 뿌리칠 수는 없었다. 엄마가 나를 끌어안았지만 내 몸은 뻣뻣하게 굳어 있었다.

"시간이 얼마 없구나." 엄마가 쥐어짜는 듯한 목소리로 말했다. "시간이 없어. 용기를 가지렴……."

나도 뭔가를 말하려 했지만 두려움이 내 입을 틀어막았다. 한참이 지난 후에야 엄마는 나를 안고 있던 팔을 풀고 나를 물끄러미 바라봤다. 엄마의 애절한 눈길에 사로잡힌 나는 예전에 엄마가 했던 말을 떠올렸다. 자라날 때 끝없는 보살핌을 받는 아기. 거위는 거위 무리. 까마귀는 사람 잡는 놈. 뭘 어떻게 말하고 행동해야 할지 몰라서 어색해하는 사람들. 그러니 그런 사람들을 뭐라 하지 마라. 우리는 그들의 마음에 무엇이 들어 있는지 절대 알 수 없으니까. 네 이름을 처음에는 로빈으로 짓고 싶었지만 결국 릴리로 하기로 했어. 우리 딸, 릴리.

제
5
장

오딜
Odile

1939년 3월, 프랑스 파리

"리더 관장이 전화했었어." 레미와 내가 집에 들어서는데 엄마가
말했다. "널 좀 보자던데."

나는 레미를 돌아봤다. 레미의 눈동자에 희망과 안도가 뒤섞인 내
얼굴이 비쳤다.

"정말 취직하는 게 좋을 것 같니?" 엄마가 물었다. "그럼요!" 나는
이렇게 말하며 엄마를 껴안았다.

레미가 자신의 초록색 새첼[14]을 내밀었다. "행운을 비는 선물이
야. 물론 그 가방에 담아서 가져올 책도 기대하고 있겠어."

혹시 리더 관장의 마음이 바뀔지도 모르니 서둘러 도서관으로 달려갔다. 나는 도서관 정원을 쏜살같이 통과해 나선형 계단에 올랐다. 그러고는 예의 그 사무실 앞에 미끄러지듯 멈춰 섰다. 리더 관장은 자리에 앉아 은색 펜을 손에 든 채 서류를 살펴보는 중이었다. 화장은 지워진 지 오래고 눈도 피곤해 보였다. 저녁 일곱 시가 넘은 시간이었다. 지금이 가장 피곤하고 신경이 곤두서는 시간일까. 그녀가 자리에 앉으라고 손짓했다.

"예산안을 정리하고 있었어요." 그녀의 설명에 따르면 파리 미국 도서관은 사설 기관이며 정부로부터 어떠한 보조도 받지 않는다고 했다. 도서 구입비부터 난방비에 이르기까지 필요한 모든 예산을 기부자와 이사진의 도움으로 충당한다는 것이었다.

"하지만 그건 뭐 오딜 양이 걱정할 문제는 아니고." 그녀는 서류를 치웠다.

"코헨 교수가 오딜 양을 아주 높게 평가했고 나도 좋은 인상을 받았어요. 그러니 이제 일에 대해 이야기를 좀 해봅시다. 사실 그동안 채용했던 직원들은 이런저런 이유로 일을 오래하지 못하더군요. 우리는 적어도 2년은 일할 수 있는 직원이 필요한데."

"무슨 특별한 이유라도 있었나요?"

"외국인이 몇 있었는데, 그냥 고향이 그리워졌다고 하더군요. 프랑스인들 중에는 사람 상대하는 걸 어려워하는 경우도 있었고요. 당신이 편지에 썼던 것처럼 이곳 파리 미국 도서관은 일종의 안식처예요. 도서관 직원들은 그 안식처 역할이 계속될 수 있게 다들 열심히 일하고 있고요."

"열심히 잘 해낼 자신 있습니다."

"월급은 보통 수준인데, 괜찮겠어요?"

"네. 전혀 문제없습니다."

"그럼 마지막으로 한 가지만 더. 사서를 포함한 여기 직원은 돌아가면서 주말 출근을 해야 해요."

그러면 성당 미사도, 아빠가 데리고 오는 남자도 오늘부로 끝이라는 건가? "주말 출근도 상관없습니다!"

"그럼 이것으로 채용이 결정됐습니다." 리더 관장이 엄숙하게 선언했다.

나도 모르게 벌떡 몸을 일으켰다. "정말요?"

"네. 정말이에요."

"감사합니다. 절대 실망시켜드리지 않을게요."

그녀가 장난꾸러기처럼 눈을 찡긋했다. "책 빌리러 온 사람의 머리를 라스콜리니코프처럼 후려치면 곤란해요!"

나는 웃음을 터트렸다. "그건 저도 장담 못하겠네요."

"내일부터 출근하세요." 그녀는 이렇게 말하고는 다시 서류를 펼쳤다. 나는 오늘 정치 집회가 있다던 레미가 아직 나가지 않았기를 바라며 달리기 시작했다. 그러다 길에서 레미를 만났다.

"여기 와 있었어?"

"결정 난 거야?" 레미가 물었다. "뭐가 그렇게 오래 걸려."

"20분밖에 안 지났는데."

"나한테는 영원처럼 길게 느껴지던데." 레미가 툴툴거렸다.

"나 취직했어!"

"내가 잘될 거라고 그랬지!"

"나는 네가 벌써 집회에 간 줄 알았어." 내가 말했다.

"정치 집회보다 더 중요한 일도 있는 법이지."

"너 거기 회장이잖아. 다들 널 기다리고 있을 텐데."

레미는 자기 발로 내 발을 토닥였다. "여기도 날 기다리는 사람이 있으니까. '네'가 없으면 '나'도 없는 거야."

＊

집에 돌아오니 엄마가 거실에서 목도리를 뜨고 있었다.

"어떻게 됐니?" 엄마가 목도리를 옆으로 치우며 물었다.

"오늘부로 난 도서관 사서예요!" 나는 엄마를 일으켜 세워 거실을 돌며 춤을 췄다.

한 박자, 두 박자, 세 박자.

책, 독립, 그리고 행복.

"축하해. 우리 딸 정말 장하다." 엄마가 말했다. "아빠한테는 엄마가 잘 얘기해볼 테니 염려하지 말고."

당장 내일부터 출근이라서 듀이 십진분류법을 다시 살펴보기 위해 내 방으로 갔다. 어제는 뤽상부르 공원에서 새를 구경했다. 조류는 598. 언젠가 기회가 되면 포르투갈어를 공부해야 할 텐데……. 포르투갈 관련은 469. 사랑은 몇 번이었더라? 만일 나 자신을 분류해서 번호를 매긴다면 몇 번이 적당할까?

나는 카로 이모를 생각했다. 나에게 듀이 십진분류법을 처음 알려준 사람이 바로 카로 이모였다. 어린 시절 도서관 낭독회에 따라가 이모 무릎에 앉아 있던 시간이 얼마나 즐거웠던가! 그로부터 몇 년이 지나 아홉 살이 되었을 무렵 이모는 나에게 손바닥만 한 작은 종이를 보여줬다. 종이는 이상하게 생긴 벽장 같은 데 잔뜩 붙어 있는 작은 서랍 안에 들어 있었고, 각 서랍에는 글자가 한 자씩 적혀 있었다.

"여기에는 우주의 비밀이 숨어 있어." 카로 이모가 'N'이 적혀 있는 상자를 열어 수십, 수백 장이 넘는 종이를 보여줬다. "이 작은 종이에는 세상과 이어지는 정보가 적혀 있어. 한번 볼래? 혹시 알아? 깜짝 선물이 들어 있을지."

나는 서랍 속에 일렬로 세워져 있는 종이를 뒤적이다 사탕 하나를 찾아냈다.

"사탕이다!"

카로 이모는 책을 찾아내는 단서를 읽는 방법을 알려줬다. 종이에 적힌 번호는 이모와 나를 각 구역으로, 서가로, 그리고 마침내는 우리가 찾는 책으로 이끌어줬다. 이건 마치 우리만의 보물찾기와도 같았다. 카로 이모의 허리는 세상에서 제일 가늘었고 머리는 제일 똑똑했다. 이모의 눈동자는 엄마처럼 밝은 보랏빛이었다. 엄마의 눈동자는 아빠의 낡은 파란 셔츠처럼 조금씩 빛을 잃어갔지만 카로 이모의 눈동자는 그녀의 삶과 함께 여전히 반짝거렸다. 이모는 책에 관해서라면 분야를 가리지 않았다. 과학, 수학, 역사, 그리고 희곡이며 시까지 닥치는 대로 읽었다. 책장은 이미 차고 넘쳐 화장대 위까지 점령해 화장품 사이에 도로시 파커니 몽테뉴니 하는 작가의 책이 뒤섞여 있는 형편이었다. 옷장 안에도 구두와 스타킹 사이에 자리를 잡은 호라티우스와 스타인벡의 책을 찾아볼 수 있었다. 책과 나에 대한 카로 이모의 사랑이 어우러지며 이모가 뿌려주던 은은한 향수 냄새처럼 나라는 존재를 가득 채워줬다.

내가 직장으로 도서관을 선택한 이유는 카로 이모와의 추억을 잊지 못해서였다.

*

출근 첫날 나는 면접을 보러 갔던 날보다 더 긴장했다. 리더 관장을 실망시키면 어떻게 하지? 누군가 내가 대답할 수 없는 일을 물어본다면? 카로 이모가 곁에 있었다면 어땠을까. 물론 나는 오지 말라고 했겠지만 이모는 그래도 출근 첫날인데 하며 왔을 것이다. 셸리와 블레이크의 책을 잔뜩 빌려가며 나에게 눈을 찡긋해 보였겠지. 그러면 이모가 했던 말을 떠올리며 첫 출근의 초조함을 날려버릴 수 있었을 것이다. 이모는 늘 말했다. 해답은 여기 있어. 그저 찾아내기만 하면 돼.

"자, 도서관을 둘러볼까요." 리더 관장이 활기차게 말하며 나에게 보리스 니셰프를 소개했다. 러시아인이지만 프랑스 국적인 보리스 니셰프는 점잖은 풍모의 수석 사서로 언제나 파란 정장과 넥타이를 깔끔하게 차려입고 있었다. 도서관 회원들은 마치 성당의 신부님을 만나듯 대출 창구에 줄지어 서서 저마다 한마디씩 털어놓고 갔다. 그럼에도 보리스의 초록색 눈동자는 단 한 번도 빛을 잃은 적이 없었고, 심지어 회원의 길고 지루한 이야기를 들으면서도 늘 같은 표정을 유지했다. 보리스는 가장 멋진 정장을 맞추는 비결—"바자르 드 로텔 드 빌 백화점의 단골 재단사라면 절대로 실망할 일이 없죠."—을 귀띔해줬고, 말을 살 때 주로 어떤 점을 살펴봐야 하는지도 알려줬다. 턴불 부인은 보리스가 귀족 출신이며 한때

순종 종마(種馬) 여러 마리를 키우는 농장을 소유하고 있었다고 했다. 한편 프라이스-존스 씨는 보리스가 러시아 장교 출신이라고도 했다. 어쨌든 파리 미국 도서관에는 소장하고 있는 책만큼이나 많은 소문이 떠돌아다녔다.

보리스는 그만의 독서 치료법으로도 유명했다. 그는 실연당한 사람에게 권하는 책, 한여름에 읽으면 좋은 책, 짜릿한 모험을 맛보고 싶을 때 읽는 책 등에 대해 빠삭했다. 지금으로부터 10년 전 처음으로 카로 이모 없이 혼자 도서관을 찾았다가 높다란 서가며 책장에 압도되어 나도 모르게 움츠러들고 말았다. 책등에 새겨진 제목은 예전과 달리 나에게 아무 말도 건네지 않았다. 나는 눈물이 그렁그렁한 눈으로 하염없이 책을 보고만 있다 결국 눈물을 흘리기 시작했다.

그때 보리스가 걱정스러운 얼굴로 내 옆에 다가왔다. "이모랑 같이 안 왔어요?" 그가 물었다. "그러고 보니 한동안 이모님을 뵙지 못했네요."

"이모는 이제 안 오실 거예요."

보리스는 책을 한 권 꺼내 들었다. "이건 가족에 대한 이야기, 상실에 관한 이야기입니다. 그러면서 우울할 때 다시 행복해질 수 있는 비법도 담겨 있죠."

'나는 폭풍우가 두렵지 않아. 왜냐하면 폭풍 속에서도 배를 몰고 나가는 방법을 배우고 있으니까.'

《작은 아씨들》은 내가 제일 좋아하는 책 중 하나였다.

"보리스는 수습 사서부터 시작해 지금은 파리 미국 도서관에 관한 일이라면 모르는 게 없는 사람이 됐죠." 리더 관장이 말했다.

보리스가 나에게 악수를 청했다. "여기 회원이시죠?"

나는 그가 나를 알아봐준 것에 기뻐하며 고개를 끄덕였다. 하지만 내가 뭐라고 인사를 하기도 전에 리더 관장은 나를 일반 열람실로 데려갔다. 일반 열람실에는 창가에 앉아 뭔가를 쓰고 있는 여자 하나가 있었다. 회색 머리카락이 그녀의 얼굴을 감싸고 있었고, 테가 검은 안경이 균형이 잘 잡힌 채 코끝에 걸쳐져 있었다. 엘리자베스 여왕 시대의 영국 관련 책을 잔뜩 펼쳐놓고 있는 그녀를, 리더 관장은 클라라 드 샹브렝 백작 부인이라고 소개했다. 나는 그녀의 이름을 잘 알고 있었고 바로 얼마 전에 그녀의 소설 《영혼들과의 만남》을 읽은 참이었다. 백작 부인이면서 심지어 소설가인 사람을 직접 만나다니!

"음유 시인에 대한 자료 조사 중이신가요?" 리더 관장이 물었다. "제 사무실을 쓰면 편하실 텐데요."

"특별 대우는 사양입니다! 저도 다른 사람들처럼 일반 회원일 뿐이니까요."

백작 부인의 억양은 분명 프랑스식도 아니었고 그렇다고 영국식도 아니었다. 미국 귀족인가? 아니, 미국에 귀족 제도가 있나? 수수께끼는 언젠간 풀리겠지. 리더 관장은 나를 데리고 정기 간행물 열람실로 향했다. 내가 가장 많이 이용하는 곳이었다. 가는 길에 리더 관장은 그녀의 비서인 프리카르 양, 회계 담당인 웨드 양, 서가 정리 담당인 피터 우스티노프 등을 소개했다. 프리카르 양은 프랑스계 스위스인, 웨드 양은 영국인, 피터 우스티노프는 미국인이었다.

내가 확인한 바로는 정기 간행물 열람실에는 열다섯 종류의 일간지와 국내는 물론 미국, 영국, 독일이나 일본 같은 먼 나라에서 오는 300여 가지 정도의 정기 간행물이 있었다. 리더 관장이 앞으로 각종 소식지 등과 함께 도서관 내 안내 게시판, 〈헤럴드〉에 고정적으로 실리는 파리 미국 도서관 소식란까지 책임지고 맡아달라고 했을 때, 나는 그만 정신이 아득해지고 말았다. 아무리 생각해도 내가 그런 일을 다 해낼 수 있을 리 없었다.

리더 관장이 입을 열었다. "나도 이런 일부터 배웠어요. 그러다 지금 이 자리까지 오게 됐고요."

도서관장을 알아보고 인사를 하는 사람들과 저마다의 손에 조심스럽게 들려 있는 책을 보며 리더 관장과 나는 둘만의 은밀한 대화를 나눴다.

프라이스-존스 씨가 우리 쪽으로 다가왔다. 프라이스-존스 씨의 모습에서 페이즐리 무늬로 된 나비넥타이를 뽐내는 점잖은 황새가 연상되었다. 그의 옆에는 흰 구레나룻이 덥수룩한 바다코끼리를 닮은 남자가 서 있었다. "안녕하세요. 오늘부터 일하게 된 신입 사서와 인사들 나누세요." 리더 관장은 이렇게 말하고는 자기 사무실로 돌아갔다.

"편지 쓰라고 충고해주셔서 감사했습니다." 내가 프라이스-존스 씨에게 말했다.

"도움이 되었다니 기쁘군." 그가 말할 때마다 나비넥타이가 흔들거렸다. 그는 친구를 소개하며 덧붙였다. "여기 이 비밀이 많아 보이는 친구는 기자인 조프리 드 네르시아라고 해. 이 친구는 파리 미국 도서관에 배달되는 〈헤럴드〉가 모두 자기 거라고 생각하지."

"은퇴한 외교관이 또 거짓 소문을 퍼트리는 건가?" 드 네르시아 씨가 말했다. "하여튼 외교관들이란."

"오딜 수셰이라고 합니다. 사서 일 외에 다툼을 중재하는 일도 합니다." 내가 농담을 던졌다.

"심판용 호루라기는 있고?" 프라이스-존스 씨가 말했다. "우리 사이에서 심판 노릇하려면 호루라기 없인 안 될 건데."

"이 사람이랑 나는 요란스럽게 언쟁하는 걸로 여기서 유명하지." 드 네르시아 씨가 자랑하듯 말했다.

"우리보다 더 큰소리를 낼 수 있는 사람은 백작 부인뿐이야."

"우리가 싸우는데 백작 부인이 끼어들어서 할 말 있으면 밖에 나가서 떠들라고 한 적이 있거든. 그때 깨달았지." 이 프랑스 남자는 백작 부인을 한번 슬쩍 보고는 말을 이어갔다.

"그땐 정말 무섭더라고! 내 귀를 잡고 밖으로 끌어내려는 줄 알았다니까."

드 네르시아 씨가 씩 웃었다. "물론 백작 부인 같은 멋진 여성이라면 어디로든 나를 끌고 갈 수 있을 테지만 말이야."

"과연 백작이 그러라고 할까."

"백작이고 심지어 장군이잖아! 그러니 몸조심하는 게 좋겠어."

두 사람은 계속해서 이러쿵저러쿵 말을 주고받았다. 나는 일간지를 정리하며 낯선 잡지와 익숙해지려고 애썼다. 다행히 얼마 지나지 않아 잡지의 기사 제목에 푹 빠져들게 되었고, 역사, 유행, 시사 문제로 머릿속이 가득 차게 되었다.

"오딜 양?"

한창 일에 몰두해 있던 차라 나를 부르는 소리를 듣지 못했다.

"실례합니다?"

누군가 내 팔을 잡았다. 고개를 들어보니 폴이 앞에 있었다.

일명 '제비'라고 부르는 자전거 순찰대용 망토를 걸친 폴의 모습은 늠름하고 멋있었다. 파란 망토 덕분에 널찍한 가슴이 더 돋보였다. 근무를 마치고 바로 달려온 게 분명했다.

언젠가 바람이 심하게 불던 날이었다. 공원에서 책을 읽는데 한 줄기 바람이 책장을 넘겨버려 읽던 부분을 놓친 적이 있었다. 폴의 모습을 보자 빠르게 넘어가던 그때 그 책장마냥 가슴이 펄럭이기 시작했다.

하지만 문득 무서운 생각이 들었다. 혹시 아빠가 폴을 여기로 보낸 건 아닐까?

"무슨 일로 오신 거죠?" 내가 따지듯이 물었다.

"오딜 양 때문에 온 건 아닙니다."

"저 때문에 오신 거라 생각 안 했는데요." 나는 거짓말을 했다.

"관광객들은 경찰만 보면 길을 물어보거든요. 그래서 영어 공부에 도움될 만한 책이 있나 해서 왔습니다."

"아빠가 내가 여기서 일한다고 하시던가요?"

"콧대 높은 여자가 많다고 투덜대는 소리는 들었습니다만."

"아빠 말을 귀담아들으세요." 내가 딱딱하게 말했다. "그럼 언젠가 아빠가 당신을 진짜 사건 현장으로 데려가줄 테니까. 그게 당신이 원하는 거잖아요."

"내가 원하는 게 뭔지 전혀 모르시는군요." 폴은 가방에서 꽃다발을 하나 꺼냈다. "당신의 첫 출근이 무사히 끝나길 바라는 제 마음입니다."

나는 그의 양쪽 뺨에 입을 맞추며 고맙다는 인사를 해야 했지만 왠지 수줍은 마음이 들어 그냥 꽃다발에 얼굴을 파묻고 말았다. 내가 제일 좋아하는 수선화에서 봄을 알리는 향기가 올라왔다.

"그럼 책 찾는 걸 도와드릴까요?"

"혼자 찾아보는 것도 좋은 연습이 되겠죠." 그가 도서관 회원증을 들어 보이며 말했다. "오늘은 퇴근하고 도서관에서 시간을 보낼 계획이었으니까요."

그렇게 폴은 나를 홀로 남겨둔 채 큰 걸음으로 일반 열람실 쪽으로 향했다. 그의 회원증은 오늘 발급된 것이었다. 폴은 나를 보려고 도서관에 온 게 틀림없었다.

정기 간행물 열람실에서의 업무는 오후까지 계속되었다. 대부분의 사람들은 원하는 잡지나 신문을 찾아줄 때까지 참을성 있게 기다려줬다. 간혹 불평하는 이도 있었지만. "여긴 〈헤럴드〉를 제대로 관리하는 사람이 하나도 없는 거요?" 남자가 툴툴거렸다. 오늘 자 〈헤럴드〉는 한참 뒤에 드 네르시아 씨의 서류 가방에서 잔뜩 구겨진 채로 발견되었다.

나는 어디선가 다투는 듯한 소리가 들려 밖으로 나갔다. 대출 창구 앞에서 얼굴이 붉게 달아오른 어떤 여자가 책 한 권을 보리스의 눈앞에서 흔들어대며 파리 미국 도서관은 이런 '비도덕적인' 소설책 대출을 중단해야 한다고 소리쳤다. 보리스가 도서관 장서에 대한 검열은 있을 수 없다고 하자 여자는 씩씩거리며 밖으로 뛰쳐나갔다.

"그렇게 놀랄 거 없어요." 보리스가 말했다. "적어도 일주일에 한번 정도는 있는 일이니까. 도서관 직원이 미풍양속을 지키는 데 앞장서야 한다고 생각하는 사람들이 있어서."

"궁금해서 물어보는 건데, 방금 나간 저 사람은 무슨 소설이 문제라던가요?"

"《스터즈 로니건》. 미국 소설이요."

"기억해뒀다가 꼭 읽어봐야겠네요."

보리스가 웃었다. 그런 보리스를 보며 나는 우리가 직장 동료가 되었다는 사실이 얼마나 낯설면서도 또 멋진 일인지 생각하지 않을 수 없었다.

"뭐 좀 줄 게 있는데." 보리스가 말했다.

"네?" 나는 혹시 보리스가 나를 위해 고른 소설이 아닐까 기대했다. 그런데 그가 내민 건 도서관에 직접 올 수 없는 회원이 신청한 대출 도서 목록이었다. 그 70권의 책을 찾아 외부로 반출될 수 있도록 포장하는 게 내 일이었다. 시계를 보니 벌써 오후 두 시였다. 지금까지 어찌나 바빴는지 점심 먹는 것도 잊고 있었다. 어쨌든 지금은 너무 늦었다. 813, 《여름》에서 841, 《알코올》까지. 나는 세 개 층을 돌아다니며 보물찾기를 계속했다. 여섯 시가 되자 발은 물론이고 머리도 지끈지끈 쑤시기 시작했다. 시험 기간에도 이렇게까지 피곤함을 느껴본 적은 없었다. 나는 스무 명이 넘는 사람들을 만났지만 이름이 제대로 기억나는 사람이 한 명도 없었다. 하루 종일 영어로만 말했으며 수십 가지 질문에 답해야 했다. '프랑스인들은 개구리 뒷다리를 먹는다는 게 사실인가요? 만일 사실이라면 개구리의 나머지 부분은 어떻게 하나요? 보존 서고에 들어가볼 수 있을까요? 화장실 어디 있어요? 지금 뭐라고 그랬어요? 좀 더 알아들을 수 있게 말해주세요!' 퇴근 무렵이 되자 머릿속이 텅 빈 것 같았다. 마치 소설책을 펼쳤는데 백지만 있는 듯한 기분이었다.

나는 시들어버린 수선화 꽃다발을 움켜쥐고 차가운 밤거리로 나섰다. 길 위에 서리가 내려 미끄러웠다. 발에 물집이 잡혀 쓰라렸다. 집까지 걸어가는 시간이 15분이 아니라 15년이라도 걸릴 것 같았다. 발을 절뚝이며 걸어가는데 건너편에 있는 희미한 가로등 아래로 검은 자동차 한 대가 부릉거렸다. 아빠가 차에서 나와 조수석 문을 열어줬다.

"아, 아빠. 고맙습니다." 다시 프랑스어로 말할 수 있다는 사실에 안도하며 아침 식사 후 처음으로 편안하게 자리에 앉을 수 있었다.

"배고프지 않니?" 아빠가 상자 하나를 내밀었다. 상자를 열자 피낭시에의 부드러운 풍미가 가득 퍼졌다. 나는 눈을 감고 피낭시에를 천천히 씹으며 입안에서 부서지는 빵을 음미했다.

"괜찮니?" 아빠가 물었다. "출근 첫날인데 벌써 녹초가 됐구나. 혹시 두통도 있는 건 아니냐?"

"전 괜찮아요, 아빠."

"네 나이 때," 아빠가 좀 더 부드러운 목소리로 말했다. "엄마랑 나는 전쟁을 막 겪고 난 터라 친구들과 가족들의 죽음을 슬퍼하는 게 일이었어. 넌 이제 겨우 스무 살이고 너도 네 젊음을 좀 누리고 싶을 게 아니니? 남자 친구도 만나고 춤추러 나가기도 하고……. 책에 둘러싸여 노예처럼 사는 게 아니라 말이다."

"아빠, 제발. 오늘 밤만은……." 태어나서 지금까지 아빠에게 지난 전쟁에 대한 이야기를 듣지 않은 날이 없었다. 참호전과 전차, 독가스 공격과 사지가 절단된 병사…….

"그래. 좋아. 그럼 뭔가 다른 얘기를 하자꾸나. 네가 일요일에도 출근한다는 소리를 들었다. 그래서 돌아오는 수요일 저녁에 젊은이 하나를 초대했다. 그 친구 말이 자기도 책을 좋아한다더라!"

제
6
장

오딜
Odile

나는 매일 아침 파리 미국 도서관이 문을 열기 전에 각 부서를 찾아다녔다. 월요일에는 회계부의 웨드 양을 만났다. 웨드 양은 똑똑할뿐더러 스콘을 맛있게 잘 굽기로 유명했다. 둥글게 말아 올린 그녀의 갈색 머리에 연필 세 자루가 꽂혀 있었다. 석탄과 장작에서부터 책, 제본 접착제에 이르기까지 모든 지출 항목에 대한 설명을 듣고 난 후, 나는 그녀에게 개인적인 이야기를 좀 나눌 수 있는지 물어봤다. 리더 관장이 맡긴 일 가운데 월간 소식지를 만드는 것과 관련해 좋은 생각이 떠올랐기 때문이다. 소식지에는 새로 들어온 책 목록이나 서평 등이 실려 있었는데, 여기에 도서관 직원이나 회원과 관련된 좀 더 개인적인 사연을 추가하면 좋을 것 같았다.

"주로 어떤 책을 읽으세요?" 내가 수첩에 받아쓸 준비를 하고 물었다.

"학교 다닐 때부터 수학을 좋아했어요. 사람보다는 숫자가 더 이해하기 쉬우니까. 그러다 보니 피타고라스나 헤라클레이토스 같은 고대 그리스 수학자에 대한 책이 좋더군요. 우리는 여전히 그들의 사상과 업적에 의지하고 있잖아요."

"나는 보리스보다는 리더 관장님 쪽에 더 가까워요. 사람을 상대하는 일에 그다지 능숙하지 못해요." 그녀는 네 번째 연필을 머리에 꽂았다. "그렇지만 어떤 식으로든 도서관에 도움이 됐으면 좋겠어요. 지난 10년간 마음씨 좋은 기부자와 장시간 근무도 마다하지 않는 능력 있는 직원에 대한 사연으로 내 나름의 책을 채웠다고 생각해요. 다만 이야기가 아니라 숫자와 자료로 풀어냈다는 차이는 있지만."

웨드 양을 인터뷰하는 일은 새롭게 피어나는 장미 한 송이를 바라보는 것과 비슷했다. 활짝 피어난 꽃잎 같은 그녀의 두 뺨이 열정으로 붉게 물들었다. "감사합니다." 나는 웨드 양과 대화를 나눌 수 있어서 기뻤다. "다른 사람들도 당신의 이야기를 아주 마음에 들어 할 거예요. 개인적으로는 헤라클레이토스와 관련된 내용을 꼭 찾아보고 싶네요."

함께 일하는 동료에 대해 더 많이 알게 되는 일은 아주 즐거웠다. 화요일에는 서가 정리를 맡고 있는 피터와 시간을 보냈다. 이 도서관에서 책장 맨 위에도 손이 닿을 만큼 키가 큰 사람은 피터밖에 없었다. 그는 번호로 분류한 책을 수레에 담아 한번에 열 권씩 꽂아 정리했다. 나는 고작해야 한번에 두 권 정도였는데 말이다. 피터는 권투 선수처럼 체격이 좋았다. 하지만 나이가 지긋한 프로트 부인이 서가를 누비며 "친애하는 피터, 우리 피터 어딨어요?"라고 요란스레 찾을 때면, 프로트 부인의 노골적인 유혹을 피해 직원 휴게실로 쏜살같이 도망치기도 했다.

수요일에는 어린이 열람실을 찾아갔다. 그곳에는 어린아이 키에 맞춘 낮은 책장이 벽을 따라 늘어서 있었고, 앙증맞은 책상과 의자가 벽난로 앞에 한데 모여 있었다. 어린이 열람실을 담당하는 뮤리엘 주베르를 만나본 적은 없었지만 나는 어쩐지 그녀를 알고 있는 듯한 기분이 들었다. 내가 빌린 책 뒤에 꽂혀 있는 대출증에서 깔끔한 글씨체로 먼저 적힌 그녀의 이름을 종종 봤기 때문이다. 지난주에도 그녀는 《나의 안토니아》, 《벨린다》, 그리고 《에퀴아노의 흥미로운 이야기》를 나보다 한발 앞서 빌려갔다. 책에 대한 취향으로 말미암아 꽤 나이가 있는 여성의 모습을 상상했었다. 그런데 실제로 만나보니 내 또래의 젊은 여자가 똘망똘망한 보라색 눈으로 나를 마주 보고 있었다. 검은 머리를 왕관처럼 위로 땋아 올렸음에도 키가 150센티 언저리로 보였다.

"주베르 양?" 내가 물었다.

뮤리엘 주베르는 다른 사람들이 그러하듯 자신을 비찌로 불러달라고 했다. 언젠가 미국 텍사스에서 온 한 회원이 자신을 꼬맹이 아가씨라고 놀린 이후로, 꼬맹이를 뜻하는 미국 사투리 '잇시 빗시'가 프랑스식으로 줄여져 비찌가 되었다는 것이다. 그리고 그녀도 자기가 좋아하는 소설책에서 나의 대출 흔적을 발견할 때마다 내가 누군지 궁금했었다고 말했다.

"우리는 말 그대로 책으로 맺어진 친구네요." 마치 "하늘이 파랑 군요."나 "파리는 세계 최고의 도시예요."라고 말할 때처럼 딱 부러지는 말투였다. 나는 소울 메이트의 존재를 믿지 않았지만 책에 대한 열정으로 이어진 북 메이트는 믿을 수 있을 것 같았다.

비찌는 나에게 《카라마조프가의 형제들》을 권했다. "다 읽고 나서 눈물을 흘릴 정도였어요." 그녀는 흥분을 감추지 못하며 말을 이어갔다. "그런 훌륭한 책을 읽을 수 있다는 사실이 행복했어요. 내용도 너무 감동적이었고요. 두 번 다시 그런 책을 발견하는 경험을 하지 못할 거예요."

"세상에 없는 작가 중에서 내가 제일 좋아하는 작가가 도스토옙스키예요."

"나도요. 그럼 살아 있는 작가 중에서는요?"

"조라 닐 허스턴이요. 《그들의 눈은 신을 보고 있었다》를 처음 빌렸을 때 그야말로 단어 하나하나를 집어삼킬 듯이 정신없이 읽어 내려갔던 기억이 나네요. 처음에는 다음에 어떤 이야기가 전개될지 궁금할 따름이었어요. 제이니는 원하지 않는 사람과 결혼하게 될까? 티 케이크는 내 바람대로 제이니를 위하며 살 것인가? 그러다가 내용이 얼마 남지 않게 되면서부터는 내가 사랑했던 세계가 종막에 다다르고 있다는 사실을 깨닫고 두려워지기 시작하는 거예요. 아직 작별 인사를 할 준비가 되지 않았거든요. 그래서 그때부터는 모든 장면을 음미하면서 천천히 책을 읽었어요."

그녀가 고개를 끄덕였다. "나랑 똑같네요. 책 한 쪽 한 쪽을 가능한 한 아주 길게 늘여서 읽는 거."

"책은 나흘 만에 다 읽었지만 대출 기간 2주를 꽉 채워서 가지고 있었어요. 대출 기한 마지막 날에 책을 반납하러 갔는데 책에서 손이 떨어지지 않는 거예요. 아직 떠나보낼 준비가 되지 않아서 그랬나 봐요. 그때 보리스가 나에게 허스턴의 다른 소설을 세 권 더 찾아줬죠."

"나도 마찬가지예요. 무슨 초콜릿 케이크나 사랑을 갈구하듯 책을 읽었어요. 주인공이 실존 인물인 것처럼 진심으로 걱정되기도 하면서요. 심지어는 제이니가 원래 알았던 사람 같더라니까요. 언젠가 그녀가 도서관에 걸어 들어와 나에게 커피라도 한잔하겠냐고 권할 것 같았죠. 좋아하는 책의 주인공에 대해서는 늘 그런 식으로 생각해요." 비찌가 말했다.

그때 한 아이 엄마가 다가왔다. "우리 아들이 고른 책인데……," 그녀가 동화책 두 권을 내밀었다. "책이 손을 좀 많이 탄 듯해서요."

"그만큼 아이들이 좋아하는 책이랍니다." 비찌가 대답했다. "혹시 새로 나온 책이 필요하시면 저쪽 '신착 도서' 칸에 있습니다."

"다시 일할 시간이네요." 비찌가 소리 없이 입 모양만으로 말하며 자리로 돌아갔다. 나는 혹시라도 폴이 왔나 싶어 일반 열람실을 쭉 둘러봤지만 폴은 없었다.

나는 실망감을 감추지 못하며 자리로 돌아왔다. 시몬 부인이 발을 동동 구르며 〈하퍼스 바자〉를 기다리고 있었다. "아니, 대체 어디 있었어요?" 부인이 꾸짖듯 소리쳤다.

갈색 포장지를 뜯지 않은 새 잡지를 건네주자 시몬 부인의 태도가 이내 부드러워졌다. 그러더니 갑자기 집안에서 늘 뒷전인 그녀의 처지를 하소연하기 시작했다. 그녀가 말을 할 때마다 틀니에서 달그락거리는 소리가 났다. 낡은 밍크 코트는 세상을 떠난 숙모에게서, 틀니는 시어머니에게서 물려받는 식으로 시몬 부인이 소유하고 있는 물건은 죄다 남에게 받은 것이었다. 그렇지만 이곳 파리 미국 도서관에서만큼은 첫 번째로 최신 유행을 알게 되는 기쁨을 맛볼 수 있다고 했다. 잡지에 나오는 고급 의상을 살 만한 형편은 못 되었지만 말이다. "어차피 들어가지도 않을 거고." 시몬 부인은 통통한 손으로 자기 몸을 슬쩍 만지며 한탄하듯 말했다. 그러고는 코헨 교수 옆에 자리를 잡고 앉았다.

시몬 부인이 보리스를 보며 말했다. "저 사람은 러시아 혁명 때 모든 걸 잃었다던데. 그래서 거지나 다름없이 무일푼으로 프랑스에 건너와 밑바닥부터 다시 시작해야만 했대요."

"형편과 상관없이 저분은 자긍심을 잃지 않아요." 코헨 교수가 대꾸했다.

"저 사람 부인이 러시아 공녀였는데 지금은 계산대 점원이라면서요. 산다는 게 뭔지!"

"그런 건 살면서 단 한 번도 땀 흘려 일해본 적 없는 사람들이나 떠들 법한 이야기입니다."

그때 클라라 드 샹브렝 백작 부인이 신문을 잔뜩 들고 지나갔다. "귀족들을 말하는 건가요." 시몬 부인이 코웃음을 쳤다. "저기 미국에서 온 귀족이 지나가네요."

"오늘따라 남의 일에 신경을 많이 쓰시는군요. 그것도 좋지 않은 쪽으로요. 클라라는 도서관을 위한 기금 조성에 애쓰는 유능한 이사예요. 클라라가 없었으면 우리가 여기 이렇게 편하게 앉아 있지도 못했을 겁니다. 최신 유행에 관심 많으신 거 같은데, 굳이 말씀

드리자면 뒷담화하는 사람들은 아무리 좋은 옷을 입고 있어도 남
들에게 좋게 보이지 않아요."

마거릿
Margaret

1939년 3월, 프랑스 파리

마거릿은 진주 목걸이를 신경질적으로 만지작거리며 파리 미국 도서관의 문턱 앞에서 머뭇거렸다. 도서관은 성당처럼 고요했고, 그래서 그냥 들어가도 괜찮은지 알 수 없었다. 마거릿은 미국인이 아니었고 책에도 관심이 없었다. 그렇지만 파리에서 4개월을 지낸 후라 영어로 된 거라면 무엇이든 그리워 견딜 수 없었다. 가게며 미용실, 빵집 등 어디를 가도 프랑스어 특유의 콧소리가 사방을 가득 메우고 있었고 영어를 할 줄 아는 사람은 단 한 명도 없었다. 크루아상 하나를 살 때도 빵을 가리키며 손가락 한 개를 들어 보이는 식의 손짓밖에 할 수 없었다. 마거릿은 뭔가 알아들으면 고개를 끄덕였고 그렇지 않으면 어깨를 으쓱했다.

집에서는 주로 남편 로렌스가 이야기를 하는 편이었다. 유모는 딸 크리스티나를 돌보느라 바빴고, 집사 제임슨은 런던에서 살 때와 마찬가지로 집 안 곳곳을 뛰어다니느라 바빴다. 마거릿을 필요로 하는 사람은 아무도 없었고, 마거릿의 이야기에 귀를 기울이는 사람도 없었다. 마거릿은 자신이 파리를 사랑하게 될 거라고 생각했다. 고급 부티크, 아름다운 속옷, 그리고 향수가 있는 도시 파리. 하지만 혼자 돌아다니는 건 재미가 없었다. 새 옷을 입어도 그 모습을 칭찬해줄 친구가 없었다. 무엇보다 마거릿은 어머니의 의견이 듣고 싶었다. 옷 색깔이 잘 어울리는지, 로렌스에게 대화를 시도해야 하는지 아니면 그냥 있어야 하는지. 마거릿이 파리에 와서 제일 놀랐던 건 잔느 랑방[15]의 화려한 옷이나 파리 여자들이 쓰고 있는 멋진 모자가 아니었다. 마거릿은 자신이 이토록 어머니를 그리워하게 될 줄은 꿈에도 생각지 못했다.

마거릿은 프랑스 화폐 계산에 익숙하지 못했다. 점원들은 그런 그녀를 대놓고 기만했다. 스타킹을 사는데 점원이 그 복잡한 프랑스어로 한 짝에 75프랑이라고 하는 게 아닌가. 그녀 뒤에 있던 프랑스 여자는 똑같은 75프랑을 내고 한 짝이 아닌 스타킹 한 벌을 가져갔는데 말이다. 하지만 마거릿은 항의하거나 싸울 수 없었다. 그녀는 그저 발만 동동 굴렀고 점원은 그녀를 보며 낄낄거렸다. 농담인지 진담인지 모를 상황 속에서 낭비되는 돈의 액수도 만만치 않았다.

이런 일련의 일을 수차례 겪으니 밖에 나가서 뭔가를 시도해보려는 마음이 싹 사라졌다. 마거릿은 집 안을 서성거리거나 화장대 앞에서 머리를 말아 올리고 이브닝 드레스를 차려입은 채 눈물을 흘렸다. 세상에서 가장 화려하고 아름다운 도시에서 이런 꼴로 지내다니 참으로 비참한 일이 아닐 수 없었다. 친구들에게 그렇게 자랑을 해댔는데! '난 이제 사랑과 정열의 도시 파리로 가는 거야! 울랄라! 멋진 프랑스 남자, 샴페인, 초콜릿! 울랄라! 다들 꼭 한번 놀러와!' 하지만 맞닥뜨린 현실은 얼마나 당혹스럽던지! 마거릿은 친구들에게 이런 사실을 솔직히 말하느니 차라리 죽는 게 나을 것 같았다. 그렇다고 친구들이 전화를 하거나 편지를 보내는 것도 아니었다. 런던을 떠난 이후 친구들과의 연락이 다 끊겨버렸던 것이다.

오늘 아침에 친절하지만 옷차림은 별로 세련되지 않은 영사의 아내가 찾아왔다. 제임슨이 그녀의 도착을 알렸을 때 마거릿은 거울 앞으로 달려갔다. 머리를 언제 감았는지조차 기억나지 않았고 눈은 충혈되어 있었다. 이런 한심한 꼴을 남에게 보이는 게 너무나 부끄러웠다. 어쩌면 집사더러 데이비스 부인을 그냥 돌려보내달라고 말하는 게 현명할지도 모르지만 지금 마거릿은 사람이 너무나 고팠다. 게다가 자신을 찾아온 손님은 데이비스 부인이 처음이었다. 그녀는 지저분한 실내복에서 산뜻한 새 옷으로 갈아입었다. 영사 부인은 마거릿을 보더니 오늘 당장 파리 미국 도서관에 가보라고 권했다. 그리하여 마거릿은 지금 이렇게 도서관까지 오게 되었다.

이곳에는 마거릿이 한 번도 경험해보지 못했던 편안한 동지애 같은 것이 있었다. 도서관 여자 중 누구도 "남편은 뭐 하는 분이세요?" 같은 질문을 하지 않았던 것이다. 대신 무슨 책을 읽고 있는지에만 관심이 있었다. 그럼에도 마거릿은 한숨을 쉬었다. 여전히 대화의 중심에 그녀는 없었기 때문이다.

"파리 미국 도서관에 오신 걸 환영합니다."

사서는 소박한 원피스를 입고 있었다. 그렇지만 머리를 고정시킨 검은 리본만으로도 그녀는 충분히 예뻤다. 사서의 눈동자는 마저리 심슨이 결혼 3주년 기념으로 두 번째 남편에게 받았다던 보석보다 더 반짝거렸다. 로렌스는 더 이상 마거릿에게 그런 장신구를 선물하지 않았다.

"책 찾는 거 도와드릴까요?"

마거릿은 이번만큼은 자신이 원하는 걸 제대로 말할 수 있기를 바라며 입술을 깨물었지만 결국 이렇게 말하고 말았다. "우리 딸아이가 볼 만한 책이 있을까요? 이제 네 살 되는데요."

사서가 고개를 갸웃거렸다. 《염소 벨라 이야기》는 어떠세요?"

"영어가 통하는 데 와 있어서 얼마나 안심되는지 짐작도 못하실 거예요. 파리는 정말 낯선 곳이에요." 마거릿이 잠시 말을 멈췄다. 뭔가 아귀가 맞지 않았다. 그녀가 입 밖에 내는 모든 말이 이리저리 삐끗댔다. "물론 내가 프랑스에 있고, 프랑스 입장에서는 내가 이방인이겠지만요."

"곧 익숙해지실 거예요." 사서가 마거릿을 달래듯 말했다. "이곳을 이용하는 회원 상당수가 영국과 캐나다에서 오신 분들이에요."

"좋네요. 혹시 나한테 권해주실 만한 책으로는 어떤 게 있을까요?"

"도로시 위플의 소설은 어떠세요? 《프라이어리》는 제가 좋아하는 책 중 하나이기도 해요."

사실 마거릿이 원한 건 잡지였다. 그녀는 여자 사립 학교에서 지루하기 짝이 없는 조지 엘리엇을 배운 이후로 책이라고는 한 권도 펼쳐본 적이 없었다.

"아니면 《미스 페티그루의 어느 특별한 하루》는 어떠세요? 《신데렐라》의 성인판이라고 보시면 될 거예요."

마거릿은 동화책을 좋아했다.

"프랑스어가 어려우시면 적당한 문법 책도 몇 권 갖추고 있어요. 어디 보자……."

마거릿은 사서의 자상한 배려에 감동받았다. 대사관이나 영사관의 연회에서 만난 사람들은 마거릿에게 말을 걸면서도 눈으로는 다른 사람들을 쫓고 있었다. 그러다 더 중요해 보이는 사람이 나타나면 하던 말을 도중에 끊고 그쪽으로 가버렸다.

"혹시 생각이 있으시면," 사서가 덧붙였다. "〈보그〉 같은 잡지도 있습니다만."

사서가 왠지 실망한 듯해서 마거릿은 이렇게 대답했다. "잡지 말고 책 빌려갈게요."

사서의 얼굴이 천천히 밝아졌다. "그럼 책 보러 가실까요. 참, 제 이름은 오딜이에요."

"전 마거릿이에요."

오딜은 일반 열람실 쪽으로 가는 대신 계단을 올라갔고 마거릿은 그녀의 뒤를 따랐다. '직원 외 출입 금지' 입구를 통과하며 마거릿이 물었다. "그런데 지금 어디 가는 건가요?"

"가보시면 알아요."

오딜은 작은 직원 휴게실 같은 데로 마거릿을 데려갔다. 그러고는 짝이 안 맞는 찻잔 두 개와 스콘 한 접시를 내왔다. 오딜이 전기 화로에 주전자를 올려놓는 동안 마거릿은 손가락으로 스콘의 거친 표면을 만져봤다. 엄마가 만들어주던 것과 비슷했다. 그래, 파리에는 온갖 산해진미가 가득하고 맛있는 빵이며 과자를 마음껏 맛볼 수 있지. 하지만 마거릿은 그보다 소박한 집밥이 무척이나 그리웠다.

오딜이 자리에 앉으며 마거릿에게 옆자리를 권했다. "이제 편하게 말씀해보실까요? 이런 대화 자리를 프랑스에서는 '라콩트'라고 한답니다."

마거릿은 파리에 온 후 처음으로 고향 집에 와 있는 듯한 행복을 느꼈다.

제
8
장

＊

오 딜
Odile

'뢰르 블루', 파란 시간. 프랑스에서 막 해가 지고 밤이 시작될 무렵을 뜻하는 마법의 순간이 다가왔다. 하루 업무가 끝나고 직원들이 퇴근하면서 탁자와 의자 위에 고요함이 거미줄처럼 엮이며 내려앉기 시작했다. 나는 파리 미국 도서관에서 맞이하는 이 순간이 좋았다. 사방이 평온한 것이 모든 게 내 것처럼 느껴졌다.

나는 보리스를 도와 가죽 커버가 씌워진 두꺼운 장부를 펼치고 오늘은 몇 명이나 도서관을 이용했는지, 그리고 책은 몇 권이나 대출되었는지를 정리했다. 이용자는 287명, 대출 도서는 936권이었다.

그 밖에 어느 임산부가 《좋은 엄마 되기》라는 책의 43쪽을 읽다가 그만 정신을 잃고 말았다든가 하는 오늘의 이모저모도 기록했다.

"시간이 늦었군요." 보리스가 말했다. "이렇게 늦게까지 있을 필요는 없는데."

"하고 싶어서 하는 거예요."

보리스가 텅 빈 열람실을 가리켰다. 그의 우아한 손은 종이에 베인 상처로 가득했다. "천국 같지 않나요?" 드디어 우리만이 알고 있는 한밤의 춤의 향연이 시작되었다. 지난 한 달 동안 갈고닦아 완성된 무대였다. 보리스가 창문이 모두 잠겨 있는지 확인하고 커튼을 쳤다. 나는 조명을 어둡게 조절함으로써 자료 열람실에서 꿋꿋하게 버티고 있는 일반 이용자가 아닌 교수나 학자들에게 곧 문 닫을 시간임을 알렸다. 의자를 제자리로 밀어 넣으면서 보리스도 나도 한마디도 하지 않았다. 뭔가 의논할 문제가 있어도, 또 처리해야 할 일이 있어도 모두 다음 날로 미루기로 했다. 하루 종일 도서관 이용자의 질문에 답을 하며 보낸 우리들에게 이런 침묵은 일종의 보상이나 다름없었다. 나는 보리스가 러시아 귀족 출신이라던 시몬 부인의 말이 정말인지 궁금했다. 그리고 언젠가 보리스가 자신의 삶에 대해 터놓고 이야기해줄 수 있을 만큼 나를 신뢰하게 될지도 궁금했다.

오늘은 내가 끝까지 남아 있는 사람들을 내보낼 차례였다. 나는 열람실을 돌아보기 시작했다. 비소설 작품이 있는 서가를 둘러보는데 낮에는 그 존재를 알아차리지 못했던 책을 만났다. 오늘 저녁에 발견한 건 《종이봉투로 물 끓이는 법》이라는 책이었다. 다음으로 자료 열람실로 넘어가 서가를 둘러보다가 오늘 최고의 소득을 맞닥뜨렸다. 폴이었다. 폴은 영문법 책을 열심히 들여다보고 있었다.

그는 나를 보자 내 두 뺨에 입을 맞추며 반갑게 인사했다. 나는 순간 그의 체취를 있는 힘껏 들이마셨다. 폴한테서 담배 냄새가 났다. 내가 제일 좋아하는 홍차인 랍상소우총[16] 같이 연기에 그을린 냄새였다. 원래대로라면 인사를 나눴으니 한발짝 물러서야 했겠지만 서가 사이가 비좁은 덕에 자리에 그대로 서 있을 수 있었다.

"문 닫을 시간인가요?" 폴이 물었다. "번거롭게 해서 미안합니다."

"전혀요. 아무 문제없어요." 계속 이렇게 나를 꼭 붙들고 귀찮게 해줘요.

"몇 번 왔었는데."

"그랬어요?"

"근데 다른 사람들을 상대하느라 바쁘시더라고요."

우리 사이의 거리는 불과 몇 센티미터였지만 왠지 모르게 멀게 느껴졌다. 나는 폴에게 더 가까이 다가갔다. 그의 입술이 내 입술을 덮었다. 나는 손으로 폴의 뺨을 감싸 쥐었다. 어제만 해도 누군가 나에게 서가 사이에서 남자와 키스하게 될 거라고 말했다면 나는 그 사람에게 뭐 잘못 먹었느냐고 쏘아붙였을 것이다. 하지만 지금은 이 부드러운 충돌이 너무나도 완벽했고 심지어 옳은 일을 하는 것 같았다.

일전에 책 ―《안나 카레니나》의 안나와 브론스키,《제인 에어》의 제인과 로체스터―에서 열정에 대해 읽고 그것이 주는 떨림을 느꼈었다. 아니, 느꼈다고 생각했다. 하지만 이 책들의 어느 구절에서도 열정에서 비롯된 실제 입맞춤이 주는 짜릿함에 대해서는 알려주지 않았다.

그때 바닥을 두드리는 구두 소리가 들렸다. 우리는 재빨리 뒤로 물러섰다. 서로 떨어져 닿아 있는 부분이 없음에도 내 뼈, 피부, 피, 그리고 내 몸 전체가 여전히 그를 느끼고 있었다.

"거기들 있었군요." 리더 관장이 나와 폴을 번갈아 보며 말했다.

"어, 감사합니다, 수셰이 양." 폴이 말했다. "과거 분사에 대해, 어, 그러니까 어느 부분을 찾아봐야 하는지 이제야 알겠군요." 폴은 영문법 책을 들고 서둘러 밖으로 나갔다.

리더 관장은 의미심장한 미소를 지었다. "웨드 양이 기다리고 있던데요."

"웨드 양이요?"

"월급날이잖아요."

맞다! 월급날이었지. 이렇게 중요한 일을 까맣게 잊고 있었다니.

"첫 월급으로 뭐 할 거예요? 무슨 계획이라도 있나요?"

"네? 계획이요?" 순간 머리가 뒤죽박죽되었다.

"뭐, 대부분 저축하고 싶겠죠? 돈 모으는 일은 중요하니까요. 그렇지만 돈을 의미 있게 쓰는 일도 중요해요. 첫 월급 기념으로 지금까지 잘 해낼 수 있게 도와준 사람들에게 작은 선물을 한다거나."

"좋은 생각이네요." 이런 생각을 먼저 떠올렸더라면 좋았을걸. "관장님은 누구에게 감사 인사를 했었나요?"

"어머니와 제일 친한 친구에게 소설책을 한 권씩 선물했었죠." 그녀가 말했다. "자, 그것보다도 웨드 양을 더 이상 기다리게 만들지 말아요."

나는 늘 밝은 표정의 웨드 양을 찾아갔다. 오늘 밤에는 그녀의 머리에 연필이 두 자루만 꽂혀 있었다. "그리스 철학자 헤라클레이토스에 대해서 당신이 한 말이 맞았어요. '누구도 같은 강물에 두 번 발을 담글 수 없다'는 말이 정말 마음에 들었어요……."

"확실한 한 가지는 모든 건 변한다는 사실이죠." 웨드 양이 고개를 끄덕였다.

웨드 양이 월급을 정산해줬다. 1프랑 1프랑에 도서관 이용자의 무수한 문의에 대한 답변과, 외국어인 영어로만 소통해야 하는 어려움과, 사람들에게 추천할 책을 읽기 위해 지새우던 밤이 새겨지는 것 같았다. 나는 내가 이 일을 얼마나 좋아하는지 잘 알고 있었다. 동시에 이 일이 얼마나 어려운지 새삼 놀라고 있었다.

나는 월급을 주머니에 넣었다. 사실 내가 일을 하고 싶었던 이유는 바로 돈 때문이었다. 돈은 곧 안정을 의미했다. 나는 카로 이모처럼 궁핍하고 외로운 처지가 되고 싶지 않았다.

다음 날 오후 은행에 가서 비상금을 제외한 나머지 월급을 모두 저금했다. 그런 다음 기차역으로 가서 퐁텐블로[17]로 가는 표를 두 장 끊었다. 나를 변함없이 지지해줬던 레미를 위한 선물이었다. 레미는 음악이나 책보다 숲을 돌아다니는 걸 더 좋아했다. 나는 저녁 식사 자리에서 선물을 건넬 요량이었지만 레미는 밥을 먹는 둥 마는 둥 하더니 조용히 사라져버렸다.

"쟤가 요즘 통 먹지를 않아." 엄마가 투덜거렸다. "내가 만든 음식이 그렇게 별로인가?"

아빠가 엄마의 통통한 손을 잡았다. "맛있기만 한데 뭘."

"당신도 요즘따라 툭하면 밖에서 저녁을 먹고 들어오잖아요." 엄마가 날카롭게 대꾸했다.

"자, 여보." 아빠가 엄마를 달랬다.

"오딜, 가서 레미 좀 들여다보지 그러니?" 엄마가 말했다.

레미는 책상 앞에 앉아 있었다. 책상 위에 종이가 가득했다. 내가 레미에게 기차표를 내밀면 레미 입에서 당장 떠나자는 말이 나올 줄 알았다. 하지만 레미는 그저 건성으로 내 뺨에 입을 맞출 뿐이었다. 레미는 그렇게 점점 더…… 멀어지고 있었다. 가족들과 있을 때 조차 레미의 마음은 딴 데 있는 듯했다. 말도 하지 않았고, 글쓰기도 중단한 지 오래였다.

"오늘 학교 갔었어?"

"사람들이 법을 안 지키는데 법 공부가 무슨 의미가 있겠어. 독일은 오스트리아를 강제 합병했지……. 일본군은 중국을 유린하고 있지……. 세상이 미쳐 돌아가는데 신경 쓰는 사람은 아무도 없고."

레미의 말도 일리는 있었다. 하지만 나에게는 머나먼 타국에서 일어나는 분쟁보다 도서관에서 벌어지는 일이 우선이었다. 나는 지난번의 말다툼을 떠올리며 종이를 한 장 집어 들고 가운데를 접은 다음 내 목에 가져다 댔다. "자, 이건 나비넥타이를 한 프라이스-존스 씨야." 그다음 종이를 입으로 가져갔다. "그리고 이건 바다코끼리 수염이 있는 드 네르시아 씨고."

나비넥타이 : "재무장을 해야 해! 전쟁을 준비해야 한다고."

바다코끼리 : "우리에게 필요한 건 무기가 아니라 평화야."

나비넥타이 : "겁쟁이 같으니! 현실을 외면한다고 문제가 다 해결되는 줄 알아?"

바다코끼리 : "멍청이보다야 겁쟁이가 낫지. 지난번 전쟁에서는……."

나비넥타이 : "왜 자꾸 지난 일을 들먹거리는 거야? 세상에 변하지 않고 남아 있는 건 네 끔찍한 바다코끼리 수염뿐이잖아!"

레미가 웃음을 터트렸다.

"재밌어? 그럼 도서관에 와. 실제로 볼 수 있으니까."

"원고 마감이 얼마 안 남았어."

"그러지 말고 같이 가자." 나는 레미를 설득했다. "너처럼 세상일을 걱정하는 다른 사람들을 만날 수 있을 거야."

매주 목요일에는 내가 제일 좋아하는 행사인 낭독회가 있었다. 내가 예전에 카로 이모와 그랬던 것처럼 어린아이들이 이야기에 푹 빠져 있는 모습을 지켜보는 게 즐거웠다. 낭독회를 보러 가는 길에 혹시나 폴을 볼 수 있지 않을까 해서 일반 열람실을 쓱 둘러봤다. 폴은 보이지 않았다. 《마음의 죽음》, 823. 나는 폴이 도서관을 매일 올 수는 없는 노릇이라며 스스로를 달랬다. 폴과의 키스를 떠올리며 손을 들어 입술을 매만졌다. 머지않아 다시 도서관에 오지 않을까?

나는 어린이 열람실로 들어가 벽난로 쪽으로 갔다. 이미 몇몇 엄마들이 모여 잡담을 나누고 있었는데 오직 한 사람만이 우두커니 서 있었다.

"안녕하세요?" 그녀가 진주 목걸이를 만지작거리며 말을 걸어왔다. "다시 만나게 돼서 반가워요."

아, 그 외롭게 지낸다던 영국 여자구나. 이름이 마고였나? 아니다. 마거릿이었지.

"《프라이어리》는 너무나 멋진 책이더군요." 마거릿의 말이 이어졌다. "너무 재미있어서 위플 부인의 다른 책을 세 권 더 빌렸어요. 사실 전에는 책에 그리 관심이 없었는데 이제는 딸아이랑 같이 매일 책을 읽기로 결심했어요."

"딸이 누구예요?" 내가 물었다.

마거릿이 보리스의 어린 딸 엘레네 옆에 앉아 있는 금발의 여자 아이를 가리켰다. 아이들은 잠시 후 비찌가 읽어줄 이야기를 기다리며 재잘거리고 있었다. 나는 문 위에 있는 시계를 곁눈질하다가 레미가 들어오는 모습에 깜짝 놀랐다. 레미는 아이들 옆을 돌아 나에게 왔다.

"와줘서 너무 기뻐." 내가 말했다.

"1인극까지 하며 그렇게 애를 쓰는데 그걸 어떻게 거절해? 물론 나도 네가 좋아하는 데서 함께 시간을 보내고 싶었지. 다만 그동안 둘 다 너무 바빠서……."

"어쨌든 여기 왔잖아. 그게 중요하지."

등받이 없는 의자에 자리를 잡고 앉은 비찌가 책을 펼치고 목소리를 가다듬었다. 그러자 사방이 조용해졌다. 스무 명 남짓한 아이들이 비찌에게 바짝 다가갔다. 《미스 메이지》를 읽는 그녀의 목소리가 묵직하게 가라앉았고, 그녀의 눈길이 사람들을 사로잡았다. 한 남자아이가 뭐에 홀린 듯 비찌의 굽 없는 실내화를 덮고 있는 치마를 잡아당기기도 했다.

레미를 돌아보니 비찌에게 반한 사람이 하나 더 늘어난 것 같았다. 레미의 시선은 그녀의 얼굴을 떠날 줄 몰랐다. 낭독을 마친 비찌가 박수를 치자 다른 사람들도 그녀를 따라 박수를 쳤다.

"저 사람이 그 '북 메이트'라는 거지?" 레미가 물었다. "정말로 너만큼 책을 많이 읽어?"

"어쩌면 나보다 더 많이 읽을지도."

"독서 말고도 재능이 있네." 레미가 말했다.

"이야기 속 주인공을 살아 움직이게 만드는 재능?"

"아니. 자신이 직접 주인공이 되는 재능." 레미가 비찌 옆으로 걸어갔다. 나도 그 뒤를 따랐다.

"정말 아름다우십니다." 레미가 프랑스어로 말을 걸었다.

"감사합니다." 비찌도 프랑스어로 속삭이듯 대답했다. 눈은 여전히 바닥을 응시한 채였다.

나는 레미를 프라이스-존스 씨와 드 네르시아 씨에게도 소개하고 싶어서 레미의 소매를 잡아당겼지만 레미는 전혀 알아차리지 못했다.

"목이 많이 마르시겠군요." 레미가 비찌에게 말했다. "레몬 스쿼시 한잔하러 가시겠습니까?"

레미가 여자에게 관심을 보이는 모습을 목격한 건 이번이 처음이었다. 지금까지 내 여자 동급생 중 적어도 여섯 명 이상이 레미를 한 번이라도 더 보기 위해 나와 친구가 되었다. 내가 여자를 소개시켜줄 때마다 레미는 친절하게 대하되 한 번도 진지한 대화를 나눈 적은 없었다.

나는 비찌가 레미의 청을 받아들이기를 바랐다. 이번 한 번 정도는 일찍 퇴근해도 별문제 없지 않을까.

비찌가 레미의 팔에 손을 얹었다. 레미는 비찌를 밖으로 데리고 나가기 전에 살며시 눈을 감았다 뜨며 자신의 제안을 받아들여준 데 대한 무언의 감사 인사를 보냈다. 뭔가 따돌림을 당한 기분이 들었지만 레미와 비찌가 고의로 나만 남겨두고 나간 건 아닐 거라 생각했다. 보리스가 내 등을 두드렸다. "좋은 소식이 있어요." 그가 말했다. "우리 도서관에서 책을 기증하게 됐다는군요."

"나쁜 소식도 있나요?"

"기증 도서가 300권이 넘어요. 가서 책 정리 좀 해줘야겠습니다."

보리스가 목록 하나를 내밀었다. 나는 책 제목을 훑어보며 처량한 기분을 털어버렸다. 레미의 도서관 방문은 내가 바라던 대로 마무리되지는 않았지만 언젠가 또 다른 기회가 있을 터였다.

"파리 미국 도서관이 각 대학교에 천 권이 넘는 책을 기증하고 있다는 얘기를 들었을 때는 감탄이 절로 나오더군요. 물론 그때는 기증할 책을 손수 정리하고 포장까지 하게 될 줄은 몰랐지만요!" 내가 농담을 던졌다.

보리스는 웃음을 터트렸다. "그 일이 내 일이 아니라서 다행이라 할까요."

창고로 쓰는 방에 가보니 빈 상자와 책이 잔뜩 널려 있었다. "조심해서 잘 가거라." 나는 페르시아 테헤란에 있는 아메리칸 칼리지로 보내는 상자에 양장으로 된 책 한 권을 넣으며 말했다. 이탈리아에 있는 선원 양성 학교로 가는 상자도 있었고, 세 번째부터 다섯 번째 상자는 터키행이었다. 일을 계속하며 몇 시간은 족히 흘렀을 거라 생각하고 시계를 봤는데 겨우 10분 남짓 지났을 뿐이었다. 끝없이 이어지는 외로운 오후 시간이 나를 기다리고 있었다.

그때 문 두드리는 소리가 났다. "안내하는 남자분께 당신이 어디 갔는지 물어보니 여기로 데려다줘서요." 마거릿이 말했다.

"마침 손이 좀 필요하던 참인데, 혹시 괜찮으면 도와주실 수 있으세요?" 나는 이렇게 말했지만 이내 그녀의 핑크색 실크 원피스가 눈에 들어왔다. 여기 계속 있다간 예쁜 원피스가 먼지투성이가 되고 말겠어. 게다가 저렇게 고급스러운 옷을 입는 여자가 이런 일이 익숙할 리 없고.

"안 될 게 뭐 있나요? 어차피 할 일도 없는걸요."

나는 그녀에게 딸도 데리고 오라고 했지만 마거릿은 크리스티나는 엘레네를 비롯한 새 친구들, 그리고 보리스와 있는 게 더 좋을 거라고 했다. 나는 마거릿에게 책이 어디로 가는지 확인하는 법을 알려줬다. 마거릿은 상자 사이를 물 흐르듯 우아하게 돌아다니며 조심스럽게 책을 담았다. "봉 보야주." 그녀가 책을 넣을 때마다 프랑스어로 속삭였다.

나는 그런 그녀를 가만히 바라봤다.

"책한테 말을 걸다니 저 여자 정신이 어떻게 된 게 아닌가 싶으시죠?" 그녀가 말했다.

"아니요. 전혀요."

"'봉 보야주'는 학교에서 배워서 기억하고 있는 유일한 프랑스어예요. 어머니 말이 맞았어요. 학교 다닐 때 공부를 더 열심히 했어야 했는데."

"아직 늦지 않았어요! 내가 가르쳐줄 수도 있고요. 예컨대 '봉 방'은 직역하면 '좋은 바람'이라는 뜻이지만 프랑스에서는 보통 누군가에게 행운을 빌어줄 때 쓰는 말이에요. '봉 쿠라주'는 용기를 가지라는 말이고요."

"봉 쿠라주!" 마거릿이 화학 방정식 책을 보며 말했다.

"봉 방!" 나도 수학 입문서를 보며 말했다.

우리는 책마다 필요한 행운을 빌어주며 키득거렸다.

"파리에는 어쩌다 오게 됐어요?"

"남편이 영국 대사관에서 근무해요."

"근사한 데서 근무하시네요."

"오히려 끔찍한 곳이에요." 그녀는 이렇게 대답하고 자신도 모르게 몸을 움찔했다. "아, 제발 다른 사람한테는 내가 이렇게 말했다고 소문내지 말아줘요. 이런 말하는 것만 봐도 내가 대사관이나 외교관하고는 거리가 먼 사람이라는 걸 잘 알겠지만."

마거릿은 갑자기 부끄러워진 듯 다시 책을 정리하기 시작했다.

"행사나 연회에 참석할 일이 많겠네요." 나는 혹시나 대사관에서 열리는 화려한 행사에 대해서 들을 수 있을까 기대하며 말했다.

"어제는 네덜란드 대사관 관저에서 차를 마셨어요. 하지만 난 지금 이 일이 더 재밌어요."

"전 세계에서 온 각양각색의 사람들을 만날 텐데. 어떤 분위기인가요?"

"그 사람들은 나 말고 오직 남편에게만 관심 있을 뿐이에요." 갑자기 그녀의 뺨 위로 눈물이 한 방울 뚝 떨어졌다. "엄마가 보고 싶어요. 친구들과의 티타임도 너무 그립고요."

나는 어찌할 바를 몰랐다. 파리에 사는 외국인들은 향수병에 시달리고 쉽게 외로움을 느낀다고 했던 리더 관장의 말이 떠올랐다.

"이런 모습을 보이려고 한 건 아니었는데," 마거릿이 조심스럽게 눈물을 닦아냈다. "엄마는 늘 나한테 '금이 간 찻주전자' 같다고 했었어요."

"머지않아 당신도 진정한 파리지앵이 될 수 있을 거예요." 나는 마지막 상자의 뚜껑을 덮었다.

"오늘 정말 감사합니다."

"도움이 됐나 모르겠어요."

"도서관에서 자원봉사해도 되겠어요."

"도서관 업무에 대해서는 아무것도 모르는데요. 실수하면 어떡해요?"

"여긴 도서관이지 병원 수술실이 아니잖아요! 책을 잘못 꽂아뒀다고 해서 사람이 죽는 것도 아니고."

"잘 모르겠어요……."

"새로운 친구들도 만나고요. 내가 프랑스어도 가르쳐줄게요."

나는 마거릿과 함께 도서관 정원으로 나갔다. 그녀의 딸이 엘레네와 놀고 있었다. 어느새 파리를 뒤덮은 땅거미가 벽을 타고 올라와 잔디밭을 거쳐 담쟁이덩굴이 심어진 화분을 지나서 도서관 건물로 다가오고 있었다. 얼마 안 있으면 해가 완전히 질 것 같았다. 도서관 열람실의 전등에 환하게 불이 들어왔다. 마거릿과 나는 창문 안쪽에 있는 시몬 부인의 모습을 봤다. 그녀는 주변을 살피더니 조심스럽게 가방에서 푸들 한 마리를 꺼내 무릎에 앉혔다. 그러고는 코헨 교수와 함께 푸들의 배를 쓰다듬어줬다. 둘은 그들만의 은밀한 즐거움에 어찌나 몰두했던지 보리스와 아내 안나가 한쪽 구석에 서 있는 것조차 알아차리지 못했다. 서로를 향해 몸을 살짝 기울이고 있는 보리스 부부는 노골적인 스킨십 따위로 굳이 과시하지 않아도 따뜻한 애정을 마구 뿜어냈다. 한편 턴불 부인은 엄격한 얼굴로 가느다란 손가락을 입술에 대며 학생들을 조용히 시켰다. 가엾은 피터는 자신을 집요하게 노리는 포식자 같은 아이들을 피해 서가 사이로 몸을 숨겼다. 그런 피터를 보던 회계 담당 웨드 양이 터져나오는 웃음을 막으려고 손으로 입을 가렸다.

눈앞에 펼쳐지는 장면을 응시하는 마거릿의 눈에 어떤 그리움 같은 것이 묻어났다. 나는 그녀에게 도서관이 필요하다는 사실을 어렴풋이 알 수 있었다. 먼지투성이 책 위로 우리가 나눴던 대화가 센 강처럼 흘러갔다. 나는 마거릿이 우리와 함께할 수 있으면 좋겠다고 진심으로 바라고 있었다.

제
9
장

✳

오딜
Odile

1939년 6월과 7월, 프랑스 파리

시험 기간이 되자 일반 열람실은 한 자리만 빼고 학생들로 가득 찼다. 주황색 방한용 귀마개를 한 그로장 씨가 열람실 한가운데 서 있었다. 그런 그로장 씨를 보며 보리스와 나는 마음의 준비를 했다. "저 특별 회원님께서 오늘은 무슨 일을 벌이시려나." 보리스가 말했다.

"'내 이름을 그저 이스마엘이라고 해두자.'" 그로장 씨가 큰 소리로 책을 읽기 시작했다. "'정확히 언제인지는 신경 쓸 것 없지만 어쨌든 몇 년 전쯤 수중에 남은 돈도 거의 없고 뭍에서 지내는 것도 신물이 나는 바람에 당분간 배를 타고 전 세계의 바다를 둘러보고 싶다는 생각이 들었다…….'" 보리스가 빈 의자를 가리키며 저기 앉아 속으로만 책을 읽으라고 권하자 그로장 씨가 대꾸했다. "고약한 냄새를 풍기는 저 유대인 가운데 가서 앉으라니. 말도 안 되는 소리."

리더 관장이 찡그린 얼굴로 입술을 꼭 다문 채 그로장 씨에게 다가갔다. 나는 그녀가 화난 모습을 처음 봤다. 그로장 씨가 한 걸음 물러섰다. "잠시 저 좀 보세요." 관장의 말은 짧았다. 관장은 소르본 대학교에서 온 어린 여학생들을 둘러보며 사과하고는 조용한 분위기 속에서 공부에 전념할 수 있도록 해주겠다고 약속했다. 그리고 그로장 씨를 책망하듯 말했다. "이 도서관에서 그런 언사는 절대 용납되지 않습니다."

"난 그저 다른 사람들이 머릿속으로 생각하는 걸 입 밖에 낸 것뿐이오." 그가 우물쭈물했다.

"그렇다면 그 생각부터 고치세요." 관장이 말했다.

"나한테 이래라저래라 하지 마시오!" 그가 관장을 때리기라도 할 듯 손을 내저었다.

보리스가 그로장 씨의 팔을 잡고 입구로 끌고 갔다. 니트 조끼와 넥타이라는 불편한 차림새에도 불구하고 보리스는 경비원 역할을 놀라울 정도로 능숙하게 해냈다.

"나는 '내 영혼에 을씨년스러운 비가 내리는 11월'이 나오는 부분을 읽고 싶단 말이오!"

"무슨 영혼 말씀이십니까?" 보리스가 말했다.

"내 몸에서 손 떼……."

"선생은 피해자가 아닙니다." 그는 그로장 씨를 강제로 도서관 밖으로 밀어내며 말했다.

"선생은 셀 수 없이 많은 사람들을 불편하게 만든 무례한 사람일 뿐입니다. 한마디만 더 하면 다시는 도서관에 발도 못 붙이게 해 드리죠."

리더 관장은 난동꾼 하나 때문에 기분이 몹시 상해버린 사람들을 달래는 중이었다. 나는 보리스가 어떻게 하고 있는지 찾아가보기로 했다. 그는 정원 가장 안쪽 구석의 붉은 장미꽃 근처에 서 있었다. 정원 관리인이 자기 자식처럼 애지중지하는 꽃이었다. 벽에 몸을 기대선 보리스의 손가락 사이에 지탕[18] 한 개비가 들려 있었다.

"괜찮으세요?"

보리스는 말이 없었다. 나도 그를 따라 벽에 몸을 기댔다. 우리는 공중으로 흩날리며 사라지는 담배 연기를 바라봤다.

"혁명이 일어나고 난 어쩔 수 없이 조국을 떠나야 했어요." 그가 입을 열었다. "고통스러운 결정이었지만 남동생과 나는 프랑스로 넘어오면서 더 발전된, 그리고 더 문명화된 곳으로 가는 거라 믿어 의심치 않았습니다. 프랑스는 계몽주의 시대를 선도한 국가가 아닙니까? 러시아에서는 집단 학살로 수많은 사람들이 죽었습니다. 바로 이웃에 살던 사람도 유대인이라는 이유로 죽임을 당했어요. 그래서 아까 같은 말을 들으니 순간……."

"힘드셨겠어요."

"어디를 가든 증오의 감정이 없을 순 없겠죠." 그는 담배를 한 모금 빨고 연기를 뱉어냈다. 그 모습이 마치 한숨을 내쉬는 듯했다. "우리 도서관조차도 말이죠."

아빠의 말은 틀리지 않았다. 사람들과 부대끼는 일은 정말 진이 빠지는 것이었다. 버스를 타고 집으로 돌아올 때면 나는 내가 가장 신뢰하는 친구인 813, 《그들의 눈은 신을 보고 있었다》 속으로 빠져들었고 희미한 빛을 찾아 창가에 몸을 기댔다. '그녀는 아무도 그녀에게 말해주지 않은 것을 알고 있었다. 예컨대 나무와 바람의 언어 등이었다. 그녀는 종종 떨어지는 씨앗을 보며 말을 걸었다. 네가 부드러운 땅에 떨어지길 바랄게. 왜냐하면 그녀에게는 씨앗이 떨어지면서 서로 말하는 소리가 들렸기 때문이다. 그녀는 이 세상이 창공이라는 푸른 목초지를 달려가는 종마라는 사실을 알고 있었다. 그녀는 신은 매일 밤마다 낡은 세상을 무너트리고 태양이 떠오를 때 새로운 세상을 만들어낸다는 사실 또한 알고 있었다. 그렇게 세상이 태양과 함께 회색 어스름 속에서 새롭게 탄생하는 모습을 보는 건 정말 멋진 일이었다. 그녀는 평범한 일상과 사람에게는 전혀 흥미가 없었기에 문 앞에 나와 멀리 뻗은 길만 내내 바라보곤 했다.' 버스가 적신호를 받고 급히 멈춰 서는 바람에 고개를 들었다.

여기가 어디지? 나는 눈에 익숙한 곳이 없나 살펴보다가 아빠가 근무하고 있는 거대하고 음울한 경찰서 건물을 발견했다. 집에서 꽤 멀리 떨어진 곳이었지만 혹시 아빠가 퇴근 전이라면 여기서 아빠와 함께 집에 돌아갈 수 있을지도 몰랐다. 나는 아빠 차가 있는지 보려고 거리를 둘러봤다. 그런데 차 대신 아빠가 보였다. 중절모를 이마 깊숙이 눌러쓴 아빠의 품에 어떤 여자가 안겨 있었다. 무슨 범죄 피해자라도 달래주는 건가? 그때 두 사람 뒤에 있는 건물이 눈에 들어왔다. 노르망디 호텔이었다. 아니겠지. 여자는 호텔 직원 아니면 뭐 그런 비슷한 거겠지. 여자가 뭐라고 말을 하자 아빠가 웃으며 키스를 했다. 인사차 뺨에 하는 가벼운 입맞춤이 아니라 입술이 맞닿는 뜨거운 키스였다.

어떻게 엄마를 두고 저런 짓을 할 수 있지? 그 더러운 여자는 머릿결이 푸석푸석하고 볼에 심술이 가득한 게 어디 하나 예쁜 구석이 없었다. 천만다행이라 할까, 신호등이 파란불로 바뀌면서 버스는 느릿느릿 그 자리를 떠났다. 속이 매스꺼워진 나는 다음 정류장에서 내려버렸다. 집까지 걸어가면서 내가 목격한 장면에 대해 제대로 생각해보려고 애썼다. 그런 관계가 얼마나 오래 지속된 걸까? 엄마가 이런 대우를 받을 만한 무슨 안 좋은 일이라도 했단 말인가? 도대체 무슨 일이 있었기에? 나는 머릿속에 기억하고 있는 지난 일을 떠올려봤다. 언젠가 저녁 식사 자리에서 엄마가 아빠에게 요즘 '밖에서 저녁을 먹고 들어오는 일'이 잦다고 했었지. 그게 외도를 암시하는 말이었을까?

현관문을 열고 들어서자마자 가방을 내려놓고 큰 소리로 레미를 불렀다. 그러자 존 스타인벡의 《생쥐와 인간》을 읽는 중이라는 레미의 대답이 들려왔다. "지금 스타인벡이 문제가 아니야." 내가 말했다. 우리는 부모님과 세상으로부터 멀리 떨어져 있는 우리들만의 비밀 장소로 들어갔다. 그곳은 바로 불빛이 거의 들어오지 않는 내 침대 밑이었다. 레미와 함께 바닥을 기어 침대 밑으로 들어가고 있으려니 마치 어린 시절로 되돌아간 것 같은, 그리고 아무도 찾을 수 없는 장소로 들어가는 것 같은 기분이 들었다. 나는 흥분을 가라앉히며 더듬더듬 말했다. "아빠한테 여자가 있어. 엄마 말고 다른 여자가 있다고."

"안 놀라네?"

레미의 무심한 모습은 아빠가 여자와 함께 있던 모습 못지않게 나에게 상처를 줬다.

"너 혹시 알고 있었던 거야? 근데 왜 말 안 했어?"

"서로에게 모든 걸 다 말할 필요는 없잖아."

도대체 언제부터 우리 사이가 그리된 건데?

"높은 지위에 있는 남자들은 대개 정부(情婦)를 거느리는 법이야." 레미의 이야기는 계속되었다. "금시계처럼 일종의 자기 과시지."

레미는 정말로 그렇게 생각하는 걸까? 그렇다면 폴도? 아빠의 외도는 단지 엄마뿐만 아니라 우리 가족 전체에 대한 배신처럼 느껴졌다. 그런데도 레미는 왜 그 사실을 깨닫지 못하고 있는 걸까? 나는 레미의 얼굴을 살펴봤지만 표정만으로는 무슨 생각을 하는지 도무지 알 수 없었을뿐더러 우선 나부터도 뭘 어떻게 생각해야 할지 알 수 없었다. 나는 침대 밑으로 삐져나온 스프링을 잡아당겼다. "비찌가 그랬어. 성장한다는 건 부모들도 그들만의 삶과 욕망이 있다는 사실을 깨달아가는 거라고." 레미가 이렇게 마무리했다.

비찌가 그런 말을 했구나.

나는 언젠가 레미와 내가 지금처럼 서로 눈을 마주치려 하지 않았던 때가 기억났다. 우리가 아홉 살이 되던 여름이었다. 레미는 폐병 때문에 침대에 누워만 있었고 엄마는 울혈 증세를 줄여주기 위해 비쩍 말라버린 레미의 가슴에 겨자 반죽을 펴 발랐다. 나는 레미 곁에서 그 모습을 지켜보거나 큰 소리로 책을 읽어주곤 했다. 단일요일에는 엄마, 카로 이모, 리오넬 이모부와 성당에 미사를 보러가야 했다. 리오넬 이모부는 늘 나 같은 딸이 있으면 좋겠다고 했고 나도 그런 이모부가 좋았다. 하지만 카로 이모는 그 말이 속상했던 모양이었다. 엄마는 두 사람에게도 곧 좋은 소식이 있을 거라고 열심히 말해줬다. 지금까지 엄마의 예측이 빗나간 적은 한 번도 없었다. 하지만 엄마의 말은 결과적으로 반은 맞고 반은 틀리고 말았다.

언젠가부터 이모부가 미사에 나오지 않았다. 카로 이모는 이모부가 감기에 걸렸다거나 칼레에 출장을 갔다거나 하며 그럴듯한 변명을 늘어놓았고 무슨 일이 일어났는지 눈치챈 사람은 아무도 없었다. 심지어 엄마는 성당에서 즐거운 일이 있기라도 하면 이렇게 여자끼리만 있어서 더 좋은 것 같다고까지 했다.

나는 간식 먹을 생각에 들떠 엄마와 이모를 앞질러 갔다.

"그렇게 생각한다니 다행이네." 카로 이모가 말했다. "그런데 할 얘기가 있어."

나는 가시 돋친 이모의 목소리에 걸음을 멈췄다. 내가 엿듣고 있다는 사실을 엄마에게 들키고 싶지 않아서 뒤를 돌아보지는 않았다.

"리오넬이 요즘 좀 달라졌어." 카로 이모가 이야기를 계속했다.

"달라졌다니?"

"느낌에 다른 여자가 생긴 것 같아서 물어봤더니 여자가 있다고 순순히 인정하더라고."

"세상 사는 게 다 그렇지." 엄마가 말했다. "그나저나 그렇게 솔직하게 털어놓다니 좀 놀랍다."

엄마의 말이 너무나 쌀쌀하게 들려 나는 뒤를 돌아보지 않을 수 없었다. 하지만 엄마도 이모도 나에게 신경을 쓰지 않았다.

"그럴 수밖에 없었겠지." 카로 이모가 눈물을 흘리기 시작했다. "그 여자가 아이를 가졌거든. 그래서 지금 이혼 절차를 밟는 중이야."

"이혼?" 엄마의 얼굴이 하얗게 질렸다. "다른 사람들한테는 뭐라고 할 건데?"

엄마의 머릿속에는 늘 '다른 사람들이 어떻게 생각하는지'가 제일 중요한 문제로 자리 잡고 있었다. 엄마는 긴장한 표정으로 성당 문 앞에 서 있는 클레몽 신부님 쪽을 흘끗 봤다.

"할 말이 그것뿐이야?" 카로 이모가 되물었다.

"넌 앞으로 미사에 참석 못할 거야."

"그것 참 유감이네. 그렇지만 성경은 혼자서도 읽을 수 있으니 상관없어. 우리 언니 집에 가자."

엄마는 그 자리에서 꼼짝하지 않고 말했다. "너는 너네 집으로 가. 가서 일을 잘 마무리해."

"나 언니랑 같이 있고 싶어."

"그냥 네 집으로 돌아가는 게 더 낫다니까."

"안 돼. 리오넬이 그 여자를 집에 데리고 왔단 말이야."

"그건 네 사정이고."

말다툼을 하거나 엇나가는 행동을 하는 걸 그토록 싫어하던 엄마가 성당 앞에서, 그것도 하나님과 다른 사람들 앞에서 그런 언행을 했다는 사실에 나는 큰 충격을 받았다. 피를 나눈 친자매에게 어쩜 저리도 잔인할 수 있을까?

"제발 부탁이야." 카로 이모가 말했다. "나 혼자선 감당이 안 돼."

엄마의 시선이 나를 스치고 지나갔다. 나는 내가 넘어져서 무릎을 다쳤을 때처럼 엄마가 자신의 여동생을 꼭 끌어안아줄 거라고 생각했다. 하지만 엄마는 차갑게 말했다. "애들한테 나쁜 모습 보여주고 싶지 않아."

이혼은 도덕적 타락보다 더 나쁜 죄였다. 성당에서는 그렇게 가르쳤고 엄마는 그 말을 곧이곧대로 믿었다. 하지만 자신의 친동생이 걸린 일이라면 한 번쯤 예외를 인정해야 했다.

"나 갈 데도 없어." 카로 이모가 말했다. "가 있을 곳도 없고 돈도 한 푼 없다고."

"엄마, 제발요." 내가 말했다. 그럴수록 엄마의 표정은 더욱 굳어지기만 했다.

"이혼은 죄악이야."

"죄는 고해 성사를 하면 용서받을 수 있잖아요." 내가 말했다.

엄마는 논리로 이길 수 없을 때 꼭 무력을 썼다. 엄마는 내 팔을 움켜쥐고 집으로 이어지는 길을 향해 나를 끌고 갔다. 나는 고개를 돌려 카로 이모를 쳐다봤다. 이모는 그 자리에서 떠나는 우리를 지켜보고 있었다. 가슴에 얹어진 이모의 손이 벌벌 떨렸다.

집으로 돌아온 나는 곧장 레미의 방으로 향했다. 하지만 문을 열기도 전에 엄마가 앞을 막아섰다. "레미 신경을 건드리는 말은 한 마디도 하지 마."

그로부터 며칠 후 엄마가 잠잠해진 것 같다 싶을 때 나는 카로 이모에 대해 물어봤다. "한 번만 더 이모 이야기를 꺼내면 멀리 쫓아보낼 거야." 엄마는 으름장을 놓았고, 어린 나는 속절없이 엄마의 말을 믿었다.

나는 2주 동안 침묵을 지켰다. 아니, 어쩌면 그 침묵이 나를 옭아맸는지도 몰랐다. 더 이상 레미 앞에서 비밀을 지키기 힘들어지자 나는 침대에 누워 있는 레미 옆으로 기어 들어갔다. 레미의 안색은 여전히 창백했고 몸이 흔들릴 정도로 쉴 새 없이 터져나오는 기침 때문에 많이 지쳐 있었다. "겨자 반죽 때문에 너한테서 선데이 로스트 냄새나." 내가 먼저 우스갯소리를 던졌다.

"참 재밌기도 하겠다."

"미안해." 나는 레미의 머리를 쓰다듬으려고 손을 뻗었다. 레미가 가만히 있으면 내 농담을 용서해준다는 뜻이고 손을 뿌리치면 여전히 화가 나 있다는 뜻이었다.

레미는 가만히 있었다.

"기분은 좀 어때?"

"그다지 좋진 않아."

"그래." 그런 레미 앞에서 나는 감히 입을 열 수 없었다. 엄마는 레미가 신경 쓸 만한 말을 하지 말라고 경고했었다. 부모님과 나는 레미의 상태가 나빠질까 봐 노심초사하며 지냈다. 우리는 레미가 잠들었다고 생각될 때까지 속삭이듯 대화했고 레미의 방 앞을 지날 때도 살금살금 걸었다.

'무슨 일인데?' 레미의 눈이 나에게 묻는 듯했다.

'아무 일도 아니야.' 나는 눈으로 말했다.

'그러지 말고 말해봐.' 레미가 재촉했다.

때때로 우리는 이렇게 말을 하지 않고도 서로의 뜻을 전달할 수 있었다.

레미는 밖으로 새어나오는 나의 고통에 귀를 기울였다. 나는 엄마의 무조건적인 사랑을 의심해본 적이 없었지만 이번만큼은 그 사랑이 흘러나오는 수도꼭지가 잠겨버린 것 같았다. 카로 이모는 어떻게 될까?

"엄마한테 들었어. 카로 이모가 마콩으로 돌아가고 싶어 했다고."
레미가 천천히 입을 열었다.

나는 고개를 들었다. 이모가 돌아가고 싶어 했다고?

"왜 카로 이모는 잘 있으라는 인사 한마디 없이 갔대?" 내가 되물었다. "인사는커녕 편지 한 장 안 보냈잖아."

늘 말이 많던 동생이 아무 대답도 하지 않은 건 그때가 처음이었다.

"진실이 아니라 그냥 편리한 대로 둘러대는 걸 믿고 있는 거 아니야?" 내가 따져 물었다.

"뭔가 오해가 있는 거겠지. 엄마는 절대 나쁜 사람이 아니야."

나를 믿어주지 않는 동생의 모습은 친자매를 내치던 엄마의 모습만큼이나 충격적이었다.

"너는 그 자리에 없었잖아." 내가 말했다. "맨날 꾀병만 부리고!"

레미의 얼굴이 벌겋게 달아올랐다. 레미는 자리에서 일어나 입을 열었다. 나는 이제야 제대로 이야기를 나눌 수 있을 거라 기대하고 마음을 다잡았다. 하지만 레미는 뭐라고 말을 하는 대신 몸을 마구 비틀더니 심한 기침과 함께 검은 피를 왈칵 쏟아냈다. 나는 어찌할 바를 몰라 하며 손수건을 레미에게 주고는 등을 두드려줬다. 레미와 말다툼을 해서 이겨보겠다는 생각 같은 건 이미 사라진 지 오래였다.

그로부터 2개월 후 레미는 성당 미사에 참석할 수 있었다. 그리고 엄마와 십자가 앞에 공손하게 무릎을 꿇었다. 분명 자신의 믿음 덕분에 병이 완쾌되었다고 생각했을 것이고, 나는 레미가 자신이 원하는 대로 믿도록 그냥 내버려뒀다. 나는 사랑은 온유하지 않으며 모든 걸 인내하지는 않는다는 사실을 배웠다. 그리고 사랑은 상황과 조건에 따라 그때그때 달라진다는 사실도 배웠다. 아무리 가까운 사람들이라 하더라도 아무것도 아닌 일로 나에게서 등을 돌릴 수 있었다. 나는 의지할 곳은 오직 나 자신뿐이라는 사실을 깨달았다.

그 일을 겪고 나서 나는 더욱 독서에 몰두하게 되었다. 책은 배신을 하지 않았으니까. 레미가 용돈을 털어 간식을 사 먹는 동안 나는 저축을 했다. 레미는 학교에서 말썽꾸러기로 소문이 났지만 나는 모범생이었다. 레미의 친구들이 사귀자는 말을 꺼내면 단호하게 거절했다. 사랑 같은 건 나에게 아무런 의미가 없었다. 나는 공부를 계속하고 일자리를 얻어 돈을 모을 계획을 세웠다. 그렇게 되면 피치 못할 일이 생기더라도 스스로를 지킬 수 있을 거라 생각했다.

한숨도 못 자고 난 뒤라 눈은 풀려 있었지만 주어진 일에 최선을 다하자고 마음먹었다. 어젯밤 일을 떠올리지 않으려고 애썼지만 잘 되지는 않았다. 아빠에게 여자가 있었다. 레미는 시간만 나면 비찌를 만났고 폴은 더 이상 도서관에 오지 않았다. 나는 보리스라면 나에게 어울리는 책을 권해줄지 모른다는 기대를 품고 대출 창구로 갔다.

"기분이 좀 안 좋아 보이네요." 보리스가 나에게 891.73을 권했다. "다른 세상으로 가요. 그곳에서는 누구도 당신을 괴롭히지 못할 겁니다."

나는 안톤 체호프를 품에 안고 계단을 올라갔다. 봄이 왔는데도 아랑곳하지 않는 학자들이 있는 2층을 지나 고요하고 평화로운 3층으로 갔다. 3층에는 대출이 되지 않는 책을 따로 보관해놓는 곳이 나를 기다리고 있었다. 보리스가 말한 또 다른 세상이었다.

서가 사이를 돌아다니고 있으려니 고요한 침묵이 나를 감쌌다. 나는 책 속에 숨어 들고 온 책을 읽기 시작했다. '그에게는 두 개의 삶이 있었다. 하나는 그를 염려하는 모든 사람들이 알고 있고 보고 있는 열린 삶이었고…… 또 다른 삶은 아무도 모르게 비밀스레 흘러가는 삶이었다.'[19] 우리는 우리가 사랑하는 사람에 대해서조차 모든 걸 알 수 없으며 상대방 역시 우리의 진짜 모습을 알 수 없다. 가슴 아픈 일이지만 그건 틀림없는 사실이었다. 하지만 한 조각 위안거리도 있었다. 다른 사람들의 이야기를 책으로 읽고 있으면 혼자가 아니라는 생각이 들었다.

"여기 있었네요!" 마거릿이었다. 평상시에도 완벽하게 화장이 되어 있는 그녀의 얼굴이 무거운 책을 다루는 힘든 일에도 불구하고 만족감으로 환하게 빛나고 있었다. 뭘 해야 할지 몰라 당혹스러워하던 처음의 표정이 지금은 자신감 넘치고 능력 있는 여자의 그것으로 바뀌어 있었다.

"오늘은 무슨 일을 했어요?"

"백과사전을 새로 정리하는 일이요." 팔을 문지르며 그녀가 대답했다. "도서관에서 일하려면 보통 힘으로는 안 되겠어요."

"이렇게 시간 내줘서 정말 고마워요."

"믿고 따르니까 가능했다고나 할까요. 나는 파리 미국 도서관이 하는 일엔 무조건 믿음이 가요."

나는 폴에게 내 마음을 준 이후의 결과가 궁금해졌다. "믿은 만큼 돌아오는 게 없으면요?"

"글쎄요. 대가를 바라면서 뭔가를 해주는 거에 대해서는 잘 모르겠네요." 마거릿이 짓궂은 표정으로 나를 봤다. "그나저나 여기서 혼자 뭐 하고 있어요?"

"책 정리 중이었어요."

"걱정 있어 보여요."

"전 괜찮아요."

"그래요. 그렇다면야." 그녀가 밝은 표정으로 말했다. "여긴 좀 답답하네요. 나가서 바람이라도 쐴까요?"

나를 밖으로 이끈 건 마거릿이었지만 일단 밖으로 나가자 나는 체호프의 단편집《개를 데리고 다니는 여인》을 옆구리에 끼고 앞장서서 골목길을 걸어 올라갔다.

"어디 가는 거예요?" 마거릿이 물었다.

나는 잠시 이맛살을 찌푸렸다. 폴의 근무지가 워싱턴 거리였던가?

나는 잘못된 사랑을 목격했다. 이제는 제대로 된 사랑을 보고 싶었다. 나는 폴이 나와 같은 마음인지 알아야 할 필요가 있었다. 조심스럽지만 그래도 일말의 기대를 하지 않을 수 없었다. 어쨌든 나는 직업이 있었고 앞으로 더 독립적인 삶을 꾸려나갈 수 있을 것이었다. 그렇다면 폴과의 관계에 있어서도 어떤 진척을 기대할 수 있지 않을까.

"별일 없는 거죠?"

"그게……." 나는 내가 느끼는 감정을 어떻게 털어놓아야 할지 막막했다. 마거릿은 나보다 훨씬 더 복잡하고 화려한 세상에 사는 사람인데, 내 문제 따위에 관심이나 가질까.

"혹시 프랑스 대혁명 기념일에 열리는 대사관 연회에 가볼래요?"

나는 그녀를 돌아봤다. "정말요?"

"그럼요! 분위기를 좀 환기시킬 필요가 있을 것 같은데. 우선 우리 집에 가서 같이 준비해요. 옷은 내 옷을 입으면 될 것 같고……. 음, 그렇다고 반드시 내 옷을 입어야 된다는 말은 아니고요."

나는 그녀의 말이 귀에 잘 들어오지 않았다. 눈앞에 경찰서가 보였다. 만세! 나는 갑자기 걸음을 멈췄다. 마거릿이 창마다 붙어 있는 쇠창살을 유심히 쳐다봤다. 잘생긴 경찰 몇몇이 건물에서 나오자 그녀의 얼굴이 살짝 붉어졌다. "혹시 여기서 우연히 마주치고 싶은 도서관 회원이라도 있는 거예요? 그렇다면 그 회원이 범죄자가 아니라 경찰이길 빌겠어요!"

"다행히 경찰이에요."

"안에 들어가서 인사라도 해봐요."

"아빠가 좋아하지 않을 거예요. 아빠는 경찰서에 범죄자가 우글우글하다고 늘 말씀하시니까요."

"아버지도 여기 근무하세요?"

"아니요."

"그럼 들어가지 못할 이유가 없잖아요!" 마거릿이 나무 문을 열어 나를 경찰서 안으로 밀어 넣었다. 실내는 담배 연기로 꽉 차 있었고 어두웠다. 내 옆의 긴 의자에 앉아 있던 더러운 속옷 차림의 남자가 음흉한 웃음을 지었다. 나는 책을 꼭 끌어안았다. 남자가 다가오는 바람에 나는 뒷걸음질을 쳤다. 어쩌면 폴은 아빠가 제안했던 자리로 옮겼고 더 이상 여기서 근무하지 않는 게 아닐까? 아니, 어쩌면 애초에 근무지가 여기가 아닐 수도 있었다. 바보같이 이렇게 불쑥 찾아오지 말았어야 했는데. 급히 밖으로 나가려는데 누군가 내 팔을 잡았다. 나는 여차하면 책으로 상대방을 칠 준비를 하고 재빨리 몸을 움직였다. 하지만 내 눈에 들어온 건 근심 어린 푸른 눈동자였다.

"늘 당신을 다시 만나고 싶긴 했으나 이런 데서 볼 줄은 몰랐습니다." 폴이 말했다.

나는 책을 들고 있던 손을 살며시 내렸다. "내가 보고 싶었다고요?"

"그럼요. 그렇지만 하필 당신 직장 상사 앞에서 당신에게 폐를 끼쳤기 때문에……."

"전혀 그렇지 않아요. 다들 당신을…… 그러니까 파리 미국 도서관에서는 방문하지 않는 회원을 궁금해하거든요."

"저도…… 파리 미국 도서관에 별일은 없는지 궁금했습니다."

나는 폴이 뭔가를 더 말하지 않을까 기다렸지만 그는 더 이상 아무 말도 하지 않았다. 결국 내가 먼저 입을 열었다. "이만 가봐야 해요. 친구가 밖에서 기다려서……."

"일이 곧 끝나는데 친구분과 저녁이라도 함께할까요?"

우리 셋은 작은 식당으로 들어갔다. 검은색 블레이저에 나비넥타이를 말쑥하게 차려입은 종업원이 우리를 식당 뒤편의 조용한 자리로 안내했다. 맥주잔 너머로 우리를 훔쳐보는 경관들과 멀찍이 떨어진 테이블이었다. 낯익은 사람은 없었지만 혹시라도 개중에 아빠의 초대를 받아 일요일에 집에 왔던 사람이 있지나 않을까 하는 생각에 마음이 놓이지 않았다.

그 와중에 주방에서 풍겨오는 달콤한 냄새가 식욕을 자극했다.

"이 황홀한 냄새는 뭔가요?" 마거릿이 물었다.

"타르트 타탱[20]이요." 내가 대답했다. "제가 세 번째로 좋아하는 디저트예요. 초콜릿 바른 슈크림 빵이랑 엄마가 만든 초콜릿 무스 다음으로."

"전 네 번째로 좋아하는 디저트예요." 폴이 말했다.

"저는 한 번도 못 먹어봤어요." 마거릿이 말했다. "그렇지만 분명 좋아하게 될 것 같아요."

나는 갑자기 어색한 기분이 들어 체크무늬 식탁보에 떨어져 있던 애꿎은 빵 부스러기를 털어냈다. 마거릿이 소리 나지 않게 입 모양으로 말했다. '뭐라고 말 좀 걸어봐요.' 하지만 무슨 말을 해야 하나 생각하면 할수록 침묵은 점점 깊어져만 갔다. 그냥 하는 일에 대해서 물어볼까. 아빠는 불편한 기색으로 퇴근해서는 그날 만났던 고약한 인간들에 대한 불평을 늘어놓곤 했다. 레미와 나는 그게 범죄자 이야기인지 아니면 동료 이야기인지 감을 잡을 수 없었다.

"왜 경찰이 되고 싶었어요?" 내가 불쑥 물었다.

"그러니까 오딜 말은 위험한 직업을 선택한 이유가 궁금하다는 거죠?" 마거릿이 끼어들었다. "평소에 경찰관을 얼마나 존경하는지 나에게 자주 얘기했었잖아요."

"그냥 늘 하고 싶던 일이었어요." 폴이 대답했다. "사람들을 돕고 안전하게 지켜주는 일이요."

"정말 존경스럽네요!" 마거릿이 말했다.

"당신은 왜 도서관에서 일하게 됐나요?" 이렇게 물어보는 폴의 눈에서 '이탕셀', 불꽃이 반짝 일었다.

"가끔은 사람보다 책이 더 좋아서요."

"하긴 책은 거짓말도 안 하고 뭘 훔치지도 않으니까," 폴이 대구했다. "책에 의지하는 것도 이해는 가죠."

나는 내 감정에 대한 메아리가 들려오는 소리에 문득 정신이 들었다. 그리고 용기가 생겼다.

"주로 어떤 책을 읽어요?" 내가 물었다.

"개인적인 질문입니까, 아니면 도서관 소식지를 위한 질문입니까?"

나는 뿌듯함에 얼굴이 상기되는 것을 느꼈다. "내가 만드는 소식지를 읽었나요?"

"웨드 양이 한 말이 마음에 들더군요. 그래서 헤라클레이토스에 대해 찾아보기도 했습니다."

"'누구도 같은 강물에 두 번 발을 담글 순 없다.'" 그와 내가 동시에 외쳤다.

"소식지 말고 개인적으로." 나는 부끄러움을 감추며 대답했다.

"음, 주로 비소설을 많이 읽어요. 특히 지리와 관련된 책이요. 요즘은 다시 영문법을 공부하는 데 재미를 붙였는데 거기에는 규칙이 있잖아요. 그렇다 혹은 아니다 하고 확실히 구분 지을 수 있는 내용이 좋아요. 난 사실로 밝혀진 내용을 더 좋아하나 봅니다."

나는 오히려 소설이 실제 삶보다 사실에 더 가까울 수 있다고 반박하려 했지만 그는 이야기를 멈추지 않고 계속했다. "어쩌면 내가 규칙을 무시하는 범죄자와 보내는 시간이 많아서 그럴지도 모르겠습니다. 흉악범은 희생자를 전혀 신경 쓰지 않아요. 더구나 그럴싸한 말로 둘러대며 범죄를 저지를 수밖에 없었던 이유나 사정이 있겠거니 하고 자신을 믿게 만들죠. 내가 믿었던 누군가가 면전에서 거짓말을 하고 있다는 사실을 알게 되는 건 견디기 힘든 일입니다."

"맞아요. 너무나 고통스러운 일이죠." 나는 아빠와 그 여자를 떠올리며 말했다.

종업원이 헛기침을 했다. 나는 우리가 손님이 꽉 들어찬 식당에 와 있다는 사실도, 또 마거릿이 옆에 있다는 사실도 잠시 잊고 있었다. 주문이 끝나자 폴이 마거릿에게 서툰 영어로 말을 걸었다.

"저라면 고향을 멀리 떠나 살 수 있을지 모르겠군요. 정말 존경스럽습니다."

"별말씀을요." 마거릿이 말했다. "사실은 고향이 정말 그리웠어요. 그러다 오딜을 만났고요."

"마거릿은 도서관에 아주 큰 도움이 돼주고 있어요."

그러자 마거릿이 얼굴을 붉히며 말을 돌렸다. "그나저나 휴가 계획은 있으세요?"

"저는 매년 여름에 숙모님 농장에 가서 숙모님을 도와드립니다." 폴이 대답했다.

"숙모님 농장이 파리 근처인가요?" 마거릿이 다시 물었다.

"브르타뉴에 있어요."

"그러니까 여름에는 파리에 없는 거네요." 내가 딱딱하게 말했다.

종업원이 감자튀김이 곁들여진 스테이크를 내왔지만 이미 식욕을 잃은 나는 감자튀김만 집어 먹었다.

식사를 마친 후 마거릿이 폴에게 고맙다는 인사를 한 뒤 택시를 타고 집으로 돌아갔다. 가로등이 은은하게 비추는 가운데 폴이 나를 집까지 바래다줬다. 나는 평소처럼 빨리 걸음을 옮겨야 할지 아니면 그의 속도에 맞춰야 할지 고민했다. 게다가 손은 또 어디다 둬야 하는지……. 주머니에 넣어야 하나 아니면 그가 잡을 수 있도록 보란 듯이 내놓고 흔들며 걸어야 하나. 물론 폴이 내 손을 잡고 싶어 하는지는 알 수 없었지만. 우리 집이 있는 건물 앞에 도착해 계단을 올라가면서 나는 그가 몸을 기울여 입술을 가까이 가져올지, 그래서 내가 그를 받아들일 수 있게 해줄지 궁금했다. 계단 앞에 멈춰 선 폴은 더 이상 다가오지 않았다. 나는 실망을 감추기 위해 고개를 돌려 핸드백에서 열쇠를 찾는 척했다.

그렇게 찾아낸 열쇠로 문을 열려고 하는데 폴이 내 허리를 붙잡았다. 나는 그 자리에 얼어붙고 말았다.

"당신과 계속 만날 수 있는지 물어보려고 했어요." 그가 말했다.

"그래요?"

"그럼 당신 아버지가 좋은 자리를 소개시켜줄 테니까요."

손에서 열쇠가 떨어졌다.

결국 이거였구나. 폴은 아빠 때문에 나에게 관심을 보인 거였어. 그런 줄도 모르고 그가 근무하는 곳까지 찾아간 내가 너무나 어리석게 느껴졌다. 갑자기 속이 메슥거렸다. 빨리 집에 들어가 그와 나 사이를 막아버리도록 현관문을 닫아야 했다. 몸을 숙여 바닥에 떨어트린 열쇠를 더듬어 찾았지만 폴이 더 빨랐다. 그는 한 손으로 열쇠를 움켜쥐고 다른 한 손으로 내 팔을 잡았다.

"난 더 좋은 자리에 오를 자격이 충분해요." 그가 나를 일으켜 세우며 말했다. "솔직히 좀 더 나은 데서 살려면 월급도 더 올라야 하고요."

나는 그의 셔츠에 달려 있는 작은 파란색 단추만 하염없이 쳐다봤다. "축하드려요. 그래서 언제 새로운 자리로 옮겨가시나요?"

"아니요. 아버님의 제안은 거절했습니다."

"네?"

"당신이 내 진심을 의심하는 걸 바라지 않으니까요."

내 심장에 다시 피가 돌기 시작했다. 폴의 입술이 내 입술을 덮었다. 나는 영화에 처음 출연하는 서툰 여배우처럼 입술을 오므렸다. 그러다 다시 입술을 벌리자 그의 혀가 내 혀를 휘감았다. 폭풍 같은 시간이 흐르고 폴이 고개를 들었다. 나는 놀란 가슴으로 그를 바라봤다. 온몸에 힘이 풀리는 것이 마치《폭풍의 언덕》어딘가로 떨어져버린 것 같았다.

드디어 프랑스 대혁명 기념일이 되었다. 나는 마거릿의 집을 방문했다. 집사가 나를 거실로 안내했다. 거실 벽에 걸린 초상화 속 오만한 표정의 남자들이 나를 내려다봤다. 나는 움찔해서 뒤로 물러나 그랜드 피아노가 있는 구석으로 갔다. 피아노는 아빠의 차만큼이나 컸다. 나는 가만히 있지 못하고 손가락을 들어 건반 몇 개를 두드렸다. 내 주변의 어느 누구도 집사라든가 그랜드 피아노라든가 하는 것과 인연이 없었다. 이런 유의 삶은 소설 속에서나 존재하는 건 줄 알았는데. 창가에 가보니 나폴레옹이 잠들어 있는 성당의 황금색 지붕이 눈에 들어왔다. 분명 이 집의 이웃들도 신분이 높은 사람들이리라. 우리 집에서는 기차역에서 흘러 들어오는 석탄 먼지 때문에 창문을 여는 일이 드물었다. 어두운 실내의 낮은 천장은 날씨만 괜찮다면 아늑한 분위기를 만들어줬지만 그 반대인 날은 밀실 공포증을 불러일으키기도 했다. 내 방에서 보이는 풍경이라고는 고작해야 3미터 거리 밖에 있는 맞은편 건물뿐이었고, 심지어 이웃하고 있는 펠드만 부인네 집 욕실에 축 늘어진 채 걸려 있는 속옷까지 보일 지경이었다. 이곳에서 볼 수 있는 환한 햇살과 아름다운 풍경이 아주 사치스럽게 느껴졌다. 마거릿은 내가 생각했던 갈 곳 없는 쓸쓸한 사람과는 완전히 딴판이었다.

"기다리게 해서 미안해요. 크리스티나가 욕조에서 나올 생각을 안 해서요." 마거릿이 딸을 품 안에 안고 나오며 말했다. 크리스티나는 마거릿의 옷깃 사이에 머리를 파묻고 있어서 내 쪽에서는 물에 젖은 곱슬머리만 보였다.

"우리 도서관 이야기 시간 때 만났었지?" 내가 크리스티나에게 말을 걸었다. "난 일주일 중에서 그 시간을 제일 좋아하는데."

크리스티나가 고개를 들었다. "저도요."

유모가 아이를 데려가자 나는 마거릿을 따라 파우더 블루 색 벽지로 된 침실을 지나 드레스 룸으로 갔다. 드레스 룸은 리더 관장의 사무실만 했다. 한쪽 벽에 고급스러운 평상복이, 다른 한쪽 벽에는 이브닝 드레스가 걸려 있었다. 한 벌 가격이 평범한 사람들 1년 치 월급은 될 듯했다. 한 사람이 이렇게 많은 옷을 가지고 있다는 사실 자체가 믿기 힘들었고, 그래서 보는 것만으로도 넋이 나갈 것만 같았다. 게다가 색은 또 얼마나 다채로운지! 캔디 애플 레드, 토피, 페퍼민트, 그리고 감초색까지! 나는 홀린 듯 옷을 쓰다듬었다.

"한번 입어볼래요?"

"정말요?"

나로서는 도저히 하나만 선택할 수 없었기에 마거릿이 나서서 검은색 드레스 한 벌을 골라줬다. 나는 옷을 받아들고 이리저리 대봤다. "뭐 해요? 마거릿도 어서 뭐든 입어봐요!"

옷걸이에서 초록색 드레스를 꺼내 든 마거릿과 나는 방 안을 빙빙 돌기 시작했다. 나도 모르게 에디트 피아프[21]의 노래가 흘러나왔고 마거릿도 노래를 따라 불렀다. 그렇게 우리 두 사람은 숨이 찰 때까지 춤추고 노래하고 깔깔거리다 마침내 값비싼 옷 더미와 함께 바닥에 주저앉았다.

"실례합니다." 한 남자가 강한 프랑스 억양의 영어로 말을 걸었다. 가늘게 기른 남자의 검은 콧수염은 유명한 화가이면서 스페인 내전 당시 독재 정권의 편을 들었던 살바도르 달리의 콧수염에 견줄 만했다.

마거릿과 나는 자리에서 일어섰고 마거릿이 그 남자와 나에게 서로를 소개시켜줬다.

"만나 뵙게 돼 반갑습니다." 남자는 프랑스어로 인사했다.

유명 인사들을 고객으로 둔 덕에 사교계 소식을 전하는 신문에서는 그를 일컬어 '특급 미용사'라고 부르기도 했다. 고객들은 원하는 바를 굳이 말로 할 필요가 없었다. 그도 그럴 것이 그는 어떤 상황에서 무엇을 어떻게 해야 하는지를 잘 알고 있었기 때문이다. 나는 마거릿에게 하루 종일 책 정리하는 일을 맡겼고, 그녀는 내 앞에 파리에서 가장 바쁘기로 유명한 미용 전문가를 데려다놓았다.

마거릿은 아까 고른 검은색 드레스를 나에게 입혔고, 하녀가 내 키에 맞춰 밑단을 접어 표시했다. 그런 다음 마거릿은 최신 유행으로 꾸며진 화장대 앞에 나를 앉혔다.

미스터 Z가 내 머리를 빗기 시작하자 그녀가 말했다. "폴은 멋진 남자예요."

"당신 생각에는 우리 둘 사이에 통하는 게 많은 것 같나요? 폴은 경찰이고 나는, 음, 나는 그냥 나인데요."

"로렌스의 케임브리지 대학교 동기들이 소네트를 암송할 수 있다 해도 그들이 사랑에 대해서까지 잘 아는 건 아니니까요. 폴은 분명히 당신을 마음에 두고 있어요. 그 사람의 직업이나 그 사람이 읽은 책보다 이런 사실이 더 중요하지 않나요?"

나는 그녀의 친절한 말에 고맙다는 인사를 해야 했지만 미스터 Z

가 두피를 부드럽게 어루만져주기 시작하는 바람에 정신이 나가버렸다. 나는 그동안 내가 얼마나 불안에 떨었는지 전혀 깨닫지 못하고 있었다. 자꾸 커져만 가는 폴에 대한 감정, 고통스러울 정도로 벌어지고 있는 레미와의 거리, 외도 사실을 숨기며 가족을 기만하는 아빠……. 그렇게 켜켜이 쌓여 있던 긴장이 어느새 술술 풀리고 있었다. 엄마가 머리를 손질해줄 때는 빗질이 참 거칠었었는데. 미스터 Z의 빗은 뜨거운 칼로 버터를 가르듯 내 긴 머리 사이를 부드럽고 날렵하게 헤치고 지나갔다.

제대로 된 전문 미용사에게 머리를 맡기는 건 이번이 처음이었다. 나는 달궈진 집게로 머리를 말아가며 물결 모양을 만들어나가는 그의 능숙한 솜씨에 넋을 잃고 말았다.

그가 한 치의 오차도 없는 뛰어난 손재주로 머리 손질을 끝냈다. "이것 좀 봐요!" 마거릿이 프랑스어로 외쳤다. "베티 데이비스[22] 같아요. 완벽한 팜 파탈로 변신했네요."

미스터 Z가 마거릿의 머리를 정성 들여 말아 올리는 동안 그녀가 물었다. "혹시 리더 관장님에게 남자 친구가 있나요?"

"미국 대사가 그녀와 함께 도서관 축하 행사에 참석한 적은 있는데요."

"다들 빌 불릿 대사를 보고 사람 대하는 재주가 뛰어나다고들 하지만 그 사람은 바람기가 다분해요. 제가 노르웨이 영사 한 분을 알고 있는데 리더 관장님에게 잘 어울릴 것 같아요. 우선 도서관 회원 등록부터 하라고 말해봐야지."

"차례가 되려면 조금 기다려야 할걸요."

미스터 Z가 마거릿의 머리 손질을 마무리했다. 그녀는 거울은 보지도 않고 내 쪽을 보며 말했다.

"어때요?"

"너무 예뻐요." 진심에서 우러난 말이었다. "외모는 물론이고 마음씨도."

마거릿이 얼굴을 붉혔다. 그녀는 아주 오랜만에 이런 칭찬을 받은 것 같았다.

"남편분이 보시면 한눈에 반하겠는데요." 내가 말했다.

"글쎄요……. 로렌스는 요즘 굉장히 바쁘거든요."

"아무리 바빠도 그렇지. 아내에게 아름답다는 말을 해줄 시간도 없단 말이에요?"

"모든 사람이 날 오딜같이 봐주는 건 아니니까요." 마거릿은 거울로 눈길 한 번 주지 않고 자리에서 일어났다.

마거릿은 녹색의 스트래플리스 드레스[23]를 입었다. 그리고는 내 키에 맞춰 밑단을 올린 검은 드레스를 나에게 건네줬다. 몸을 감싸고 도는 실크의 촉감은 내가 겨울에 입는 까끌까끌한 모직이며 여름에 입는 뻣뻣한 리넨과 사뭇 달랐다. 마거릿이 등 뒤에서 지퍼를 채워주자 내 모습에 감탄한 것도 잠시 숨이 제대로 쉬어지지 않았다. 그동안 내가 입었던 옷은 그저 식탁보마냥 몸을 가려주는 역할만 했을 뿐이었지만, 지금 이 드레스는 허리를 바짝 조이며 가슴 라인을 돋보이게 해줬다. 나한테 이런 볼륨이 있었는지 내 스스로도 깜짝 놀랄 정도였다. 옷이 너무 꽉 낀다는 생각이 들었지만 갈비뼈 주위를 맴도는 신선한 자극은 실은 내가 부러워하던 것이었다. 마거릿은 많은 것을 가졌고, 나는 가진 것이 거의 없었다.

"파리에 와서 연회 참석 준비를 하면서 이렇게 즐거웠던 적은 처음이에요." 마거릿이 말했다. "다음에 또 함께했으면 좋겠어요."

화려한 옷에 출장 미용사까지……. 어쩌면 나도 사치라는 것에 익숙해질 수 있을까. 또 오라는 그녀의 초대가 마음속에 일던 질투의 감정을 희석시켰다.

우리는 마거릿의 남편 로렌스와 합류하기 위해 거실로 향했다. 실크 드레스가 내 다리를 애무하며 '그래. 그래. 아주 좋아.'라고 유혹하듯 속삭이는 것 같았다. 폴에게 이런 모습을 한 번만이라도 보여줄 수 있다면 좋을 텐데.

안락의자에 앉은 로렌스는 〈헤럴드〉에 반쯤 가려져 있었다. 내 옆에서 마거릿이 헛기침을 했고 그제서야 로렌스는 신문을 내려놓았다. 짙은 속눈썹이 파란 눈동자를 덮고 있었다. 오, 하나님. 턱시도를 입은 로렌스의 모습이 얼마나 근사하던지. "정말 아름답군요." 그는 자리에서 일어나 내 손등에 입을 맞췄다. 나는 그가 마거릿에게도 입을 맞출 줄 알았다. 하지만 그의 시선은 나에게만 향한 채 잡은 손을 놓지 않았다.

"일찍 결혼한 게 유감입니다……." 로렌스가 눈썹을 씰룩거렸고 나는 웃음을 터트렸다. 정말로 매력이 넘치는 남자였다.

"혹시 프라이스-존스 씨와는 아는 사이이신가요?" 내가 물었다. 나도 외교계의 높은 사람들과 안면이 있다는 걸 보여주고 싶은 마음에서였다.

"프라이스-존스라면 외교계의 전설 아닙니까! 특히 프랑스와 영국의 외교 의례를 정립한 걸로 유명하신 분인데요. 더군다나 1926년 이후로 외교 관련 논의에서 밀려본 적이 없는 분이고요. 그런데 그분을 어떻게 아세요?"

"우리 도서관을 늘 찾아주시는 분이에요." 마거릿이 자랑스럽게 설명했다.

로렌스는 여전히 나만을 응시하며 말했다. "저 사람이 도서관 사서 흉내를 낼 수 있도록 도와줘서 감사합니다."

옆에 서 있던 마거릿의 표정이 굳어졌다. 그의 말을 듣자 나는《그들의 눈은 신을 보고 있었다》의 한 구절이 떠올랐다. '그러나 그녀는 자신의 얼굴에 풀을 먹이고 다림질을 해 사람들이 보고 싶어 하는 얼굴로 만들었다……'

"마거릿은 절대 '흉내' 같은 걸 내고 다니는 게 아니에요." 나는 로렌스의 손을 뿌리치고 마거릿의 허리를 감싸 안으며 소리쳤다. "마거릿은 정말로 큰 도움이 돼주고 있어요."

갑자기 우리를 둘러싼 공기가 확 달라졌다. 로렌스의 친절하고 멋진 모습이 거만한 모습으로 바뀌었고 마거릿은 완전히 경직되었다. 문득 엄마가 사촌 클로틸드에게 했던 충고가 떠올랐다. '할 수 있는 한 연애를 오래하도록 해. 일단 결혼을 하고 나면 모든 게 다 바뀌어버리니까.' 이게 바로 엄마가 말했던 현실일까?

"당신 오늘 멋있어요." 마거릿은 억지로 출연 중인 지루한 연극의 대사를 읊듯 말했다.

"응. 당신도." 로렌스도 회중시계를 꺼내며 무심하게 대꾸했다. "그럼 이만 출발할까? 차 기다리는데."

영국 대사의 관저에 있는 화려한 샹들리에 불빛에 여자들의 보석이 눈부시게 빛났다. 로렌스와 마찬가지로 남자들은 모두 검은 턱시도 차림이었다. 내가 꿈꿔왔던 바로 그런 연회였다. 나는 다른 참석자들이 가봤던 곳이나 그들이 읽었던 책에 대해 듣고 싶어 못 견딜 지경이었다.

로렌스는 우리를 내버려두고는 풍만한 몸매에 짙은 갈색 머리를 한 여자에게 달려갔다. "결혼 생활이 마뜩지 않으시면 제가 따로 모실 수도 있는데요."

"자기는 내 결혼 생활 따위 신경 안 써도 돼!" 여자는 마치 마거릿이 그 자리에 없는 듯 로렌스의 가슴을 쓰다듬었다.

'끔찍한 곳이에요.' 마거릿이 대사관이나 외교관 생활에 대해 했던 말의 뜻을 이제야 알 것 같았다. 나는 마거릿에게 이런 식으로 모욕을 주는 로렌스에게 화가 나 그를 노려봤다. 그리고 그가 무의미하게 내뱉은 아첨에 넘어가버렸던 스스로에게도 분노가 치밀었다.

"저이 때문에 오늘 밤을 망치지 말아요." 마거릿이 어느 통통한 부인에게 나를 안내했다. "영사의 부인이세요. 많은 사람들에게 필요한 도움을 주시는 분이지요."

"데이비스 부인," 마거릿이 손을 흔들었다. "여기서 보게 돼서 너무나 기쁘군요. 파리 미국 도서관에 가보라고 권해주셔서 정말 감사드려요."

"아주 좋아 보이네요." 데이비스 부인이 따뜻하게 말했다.

"이번에 새로 사귄 친구이자 제가 가장 아끼는 친구예요. 혹시 본 적 있으세요?"

"친구 한 명만 제대로 사귀어도 모든 게 달라질 수 있지요." 데이비스 부인이 말했다. "코헨 교수의 강좌를 들을 때 몇 번 마주친 적이 있는 것도 같네요."

데이비스 부인은 비공식적이긴 하나 외교관들 사이에서 대단히 중요한 역할을 하고 있었다. 나는 그녀가 새로이 도착하는 사람들을 일일이 찾아가 맞이하는 모습을 쳐다봤다. "오늘 정말 멋지시네요." 데이비스 부인이 어느 창백한 얼굴의 여자에게 칭찬을 건네자 여자의 얼굴이 환하게 밝아졌다. "요즘 잘 지내고 계신 거죠?" 이번에는 불안한 듯 사방을 두리번거리며 홀로 있던 이탈리아 사람 차례였다. "파리는 여자들에게 꿈의 도시이긴 하지만 실제로 살면서 익숙해지는 데는 시간이 조금 걸리죠."

"히틀러가 유럽을 멋대로 유린하는 걸 두고 볼 수는 없습니다!" 프라이스-존스 씨의 목소리였다. 파리 미국 도서관에서 드 네르시아 씨와 논쟁을 벌일 때처럼 그의 목소리가 연회장에 높이 울려 퍼졌다. "히틀러를 막기 위해서는 모두 힘을 합쳐 싸워야 해요."

"저분은 여기가 연회장이라는 사실을 잊으셨나 봐요." 내가 말했다.

"요즘은 계속 전쟁 이야기뿐이에요." 마거릿이 대꾸했다.

"지난주에 연극 '오셀로' 보신 분 계세요?" 데이비스 부인이 물었다.

전쟁 말고 다른 화젯거리가 있다는 사실에 안도한 듯 여러 사람들이 한목소리로 대답했다. "프랑스에서 셰익스피어를 볼 수 있다니 얼마나 색다른 경험인지!" "그러게요. 기분이 묘하더라니까요." "가엾은 데스데모나."

"현재 프랑스군은 그 어느 때보다도 강력하다는 게 베이강 장군의 주장인데요."

"바이스 장군도 프랑스 공군이 유럽 최강이라고 하니까 전혀 걱정할 거 없어요!"

"새로운 동맹 관계를 만들어야 해요." 로렌스가 주장했다. "이탈리아는 한때 우리 동맹국이었지만 무솔리니가 히틀러와 힘을 합치기로 약속하지 않았습니까."

"좀 믿을 만한 양장점 아시는 분 계세요?"

"셰 주느비에브면 충분하지 않을까요? 에마 제인 커비도 가는 곳인데, 거기 옷 정말 화려하더라고요!"

"에마가 자기보다 나이가 세 배는 더 많아 보이는 남자랑 어울리고 다닌다면 믿으시겠어요?" 마거릿이 금발의 아름다운 여성을 바라보며 속삭였다. "분명 억 소리가 날 정도로 부자겠죠!"

"아니면 사람들의 관심을 끌고 싶어 하는 색골 영감이거나요." 내가 말했다.

"로렌스 군의 말이 옳습니다!" 프라이스-존스 씨가 말했다. "지금 무슨 일이 벌어지고 있는지 예의 주시할 필요가 있어요."

"말도 안 되는 주장입니다. 히틀러를 달래는 게 최선이라니까요." 영사가 대답했다.

"터무니없는 늙은 바보 같으니!" 마거릿이 속삭였다.

"그런 건 무능력한 바보들이나 하는 소리라니까요!" 로렌스가 으르렁거렸다.

"샴페인을," 영사의 부인이 소리쳤다. "샴페인을 더 가져와요."

'판타스티크', 환상적이야! 나는 지난 1월 1일 이후로 샴페인을 맛본 적이 없었다. 샴페인 병을 따는 소리가 여기저기서 들려왔다. 내가 세상에서 가장 좋아하는 축하의 말이 들려온 후 하인들이 사방을 돌아다니며 샴페인을 권했다. 술과 음식은 죄다 은 쟁반에 올려져 있었다. 샴페인 잔에서 거품이 반짝였고 얼음처럼 차가운 술이 한 줄기 물길이 되어 목을 타고 내려갔다. 정신이 혼미해졌다. 나는 로렌스의 천박했던 행동과 외교관들의 싸움을 머릿속에서 깡그리 지워버렸다. 벽에 걸린 터너[24]의 풍경화를 멍하니 바라보다가 흰 장갑을 낀 남자들이 권하는 대로 캐비아를 맛봤다. 마거릿은 원하면 언제든지 이 모든 것을 누릴 수 있었다. 나에게는 비록 오늘 하룻밤뿐일지언정 어쨌든 마거릿 덕분에 이 순간을 즐길 수 있었다. 폭죽이 밤하늘을 수놓았다. 나는 불꽃놀이를 더 자세히 보고 싶어서 마거릿을 연회장 밖으로 잡아끌었다. 밖으로 나간 우리 두 사람은 잔디밭에서 술 파티를 벌이던 사람들에 합류했다. 장미꽃 향기가 우리를 감쌌다. 높다란 벽 덕분에 바깥세상이 보이지 않았다. 창문마다 불이 밝혀진 대사 관저가 위용을 과시하며 눈부신 빛을 뿜어냈다. 관저 위로 불꽃이 솟아오르더니 이내 꺼지기를 반복했다. 어지러운 행복감이 나를 가득 채우면서 전쟁에 대한 염려, 레미에 대한 염려, 아빠에 대한 염려, 그리고 폴에 대한 염려가 사라졌다.

제

10

장

✳

오 딜

O d i l e

폴이 지나치다 싶을 정도로 도서관에 자주 오자 리더 관장은 폴더러 '가장 부지런한 도서관 회원'이라고 부르기 시작했다. 폴은 오후에 순찰 근무를 했는데, 그때를 틈타 도서관 정원에 자전거를 세워놓고 〈라이프〉나 〈타임〉 같은 잡지의 묵직한 포장지를 벗겨내는 일 따위를 도와줬다. 모두 대서양을 건너온 잡지였다. 하지만 끼어들기 좋아하는 시몬 부인 때문에 애석하게도 몰래 입을 맞추는 일 같은 건 불가능했다.

우리 집이라고 해서 크게 다른 건 없었다. 팔 하나 정도의 거리를 두고 마주 앉은 폴과 나는 앞에 놓인 찻잔은 건드리지도 않았다. "비가 곧 그칠까요?" 엄마가 보이지 않는 데서 귀를 기울이고 있다는 사실을 의식하며 내가 물었다.

"구름이 걷히고 있군요."

폴은 내일 브르타뉴로 떠날 예정이었지만 아직은 함께 있을 수 있었다. 우리는 버스 정류장에서 처음 마주친 사람들마냥 오늘의 날씨에 대해 이야기했다.

"나가서 산책이라도 좀 할까요?" 폴이 물었다. "파리에서 내가 제일 좋아하는 곳을 보여주고 싶은데."

"글쎄요." 저쪽에서 엄마의 목소리가 들려왔다.

"엄마, 허락해주세요." 얼마나 간절했던지 목소리가 다 갈라질 정도였다. "8월 한 달 동안 폴은 파리에 없잖아요."

"그럼 이번 한 번만이다. 대신 밖에 너무 오래 있으면 안 돼."

그의 손이 내 등을 따뜻하게 어루만지며 나를 이끌었다. 차가 빵빵거리는 소리를 배경 음악 삼아 우리는 가게 앞에서 담배를 피우는 주인을 지나쳐 파리 북역으로 향했다. 거대한 유리 지붕 아래로 파란 작업복을 입은 짐꾼들이 사람들의 가방을 날랐다. 승객들은 소리를 지르고 서로를 밀치며 기차를 향해 움직였다.

폴이 승강장을 가리켰다. 안경을 쓴 한 젊은 남자가 이제 막 기차에서 내린 여자에게 키스를 했다. "난 사랑이 뭔지 눈으로 확인하고 싶을 때 여기로 와요. 다른 사람들을 몰래 훔쳐보다니, 제정신이 아닌 것처럼 보일 수도 있겠지만……."

나는 고개를 저었다. 나 역시 책을 읽으며 다른 사람들의 삶을 몰래 훔쳐보고 있지 않은가.

연주자처럼 보이는 사람이 트럼펫 케이스를 들고 우리 옆을 스쳐 지나갔다. 보이 스카우트 한 무리가 넋을 놓고 기관차를 바라봤다. 어느 아이 엄마가 잡고 있던 아이들의 손을 놓자 아이들은 트렌치 코트를 입은 남자를 향해 달려갔다. 남자는 아이들을 번쩍 안아 들고 빙글빙글 돌았다.

"너무나 사랑스러운 풍경이네요." 내가 말했다.

폴은 그 광경에서 눈을 떼지 못했다.

"왜 그래요?" 내가 물었다.

"아무것도 아닙니다."

"정말요?"

그는 부부와 아이들이 역을 떠나는 모습을 지켜봤다. "부모님과 나는 여기서 멀지 않은 곳에서 살았었어요."

"그랬어요?"

"아버지가 떠날 때까지……. 난 일곱 살이었어요. 어머니는 아버지가 기차를 타고 멀리 여행을 떠났다고 했어요. 난 언젠가 아버지가 돌아올 거라고 생각해서 이곳에 자주 들렀어요." 폴이 나를 돌아봤다. "지금도 여전히 그렇습니다."

내가 폴을 꼭 끌어안자 폴은 내 머리카락에 얼굴을 파묻었다. 나는 내 심장과 맞닿은 채 떨고 있는 그의 심장을 느낄 수 있었다. 어쩌면 누군가를 신뢰하는 건 그리 위험한 일이 아닐지도 몰랐다.

"다른 사람에게는 한 번도 하지 않은 이야기예요." 그가 말했다.

집으로 돌아오는 길에 우리 둘 중 누구도 입을 열지 않았다. 나와 폴은 계단을 따라 우리 집 앞까지 올라갔다.

"저녁 먹고 갈래요?" 내가 물었다.

폴이 내 이마, 뺨, 입술에 키스했다. "내일 아침 일찍 파리를 떠나야 하는데 아무렇지 않은 척하며 앉아 있을 수 있을까요? 그렇게는 못할 거 같아요."

나는 그가 뒤돌아서서 계단을 내려가는 모습을 물끄러미 쳐다봤다. 등 뒤에서 문이 열렸다.

"다른 사람이 같이 있는 줄 알았는데," 레미가 말했다. "혼잣말이라도 한 거야?"

"폴하고 있었어." 나는 레미에게 내가 느끼는 감정에 대해 말해주고 싶었다. 어떤 때는 반딧불이처럼 아무 걱정 없이 마냥 즐거울 때도 있지만, 때로는 이렇게 폴이 떠나고 없는 순간처럼 모든 것이 무너져내리는 기분도 든다고. "자꾸 폴 생각만 나." 나는 폴을 내 마음 한구석에 있는 책에 내버려두고 싶었지만 그는 그 책을 가로질러 자꾸만 내 삶의 한가운데로 다가오고 있었다.

"사랑에 빠졌네." 레미가 말했다. "뭐, 좋은 일이야."

"너도 행복해졌으면 좋겠어."

"나도 그 말하려고 했어. 나 비찌를 사랑하게 됐어."

두 사람이라면 완벽한 한 쌍이 될 터였다. 그리고 나는 두 사람을 이어주는 데 내가 어느 정도 기여했다는 사실이 자랑스러웠다. "원래는 드 네르시아 씨랑 프라이스-존스 씨를 소개해주려고 했는데, 어쩌면 너에게는 비찌가 더 어울릴지도 모르겠다."

"어쩌면이라……."

"아직 비찌에게 말 안 했어?"

"너한테 제일 먼저 말하고 싶어서."

우리는 모든 것을 나누며 살아왔다. 내가 만든 도서관 소식지를 가장 먼저 읽어준 것도 레미였다. 나는 레미가 법대 학회지에 싣는 기고문 원고를 읽고 고쳐줄 수 있는 유일한 사람이었다. 우리는 주방에 차를 끓여놓고 꼭두새벽까지 이야기꽃을 피웠다. 레미와 나는 서로의 비밀을 잘 알고 있었고 그런 레미야말로 나의 피난처였다.

그런데 모든 것이 변하고 있었다. 나에게는 폴이 있었고 레미에게는 비찌가 있었다. 나는 취직을 했고 레미는 곧 학교를 졸업할 것이었다. 우리가 같은 지붕 아래 사는 것도 어쩌면 올해가 마지막일지도 몰랐다. 엄마 배 속에서부터 붙어 있었던 우리가 마침내 각자의 삶을 살게 된 것이다. 나는 문득 그동안 우리가 떨어져 있었던 적이 몇 번이나 되는지 헤아려봤다.

나는 일과를 마치고 마거릿에게 전날 공부한 프랑스어에 대해 질문했다. "동사는 세 가족으로 나눌 수 있어요. 사랑하다, 말하다, 먹다는 어떤 가족에 속하나요?"

"에메, 파를리, 망지…… 모두 'er' 가족이에요." 마거릿이 대답했다.

"그나저나 가족이라니, 동사 구분법치고 너무 사랑스러운 거 아니에요?"

"런던에 갔다고 프랑스어를 잊어버리면 안 돼요."

"고작 2주인데요 뭘."

우리는 정원으로 나갔다. 그곳에 레미의 자전거가 벽에 기대어 세워져 있었다.

"'메르시', 감사해요. 도서관에서 일할 수 있게 해줘서." 마거릿이 말했다. "그리고 나에게 소속감이란 걸 느끼게 해줘서."

"'메르시 아 투아', 저야말로 고마워요! 마거릿이 없었으면 아직도 혼자 책 정리를 하고 경찰서 안에 들어갈 엄두도 못 내고 있었을 거예요."

"그런 소리 말아요!" 마거릿은 부끄러워하면서도 기뻐했다.

"이젠 당신 없이는 뭘 어떻게 해야 할지조차 모르겠다니까요." 그녀에게 더 많은 말을 해줬으면 좋았겠지만, 감정을 잘 털어놓지 않는 가정에서 자라서인지 진심 어린 속마음을 다 전하지는 못했다. '당신이 없었다면 폴을 찾아갈 용기를 낼 수 없었을 거예요. 당신에게 프랑스어를 가르치다 보니 그동안 미처 몰랐던 프랑스어의 아름다움도 새삼 느끼게 됐고요. 책을 정리하고 잡지 포장지를 벗기고 오래된 신문을 보존 서고로 옮기는 지루한 일을 재미있고 빠르게 처리할 수 있었던 것도 다 당신이 곁에 있어 준 덕분이에요.'

"내 소중한 친구 오딜, 나야말로 당신이 없으면 뭘 어찌해야 할지 모르겠는걸요." 마거릿이 이렇게 말했을 때 그녀의 두 뺨에 고마움의 입맞춤을 해줬으면 좋았을 텐데 갑자기 떠오른 저녁 식사 생각에 그러지 못했다. 나는 레미의 자전거 안장에 올라탔다.

"자전거 탈 줄 알아요?" 마거릿이 물었다.

"자전거 못 타요?" 나는 그녀에게 되물으며 자전거 페달에서 발을 뗐다. "그럼 자전거 타는 법도 가르쳐줄게요!"

"안 돼요. 넘어지기라도 하면 남들이 얼마나 비웃겠어요."

"파리지앵 몇 명이 당신 무릎의 상처를 보고 웃는다고 별일이야 생기겠어요? 외국에 나와 있어서 좋은 점이 바로 그거잖아요. 자국에 있었다면 못했을 일을 남의 시선 신경 쓰지 않고 과감히 해볼 수 있다는 거."

나는 자전거가 흔들리지 않게 꽉 잡았다. 마거릿이 다리를 들어 한 번에 자전거에 올라탔다. 자전거가 비틀거리며 앞으로 나아갔다. 그녀는 한 손으로는 자전거 손잡이를, 다른 한 손으로는 내 팔을 움켜쥐었다.

"이건 진짜 못하겠어요."

"이미 하고 있잖아요. 손잡이를 양손으로 꼭 붙들어요."

"잘하고 있는 건지 모르겠네요."

"해외에 살면서 그 나라 말도 배우고 있잖아요. 자전거 타는 건 거기에 비하면 아무것도 아니에요." 나는 자전거를 부드럽게 앞으로 밀었다. "봉 방!"

마거릿이 속도를 내자 치마가 무릎 위에서 펄럭였다. "넘어지더라도 다시 타볼게요!"

"그래요. 바로 그런 자세예요!"

마거릿이 천천히 페달을 밟았다. "무서워요."

"나만 믿어요!" 나는 움직이는 자전거를 따라 달렸다. "아무 일 없도록 내가 지켜줄게요."

"네. 믿을게요." 마거릿이 소리쳤다. 그녀의 목소리에는 불안보다 흥분이 더 가득했다.

나는 자전거에서 손을 뗐지만 언제든 다시 그녀를 붙잡을 준비가 되어 있었다.

8월의 파리는 무더웠다. 그래서 많은 도서관 회원들은 니스, 비아리츠 같은 휴양지로 떠나거나, 뉴욕이나 신시내티에 사는 친척을 만나기 위해 고국으로 돌아갔다. 덕분에 리더 관장과 나는 보기 드

문 고요함을 누릴 수 있었다. 물방울무늬 치마를 입은 리더 관장은 평소보다 활기가 넘쳐 보였다. 둥글게 말아 올린 머리에 은색 펜을 손에 든 모습은 언제든 감사 편지나 강연 원고를 적을 준비가 되어 있는 것 같았다.

아빠는 말할 것도 없고 학교 선생님, 관청 공무원, 식당 종업원까지 살면서 만난 대부분의 사람들은 나에게 '안 된다'고만 했었다. 한번은 발레를 배우고 싶다고 했더니 "안 된다. 신체 조건이 맞지 않아."라는 대답이 돌아왔다. 그러면 그림을 그리고 싶다고 했더니 또 "안 된다. 그런 건 어릴 때부터 배워야 하는데 이미 늦었어."라고 했다. 심지어 레드 와인 한 잔 마셔도 되느냐고 물으면 "아니요. 주문하신 음식에는 화이트 와인이 더 어울립니다."라고 했다. 그렇지만 리더 관장은 달랐다. 괜찮다면 정기 간행물 열람실 분위기를 좀 바꿔보는 게 어떻겠냐고 말을 꺼냈는데 놀랍게도 그 자리에서 바로 "좋아요."라는 대답을 들을 수 있었다.

나는 그런 그녀에게 묻고 싶은 게 너무나 많았다. 파리에서 사는 것에 대해 부모님은 뭐라고 하나요? 고향을 떠나 외국으로 가겠다는 결심은 어떻게 할 수 있었나요? 엄마라면 "남의 일에 관심 끄고 네 일이나 신경 쓰렴!" 하며 일갈할 만한 질문이 내 안에서 차고 넘쳤지만 결국 딱 하나만 물어봤다. "프랑스에는 무슨 사연으로 오게 되셨나요?"

"사랑 때문에요." 그녀의 적갈색 눈동자가 반짝였다.

나는 리더 관장 쪽으로 몸을 기울였다. "정말요?"

"마담 드 스탈과 사랑에 빠졌거든요."

"작가 말인가요?"

"그녀가 활동했던 시기의 사람들은 유럽을 움직이는 권력이 세 개 있다고 했어요. 대영 제국, 러시아, 그리고 마담 드 스탈. 그녀는 나폴레옹을 '연설조차 제대로 못한다'며 무시했어요. 그 대가로 그녀의 책은 판매 금지되고 그녀 본인은 프랑스에서 추방당했죠."

"두려운 게 없었던 모양이네요."

"내가 마담 드 스탈이 살았던 저택에 살짝 들어가봤다면 믿을 수 있겠어요? 사실 저택 앞마당까지만 들어가보려고 했던 건데, 저택의 하인으로 보이는 사람이 내가 원래 거기 사는 사람인 것처럼 '봉주르!' 하고 인사하더군요. 그래서 집 안으로 들어갔죠. 난 그녀가 걸었던 계단을 한 걸음 한 걸음 디뎠어요. 그녀의 손때 묻은 난간을 손으로 쓸어보며 한때 그녀 가족의 초상화가 걸려 있었을 벽을 넋 놓고 봤어요. 지어낸 이야기처럼 들리겠지만."

"얼핏 들으면 사랑 이야기 같아요. 그런데 정말 작가 하나 때문에 유럽에 오신 거예요?"

"이베리아 박람회장의 미국 의회 도서관 전시장 설치 건으로 당시에 이미 스페인에 들어와 있긴 했어요. 그러다가 이곳에 자리가 있다는 소식을 듣고 바로 지원했고요. 그런데 오딜은 어떤가요? 여행 같은 거 좋아해요? 언제부터 도서관 사서가 되고 싶었어요?"

"전 항상 여기 미국 도서관에서 일하고 싶었어요. 편지에도 썼었지만 이모랑 도서관에 드나들던 추억 때문에 이곳에서 일하고 싶었어요. 관장님을 보면 이모 생각이 나요. 그 세련된 시뇽[25] 때문만은 아니고요. 관장님이 다른 사람들을 친절하게 대하는 모습이며 책과 사랑을 나누는 방식 때문이에요."

그때 백작 부인이 서류철 같은 걸 옆에 끼고 우리 쪽으로 다가왔다. 그녀의 머리는 흐린 날의 바다를 연상시켰다. 특히 간간이 보이는 흰머리는 강하게 몰아치는 잿빛 조류를 덮고 있는 흰 파도 같았다. 코끝에 걸린 독서용 안경 때문인지 백작 부인은 우리에게 뭔가를 가르치러 온 선생님처럼 보이기도 했다.

"중요한 일이 있어요." 백작 부인이 리더 관장에게 말했다.

"괜찮으면 하던 이야기는 나중에 마저 하죠." 관장은 이렇게 말하고는 백작 부인과 자신의 사무실로 사라졌다.

신문을 정리하는데 보리스가 나타나 〈르 피가로〉에 실린 기사를 읽어줬다. "네빌 체임벌린 영국 총리는 특별히 필요한 긴급 안건이 없을 경우 8월 4일부터 10월 3일까지 휴회를 해줄 것을 의회에 요청했다."

"저도 휴가 가고 싶네요." 나는 폴과 함께할 수 있기를 꿈꾸며 말했다.

"국회 의원에 당선되면 되잖아요." 보리스가 짓궂게 말했다.

휴가는 갈 수 없지만 기대되는 일요일 점심 식사 모임이 남아 있었다. 레미가 비찌를 집으로 초대한 것이었다. 이는 약혼 발표나 다름없는 일이었다. 나는 아빠가 레미에게 창피를 주며 일을 그르치지나 않을까 걱정되었다.

나는 날짜가 지난 신문을 모아 보존 서고로 가져가면서 리더 관장의 사무실을 지나쳤다. 사무실 문이 조금 열려 있기에 안을 슬쩍 들여다봤다.

리더 관장의 표정이 심각했다. "스트라스부르에 있는 대학 도서관에서 편지 한 통을 받았어요. 위커샴 씨 말로는 쿨만 부인과 상자 250개 분량의 책을 포장해서 대피시켰다고 하더군요."

"전쟁이 다가오고 있어요." 백작 부인의 목소리였다.

독일에 근접한 국경 도시인 스트라스부르가 위태로운 상황에 놓인 듯했다. 그렇다 쳐도 정치인들이 국민들의 대피 문제에 대해서 아직 아무런 언급도 하지 않았는데 도서관이 나서서 책을 옮기고 있다고?

"책 상자는 프랑스 남서부에 있는 퀴드돔으로 옮겨졌답니다." 리더 관장이 말했다. "우리도 뭔가 대책을 세워야겠어요."

프랑스 남서부가 스트라스부르보다 더 안전하다는 뜻인가? 파리보다도 더?

"중요한 물건은 내 시골 별장에 보관할 수 있을 거예요. 시거가 젊은 시절에 쓴 논문 초판본 같은 거요. 거기면 안전할 거예요."

"통조림, 식수, 석탄도 비축해둬야겠어요. 화재를 대비해서 모래도 준비해야 하고요."

백작 부인이 한숨을 내쉬었다. "방독면도 필요하겠죠? 전쟁이 지난번과 비슷하게 흘러간다면요. 천만 명이 죽고 수많은 사람들이 다치거나 불구가 됐었잖아요. 그런 일이 또다시 일어나게 되리라고는 상상도 못했는데."

사망…… 부상…… 불구……. 그동안 나는 전쟁에 관한 언급을 줄곧 피해왔다. 레미가 전쟁 이야기를 꺼내면 화제를 다른 쪽으로 돌렸고, 프라이스-존스 씨가 전쟁에 대해 큰소리를 내기 시작하면 어린이 열람실로 도망쳤다. 하지만 이제는 파리 미국 도서관의 소장 자료가 위험에 처했다. 우리 코앞에 위기가 닥친 것이다. 나는 전쟁이 다가오고 있다는 현실을 받아들일 수밖에 없었다.

─────────────────────── ✳ ───────────────────────

오딜
Odile

레미가 비찌를 점심 식사에 초대한 당일 오전 11시 55분이 되자 부모님과 나는 등받이 없는 긴 의자에 앉았다. 나는 분홍색 실크 블라우스를 입었다. 마거릿이 좋은 날을 축하한다며 빌려준 옷이었다. 볼 터치를 한 엄마의 두 뺨은 잘 익은 자두 같았다. 엄마는 아주 특별한 날에만 착용하는 카메오 브로치도 했다. 아빠의 정장은 너무 꽉 끼어 보였고 넥타이도 너무 졸라맸다. 초인종이 울리자 레미가 블레이저를 걸치고 급히 비찌를 맞으러 나갔다. 늘 그렇듯 비찌의 머리는 왕관 모양으로 땋아 올려져 있었다. 다만 오늘은 항상 입는 갈색 원피스 대신 라임 그린 색 정장을 차려입고 왔다. 비찌와 레미가 서로를 응시했다. 나는 갑자기 숨이 턱 막혔다. 언젠가 레미와 비찌처럼 폴과 나도 함께할 수 있게 되겠지.

비찌는 레미 뒤에 서 있는 부모님과 나의 존재를 의식했지만 눈을 마주치지는 않았다. 단순히 부끄러워서 그런 걸까 아니면 그럴 만한 이유라도 있나. 내가 도서관에서 사용한 찻잔을 씻지 않고 그대로 둔 적이 몇 번인가 있었고 그때마다 비찌가 그런 사실을 지적하기는 했었다.

엄마가 비찌를 보고 환하게 웃으며 말했다. "오딜이랑 레미한테 얘기 많이 들었어요."

아빠도 끼어들었다. "직장 여성이시라고요."

"네. 가족에게 조금이나마 보탬이 되고 싶어서요." 비찌는 아빠의 시선을 피하지 않고 똑바로 마주 봤다.

"거참 기특하군요." 아빠가 말했다.

엄마가 불안하게 숨을 몰아쉬었다. 예의를 잊지 말라며 아빠에게 보내는 신호였다.

"주로 아이 돌보는 일을 한다던데," 아빠의 이야기가 계속되었다. "그 말인즉슨 아이들에 대한 경험이 많다는 뜻인가요?"

비찌의 얼굴이 붉게 달아올랐다. 레미가 그런 그녀를 보호라도 하듯 팔로 감싸 안았다.

"아빠 말은 무시해요." 레미가 속삭였다.

나는 아빠를 노려봤다. 누구도 아빠의 이런 버릇을 고칠 수 없었다. 아빠는 언제나 생각나는 대로 입 밖에 내는 부류의 사람이었다.

"혹시 뜨개질 좋아해요?" 엄마가 자리에 적당한 화제로 말을 돌리기 위해 비찌에게 물었다.

"독서 다음으로 좋아해요. 아, 낚시도 좋아해요."

아빠가 거실로 가자고 손짓했다. 거실에는 아빠가 준비해놓은 식전주가 있었다. 하지만 엄마는 식탁을 가리켰다. 엄마라고 해서 아빠가 비찌를 새로 들어온 부하 다루듯 몰아붙이는 걸 완전히 막을 수는 없었지만 아빠가 말을 많이 못하게 제어할 정도는 되었다.

식탁의 상석은 아빠 차지였다. 나는 엄마 옆에 앉았고 내 맞은편은 행복한 커플의 자리였다. 비찌 바로 옆에 아빠가 있기는 했지만. 하녀가 고기와 감자 요리를 내오자 아빠가 비찌, 엄마, 그리고 나와 레미의 접시에 차례대로 음식을 덜어줬다. 식사가 시작되고 나서도 비찌는 여전히 내 시선을 피했다. 나는 엄마가 머릿속으로 분주하게 보석함을 뒤지고 있다는 사실을 느낄 수 있었다. 레미를 통해 비찌에게 선물로 전해줄 할머니의 오팔 반지를 찾고 있었던 것이다. 이제 곧 결혼식과 신혼여행이 이어지겠지. 얼마 동안은 이 집에 신혼 살림이 차려지려나.

레미가 비찌를 바라보자 비찌가 레미의 손을 잡았다. 비찌가 옆에 있음으로 해서 레미는 평소보다 자신감이 넘쳐 보였다.

"모두에게 할 말이 있어요." 레미가 입을 열었다.

드디어 때가 되었구나. 둘이 이미 약혼했다는 말을 하려는 거겠지. 비찌가 내 눈을 피한 건 비밀을 들키고 싶지 않아서였으리라. 하지만 뭘 그렇게까지! 나는 두 사람을 축하해주려 와인 잔을 들었다.

"그래?" 아빠가 비찌를 보고 웃으며 대답했다.

"군에 입대하려고 합니다." 레미가 말했다.

엄마가 손으로 입을 틀어막았다. 반대로 아빠는 입을 다물지 못했다. 내 손은 와인 잔을 든 채 그대로 얼어붙었다. 전혀 예상 못했던 지극히 차가운 저항이었다. 나는 레미의 말투에서 느껴지는 단호함에 큰 상처를 받았다. 식탁 위에, 물컵 안에, 그리고 음식 위에 레미가 총알을 퍼붓는 듯했다. 잔에서 와인이 넘실거리는 걸 보고서야 내가 손을 떨고 있다는 사실을 깨달았다. 오직 비찌만이 아무 일 없는 듯 조용했다. 이미 레미와 이야기를 나눈 듯했다. 비찌는 분명 찬성했으리라. 아니, 어쩌면 레미를 격려했을지도 모를 일이었다.

"뭐?" 엄마가 말했다. "왜?"

"마냥 이렇게 집에만 있을 순 없어요." 레미가 말했다. "누군가는 나서서 뭐라도 해야 하니까요."

"뭔가 변화를 만들어내고 싶어요."

"그럼 여기서 하면 되지." 엄마가 아빠를 가리켰다. "경찰이라도 되면 되잖아."

나는 레미가 무슨 생각을 하는지 알 수 있었다. '아버지 같은 사람은 절대로 되고 싶지 않아요.'

아빠가 자리를 박차고 일어났다. 그 서슬에 의자가 뒤로 밀려 넘어졌다.

나는 아빠가 전형적인 무기로 레미를 공격할 거라고 생각했다. 우선은 비웃음이다. 네가 정말 군인이 될 수 있다고 생각하는 거냐? 차렷 자세도 제대로 못하면서? 물론 경멸도 아빠의 무기다. 크리스마스 장식용 나무를 베어오는 일도 못하겠다고 피하던 녀석이 사람을 쓰러트리겠다고? 다음은 죄책감이다. 네 엄마를 앞에 두고 어떻게 그런 결정을 내릴 수 있단 말이냐? 남성성 과시도 있다. 군대가 너 같은 약골을 받아줄 것 같으냐? 거기는 나 같은 진짜 남자들

이나 갈 수 있는 곳이야. 그러다 마지막은 분노로 장식된다. 이 집
안의 가장은 바로 나야. 그런데 네가 감히 나에게 상의 한마디 없이
군에 입대를 하겠다는 거냐?

　그런데 아빠는 일언반구 말도 없이 주방을 나갔다. 곧바로 현관문
이 요란스럽게 열렸다가 닫히는 소리가 들려왔다. 엄마와 나는 어
안이 벙벙해서 서로를 바라보기만 했다. 비찌가 레미에게 뭔가를
속삭이자 레미가 나를 쳐다봤다.

　'괜찮지?' 내 귀에 레미의 음성이 들리는 것 같았다.

　레미는 내가 격려나 축하의 말을 해주기를 기다렸지만 나는 간신
히 한마디했을 뿐이었다. "그러지 마……."

　레미도 상처를 받은 것 같았다. 분명 내가 자신을 응원해줄 거라
고 믿고 있었으리라.

　나는 적어도 지금은 레미와 거리를 두고 싶지 않았다. "내가 널
얼마나 보고 싶어 할지는 생각 안 해봤어?" 나는 이렇게 말하며 억
지로 괜찮은 척했다. "떠나기 전에 최대한 같이 시간을 보내도록
해보자."

　"사흘 안에 떠나야 돼." 레미가 말했다.

　"뭐?" 내가 되물었다.

　"아빠가 여기저기에다 연락을 취하겠지. 아빠가 힘 있는 누군가
를 찾기 전에 빨리 여길 떠나야 해. 가만히 있다가는 훈련소에 입
소조차 못할 거야."

　엄마가 조용히 몸을 일으켜 쓰러져 있던 아빠의 의자를 바로 세
웠다.

제

12

장

릴리
Lily

1984년 3월, 미국 몬태나주 프로이드

　엄마의 장례식은 봄의 첫날에 치러졌다. 성당 설교단 앞에 놓인
엄마의 관 위에 붉은 장미꽃이 한가득 쌓여 있었다. 엄마가 집 안 창
가가 아니라 설교단 앞 관 속에 있다는 사실이 도저히 믿기지 않았
다. 아빠와 나는 고개를 푹 숙이고 맨 앞줄에 앉아 있었다. 바로 옆
에는 오딜과 메리 루이즈가 있었다. 벌벌 떨리는 입술을 멈출 수 없
어서 나는 한 손으로 입을 틀어막았다. 오딜이 다른 쪽 손을 잡아줬
다. 나는 오딜이 계속 그렇게 내 손을 잡아주기를 바랐다.
　아빠는 낡은 예수 그리스도의 그림부터 밖을 내다볼 수 없도록 장

식된 유리창까지 성당 구석구석을 둘러봤다. 엄마의 관만 빼고 다. 그런 아빠의 모습은 열차를 잘못 타는 바람에 전혀 예상치 못한 곳에 내리게 된 승객과 비슷했다. 우리 뒤에는 스탠치필드 선생님이 있었는데 그의 옆에는 낡은 가방이 금실 좋은 부부마냥 한자리를 차지하고 있었다. 로비는 부모님과 함께 와 있었고, 메리 루이즈의 아빠는 윈터 그린 향 씹는담배를 입안에 물고 있었으며, 수 밥은 무슨 말인지 모를 소리를 중얼거렸다. 심지어 엔젤도 장례식에 참석했고 나를 한 번이라도 가르쳤던 선생님들도 모두 다 왔다.

먼저 여자들이 떨리는 목소리로 성경 구절을 낭송했고, 그다음 엄마 친구들이 한 사람씩 차례로 고인을 보내는 인사를 했다. 수 밥은 엄마가 재치와 유머가 뛰어났다고 했고, 케이는 힘이 들 때면 모두들 엄마에게서 큰 위안을 받았다고 회상했다. 콧물이 나오고 입에 침이 고였다. 그리고 속 깊은 곳에서부터 비통함이 치밀었다. 그런 마음을 진정시키려다 보니 나도 모르게 목이 메며 기침이 터져나왔다. 메리 루이즈가 내 등을 두드려줬다. 너무 세게 두드리나 싶었지만 그 아픔이 차라리 나를 편하게 해주는 것 같았다.

성당 오르간이 요란하게 울려 퍼지면서 장례식이 끝났음을 알렸다. 그 비탄에 잠긴 신음 소리를 신호로 모두가 일어나서 밖으로 나와 길 건너 마을 회관 쪽으로 향했다. 보통 때 같았으면 남자 어른들은 세금에 대해 불평을 늘어놓고 여자 어른들은 서로에 대해 험담을 했을 것이다. 그리고 미사의 갑갑함을 벗어던진 아이들은 소리를 지르며 야단법석을 떨었을 터였다. 하지만 오늘은 다들 말없이 걷기만 했다. 엔젤이 여러 노래를 녹음한 카세트테이프 하나를 내 주머니에 슬쩍 넣어줬다. 은행장이자 아빠의 상사인 아이버스 씨는 지금은 건강한 자기 아내도 우리 엄마처럼 떠나갈까 염려되는 듯 아이버스 부인을 팔로 감싸 안았다. 평소 입는 청바지 대신 검은색 랭글러를 입은 로비는 왔다 갔다 하다가 나에게 손수건 한 장을 내밀었다. 내가 손수건을 받아 들자 로비는 주먹 쥔 손을 바지 주머니에 쑤셔 넣고 부모님이 있는 곳으로 돌아갔다. 그의 부모님이 고개를 끄덕이는 걸 보고 나는 두 사람이 아들에게 어른처럼 예의를 차리는 법을 가르치는 거라고 생각했다.

기다란 탁자에 음식이 차려졌다. 할머니 한 분이 나서서 아빠와 나를 자리에 앉혔고 다른 할머니는 우리 앞에 음식 접시를 가져다줬다. 접시에 담긴 구운 고기, 으깬 감자, 그레이비 소스는 모두 마을 할머니들이 준비해준 것이었다. 할머니들은 뭐든 필요한 게 있으면 아무 말없이 바로 가져다줬다. 오늘은 음식을 만들고 차리는 일, 또 설거지까지 전부 할머니들 몫이었다. 그들은 회관 안팎에서 우리가 맞이한 인생 최악의 날이 조용히 마무리될 수 있도록 할 수 있는 최선을 다했다.

주변에 모인 사람들은 삶은 그래도 계속된다는 걸 보여주려는 듯 이런저런 이야기를 꺼냈다.

"장례식이 잘 끝났군."

"아직 떠나긴 이른 나이인데……."

"이제 릴리는 누가 돌본데?"

식사를 마치고 말로니 신부님, 아빠, 나 세 사람은 영구차를 따라 공동묘지로 향했다. 관을 제자리에 내려놓고 신부님이 기도를 올렸다. 나는 엄마와의 이 고요한 순간을 오직 나와 아빠만 함께한다는 사실이 다행스러웠다. 몇 걸음 떨어진 곳에서 개똥지빠귀 한 마리가 부리로 풀을 쪼고 있었다. 그 모습을 본 아빠가 내 어깨에 손을 얹었다. 나는 눈물을 흘리기 시작했다.

잠에서 깼지만 집 안은 여전히 어두웠다. 그동안 제일 먼저 일어나 커튼을 걷는 사람은 엄마였었다. 엄마가 이마에 입을 맞춰주면 잠에서 깨고 그러면 나는 집으로 들어오는 햇살을 볼 수 있었다. 장례식 이후 아침이면 우울한 어둠 속에서 아빠는 커피를 마셨고 나는 시리얼을 먹었다. 우리 둘 중 누구도 커튼을 걷고 집 안을 밝히려는 생각 같은 건 하지 않았다.

우리 집에 사람이 가득 차고 시끌벅적하던 때가 있었다. 저녁 식사 모임이 그랬다. 또 토요일 오후만 되면 엄마 친구들이 몰려와 재미있는 시간을 보내곤 했었다. 학교에서 돌아오면 엄마는 항상 집에서 나를 기다리고 있었다. 이제 나를 기다리는 건 고요함뿐이었다. 잠을 자러 내 방으로 갈 때 "좋은 꿈꾸렴!" 하고 말해주는 사람도 없었다. 학교 사물함 앞에서 나를 본 아이들은 하나같이 한 걸음씩 물러섰다. 나에게 일어난 일이 자신들에게도 일어날까 봐 두려워하는 눈치였다. 선생님들은 나에게 숙제의 숙 자도 꺼내지 않았다. 일요일이면 아빠와 성당에 가서 늘 앉던 자리에 앉아 있었지만 하나님은 나에게 아무 말도 건네지 않았다.

나는 매일 학교가 끝나면 이야깃거리를 잔뜩 안고 집으로 달려오곤 했다. 나는 다정하게 나의 일과를 물어보던 엄마가 너무나 그리웠다. 찬장 속에 고이 보관되어 있는 엄마의 찻잔을 어루만져봤다. 엄마가 가장 아끼던 보물이 혹시라도 깨질까 두려워 한 번도 그 찻잔을 꺼내 쓰지 않았다. 단 한 번만이라도 엄마를 다시 볼 수 있다면 얼마나 좋을까. 그럴 수만 있다면 나는 말할 것이다. '엄마는 세상에서 제일 좋은 엄마예요. 나는 엄마가 필요해요. 아빠도 엄마가 필요해요. 나는 우리가 개똥지빠귀를 보고 벌새를 생각하던 때가 너무나 그리워요. 한 번 더 다 같이 아침을 맞을 수 있다면, 한 번 더 엄마를 안을 수 있다면, 한 번 더 엄마에게 사랑한다고 말할 수만 있다면.'

주말이면 메리 루이즈의 집에 있는 빈백에서 뒹굴며 시간을 보냈다. 늘 그렇듯 우리는 우리가 알고 있는 것에 대해 이야기를 나누거나 학교와 가족들에 대해 불평을 늘어놓았다. "우리 아빠는 통조림 뚜껑도 제대로 못 딴다니까." 내가 눈을 굴리며 말했다.

"너희도 딱히 나은 건 없잖아." 엔젤이 새틴 재킷을 걸치며 말했다.

"그런 언니는 수학 점수가 왜 그 모양인데?" 메리 루이즈가 새침하게 물었다.

"난 너랑은 다르게 최소한 내 나름의 생활이 있어." 엔젤은 톡 쏘아붙이고는 자리를 박차고 나가버렸다.

하지만 이렇게 치고받는 모습이 우리 집의 침묵보다 훨씬 나았다. 게다가 오직 메리 루이즈의 엄마만이 나를 평소와 다름없이 똑같이 대해줬다. "다들 그만 떠들고 입 좀 다물어." 같은 말을 듣는 게 나로서는 이상하리만큼 위안이 되었다.

마을 사람들 전체가 아빠와 나의 끼니를 챙기는 데 집중했다. 아빠는 이웃들이 가져다주는 음식을 보관하기 위해 더 큰 냉장고를 사야 했다. 저녁 식사를 할 때는 둘 다 아무 말도 하지 않았다. 변하지 않는 우리의 친구인 텔레비전 뉴스 진행자만이 쉬지 않고 말을 이어갔다. 세 사람의 대화는 어색하기 짝이 없었고 광고가 흘러나오면 그 시간만큼 다시 침묵이 흘렀다.

여름 방학이 시작되었고, 엔젤이 메리 루이즈와 나에게 '우리 생애 나날들'이라는 일일 연속극의 존재에 대해 알려줬다. 극중에서 연인으로 나오는 보 브래디와 호프 윌리엄스 덕분에 잠시나마 괴로움을 잊을 수 있었고 사랑에 대한 새로운 교훈을 배우게 되었다. 사랑은 그리움인 동시에 괴로움이었다. 또 사랑은 육체적 관계를 의미하기도 했다. 나는 로비와 나의 육체와 영혼이 서로 뒤엉키는 모습을 상상했다.

나는 한 달 가까이 드라마에 흠뻑 빠져 지냈다. 기온이 37도를 오르내리던 어느 날 아빠가 일찍 퇴근해 메리 루이즈 집까지 나를 데리러 왔다. 아빠의 눈길이 텔레비전을 향했다. 공교롭게도 두 연인이 격렬하게 끌어안고 키스하는 장면이 나오는 중이었다.

아빠는 눈썹을 치켜올리고 얼굴을 찡그렸다. "다 같이 아이스크림이라도 먹으러 가려고 했는데." 아빠가 말했다. 원래는 메리 루이즈까지 함께 데리고 가려고 했다는 뜻이었겠지만, 아빠는 내가 그런 내용의 드라마를 보고 있는 것을 애꿎은 메리 루이즈 탓으로 돌리며 무척 화가 난 것 같았다. 메리 루이즈는 분위기를 파악하고 가만히 있었다. 나는 아빠를 따라 나가 차에 올라탔고 아이스크림 가게까지 가는 동안 침묵 시위를 했다. 딸기 아이스크림도 나를 위로하지는 못했다.

"텔레비전 연속극 하나 내 마음대로 못 봐요?"

"엄마가 있었으면 분명히 한마디했을 거다." 나는 엄마 이야기만 나오면 꼼짝할 수 없었다.

집에 돌아온 아빠는 바로 오딜의 집으로 달려갔다. 나는 차에 기댄 채 대낮에 질 나쁜 방송을 틀어주는 텔레비전이며 아이들을 제멋대로 내버려두는 메리 루이즈의 부모님에 대해 불평을 늘어놓는 아빠의 목소리를 들었다. 아빠는 지갑에서 돈을 꺼내 현관문 앞에 서 있는 오딜에게 내밀었다. 아빠는 다른 사람들이 다 자기처럼 돈에만 관심 있는 줄로 아는 모양이었다. 오딜은 가볍게 아빠의 손을 뿌리쳤다.

"릴리를 돌봐줄 사람이 필요해요." 아빠는 이렇게 말하며 한마디 덧붙였다. "저속한 드라마를 못 보게 하는 사람이요."

"그딴 거 필요 없어요!" 내가 소리쳤다.

다음 날 아침 나는 내가 항상 가고 싶어 했던 바로 그곳, 오딜의 집에 있었다. 그렇지만 내 마음은 분노와 억울함으로 가득 차 있었다. 그녀는 이런 내 마음을 이해해줬고, 내가 혼자만의 시간을 가질 수 있도록 정원을 정리하는 일에만 몰두했다. 점심을 먹으면서도 계속 뚱해 있으려고 했지만 오딜이 만든 햄 치즈 샌드위치가 나를 허물어뜨리고 말았다. 우리는 손이 아닌 포크와 나이프로 '크로크 무슈[26]'를 먹어야 했다. 뜨겁게 끓어오르는 스위스 치즈가 빵 위로 켜켜이 쌓아 올려져 있었기 때문이다. 오딜은 샌드위치 먹는 모습까지 우아하기 그지없었다. 프로이드에서 오딜은 튀어나온 못 같은 존재였지만 어쩌면 파리에서는 그저 평범한 한 사람이었는지도 모른다. 나는 그녀의 세계를 들여다보고 싶었다. 오딜은 언젠가 파리로 돌아가게 될까? 혹시 그때 나도 데려가줄까?

오딜은 설거지를 하며 내가 제일 좋아하는 디저트인 초콜릿 칩 쿠키 굽는 법을 가르쳐달라고 부탁했다. 놀랍게도 그녀는 주걱에 묻은 반죽은 혀로 먼저 핥아 먹어야 한다는 기본적인 규칙도 잘 몰랐다. 이거야말로 모든 제과 제빵의 기본인데.

엄마는 내가 원하는 만큼 마음껏 쿠키를 먹도록 내버려뒀지만 오딜은 딱 두 개만 허락해줬다. 쿠키 하나를 더 집으려고 하는데 오딜이 말했다. "두 개는 위장을 달래주지만 그 이상은 영혼을 위한 것이지. 영혼이나 마음을 달래고자 한다면 쿠키 말고 다른 방법을 찾는 게 좋아." 오딜은 나에게 책을 한 권 내밀었다. "쿠키 말고 문학 작품으로."

나는 툴툴거리며 두꺼운 공단이 씌워진 카우치에 제멋대로 몸을 던졌다. 오딜은 그녀가 '루이 15세 시대풍'이라고 부르는 의자에 앉았다. 정교하게 조각된 나무다리 덕택인지 의자는 값비싸 보였다. 오딜은 원래부터 부자였는지도 모른다. 내 나이쯤 되었을 무렵 가정 교사의 보호 아래 가문 대대로 전해지는 유서 깊은 성경 책을 정수리에 올리고 저택 주변에서 교양 있게 걷는 연습을 하지 않았을까. 나는 오딜 옆에서 평생을 그렇게 살고 싶다고 생각했지만, 나만의 추측일 뿐 사실 나는 오딜의 삶에 대해 아는 게 거의 없었다. 나는 작은 탁자의 서랍에 뭐가 들어 있는지 궁금했다. 언젠가 몰래 한번 열어볼 수 있지 않을까…….

"어서 책 읽어." 오딜이 엄하게 말했다.

《어린 왕자》는 한 남자아이가 간단한 그림을 그리는 이야기로 시작되었다. 아이는 그림을 어른들에게 보여줬지만 어른들은 그 그림을 이해하지 못했다. 나는 아이의 기분이 어떨지 알 것 같았다. 어느 누구도 내가 엄마를 얼마나 그리워하는지 이해하지 못했으니까. "애야, 예수님께서 네 엄마를 천국으로 부르신 거야." 어른들은 마치 이곳 지상에서는 엄마가 필요하지 않은 듯이 말하곤 했다. 나는 계속해서 책을 읽었다. "그곳은 정말 신비로운 곳이야. 눈물의 땅이지." 세상을 떠난 어느 조종사의 말이 내가 알고 지내는 사람들의 뻔한 이야기보다 더 나를 편안하게 해줬다. "사람은 오로지 마음으로만 올바로 볼 수 있어. 본질적인 것은 눈에 보이지 않는 법이지." 《어린 왕자》는 나를 다른 일은 모두 잊을 수 있는 세상으로 데려다줬다.

오딜은 이 책이 원래 프랑스 책이며 내가 읽고 있는 건 번역된 것이라고 했다. 나는 《어린 왕자》를 원서로 읽어서 책이 나를 이해했던 방식으로 책을 이해하고 싶었다. 나는 어린 왕자처럼 굳이 말하지 않아도 감정을 잘 드러내는 사람, 그리고 오딜처럼 우아한 사람이 되고 싶었다. 나는 오딜에게 프랑스어를 배우고 싶다고 했다. "나야 너무 좋지!" 오딜이 반색하며 말했다. 오딜은 공책을 한 권 들고 와서 'le mariage, la rose, la bible, la table'라고 썼다. 내가 왜 '르'나 '라'가 빠지지 않고 붙어 있느냐고 물어보니 프랑스어 명사는 여성형과 남성형으로 구분되기 때문이라고 했다.

"네?"

"음, 더 쉽게 설명해볼게. 말하자면…… 여자아이와 남자아이로 구분하는 거야."

"프랑스에서는 식탁을 여자로 보나요?"

오딜이 웃음을 터트렸다. 예쁘고 청량한 소리였다. "뭐 그런 식이야."

'라 타블라?' 나는 식탁이 여자 옷을 입은 모습을 상상해봤다. 짧은 청치마나 바닥을 쓸 정도로 길게 늘어진 꽃무늬 치마 같은 옷.

우습다고 생각했다가 문득 엄마가 정성 들여 머리를 빗고 무릎께에서 살랑거리는 격자무늬 치마를 입고 있던 모습이 기억났다. 여자가 치마를 입듯이 식탁에 식탁보를 씌운다고 치면 식탁을 여자로 보는 게 어느 정도 말이 되는 것 같기도 했다.

엄마가 세상을 떠난 지 4개월이 지났다. 그리고 처음으로 나는 엄마 생각을 하면서도 마음이 아프지 않았다.

저녁이면 나는 늘 혼자였다. 아빠는 자기 방에 틀어박혀 나오지 않았다. 나는 책상 앞에 앉아 단어가 어색하게 느껴지지 않을 때까지 외우고 또 외우며 그날 배운 프랑스어를 복습했다. 오딜은 내 손으로 직접 프랑스어 단어장을 만들도록 했다. 오렌지는 '웡 오랑주', 하지만 레몬은 '앙 시트롱'이었다. '주 보야주 엉 프랑스.' 나는 프랑스로 여행을 갑니다. '주 프리페르 로비.' 나는 로비를 좋아합니다. '오딜 에스트 벨르.' 오딜은 아름답습니다. '파리 에스트 매니피크.' 파리는 화려합니다. 한번에 한 단어씩 바꿔 넣어가며 가장 기본적인 문장을 연습했다. 문장은 모두 현재 시제였다. 과거의 슬픔도 미래의 염려도 없었다. 나는 '르 프랑세', 프랑스어가 좋았다. 프랑스어는 나와 프랑스를 이어주는 다리였고, 프랑스는 이 시골 마을에서 나와 오딜만이 알고 있는 또 다른 세상이었다. 생각만 해도 군침 도는 맛있는 디저트와 비밀의 정원이 있는 곳이며, 내가 숨을 수 있는 곳이었다. 엄마를 잃은 슬픔은 너무나 엄청났기에 감히 극복할 수 없었지만, 프랑스어 동사 활용만큼은 내 마음대로 정복할 수 있었다. 나는 시작한다. '주 코망스.' 너는 끝마친다. '튀 피니.' 나는 나를 위로해주는 이 비밀스러운 언어를 통해 엄마에게 말을 걸었다. '쥠 마망.' 엄마 사랑해요.

개학 첫날 메리 루이즈와 나는 겨자색 주방 설비를 사이에 두고
하품을 연발했다. 담임은 가정 선생님이었는데 가정은 8학년 학생
들이라면 의무적으로 배워야 하는 과목이었다. 나는 로비와 같은
반이 되기를 간절히 바랐다. 내 바람이 닿은 건지 로비가 교실로 걸
어 들어오는 모습이 보였다. 나는 그제서야 안심이 되었다.

애덤스 선생님은 학생 명단을 살펴보며 둘씩 짝을 지워줬다. "릴
리, 로비."

나는 나에게 떨어진 행운을 믿을 수 없어 팔꿈치로 메리 루이즈
를 찔러봤다. 로비 앞으로 다가갔지만 무슨 말을 해야 할지 생각나
지 않았다. "추수는 어땠어?"는커녕 심지어 "안녕!"이라는 인사조
차 할 수 없었다. 로비는 나를 보고 따뜻하게 웃어줬다. 그것만으
로도 충분했다.

애덤스 선생님이 레시피 카드를 내밀었지만 로비도 나도 움직이
지 않았다. 선생님은 레시피 카드를 밀가루, 설탕, 소금 따위가 담
긴 통 옆에 놓아줬다. 나는 로비와 나란히 서서 레시피를 읽었다.
로비의 몸이 뿜어내는 열기가 느껴졌다. 나는 재료를 계량했고 로
비는 주걱으로 재료를 한데 모아 섞었다. 이렇게 만든 반죽을 틀에
부어 오븐에 넣은 다음 우리 둘은 컵케이크의 부모라도 되는 양 반
죽이 부풀어 컵케이크가 완성되는 과정을 자랑스럽게 지켜봤다.

내가 노릇노릇하게 구워진 컵케이크를 꺼냈다. 로비는 제대로 식
지 않아 아직 뜨거운 컵케이크를 한 입 베어 물었다. 그리고 두어
번 씹은 뒤 한마디했다. "우웩!"

"장난치치 마." 이렇게 말하며 나도 한 입 먹어봤다. 마치 소금물에 흠뻑 적신 오래된 솜뭉치 같은 퀴퀴한 맛이 났다. 나는 입안에 든 걸 쓰레기통에 뱉었다. "내가 소금이랑 설탕을 헷갈렸나 봐."

"괜찮아. 신경 쓰지 마."

"지금 장난해?" 나는 눈물을 찔끔 흘리며 말했다. 물론 입안 가득 남아 있는 소금 맛 때문이기도 했지만 어쨌든 나는 우리가 나쁜 점수를 받는 걸 바라지 않았다.

"성적 때문에?"

로비는 아직 입에 한가득인 컵케이크를 씹지도 않고 억지로 삼켜 버렸다. 로비의 눈에도 눈물이 고였지만 그는 컵케이크를 하나 더 집어 들었다. 나도 하나를 더 집어 들어 입에 욱여넣었다. 노란색 덩어리가 속을 다 뒤집어놓는 것 같았다.

애덤스 선생님은 티파니와 메리 루이즈에게 아주 잘했다며 칭찬해주고 우리 쪽으로 왔다. 하지만 컵케이크 틀이 텅 빈 것을 보고는 말했다. "둘이서 다 먹어버리면 선생님이 어떻게 채점하라고?"

로비와 나는 지독한 컵케이크 맛에 얼굴을 찡그리며 어깨를 으쓱해 보였다.

"그럼 멀뚱히 서 있지만 말고 설거지를 시작하렴." 선생님이 말했다.

개수대로 간 우리는 따뜻한 비눗물에 손을 담그고 설거지를 시작했다. 작은 비누 거품이 공중으로 떠올라 멀리 사라지는 모습을 보며 나는 지금까지 느껴보지 못한 새로운 행복을 느낄 수 있었다.

다음은 사회 시간이었다. 데이비스 선생님은 소련 선수단의 로스앤젤레스 올림픽 불참에 대해 성토했다. "미국보다 성적이 떨어질까 겁이 나는 거겠지! 상대가 승부 자체를 피하고 있는데 어떻게 냉전을 승리로 이끌 수 있단 말이야?" 나는 선생님의 열띤 토로를 듣는 둥 마는 둥 하면서 메리 루이즈와 쪽지를 주고받았다. "나 배고파. 점심에 치즈 프렌치프라이 안 먹을래?"

우리는 길 건너 허스키 하우스 레스토랑으로 가기 전에 사물함에 들렀다. 나는 메리 루이즈에게서 립스틱을 빌려 입술에 살짝 발랐다. 식당의 지저분한 유리문을 밀고 들어가자 가운데 자리에 로비가 있고 로비의 무릎에 티파니 아이버스가 앉아 있는 모습이 눈에 들어왔다. 티파니의 터키 색 카우보이 부츠가 식당 바닥 위에서 까딱거렸다. 나도 모르게 눈을 커다랗게 뜨고 그 자리에 못이 박힌 듯 멈춰 섰다.

그때 메리 루이즈가 식당 안으로 들어서다 나와 부딪혔다. "야!" 그리고 나와 같은 장면을 목격했다. 로비는 당황한 듯 몸을 꼼지락댔고 티파니 아이버스는 의기양양하게 히죽거렸다.

"왜 하필 로비야." 내가 중얼거렸다. "원하면 누구든 마음대로 만날 수 있는 거잖아."

"사람 좋아하는 건 마음대로 안 되는 거야." 메리 루이즈가 말했다.

"넌 왜 항상 티파니 편을 들어?"

"그러는 너는 왜 그렇게 티파니를 신경 쓰는데?"

가정 시간에 삼켰던 소금물이 배 속에서 다시 치밀어 올라왔다. 아니, 어쩌면 로비의 무릎에 앉아 있는 티파니 아이버스를 봤기 때문에 속이 뒤틀리는 것인지도 몰랐다. "나 집에 갈래."

"네가 그러면 티파니한테 지는 거나 마찬가지야."

나는 오딜의 집으로 달려가 다짜고짜 안으로 들어갔다. "지금 이

시간에 무슨 일이야? 학교는 어떡하고?" 오딜이 물었다. "무슨 일 있었어?"

나는 땀으로 범벅이 되어 말했다. "뭘 봤는데……. 어쨌든 지금 몸이 좀 안 좋아요."

오딜이 물을 한 잔 가져다주는 동안 나는 그녀의 프랑스어 사전을 넘겨봤다. 나는 물을 한 모금 마시고 물었다. "누군가에 대해 설명할 때 가장 나쁜 말이 프랑스어로 뭐예요?"

"'오되'나 '크뤨'? 끔찍하다, 잔혹하다 뭐 그런 뜻인데."

나는 '더러운 년'이나 '나쁜 년' 같은 말을 알고 싶었지만 오딜이 해준 말도 나쁘지 않았다.

"'마 그랑데', 사랑하는 릴리, 그런데 왜 안 좋은 말이 알고 싶어? 혹시 성당에서 계속 쳐다보던 남자애랑 관련 있는 거야?"

하나님 맙소사. 그러면 다른 사람들도 다 눈치채고 있다는 말인가?

"그런 거니?" 오딜이 물었다.

내가 오늘 있었던 일에 대해 털어놓자 오딜이 말했다. "우리는 상황을 오해할 때가 많아. 나 역시 폴에 대해…… 그러니까 내 첫 남자 친구에 대해 멋대로 상상했고 다 내 오해였어. 로비도 그 티파니라는 친구 때문에 크게 불편해하고 있었던 건 아닐까?"

"상관없어요." 나는 팔짱을 끼며 말했다. "로비랑은 이제 다 끝났다고요."

"마음에도 없는 말하지 말고."

나는 오딜이 떠나보낸 사랑하는 사람들을 떠올렸고 그녀 앞에서 바보 같은 불평을 늘어놓았다는 생각이 들었다. "전쟁을 겪고 살아남은 사람도 있는데, 전 학교 생활 하나 제대로 감당하지 못하네요."

"어쩌면 우리는 네가 생각하는 것보다 더 많은 공통점이 있을지도 모르겠다. 너에게 어울리는 프랑스어 단어를 한번 말해볼까? '벨르', '앙텔리장트', '페티양트'."

기분이 훨씬 나아졌다. "마지막 말은 무슨 뜻이에요?"

"반짝반짝 빛난다는 뜻이야."

"저를 정말 그렇게 생각하세요?"

오딜이 묘한 표정으로 웃었다. "릴리는 샛별이 떠오르듯 내 인생 속으로 뛰어들었으니까."

ᘓ

나는 로비와 티파니가 그렇고 그런 사이든 아니든 상관하지 않기로 했다. 나는 수업 시간 내내 선생님만 봤다. 로비 쪽은 거들떠보지도 않았다. 아니, 볼 수 없었다. 메리 루이즈가 쪽지를 건네주며 속삭였다. "로비가 보낸 거야." 보나 마나 결혼식 청첩장이겠지. 나는 쪽지를 그대로 '라 푸벨르', 쓰레기통에 던져버렸다. '주 디테스트 라무르.' 나는 사랑을 증오해. '주 디테스트, 주 디테스트.' 티파니 아이버스도 사람들도 이제 다 싫어.

나는 로비와 티파니가 만나는 현장을 목격하게 될까 봐 두려웠다. 로비가 티파니를 껴안고 있거나 로비와 티파니가 다정하게 뭔가를 나눠 먹는 걸 보게 되면 어쩌나. 다행히 그런 일은 일어나지 않았다. 핼러윈 즈음해서 나는 오딜의 말이 옳았다는 사실을 깨달았다. 분명 뭔가 오해가 있었으리라. 나는 로비의 눈을 똑바로 보려고 애썼지만 이번에는 로비 쪽에서 나를 외면했다.

그러던 와중에 남녀 관계를 새롭게 시작하는 이들이 또 있었다. 프로이드의 부인들이 아빠에게 자꾸 여자들을 소개해줬던 것이다. 성당에서 선보인 사람은 은행에 막 입사한 웃음기 많은 금발의 여자였다.

"뼈하고 가죽밖에 안 남았네." 머독 부인이 아빠를 보며 말했다.

"입맛이 있을 리가 있겠어요." 아이버스 부인이 덧붙였다. "그래도 은행 잔고는 탄탄하니까요."

정기 음악회가 열렸던 날에는 아빠를 머리에 기름기가 흐르는 꽃집 주인 옆에 억지로 앉히기도 했다. "생활력이 강한 남자라니까." '죽음의 무도'가 연주되는 가운데 아이버스 부인이 속삭였다. 소방서를 위한 기금 마련 행사장에서는 급기야 우리 학교 영어 선생님까지 등장했다. 같이 식사를 하며 《맥베스》에 대해 뭐라고 웅얼거리는 소리를 듣고 있는 아빠의 표정은 그리 밝아 보이지 않았지만, 그렇다고 음식을 허겁지겁 먹어 치우고 자리를 뜨지는 않았다. 메리 루이즈와 나는 제일 먼저 행사장을 떠났다.

"역겨워." 나는 길가의 낙엽을 발로 차며 말했다.

"구역질 나." 메리 루이즈도 나와 같은 마음이었다.

"너네 아빠가 너보다 훨씬 인기가 좋더라." 티파니 아이버스가 우리 옆을 지나가며 빈정거렸다.

메리 루이즈의 방에서 우리 둘은 엔젤의 헤어스프레이 통을 마이크 삼아 '어쩌면 네 말이 맞을지도 몰라'라는 노래를 목청껏 불러젖혔다. 빌리 조엘[27]의 목소리에 담긴 분노의 감정이 내 마음과 통한 듯했다. 자정을 넘긴 시간이 되자 수 밥이 방문을 두드리며 이제 그만 조용히 하라고 소리쳤다.

다음 날 아침 메리 루이즈와 나는 골목길을 따라 종종걸음으로 내려갔다. 우리 집으로 가는 지름길이었다. 집에 거의 다 왔을 무렵 우리는 집 뒷문가에 아빠와 금발의 은행 여직원이 서 있는 걸 보고 놀란 동물처럼 그 자리에 얼어붙었다. 여자는 얼굴이 벌겋게 달아오른 채 아빠의 팔을 더듬고 있었고 아빠의 손가락은 그녀의 손가락과 얽혀 있었다.

"저게 뭐야!" 메리 루이즈가 거칠게 숨을 몰아쉬었다. "둘이서 손깍지 끼고 있잖아."

"저 여자가 우리 집에서 밤을 보냈나 봐."

"너네 아빠 저 여자랑 결혼하려는 건가?"

엄마가 세상을 떠난 지 겨우 8개월째였다.

슬픔은 우리의 눈물로 채워진 바다다. 짜디짠 깊은 바다를 우리는 각자 나름의 방식대로 헤엄쳐나가야 한다. 시간이 어느 정도 지나면 몸이 익숙해지고 제대로 헤쳐나갈 수 있을 것도 같다. 때로는 두 팔로 물살을 가르며 모든 게 다 괜찮아질 것 같다는 생각도 든다. 마른땅이 그리 멀리 있지 않은 듯 보이는 것이다. 그러다 문득 어떤 기억이, 어떤 순간이 우리를 익사 직전까지 몰고 간다. 그러면 다시 처음으로 돌아가게 된다. 그저 물위에 떠 있는 것만으로도 힘겨워하다가 내 자신의 슬픔 속에 점점 몸이 잠기게 되는 것이다.

일주일 후 성당 미사가 끝나고 아빠와 나, 메리 루이즈는 길 건너 마을 회관으로 갔다. 탁자에서 빵을 집어 드는데 그 금발 여자가 기다렸다는 듯 다가와 아빠를 쳐다봤다. 아빠는 나와 여자를 번갈아보다가 마침내 말했다. "음, 얘들아, 엘리너 칼슨 처음 보지? 엘리너…… 이쪽은 내 딸 릴리랑 단짝 친구 메리 루이즈예요."

"만나서 반가워. 얘기 많이 들었어." 금발 여자가 정신 나간 앵무새마냥 꽥꽥거렸다.

"릴리," 아빠의 목소리가 어렴풋하게 들렸다. "괜찮아?" 나는 고개를 흔들었다. 물론 아빠는 자기 인생을 찾아서 떠날 자격이 있었다. 하지만 나 역시 엄마와 남을 권리가 있었다. 나에게는 여전히 엄마의 손길이 남아 있었다. 밀가루 범벅이 된 채 나에게 쿠키 반죽이 묻은 주걱을 넘겨주던 손, 내가 혀로 주걱을 이리저리 핥으려고 애쓸 때 엄마가 웃음을 터트리던 모습이 아직도 생생했다. 나는 핼러윈 때 엄마가 만들어준 광대 코스튬도 기억하고 있었다. 엄마는 광대 코스튬을 만들기 위해 온 신경을 집중해가며 열심히 재봉틀을 돌렸었다. 때로는 내가 기억해낼 수 없는 순간조차 기억나는 듯한 착각이 들었다. 잠든 나를 물끄러미 바라보는 엄마. 행복한 표정으로 나를 임신한 배를 쓰다듬는 엄마. 티파니 아이버스가 입고 다니는 옷처럼 번듯한 가게에서 사지 않고 엄마가 손수 떠줬다는 이유로 입지 않으려 했던 조끼 생각이 났다. 엄마가 웃으면서 속상한 마음을 감췄었는데. 지금 그 조끼를 찾을 수 있다면 날마다 입을 텐데.

ᒼ

내 열네 번째 생일에 아빠는 나를 테일러 부인이 운영하는 진스앤 씽스라는 옷 가게로 데려갔다. 커다랗게 볼륨을 준 갈색 머리의 테일러 부인이 우리에게 의자를 가져다줬다. 요즘 엔젤과 친구들 사이에서는 티셔츠에 원하는 무늬를 넣고 등에는 이름을 새기는 게 유행이었는데 아빠도 그걸 눈여겨본 모양이었다. 나는 아빠가 그런 생각을 했다는 사실에 솔직히 감동을 받았다.

티셔츠는 다섯 가지 색깔이었다. 그중에서 내 몸에 맞는 건 오렌지색뿐이었다. 거기에 넣을 수 있는 그림은 토끼, 새, 아니면 록 밴드 사진 따위였다. 전에 이런 데 오면 아빠는 몇 번이고 시간을 확인하며 업무 시간에 빠져나온 걸 걱정하곤 했지만 오늘은 티셔츠며 무늬 하나하나를 같이 봐줬다.

"네 엄마가 있었으면 독수리 그림을 골랐겠지." 요즘은 들어보기 힘들었던 부드러운 말투였다.

내가 독수리 그림을 고르자 테일러 부인이 등에 새길 수 있는 대, 중, 소의 세 가지 글자를 보여줬다. 색깔은 빨간색, 검정색, 파란색 등이 있었다. 아빠와 나는 모든 과정에 신중을 기했다.

"선물 고르는 건 네 엄마 몫이었잖아. 예전에는 네 엄마가 해주던 일의 고마움을 잘 몰랐었네."

"고마워요, 아빠." 나는 엄마와의 마지막 날 하고 싶었던 것처럼 아빠를 힘껏 껴안았다.

나는 다 만들어진 티셔츠를 집까지 입고 왔다.

오딜은 나에게 케이크—무려 초콜릿 케이크!—를 만들어 가져다줬다. 나는 메리 루이즈와 학교 친구들이 지켜보는 가운데 촛불을 불어 껐다. 그런데 촛불 연기가 채 사라지기도 전에 엘리너 칼슨이 인기척도 없이 불쑥 나타났다.

메리 루이즈가 인상을 쓰며 물었다. "저 여자가 여기 왜 나타났지?"

"이렇게 깜짝 등장하다니." 아빠가 엘리너 칼슨의 뺨에 입을 맞쳤다.

"생일 축하해!" 그녀가 예의 새가 재잘대는 듯한 요란한 목소리로 말했다.

"만나서 반가워요." 오딜이 그 여자에게 인사하며 나를 앞으로 떠밀었다.

"저도 반가워요." 나는 마지못해 우물거렸다.

메리 루이즈는 팔짱을 낀 채 한마디도 하지 않았다.

아빠와 엘리너 칼슨은 서로 거리를 두고 손도 잡지 않을 만큼 신경을 쓰는 눈치였지만 아빠는 나를 볼 때보다 더 많이 그녀를 쳐다보고 웃어 보였다. 내 생일을 축하하는 자리였는데. 나는 빨리 시간이 지나가기를 바라며 케이크를 마구 집어삼키고 거칠게 선물 포장지를 뜯었다.

자리가 대강 마무리된 후 메리 루이즈와 내가 뒷정리를 하고 있을 때 아빠가 새로 커피를 끓였다. 아빠의 여자 친구가 익숙한 듯 찻잔이 있는 찬장을 열었다. 그 여자는 거기 있는 찻잔 중에서 엄마가 제일 좋아했던 푸른색 꽃무늬 찻잔을 꺼냈다. 당연한 일이었을까. 아빠는 전혀 놀란 것 같지 않았다.

메리 루이즈는 모든 걸 다 알겠다는 듯한 표정을 지었다. 그녀의 주근깨 가득한 얼굴 위로 나의 고통이 고스란히 아로새겨졌다. 메리 루이즈는 내가 그 찻잔을 절대로 쓰지 않는다는 사실을 알고 있었다. 친구는 낮고도 날카로운 목소리로 내가 느끼는 분노와 상처, 그리고 내 참담한 기분을 대변해줬다. "저년이 지금 이 집에 멋대로 들어와서 마음대로 휘젓고 다녀도 된다고 생각하는 거야?"

엘리너가 찻잔과 받침 접시를 차려놓고 커피를 따르려 할 때 메리 루이즈가 손을 휘저었다. 찻잔과 접시가 바닥에 떨어져 깨지는 소리가 울려 퍼졌다. 처음에는 구슬픈가 싶었지만 이내 만족감을 주는 소리였다. 주방 바닥에 하얗고 푸른 눈송이가 쏟아져 내렸다. 아무도 자리에서 움직이지 않았다. 우리는 마지막 찻잔 조각이 냉장고 밑으로 굴러가다 멈추는 모습을 지켜봤다.

"일부러 그랬지!" 아빠가 메리 루이즈를 향해 소리를 질렀다. "이게 무슨 짓이야?"

아빠의 호통은 쉬지 않고 계속되었지만 메리 루이즈는 이미 이런 일에 인이 박혀 있었다. 아빠의 침방울이 눈에 들어오지 않게 하려는 듯 반쯤 눈을 감은 그녀는 말없이 서 있기만 했다.

아빠의 여자 친구도 그 모습을 지켜봤다. 아빠가 왜 그렇게 흥분해서 소리를 치는지 이해하지 못하는 것 같았다.

"대체 왜들 그래요? 그냥 찻잔이잖아요!" 엘리너는 빗자루와 쓰레받기를 가져와 엄마의 추억을 쓸어내버렸다.

제
13
장

* * *

오딜
Odile

1939년 8월, 프랑스 파리

레미는 마치 학교를 갈 때처럼 차가운 물로 세수를 하고 가방에
책 몇 권을 꾸리는 것으로 군 입대 준비를 마쳤다. 나는 침울한 표
정으로 레미의 침대에 걸터앉았다. 우리 둘 사이에 분노가 끓어오
르고 있었다. 나는 레미가 나를 버린 채 앞뒤 가리지 않고 위험 속
으로 몸을 내던지는 거라고 생각했다. 한편 레미는 자신의 결정을
시원스럽게 지지해주지 않는 나에게 실망한 눈치였다. 나는 레미
가 군에 입대하지 않아야 한다고 주장했지만 레미는 더 이상 가만
히 있을 수는 없다고 했다.

"두꺼운 옷도 챙겨." 내가 말했다. "감기 걸리면 안 되잖아."

"군대에 가면 필요한 걸 다 지급해줄 거야."

나는 오늘 아침 일찍 은행에 가서 찾아온 내 비상금을 내밀었다. "여기."

"네 돈은 필요 없어."

"비상금이 조금이라도 있어야지."

"이러다 늦겠어." 레미는 내가 내민 프랑화 지폐를 침대에 내려놓았다.

나는 레미를 따라 나섰다. 엄마와 아빠가 기다리고 있었다. 엄마가 어쩔 줄 몰라 하며 레미의 옷매무새를 봐주고는 물었다. "깨끗한 손수건은 있니?"

아빠는 레미에게 황동 나침반 하나를 내밀었다. "내가 군 복무할 때 쓰던 거다." 아빠의 목소리가 쉬어 있었다.

"고맙습니다." 레미는 나침반을 손에 꼭 쥐었다가 주머니에 집어넣었다. "독일군 녀석들에게 꼭 보여주겠어요."

"편지 쓰겠다고 약속해." 내가 말했다.

레미가 내 두 뺨에 입을 맞추며 대답했다. "약속할게."

문이 큰 소리를 내며 닫히고 레미가 계단을 내려가는 소리가 들렸다. 레미가 바게트를 사러 나갔다 금세 돌아올 것만 같았다.

공습에 대비하느라 빛의 도시 파리 또한 밤이면 칠흑같이 어두워졌다. 가로등도, 유흥 업소의 간판도, 도서관의 불빛도 모조리 사라졌다. 파리 시민들에게 방독면을 준비하라는 지침이 내려왔다. 내 사촌들을 비롯해 많은 사람들이 차에 짐을 잔뜩 싣고 파리를 떠났다. 리더 관장은 공포에 휩싸인 동포들을 도와 미국으로 가는 배편을 주선했다. 교사들은 여름휴가를 반납하고 학생들이 지방으로 피신하는 일을 도왔다. 어린이 열람실의 고요함이 왠지 모르게 서늘하게 느껴졌다.

집도 조용하기는 매한가지였다. 레미와 내가 나흘 이상 떨어져 있게 된 건 이번이 처음이었다. 태양이 떠오르고 식탁에 빵이 올라오듯 레미는 당연히 집에 있었어야 했다. 카페오레를 홀짝이거나, 요란한 소리를 내며 이를 닦거나, 나와 독서를 하며 콧노래를 흥얼거리면서 말이다. 내 일상의 음악과도 같았던 레미가 사라졌고 내 인생은 침묵에 휩싸였다.

군에 입대하기로 한 선택에 대해 당사자인 레미는 초연했기 때문에 그 자체만으로도 위안이 되어야 했다. 하지만 나는 레미처럼 담담할 수 없었고, 나와 비슷한 심정인 듯한 엄마와 아빠에게서 부족한 위안을 얻어내려고 애썼다. 다 같이 저녁을 먹을 때 전에는 레미와 내가 나란히 앉고 맞은편에 엄마와 아빠가 앉았었지만, 이제는 남은 세 식구가 하나가 되어 텅 빈 의자를 바라보며 불안과 걱정으로 몸을 떨었다. 레미에게서는 아무런 연락이 없었다.

"폴은 브르타뉴에서 언제 온대?" 엄마가 물었다. 엄마는 어색한 분위기를 어떻게 좀 해보려고 최선을 다했다.

나는 주머니에서 가장 최근에 온 폴의 편지를 꺼냈다. 폴은 매일 편지를 보내 자신이 나를 얼마나 그리워하는지, 그리고 아직 추수를 마치지 못한 경작지가 얼마나 많이 남아 있는지 따위를 알려줬다.

나는 한숨을 쉬었다. "당분간은 못 올 거예요."

'파리 미국 도서관'이라는 글자가 각인된 갈색 가죽 방독면이 직원 휴게실의 벽을 따라 아무렇게나 쌓여 있었다. 방독면을 바닥에 내려놓는데 비찌가 쾌활한 모습으로 나타나 다정하게 인사를 건넸다. 나는 아무 말도 하지 않았다.

"요즘은 무슨 책 읽어요?" 비찌가 물었다. "난 막 《에마》를 끝냈는데."

"레미가 없는데 책이 눈에 들어오겠어요?"

"누가 더 레미를 그리워하는지 경쟁하자는 게 아니잖아요." 비찌는 샐쭉한 얼굴로 밖으로 나가버렸다.

나는 무슨 말을 해야 할지 알 수 없었다. 어쩌면 할 말이 너무 많은 건지도 몰랐다. 레미를 부추겨 군에 입대하도록 만들다니 어떻게 그럴 수 있을까? 만약 레미한테 무슨 일이라도 생기면 어쩌려고?

마거릿이 들어와서 쓰고 있던 밀짚모자를 벽에 걸었다. "무슨 문제 있어요?" 그녀가 물었다.

"비찌가 문제예요."

마거릿은 내 책상으로 차를 내오겠다고 했다. "자, 도대체 뭐가 어떻게 돌아가고 있는 거예요?" 마거릿이 향긋한 다르질링을 찻잔에 따르며 물었다.

"레미는 늘 몸이 약했어요. 감기를 달고 살았고 체육도 항상 꼴찌였고요. 그런데 비찌가 그런 레미를 부추겨 위험한 길로 내몬 거예요. 레미는 나한테 군 입대에 대해 미리 귀띔해주지도 않았고."

"당신에게 선뜻 털어놓지 못할 무슨 이유라도 있었던 게 아닐까요?"

마거릿이 부드럽게 달래듯이 말했다. 나는 그녀의 진심 어린 눈빛에 문득 깨달은 진실을 그녀에게 털어놓았다. "사실은 나한테 말하려고 했던 것도 같아요." 내 손에 들린 찻잔이 흔들렸다. "그때 잘 들어줬어야 했는데. 레미는 항상 내 곁에 있어줬거든요. 그런데 딱 한 번 레미가 나를 필요로 할 때 나는……."

"자책하지 말아요."

"군에 입대하지 말라고 말해줬어야 했는데."

"본인이 해야만 하는 일이라고 생각했을지도 모르잖아요."

"어쩌면……."

마거릿이 우리 앞에 펼쳐진 장면을 손으로 가리켰다. 서가 정리를 담당하는 피터가 새로 들어온 직원인 헬렌 픽웨일러에게 뭔가를 가르치고 있었다. 헬렌은 미국 로드아일랜드에서 온 자료 열람실 담당 사서였다. 곱슬거리는 단발머리에 꿈꾸는 듯한 눈을 한 젊은 여성이었다. 두 사람은 서가를 따라 이동하며 로드아일랜드가 있는 뉴잉글랜드 지방에 대한 대화를 나눴다. 917.4, 세상에서 가장 마법 같은 장소. 나는 지금 목격한 장면이 사랑의 시작임을 알려주는 이야기를 수없이 읽었다.

보리스가 길게 말린 종이 다발을 들고 와서는 혹시 모를 폭격 시 유리창이 깨져 파편이 튀는 걸 막기 위해 종이를 붙여야 한다고 말했다.

"동생은 잘 있대요?" 보리스가 종이를 책상에 펼쳐놓으며 물었다. 나는 종이를 유리창 크기에 맞춰 자르며 대답했다. "여전히 편지 한 장 없어요."

"떠난 지 얼마나 됐습니까?"

"2주요."

"내가 군에 갓 입대했을 때는요," 보리스가 낡은 페인트 붓으로 종이에 풀을 바르며 말했다. "훈련소 생활이 너무 힘들어서 밤이면 막사에서 죽은 듯이 쓰러져 자기 바빴습니다. 편지 같은 걸 쓸 여유가 없었지요. 훈련소 교관이 원하는 게 바로 그거였습니다. 입대하기 이전의 삶을 하나도 남김 없이 머릿속에서 지워버리는 거."

"그 말씀이 맞을지도……."

"물론 남겨진 사람도 힘들기는 마찬가지죠."

보리스는 내 심정을 이해해줬다. 우리는 말없이 파리 미국 도서관을 어둠으로 포장했다. 도서관에 유리창이 많아서 작업을 끝마치는 데 이틀이나 걸렸다.

9월 1일 정부는 18세에서 35세까지의 남자들에게 징집령을 내렸다. 보리스를 비롯해 동네에서 함께 자란 이웃집 남자아이들, 도서관 열람실에서 살다시피 하던 창백한 얼굴의 박사 과정 학생들, 그리고 실연의 상처로 빵을 태우곤 하던 빵집 주인도 모두 징집되었다. 아빠는 자신이 데리고 있는 파리 경찰의 징집 유예를 요청했고, 폴은 특별 허가를 받아 적어도 당장은 농장에서 계속 일을 할 수 있었다.

전쟁이 임박했다는 증거는 어디서든 눈으로 확인할 수 있었다. 군대는 규모를 늘려갔고 〈헤럴드〉에는 불길한 제목의 기사가 끊이지 않았다. 파리 미국 도서관의 게시판에는 빈번하게 대출되는 도서 목록 옆에 미국 대사관의 직인이 찍힌 포고령이 새롭게 게시되었다. 포고령의 내용은 다음과 같았다. "작금의 유럽 상황을 감안해 모든 미국 국민의 본국행을 권고한다."

리더 관장은 대사관의 지시를 따를까? 만일 영국 대사관에서도 비슷한 지시를 내린다면 마거릿과도 헤어지게 될까?

나는 카로 이모가 듀이 십진분류법과 새로운 세상에 대해 알려줬던 도서 목록 보관함을 빠르게 지나쳤다. 그리고 폴과 내가 처음 키스를 나눴던 서가, 마거릿과 친구가 되었던 창고를 지나 리더 관장의 사무실로 내달렸다.

리더 관장은 몸을 살짝 젖힌 채 의자에 앉아 있었다. 손에는 펜을 쥐고 눈으로는 책상에 펼쳐져 있는 서류를 훑고 있었다. 커피 향이 사무실에 가득했다. 상자는커녕 짐을 싼 흔적 같은 건 어디에도 보이지 않았다. 그녀는 그대로 자기 자리에 있었다. 그녀가 여기 있는 한 모든 일이 다 잘 풀릴 것이었다. 격하게 뛰던 가슴이 진정되었고 나는 천천히 깊은 숨을 몰아쉬었다.

"관장님은 고향으로 안 가시나요?" 내가 물었다.

"고향이요?"

"그러니까 제 말은 프랑스를 안 떠나시냐고요."

리더 관장이 얼굴을 찡그리자 눈썹이 한 줄로 이어졌다. 그녀는 나를 이상하게 쳐다봤다. 마치 자신과는 전혀 상관없는 이야기라도 들은 듯한 표정이었다. 리더 관장이 입을 열었다. "지금 고향에 있잖아요."

1939년 9월 1일

친애하는 폴에게,

당신이 너무 그리워요. 내 허리를 감싸던 당신의 팔을 느끼고 싶고 내 이마에 대고 속삭이던 당신의 따스한 목소리를 듣고 싶어요. 지금은 레미의 군 입대로 마음이 너무 안 좋아요. 그런 식으로 레미를 떠나보낸 내가 너무 미워요. 당신이 돌아올 때쯤에는 상황이 나아지면 좋겠어요. 그 지역 남자들도 군에 징집당했을 테니 농장에서는 그 어느 때보다도 당신의 손이 절실하겠죠. 하지만 나 역시 당신이 필요하답니다. 당신이 파리로 돌아올 날만을 손꼽아 기다려요.

애정을 담아,
당신의 까칠한 도서관 사서가

나는 레미에게 믿고 의지할 수 있는 새로운 사람이 생겼다는 사실을 쉽게 받아들일 수 없었다. 그래서 가능한 한 정기 간행물 열람실에 남아 '그 여자'와 마주치는 걸 피하려고 했다. 오늘도 나는 열람실의 단골 회원 덕분에 활력을 되찾았다. 보라색 숄을 두른 코헨 교수가 《어둠 속의 항해》의 아름다운 문장을 읽으며 한숨을 쉬었다. 옆에서는 시몬 부인이 〈하퍼스 바자〉의 최신 유행 기사에 정신이 팔려 틀니를 달그락거렸다. 두 사람의 맞은편에서는 드 네르시아 씨와 프라이스-존스 씨가 농담을 주고받았다.

"최고의 위스키는 스코틀랜드에 가야 마실 수 있어." 잉글랜드인 프라이스-존스 씨가 말했다. "그런 점에서 내 몸의 절반은 스코틀랜드인이라 할 수 있겠지."

"그래. 나도 알아." 프랑스 남자가 중얼거렸다. "나머지 반은 위스키에 타 먹는 탄산수일 거고."

"어쨌거나 글렌드로낙에서 만드는 위스키는 세계 최고라고!"

대영 제국에서 제대로 된 상품이 나온다는 사실을 절대 인정하려 들지 않는 프랑스 남자가 이렇게 받아쳤다. "미국 테네시주의 조지 디켈이야말로 최고 중의 최고지."

"시음해보면 누구 말이 맞는지 확실히 알 수 있잖아요." 내가 끼어들었다.

"오딜, 당신은 천재야!"

그때 비찌가 망설이며 내 옆으로 왔다. "우리 동생도 징집됐어요." 그녀가 말했다. "어제 떠났어요."

"레미가 떠난 지는 벌써 몇 주가 흘렀는데," 내가 말했다. "당신은 그전에 이미 다 알고 있었잖아요. 내 말이 틀렸어요?"

"레미도 어차피 징집됐을 거예요."

"그렇게 말하면 내 기분이 나아질 것 같아요?" 내가 으르렁거렸다.

사람들이 놀라서 우리를 쳐다봤다. "여기 있는 사람 모두가 같은 마음으로 걱정하고 있잖아." 코헨 교수가 달래듯 말했다.

나는 비찌를 무시하고 〈헤럴드〉를 펼쳐 사설을 읽었다. "작금의 모든 상황을 고려해볼 때 지난번과 같은 큰 전쟁은 결코 일어나지 않을 것으로 사료된다. 그 누구도, 하물며 히틀러도 전쟁의 발발에 대해 확언할 수 없을 것이다." 시몬 부인이 인상을 쓰는 모습을 본 뒤에야 내가 신문을 소리 내어 읽고 있다는 사실을 깨달았다.

"전쟁은 무슨 놈의 전쟁," 그녀가 낄낄댔다. "유럽은 이제 그럴 힘이 없어. 아무도 싸움 같은 건 원하지 않는다고."

"그건 부인의 희망 사항이고요." 코헨 교수가 말했다. "아이들은 장난감을 두고 싸우고, 어른들은 땅을 두고 싸우죠."

"그 문제에 대해서는 나중에 이야기하도록 합시다." 드 네르시아 씨가 걱정스러운 눈빛으로 나를 곁눈질하며 말했다. 그는 〈헤럴드〉를 가져가 사회 면을 펼쳐 들었다. 사회 면에는 파리의 미국인 거주 구역 관련 소식 두 가지가 실려 있었다. "'엘리 그롬베커 씨가 뉴욕에서 쾌속선을 타고 유럽에 도착했다. 최근에 베를린을 방문했던 시카고 출신의 E. 브로먼드 부부는 현재 파리의 르 브리스톨 호텔에 머물고 있다. 콘티넨털 호텔에는 마이애미에서 온 미니 K. 오펜하이머 부인과 루스 오펜하이머 양이 머물고 있는 것으로 알려져 있다.'"

"전쟁의 기운도 사교계 인사의 유럽 나들이를 막지는 못하는구먼." 프라이스-존스 씨의 말이었다.

"영국인 거주 구역 소식도 있어." 드 네르시아 씨가 말했다. "'인도 트리푸라 왕국의 국왕과 바리아 왕국의 왕자가 조지 5세 호텔에 머물고 있다. 애빙던 백작 부인은 르 프린스 드 갈르 호텔에서 애빙던 백작과 합류했다고 한다.'"

우리 모두는 웃음을 터트렸다. 그 사람들에게는 나름 중요한 일일지 몰라도 어쨌든 우리는 덕분에 잠시나마 정치적 상황이 주는 긴장에서 벗어날 수 있었다.

일이 끝나고 레미로부터 편지가 와 있기를 기대하며 집으로 돌아왔다. 역시나 우편물을 놓아두는 현관 탁자의 쟁반에는 아무것도 없었다. 그때 거실에서 낯익은 목소리가 들려왔다. 폴이었다! 나를 알아본 폴이 자리에서 벌떡 일어섰다. 나는 그가 내 뺨에 가볍게 입을 맞추는 동안 부모님을 의식하며 몰래 그의 팔을 쓰다듬었다.

나는 긴 의자에 20센티미터 정도 떨어져 앉은 상태에서 폴에게 속삭였다. "보고 싶었어요."

"난 더 보고 싶었습니다. 당신은 도서관에서 사람들이라도 만났 겠지만, 난 그동안 숙모님 말고는 소, 닭, 염소밖에 못 봤거든요."

"프라이스-존스 씨더러 고집불통인 늙은 염소라고 부르는 사람 도 있긴 한데."

"그렇군요. 하지만 그 염소가 당신을 깨물진 않잖아요!"

아빠가 의기양양한 얼굴로 우리 둘을 보며 말했다. "폴이 네게 딱 맞는 사람이라는 걸 진작부터 알고 있었다."

"그래요, 아빠. 열네 명이나 집에 초대하고 나서야 비로소 제대로 된 사람을 찾으셨네요."

"머지않아 둘이서 보낼 시간이 더 많아질 거다." 아빠가 대꾸했다. "전쟁이 일어날지도 모른다고 하니 네 도서관 동료들은 파리를 떠 날 거고 그러면 도서관도 문을 닫겠지."

"리더 관장님은 그런 일은 없을 거라고 하셨어요." 내가 말했다. "누구도 도서관을 떠나는 일은 없을 거예요."

"조만간 일을 쉬게 될 거다." 아빠가 놀리듯 눈을 찡긋하며 덧붙였 다. "그렇게 되면 저녁도 제시간에 다 같이 먹을 수 있고."

아빠는 자기 일에 대해서는 의무감을 강조하면서도 내가 도서관 을 얼마나 아끼는지에 대해서는 전혀 이해하지 못했다. 일과 후에 자료 열람실의 헬렌과 함께 회원들의 문의 사항에 어떻게 대응할지 고민하는 일은 결코 따분하거나 번거롭지 않았다. 오히려 보물찾기 놀이에 더 가까웠다. "누군가에게 도움을 요청하는 일이 얼마나 어 려운지 기억하는 게 중요해요." 헬렌은 내가 그녀의 말을 잊지 않도록 여러 번 상기시켜줬다. "절대로 평정심을 잃으면 안 돼요. 모든 질문과 요청에는 다 그럴 만한 이유가 있다고 생각하는 게 좋아요."

헬렌과 나는 쿠바의 인구수부터 중국 화병의 추정 가격에 이르기까지 회원들의 질문에 대한 답을 찾아내기 위해 전문 서적이며 백과사전 등을 샅샅이 뒤졌다. 매일 새로운 문의가 회원들로부터 쏟아졌다. 코헨 교수는 수십 편의 학술 논문 집필을 끝마친 후 소설을 한 편 써보기로 결심하고 16세기 이탈리아에 대해 조사 중이었다. 그녀는 이런 질문들을 던졌다. "베네치아 사람들은 어떤 옷을 입었는가? 그들이 주로 마셨던 음료수는? 주머니에는 뭘 넣고 다녔을까?"

"베네치아 사람들 옷에 주머니가 달려 있긴 했을까요?" 헬렌이 되물었다.

"그렇겠지?" 코헨 교수가 대답했고, 우리 세 사람은 정확한 해답을 구하기 위해 서가를 돌아다니며 베네치아로 항해를 떠났다.

파리 미국 도서관은 나를 필요로 했고 나 역시 그곳에 가면 행복을 느꼈다.

"전 쉴 수 없어요." 나는 다시 아빠에게 말했다. "리더 관장님은 책이 사람의 이해력을 넓혀준다고 하셨어요. 그리고 어느 때보다도 특히 지금 더 중요한 일이고요."

아빠가 뭔가 이야기하려고 하는데 엄마가 그런 아빠를 거실에서 데리고 나가며 문을 닫아버렸다.

나는 폴에게 가까이 다가갔다. "정말 말이 안 통하는 분이에요!"

"당신을 걱정하는 마음에서 그러시는 거예요."

"내 생각에는……."

폴이 내 손에, 내 뺨에, 그리고 내 입술에 입을 맞췄다. 나는 더 많은 걸 원했다. 그의 피부가 나의 피부와 맞닿으면서 몸이 하나로 뒤엉켰다. 입맞춤은 어느 경이로운 책의 서문이나 마찬가지였다. 나는 그 놀라운 책을 마지막 장까지 읽고 싶었다.

문소리가 나자 우리는 황급히 떨어졌다. 엄마가 화분에 물을 주기 시작했다.

어렸을 때 나는 침대에서 책을 읽는 걸 좋아했다. 엄마는 매일 저녁 말했다. "그만 불 끄고 자거라." 그럴 때면 나는 읽던 데까지만이라도 마저 읽게 해달라고 사정했다. 별 소득은 없었지만. 엄마는 그때나 지금이나 내가 하던 일을 그만둬야 할 시간을 본인이 직접 결정했다.

오후에 배달된 석간신문을 정리하는데 리더 관장이 하얗게 질린 얼굴로 비틀거리며 열람실에 들어왔다. 순간 모두들 뭔가 잘못되었다는 걸 직감했다. 프라이스-존스 씨와 드 네르시아 씨가 논쟁을 멈췄고 코헨 교수도 책을 내려놓았다. 종이가 발라진 창문 앞에 선 리더 관장이 떨리는 목소리로 말했다. "대사관에서 전화가 왔습니다. 영국과 프랑스가 독일에 선전 포고를 했다는군요."

아빠가 먼젓번의 전쟁 이야기를 들려줄 때마다 나는 멀리서 찍은 흐릿한 사진을 보듯 전쟁을 상상할 뿐이었다. 하지만 지금은 탱크라든가 부상당한 병사들의 모습이 총천연색 사진을 보듯 선명하게 떠올랐다. 레미도 전투에 투입되었을까? 혹시 부상이라도 당한다면?

"전투가 어디서 벌어지고 있는지 확인해보셨어요?" 내가 입을 떼기 전에 비찌가 먼저 물었다.

"나도 돌아가는 상황을 좀 더 알면 좋겠는데," 리더 관장이 대답했다. "어쨌든 불릿 대사가 상황을 계속 알려주겠다고는 했어요."

우선 도서관을 찾은 사람들부터 안심시킨 후 리더 관장은 직원들을 사무실로 불러 모았다. "모두 이곳을 떠나세요. 집으로 돌아가든 파리를 떠나든, 어디든 안전한 곳으로요." 리더 관장의 목소리가 어찌나 비장한지 당장이라도 아끼는 노란 원피스며 파란 스카프를 여행 가방에 싸놓아야겠다는 생각이 들 정도였다.

"관장님은요?" 턴불 부인이 다급히 물었다.

"전 여기 남을 거예요." 리더 관장이 한 치의 망설임도 없이 대답했다.

"저도 남아서 대출과 반납 업무를 맡을게요." 비찌가 말했다.

"저도 남겠어요." 회계 담당 웨드 양이 말했다.

"저도요." 나는 머릿속에서 여행 가방을 치워버렸다. 내가 있을 곳은 바로 여기였다. 나는 우리의 도서관을 그대로 열어둘 수만 있다면 내가 할 수 있는 일은 무슨 일이든 다 하고 싶었다.

"어차피 당장 로드아일랜드로 돌아갈 수도 없어서요." 자료 열람실의 헬렌도 말했다.

피터가 그런 헬렌을 바라보며 말했다. "저도 남겠습니다."

리더 관장은 감격스러운 얼굴로 우리를 바라봤다. "우린 그렇다 치고, 일단 도서관 회원과 이용자를 안전하게 보호하기 위해 할 수 있는 일부터 해야 돼요."

피터가 적기의 공습으로 화재가 발생할 상황을 대비해 도서관 꼭대기 층에 모래주머니를 가져다 쌓았다. 웨드 양은 가장 가까운 대피소인 지하철역으로 가는 약도를 게시판에 붙였다. 비상 대피 훈련을 하는 동안 리더 관장은 겁에 질린 학생들을 다독이며 일반 열람실 이용자를 모두 내보냈고, 나는 정기 간행물 열람실의 단골 이용자를 챙겼다. 소중한 친구를 화재가 난 건물에서 구조하듯《한밤이여, 안녕》을 서가에서 낚아챈 코헨 교수가 소리쳤다. "진 리스의 책을 절대로 그냥 내버려두진 않을 거야." 헬렌은 마실 물을 날랐고 관리인은 전기를 끊었다. 도서관 입구에서 비찌가 손전등을 흔들었다. 책을 사랑하는 사람들이 얼떨떨한 모습으로 줄을 지어 두 블록 밖의 지하철역까지 걸어갔다. 우리는 지하철역의 어두운 터널 속에서 언제 무슨 일이 벌어질지 생각했다.

제
14
장

✳

오딜
Odile

엿새 동안 징집되었던 보리스가 돌아왔다. 보리스는 조금 긴 점심 시간을 가졌다 돌아온 듯 아무렇지 않은 모습으로 도서관에 등장했다. 사람들이 앞다투어 몰려들며 보리스의 귀환을 축하했다. 드 네르시아 씨와 프라이스-존스 씨가 제일 먼저 달려나가 보리스의 손을 잡고 격하게 흔들었다. 코헨 교수가 그다음이었다. "무탈히 돌아와서 기쁩니다. 아내분과 따님이 얼마나 마음이 놓일까요." 나도 보리스에게 가보려 했지만 책벌레들이 둘러싼 벽을 뚫을 수 없었다. 나는 자리로 돌아와 책을 서가에 다시 꽂기 시작했다. 책등에 붙어 있는 분류 번호는 223이었다. 223이면 종교 쪽이었나? 철학? 갑자기 당연하게 기억하고 있던 것들이 뒤죽박죽 헝클어지기 시작했다. 나는 레미가 군에 입대한 이후로 어딘지 알 수 없는 곳에서 내가 왜 거기 있었는지 까먹고 당황하는 일이 늘었다.

보리스가 200번대 서가 깊숙한 곳에서 나를 찾아냈다. "그동안 잘 지냈어요?" 그가 물었다.

"레미 때문에 걱정이죠 뭐."

보리스가 내 손에서 책을 받아들어 서가에 꽂았다. "그 마음 나도 잘 압니다. 내 동생 올레그는 프랑스 외인부대에 입대했거든요."

"동생분도 아무 일 없길 빌어요. 당신이라도 무사히 돌아와 다행이에요."

"리더 관장님 덕분입니다. 내가 있던 부대에 편지를 써 보내셨더군요. 듣자 하니 내가 이 도서관에서 아주 중요한 인물인가 봅니다."

"중요한 인물이라, 참 듣기 좋은 소리네요."

리더 관장은 도서관 관리인을 위해서도 큰 힘을 썼다. 아빠 역시 부하 경찰을 그대로 유지할 수 있도록 허가를 받았다. 아빠는 자기 아들은 보호할 수 없었지만 자기 부하는 어떻게든 지켜주고 싶어 했다. 나는 레미에 대한 걱정으로 병이 날 지경이었으면서도 폴을 잃게 되지 않아 무한히 감사할 따름이었다.

보리스가 다른 책을 집어 들어 서가에 꽂았다. "어쨌거나 난 프랑스군에서의 복무를 마쳤습니다. 게다가 이미 전쟁도 한 번 치렀고요."

"그랬어요?"

"러시아에서 혁명이 일어났을 때 사관생도 훈련을 받고 있었습니다. 열다섯 살이 채 되지 않은 생도도 있었어요. 우리는 슬그머니 학교를 빠져나가 군에 합류했습니다."

"열다섯 살⋯⋯."

보리스의 말에 따르면 그와 친구들은 사격 훈련 몇 번 해본 것만으로 진정한 남자가 되었다고들 착각했다. 심지어 전쟁터에 직접 나가보자는 계획을 세울 때도 가장 고민했던 부분은 다름 아닌 군복에 관한 것이었다. 어떤 군복을 입어야 멋있게 보일지에만 신경을 곤두세웠다는 것이다. "우리는 걸어갈지 말을 타고 갈지도 생각했습니다. 혹시 배가 고프면 식품 저장고를 습격해서 성질 고약한 요리사를 깨우는 위험을 감수해야 할까, 뭐 그런 것도 고민 중의 하나였지요. 수준이 이렇다 보니 입대를 결심하는 건 일도 아니었습니다." 보리스는 지난날의 치기 어린 행동에 나름의 결론을 내렸다. "대부분의 어린 친구들이 그렇듯 그 당시 우리는 당장 일주일 뒤에 일어날 일에도 생각이 미치지 못할 만큼 철이 없었어요."

그래서 레미가 집을 떠난 걸까? 모험을 하고 싶어서? 아니면 자기도 다 큰 어른이라는 걸 아빠에게 증명하고 싶은 욕심에?

"당시 우리 부대를 지휘했던 대위가 우리 또래였습니다. 대위는 우리에게 총을 쏘고 상대편을 죽이라고 명령했지만 내전 중이었으니 상대편 또한 같은 국민 아니겠습니까. 자국민을 죽이는 건 쉬운 일이 아니었어요." 보리스가 마른침을 삼켰다. "사실 상대가 누구든 사람을 죽이는 일 자체가 어려운 일입니다만."

도서관에 있는 서가는 아주 높았고 성당의 고해 성사실처럼 어딘가 엄숙해 보였다. 그는 병사들처럼 나란히 줄지어 꽂혀 있는 책을 가만히 응시했다. "강 건너편에 적군의 척후병이 있더군요." 그의 이야기가 계속되었다. "적군이었지만 같은 러시아 사람이었습니다. 나는 방아쇠를 당겼고 총알이 그의 귓불을 스치고 지나갔습니다."

"귓불이요?"

보리스가 어깨를 으쓱해 보였다. "이래 봬도 꽤나 명사수였거든요. 그 군인을 죽이고 싶지 않았기 때문에 도망치라고 일종의 경고만 준 거죠."

"옳은 일을 하셨네요."

그는 또 다른 책 한 권을 들고는 말없이 표지를 쓰다듬었다.

"얼마 뒤 우리 부대와 상대편 부대 사이에 접전이 벌어졌어요. 그리고 내가 살려 보냈던 병사가 내 가장 친한 친구를 죽였습니다."

"저런."

"나도 두 군데 총상을 입었고요." 그가 뺨에 있는 흉터를 가리켰다. 흉터 자국이 희미했기에 그저 주름 정도로만 생각했었다. "그런데 정작 나를 사지로 몰고 간 건 다름 아닌 전염병이었습니다. 후방의 병원은 최전선보다 더 지독하더군요. 나는 대가족 사이에서 자랐고 사관 학교를 다니다가 군에 들어왔기 때문에 그때까지 단 한순간도 고독이라는 걸 경험해보지 못했습니다. 혼자서 깊이 생각에 잠길 이유나 틈 같은 게 없었던 거죠. 돌이켜보면 홀로 병실에서 보낸 시간이 내 인생에서 가장 고통스러운 시간이었던 거 같아요. 오직 여동생들만 생각하며 버텼어요."

보리스가 비찌가 있는 어린이 열람실을 가리켰다.

"비찌와 난 자매가 아니에요." 내가 말했다.

보리스는 서글픈 표정으로 나를 쳐다봤다. "그만 자리로 돌아가야겠군요." 그는 어쩔 수 없다는 듯 나를 혼자 남겨둔 채 일어섰다. 나에게는 자책과 원망의 감정만이 남았다.

제
15
장

✳

오 딜
O d i l e

영국과 프랑스가 독일에 선전 포고를 한 지 사흘이 지났다. 리더 관장은 병사 지원 사업을 시작했다. 이는 프랑스와 영국 병사를 위로하기 위한 것이었다. 우리는 그들에게 잠시나마 현실을 잊을 수 있는 마음의 안식처를 제공하고 파리 미국 도서관의 모든 관계자가 친구로서 늘 병사들을 생각하고 있다는 사실을 알리기 위해, 부대 내 휴게실과 야전 병원에 보낼 위문 도서를 정리해 준비했다. 폴과 내가 파리에 있는 프랑스 우체국 본사에 책을 실어 날랐다. 파리는 손님이 없는 대형 호텔처럼 이상하리만치 고요했지만, 파리 미국 도서관은 문을 여는 게 당연하다는 듯 이용자들로 문전성시를 이뤘다. 사람들은 쉼 없이 책을 대출했고 새로운 소식을 찾았다.

"뭔가를 읽는 건 사람의 본능이에요." 리더 관장이 말했다. "그 본능은 전쟁과 무관하고요."

관장은 클라라 드 샹브렝 백작 부인 같은 기존 후원자들에게 기부와 도움을 부탁하는 편지를 쓰기 시작했다. 리더 관장은 나를 사무실로 호출해 도서관에 기자를 초청했는데 내가 그들을 안내하는 역할을 맡아줬으면 좋겠다고 했다. 기자들은 이미 일반 열람실에 도착해 있는 상태였다.

"제가요?" 내가 되물었다. "기자들이라니…… 상대하기 까다로운 부류잖아요." 내가 〈헤럴드〉에 처음 파리 미국 도서관 소식을 기고했을 때 기자 하나가 '일반 대중'을 '일반 대증'이라고 했다며 오타를 지적한 적이 있었다. 심지어 새로운 기고문을 보낼 때마다 오늘은 오타가 없느냐며 빈정거리기까지 했다.

"시기가 시기이니만큼 기자들 신경이 날카롭게 곤두서 있을 거예요." 리더 관장이 고개를 끄덕였다. "전쟁 상황을 알아보려고 온 프랑스를 휘젓고 다니니까. 누구 하나라도 예의 없게 굴면 그땐 머리를 후려쳐버려요."

머리를 후려치라니. 면접 때 내가 했던 말이 떠올라 얼굴이 벌겋게 달아올랐다. "아니, 그건……."

"알아요. 더 이상 그때 그 철없던 아가씨가 아니란 걸. 많이 성장했고 일도 아주 잘하고 있어요. 〈헤럴드〉에 실리는 도서관 소식을 모두가 마음에 들어 할뿐더러 다른 소식지도 훌륭해요. 특히나 주로 어떤 책을 좋아하는지에 대해 묻고 답하는 대담은 으뜸이었어요. 내가 좋아하는 책을 매개로 다른 사람과 이어지는 건 정말 멋진 일이지요."

나는 기자들이 대기 중인 곳으로 향하면서 리더 관장의 칭찬을 액면 그대로 받아들이기로 했다. 나는 벽난로 앞에서 한쪽 발로 다른 쪽 발을 토닥이며 구깃구깃한 트렌치코트를 입은 심드렁한 표정의 기자를 상대할 용기를 쥐어짰다. 그런데 내가 그들에게 뭐라고 말을 하기도 전에 그들이 먼저 말을 꺼냈다.

"프랑스인들이 미국 책에 관심이 있긴 합니까?" 숱이 적은 회색 머리의 기자가 공격적으로 물었다. 그의 얼굴은 피곤하다기보다 만사가 귀찮아 보였다. "병사들이 책 같은 걸 읽을 시간이나 있을까요?"

"마지노 요새의 한 장군이 읽을거리를 모으기 위해 트럭을 보내왔습니다." 내가 맞받아쳤다. "물론 병사들은 시간이 있습니다. 그리고 우리는 아프고 외로운 병사나 부상병을 위로하는 일 또한 중요하게 생각합니다. 병사들의 사기 진작을 위해서 뭐든 최선을 다한다는 자세로 임하고 있습니다."

"사기 진작이요? 왜 하필 책입니까? 와인이 아니라요." 빨간 머리의 기자가 빈정거렸다. "나라면 책보다는 술이 더 간절할 겁니다."

"아, 프랑스군은 책을 읽으면 술 배급이 중단되나요?" 내가 되물었다.

기자들이 낄낄거렸다.

"진지하게 말씀드리겠습니다. 나 자신이 아닌 다른 사람의 시선으로 세상을 바라볼 수 있도록 해주는 마법 같은 힘을 지니고 있는 건 오직 책뿐입니다. 파리 미국 도서관은 문화와 문화를 이어주는 책으로 만든 다리입니다."

내가 외부에서 도서관을 도울 수 있는 방법을 설명하는 동안 기자들은 하나둘씩 어깨를 으쓱하더니 자세를 바로잡으며 경청하기 시작했다. 내가 전하는 정보를 받아 적는 기자도 있었고, 자신이 읽었던 책에 대한 추억을 떠올리는 듯한 기자도 있었다. 아까까지만 해도 만사가 귀찮아 보이던 그 기자는 생각에 잠긴 얼굴로 서가를 물끄러미 바라봤다. 아마도 힘든 하루를 보내고 돌아온 자신에게 작은 위안이 되었던 소설이라도 떠올리는 건 아닐까.

"모두들 자신을 완전히 바꾸어놓은 책이 한 권쯤은 있을 겁니다." 내가 말했다. "또 이 세상에 나 혼자만 있는 건 아니라는 사실을 알려준 책도 있겠죠. 기자님은 어떠세요?"

"《서부 전선 이상 없다》." 한 기자가 말했다.

《서부 전선 이상 없다》, 833. "말과 글이 세상에 퍼지도록 도와주세요. 여러분이 사랑했던 책이 우리 병사들에게 전해질 수 있도록 도와주세요."

기자와의 만남이 있은 후부터 도서관으로 기부 물품이 쏟아져 들어오기 시작했다. 직원들은 각 부대별로 잡지 50권, 책 100권을 보내 일종의 부대 문고가 만들어질 수 있도록 도왔다. 밤 아홉 시가 다 되어서야 마거릿과 나, 리더 관장은 그날 일을 마칠 수 있었다. 관장이 주소를 적으면 마거릿이 타자기로 목록을 타이핑했다. 나는 책을 상자에 담는 역할을 맡았다.

그때 비찌가 편지 한 통을 흔들며 갑자기 들이닥쳤다. "집에 갔더니 편지가 와 있었어요."

레미가 비찌에게 먼저 편지를 보낸 걸까?

"아, 소식이 왔다니 정말 다행이에요." 마거릿이 말했다.

"소식을 전하려고 일부러 도서관으로 다시 와준 비찌도 고맙고요. 그렇죠?" 리더 관장은 이렇게 말하며 의미심장한 눈빛으로 나를 바라봤다.

리더 관장의 말은 틀리지 않았다. 우리는 누가 먼저 편지를 받느냐 하는 것 따위로 경쟁하는 관계가 아니었다. 그래도……

"릴(28) 근처에 주둔해 있대요." 비찌가 말했다. "그리고 거긴 위험과 거리가 먼 곳이라네요."

"지금까지는요." 내가 날카롭게 말했다.

"레미는 징집이 아니라 자원 입대했잖아요."

"그래서요? 나도 알아요. 당신이 부추겼잖아요."

"본인의 신념을 따른 것뿐이에요."

"그러다 전사라도 하면요?" 나는 빅토르 위고의 축약본이 아닌 완전판 소설 한 권을 상자 안에 집어던졌다. 묵직한 책이 둔탁한 소리를 내며 상자 바닥에 나뒹굴었다.

"제발." 가냘프고 창백한 비찌의 손이 파랗게 물든 지저분한 내 손을 붙들었다.

"가서 부모님께 알려야겠어요." 나는 그녀의 손을 뿌리쳤다. "부모님도 소식을 들으면 기뻐하실 거예요."

"아이고, 오딜……." 리더 관장이 연민 가득한 얼굴로 고개를 저었다.

친절은 나를 더욱 슬프게 만들 뿐이었다. "그럼 내일 뵙겠습니다." 나는 인사를 남기고 재빨리 계단을 내려갔다. 집으로 돌아가 편지에 대해 알리던 순간 내 목소리에 씁쓸한 아픔이 절절히 배어 있었던 모양이다. 엄마는 레미가 입대한 건 비찌의 잘못이 아니라고 했다. 게다가 지금까지 레미가 써왔던 정치 관련 글을 생각하면 레미의 선택은 전혀 놀랄 일이 아니었을지도 모른다. 아빠는 레미를 위해서라도 내가 비찌를 좀 더 따뜻하게 대해줘야 한다고 말했다.

이틀 후 우리 집에도 편지가 도착했다. '우리 부대는 지금 어느 농장 안에 주둔해 있습니다. 농장의 고양이 한 마리가 훈련 중인 병사를 개처럼 따라다녀요. 지금까지 싸움 같은 건 구경조차 못했어요. 누가 설거지 당번인가를 두고 다투는 정도예요.'

숨쉬기가 조금은 편해졌다.

읽을거리에 대한 요청이 프랑스 전역에서뿐만 아니라 알제리, 시리아, 그리고 런던의 영국군 사령부에서까지 들어왔다. 도서관 창고는 병사들에게 책을 보내는 일을 돕기 위해 몰려든 적십자, YMCA, 교회의 자원봉사자로 발 디딜 틈이 없었다. 우리는 책을 소설, 비소설, 추리, 회고록 등 기호에 따라, 또 영어, 프랑스어 등 언어에 따라 신중하게 구분했다. 그러고는 책을 신청한 병사들이 적어도 한 달에 두 번은 책을 받아볼 수 있도록 작업했다.

리더 관장은 일을 돕는 자원봉사자의 사진을 찍었고, 비찌는 병사를 격려하는 짤막한 편지를 썼다. 마거릿과 나는 병사들이 보낸 신청서를 받아 정리했다. 하사로 복무 중인 어느 영문학 교수는 부대원에게 영어를 가르치고 싶다며 교과서를 부탁하기도 했다.

"뭘 보낼까요?" 비찌가 나에게 물었다.

하지만 나는 못 들은 척했다.

불안한 표정으로 비찌와 나를 번갈아 보던 마거릿이 교수의 편지를 큰 소리로 읽기 시작했다. "'저는 프랑스 동부에 주둔하고 있습니다. 개중에는 영어를 할 줄 아는 병사도 있습니다. 그래서 말인데 책이나 잡지를 좀 받아볼 수 있을까요? 그리고 혹시 우리와 편지를 주고받기 원하는 여성분들이 있는지도 알고 싶습니다. 나이가 너무 많지 않으면 더 좋겠고요.'"

우리는 병사들이 보낸 다양한 사연에 빠져들었다. 내가 다른 편지를 읽었다. "'우리는 현재 자르⁽²⁹⁾와 모젤⁽³⁰⁾ 사이의 프랑스 외곽 지역에 주둔 중입니다. 당연히 즐길 수 있는 것이 크게 제한되어 있지요. 괜찮으시다면 오래된 것이라도 좋으니 〈내셔널 지오그래픽〉 좀 보내주실 수 있을까요? 우리는 〈내셔널 지오그래픽〉에 실린 아름다운 기사를 좋아합니다. 받아볼 수만 있다면 큰 기쁨이 될 것 같습니다.'"

"고향에서 멀리 떠나 있으니 병사들도 되게 힘들겠어요." 마거릿이 말했다. "이렇게 뭐라도 해줄 수 있어서 얼마나 다행인지 몰라요."

"도와줘서 정말 고마워요." 리더 관장이 말했다. 그녀의 목소리는 잔에 담긴 따뜻한 코코아처럼 다른 사람의 마음을 안심시켜주는 힘이 있었다. "당신이 있어 얼마나 다행인지."

"다 여러분들 덕분인걸요." 마거릿이 울먹였다. "아, 이런 죄송해요. 옛날 버릇이 또 나왔네."

"요즘은 다들 감정이 복받쳐 있는데요 뭘." 리더 관장이 나를 바라보며 말했다.

마지노선을 따라 여전히 팽팽한 긴장감이 감돌고 있었지만 프랑스 본국은 아무 일 없다는 듯 평온했다. 프랑스의 군사령부는 독일군이 마지노선 쪽으로 공격해올 거라고 확신했다. 우리는 마지노선을 지키는 병사에게 수백 권이 넘는 책을 보냈다. 몇몇은 고맙다는 답장과 함께 마음을 담은 작은 선물도 보내왔다. 병영 주방을 그린 수채화며 격추된 적기를 그린 스케치, 그리고 담배 따위였다. 마거릿과 나는 어느 영국군 대위의 편지를 읽었다.

이렇게 좋은 책을 보내주셔서 어떻게 감사의 인사를 드려야 할지 모르겠습니다. 여러분이 우리를 위해서 하고 있는 일에 대해 진심으로 감사드립니다. 사실 전선의 병사에게 필요한 오락거리를 제공해준다는 건 무엇보다 중요한 일입니다.

여러분의 노고에 대해 재차 깊은 감사의 마음을 전합니다. 지난번 전쟁에서도 그랬고 지금도 그렇지만 파리 미국 도서관의 협조에 더할 나위 없이 깊은 감사를 드립니다.

파리 미국 도서관의 병사 지원 사업 규모가 점점 커지면서 기부받은 책이 수천 권에 달했고 자원봉사자도 수십 명에 이르게 되었다. 이웃한 건물의 소유주인 한 사업가는 우리를 위해 건물 한 층을 통째로 빌려주기도 했다. 소설책과 잡지 더미의 높이가 천장까지 치솟아 흡사 우리만의 피사의 사탑이라도 되는 듯했다. 웨드 양은 스콘을 구워오는 한편 우리가 보낸 책과 관련된 기록을 정리했다. 그해 가을 우리는 프랑스, 영국, 체코슬로바키아를 비롯해 외인

부대에 이르기까지 2만여 권의 책을 보냈다. 리더 관장과 마찬가지로 나도 각 병사에게 돌아가는 봉사의 결과에 대해 특별히 자랑스럽게 생각했다. 하지만 여전히 비찌와 말을 섞지 않는다는 데서는 떳떳하지 못했다.

엄마는 나를 집에서 보기 힘들다며 투덜댔고, 폴은 나와 시간을 보내고 싶은데 그러려면 도서관 자원봉사라도 지원해야겠다고 우스갯소리를 했다. 이제서야 나는 '뭐라도 해야 할 것 같다'는 레미의 심정을 알 것 같았다. 레미가 곁에 없는 것만으로도 이렇게 허전한데 고향을 떠나 있는 병사의 기분은 얼마나 침울할까. 나는 그들의 기분을 이해할 수 있을 것 같았다. 이때부터 나는 책 사이에 짤막한 위문편지를 끼워 보내기 시작했다.

나는 앞날에 대한 불안감이 엄습해오면 행복한 마무리를 기대하며 소설의 마지막 장을 먼저 펴보곤 했다. 823, 《빌레트》, 샬럿 브론테의 마지막 작품. "여기서 잠시, 다시 한번 생각해보자. 늘 말하지 않았던가. 고통은 시끄럽고 불친절한 마음을 가지고 있다고. 밝은 상상력은 희망을 위해 남겨두자. 커다란 공포에서 벗어나 새롭게 태어나는 기쁨, 위험에서 구출되는 환희, 두려움이 잠시 멈추는 경이로움, 그리고 귀환이라는 결실을 상상하는 즐거움이 온전히 그들의 것이 되게 하자." 나는 스스로를 안심시키기 위해서라도 내 인생의 마지막 장을 마음대로 펼쳐 볼 수 있으면 좋겠다고 생각했다. 전쟁이 끝나고 레미가 무사히 집으로 돌아온다. 그리고 폴과 나는 결혼한다……. 오늘 밤도 어김없이 녹초가 되어 책 한 권을 들고 침대에 몸을 던졌다.

그가 나에게 다가와 팔을 움켜쥐고 허리를 낚아챘다. 그는 불타오르는 눈빛으로 나를 삼킬 듯 바라봤다…….

그가 이를 갈며 말했다. "이토록 연약하면서도 꺾이지 않는 존재가 또 있을까. 내 손안의 그녀는 그저 연약한 갈대 같은데!" 그는 나를 힘껏 끌어안고 마구 흔들어댔다. "나는 그녀를 꺾을 수 있어……. 이 아름답고도 야만스러운 존재를!"

"당신은 원한다면 나를 거슬러 마음대로 날아가 둥지를 틀 수 있겠지. 그러다 당신의 의지와 상관없이 붙잡히기라도 한다면 당신은 형태 없는 정수(精髓)처럼 사라져버릴 것이오. 당신이 사라져버린다면 나는 그저 당신의 향취만 맡을 수 있을 뿐. 아, 오딜, 나에게로 돌아와요!"

"오딜!" 엄마가 방문을 두드렸다. "벌써 12시가 지났다." 나는 펜과 종이를 집어 들고는 편지를 쓰기 시작했다.

보고 싶은 레미에게,

나는 밤새도록 책을 읽을 수 있는데 엄마는 내가 불을 끌 때까지 나를 귀찮게 해. 오늘도 역시 정신없이 바빴어. 파리 미국 도서관은 어느 때보다도 바빠. 8월 말부터 보기 힘들었던 이용자들이 다시 돌아오고 있어. 그리고 우리는 너 같은 병사들이 원하는 책을 빠짐없이 보내주기 위해 최선을 다하고 있지.

폴이 와서 책 나르는 걸 도와줘. 마거릿은 나 때문에 폴이 온다고 말하지만 나는 잘 모르겠어. 폴의 감정이 어떤 건지 잘 모르겠어. 우리는 한 번도 서로에게 사랑한다고 말한 적이 없어. 단둘이 있어 본 적도 없고. 어쩌면 내가 그 사람과 거리를 두고 싶어 하는 건 아닐까. 희망을 가져보려 하지만 고통스러운 건 어쩔 수 없네. 나는 나를 향한 폴의 감정이 사라지진 않을까 두려워.

문득 아빠와 리오넬 이모부 모두 엄마와 이모 외에 다른 누군가를 만났다는 사실을 떠올렸다. '그러니까 사랑의 불꽃은 사그라들지 않는다는 건가?'

"오딜, 불 *끄라니까*!"

1939년 12월 1일

보고 싶은 오딜에게,

책 보내줘서 고마워. 《제인 에어》는 너처럼 아주 씩씩하네. 책 여백에 느낀 점을 쓰는 건 참으로 좋은 생각이었어! 책장을 넘길 때마다 나는 우리가 함께 책을 읽는 듯한 기분이 들었어. 그나저나 왜 로체스터 같은 인간에게 연민을 느끼는 거야? 로체스터는 아주 나쁜 놈인데! 네 남자 취향이 자못 의심스러워지기 시작했어.

마거릿 말이 옳아. 폴은 너와 더 가까이 있고 싶어서 그러는 거야. 희망을 가지는 건 고통스러운 일이 아니야. 그 과정에서 눈앞에 별이 가득 떠오르는 것 같은 흥분을 느낄 수 있거든. 온갖 가능성을 품고 반짝거리는 별 말이야.

나는 크리스마스 휴가를 신청하지 않았어. 우리 부대는 이미 결혼해서 가정이 있는 병사가 많아. 나는 그들이 크리스마스를 가족과 보낼 수 있으면 좋겠어. 그래도 되도록이면 봄에는 파리로 돌아갈 수 있도록 노력해볼게.

비찌에 대해서는 별말이 없네. 비찌의 편지는 좀 우울해. 내가 볼 때 비찌는 친구도 잘 못 만나고 요즘은 통 웃지도 않는 것 같아. 매일 출근했다가 퇴근하는 게 전부인 것 같은데. 비찌가 행복하지 않다고 생각하니 너무 괴로워. 나는 비찌가 외롭게 지내기를 바라지 않아. 그러니 네가 내 대신 비찌를 좀 돌봐줘.

사랑을 담아,

레미

제

16

장

---

*

오딜
Odile

우리 가족은 처음으로 레미 없는 새해를 맞이했다. 부모님과 나는 말없이 오리 구이를 먹었다. 나는 최근 들어 감정 기복이 심해졌다. 어떤 날은 이유 없이 눈물을 흘리다가, 어떤 날은 냉정을 되찾았다. 또 어떤 날은 마음이 시끄럽다가, 어떤 날은 아무렇지 않은 듯 멀쩡했다. 파리 미국 도서관은 계속해서 병사들에게 책과 잡지를 보냈다. 책을 보내고 도서관 업무를 보는 바쁜 생활은 나의 두려움을 어느 정도 가라앉혀줬다.

폴과 함께 포장한 책을 역으로 가져가면 역무원이 책 상자를 기차에 실어줬다. 오늘 나를 바라보는 폴의 얼굴이 훤했다. 그 얼굴을 보니 가슴께에서 숨이 턱 막히는 것 같았다. 말 많은 시몬 부인이 우리를 뚫어져라 주시하는 걸 알았기에 폴과 나는 처음 만났을 때처럼 어색하게 뺨을 슬쩍 맞대며 인사만 나눴다.

어린이 열람실 문 앞에서 책 수레를 밀며 안으로 들어가던 비찌가 우리를 봤다. 나는 비찌를 못 본 척했다. 레미의 편지를 받은 지 2주가 지났지만 나는 여전히 레미의 부탁을 들어주지 않았다.

도서관 입구에서 그 모습을 본 리더 관장이 말했다. "비찌한테 인사 안 해요?"

"아침에 출근하면서 했어요."

"둘이 친한 줄 알았는데."

"기차 시간이 다 돼서요." 폴이 중재라도 하듯 끼어들었다. "책을 빨리 역으로 가져가야 할 것 같습니다."

"그럼 다녀와서 얘기하죠." 리더 관장이 날카롭게 말했다.

뒷일이 걱정되지는 않았다. 리더 관장은 사무실로 들어가자마자 온갖 잡다한 사무에 휩쓸릴 테고, 그러다 보면 내 문제 같은 건 금방 잊어버리리라.

폴이 인도를 따라 수레를 밀고 갔다. "보리스가 방독면 주머니에 점심 도시락 싸오는 거 봤어요? 그건 아마도 전쟁과 상관없이 우리 생활이 예전으로 돌아가고 있다는 신호일 거예요."

"진짜 신호는 보리스가 '보리스의 열정'이라는 글을 다시 쓰고 있다는 거겠죠."

"그게 뭡니까?"

"파리 미국 도서관의 역사예요. 여러 가지 자료나 통계, 흥미로운 일화를 기록한 거예요. 보리스라면 《분노의 포도》 대출과 관련된 일화만으로도 족히 몇 장은 쓸 수 있을걸요. 사람들은 존 스타인 벡이 쓴 그 책 제목을 기억하지 못하거나 다른 책과 헷갈려서 '생쥐의 포도, 중력의 포도, 포도나무의 분노, 스타인벡의 분노' 등 갖가지 제목으로 문의했었어요. 물론 제일 많이 들었던 말은 '포도의 분노'였고요."

폴이 폭소를 터트렸다. "그럼에도 불구하고 냉정을 그리 잘 유지하시다니 비결이 궁금해지는데요."

나는 역 앞에 다 와서 발을 헛디뎠다. 폴이 그런 나를 잡아주려다 내 엉덩이에 손이 닿았다. 그와 동시에 머릿속을 가득 채우고 있던 책에 대한 생각이 싹 사라졌다. 나는 그저 폴만 바라봤다. 이 순간 내가 원하는 건 오직 폴뿐이었다. 나는 폴에게 사랑한다고 말하고 싶었다. 하지만 폴이 나와 같은 마음이 아닐까 봐 두려웠다.

폴이 내 등을 토닥이며 물었다. "괜찮아요?"

"네."

"사랑해요." 폴이 속삭였다.

"나도 사랑해요."

나는 이 순간을 기억할 수 있게 해주는 마법 같은—갑자기 천둥이 몰아치거나 일식이 일어나거나 하는—일이 일어날 줄 알았다. 하지만 그런 일은 없었다. 대신 우리와 부딪힌 한 나이 든 남자의 볼멘소리만 들었다. "길 막지 말아요!"

폴과 나는 웃음을 터트렸다. 상황 자체도 뭔가 어색했지만 마침내 둘의 감정을 솔직히 털어놓았다는 안도감 때문이기도 했다. "그럼……." 내가 먼저 입을 열었다.

"그럼……." 폴도 말했다.

우리는 가던 길을 따라 역 안으로 들어갔다.

책을 내려놓은 다음 우리는 도서관까지 한가롭게 걷기 시작했다. 갓 구운 빵 냄새가 퍼지듯 사방에 사랑의 향기가 가득했다. 하다못해 발코니의 창살까지 전과 다르게 보였다. 먼 라디오에서 사랑의 노래가 들려오는 것 같았다.

거리의 카페도 우리 두 사람을 위해서만 존재하는 듯했다. 폴, 내 사랑 폴이 도서관 정원 입구에서 나에게 키스했다. 나는 꿈을 꾸는 듯한 상태로 정원을 따라 난 길을 걸어 도서관으로 들어섰다.

도서관 입구에 위치한 대출 창구에서 입을 꼭 다문 리더 관장이 슬픈 얼굴로 홀로 자리를 지키고 있었다.

"무슨 일 있나요?" 내가 물었다. "보리스는 어디 있어요?"

"보리스에게는 당신과 할 말이 있으니 자리 좀 비켜달라고 했어요."

"저요?"

"소모적인 다툼은 직원들 사기에 좋지 않아요. 그리고 도서관 이용자도 불편하게 만들고요."

비찌 때문에 내가 곤경에 처한 것일까. "비찌가 먼저 시작했다고요!"

"파리 미국 병원에서 자원봉사자를 모집하고 있어요." 리더 관장이 말했다. "그편으로 가줬으면 해요."

'그편으로 가줬으면 해요.'

"하지만 여기도 할 일이 넘쳐나잖아요." 내가 반박했다.

"그렇죠."

"그리고 다툼이라니요. 나는 비찌에게 말 한마디한 적 없는데요!"

"그게 바로 문제예요. 비찌에게 말 한마디한 적 없는 거." 리더 관장이 내 눈을 똑바로 쳐다봤다. 아직 충분히 성숙하지 못한 지혜를 찾아보려는 듯 간절한 눈길이었다. "오딜은 더 성숙해질 필요가 있어. 병원에서 일주일만 시간을 보내면 상황을 좀 더 객관적으로 볼 수 있게 될 거예요."

"언제 병원으로 가라는 말씀이세요?"

"미안하지만 지금 당장. 물론 급여는 그대로 지급돼요. 파리 미국 병원에서 렛슨이라는 이름의 간호사를 찾아요. 기다리고 있을 거예요."

나는 리더 관장이 쓸어내는 하찮은 먼지가 된 기분이었다. 너무 놀라 아무 말도 할 수 없어서 그저 고개만 까딱해 보이고 프랑스와 미국 국기가 걸려 있는 도서관 입구를 빠져나왔다. 그리고 시든 꽃이 있는 정원을 지나 거리로 나섰다. 몽소역에 도착한 나는 들쭉날쭉 이어진 계단을 터덜터덜 걸어 내려가 마거릿에게로 향했다. 마거릿에게 도서관에서 쫓겨난 거나 다름없이 되었다고 하자 마거릿이 정말 안됐다는 듯 고개를 숙였다. "오딜이 리더 관장님을 얼마나 존경하는데. 혹시 관장님도 나름 생각이 있으신 건 아닐까요?"

"왜 모두들 관장님 말이라면 무조건 옳다고 생각하는지 모르겠어요."

"비찌에게 말을 걸어보는 게 어때요?" 마거릿이 말했다. "그거야말로 레미가 정말로 원하는 일 같은데."

그렇다면 내가 정말로 원하는 일은? 왜 리더 관장은 자신이 나를 불공평하게 대하고 있다는 사실을 깨닫지 못하는 걸까? 나는 멋대로 도서관에 들어와 책에다 코를 푼 장 모로 같은 사람이랑은 결이 달랐다. 나는 아무 잘못도 하지 않았다. 그 몰상식한 남자처럼 도서관에서 쫓겨날 이유가 전혀 없었다.

"그만 가봐야겠어요."

병원은 뇌이[31] 외곽의 잘 정비된 빅토르 위고 대로에 있었다. 나는 잎이 다 진 밤나무가 드리워진 철제 대문을 열고 서둘러 안으로 들어갔다. 새하얀 간호복을 입은 간호사가 자원봉사자들에게 응급 처치법을 알려주고 난 다음 병원 구경을 시켜줬다. "파리 시내의 명소처럼 병원 안에도 명패 같은 걸 붙여놓았으면 더 좋지 않았을까 싶네요." 그녀가 말했다. "여기는 조세핀 베이커[32]가 노래를 불렀던 곳, 여기는 헤밍웨이가 맹장 수술을 한 후《해는 다시 떠오른다》를 쓰기 시작했던 병실, 뭐 이런 식으로요."

간호사는 잭슨이라는 의사를 소개시켜줬다. 그는 이렇게 설명했다. "아직 본격적으로 전투가 시작되진 않았다고 하지만 만반의 준비를 해야 합니다."

이곳 병원도 창문에 종이를 덧붙여놓았지만 잭슨 선생은 새어나가는 빛을 막기에는 역부족이라고 생각한 모양이었다. 나는 4층을 맡아 창문을 파란색으로 칠했다. 종국에는 창문보다 내 옷이 더 파래지긴 했지만. 나는 도서관의 단골 이용자와 나를 둘러싸고 있던 책이 그리웠다. 가슴이 뻥 뚫린 것 같았지만 주어진 일에 몰두하며 도서관과 연관된 것을 애써 잊어보려 했다. 그 구멍을 뚫은 건 다름 아닌 바로 나 자신이었기 때문이다.

150개의 병상이 마련되어 있는 병동에는 마지노 요새에서 벌어진 포격전으로 부상을 입은 병사 10여 명이 입원해 있었다. 병사

들은 고통에 시달렸다. 그 어떤 개인 활동도 불가능했으며 가족이
나 친구의 방문도 금지되어 있었다. 갈수록 풀이 죽어가는 병사들
을 위해 나는 책과 잡지가 그들 가까운 곳에 비치될 수 있도록 신
경 썼다. 뭔가를 읽고 있으면 현실을 잊고 다른 생각에 빠질 수 있
고 상상 속에서나마 개인적인 활동이 가능하지 않을까 싶어서였다.

곱슬머리의 브레통이라는 병사는 레미처럼 넉살이 좋아서 나와
금방 친해졌다. 내가 병사들의 점심 식판을 치우는데 브레통이 물
었다. "아가씨, 책 좀 읽어줄 수 있어요?"

"좋아하는 작가가 있으세요?"

"제인 그레이요. 서부극을 좀 좋아해서."

나는 한쪽 구석에 있는 책장에서 《네바다》란 제목의 낡은 책을 집
어 들고 브레통 옆에 앉아 읽기 시작했다. 첫 장을 다 읽은 후 물었
다. "어땠어요?"

브레통이 씩 웃었다. "차라리 혼자 읽을걸 그랬나……. 포탄이 다
리에 떨어졌지 머리에 떨어진 건 아니거든요. 그래도 목소리는 정
말 예쁘세요. 얼굴도 예쁘시지만……."

"뭐예요!" 나는 레미에게 하듯 손을 뻗어 브레통의 머리를 쓰다듬
으려 했다. 하지만 나는 손만 뻗은 채 그만 굳어버리고 말았다. 레
미에게 무슨 일이 일어난다면. 그리고 부상이나 혹은 더 심한 일을
겪고 이렇게 병원에 누워 있다면. 레미는 나에게 오직 한 가지만 부
탁했었다. 나는 비찌와의 관계를 바로잡아야만 했다.

내가 비찌에게 저질렀던 실수를 전쟁 탓으로 돌릴 수 있다면 얼
마나 좋을까. 그렇지만 모든 건 내가 미성숙했기 때문에 벌어진 일
이었다. 레미와 비찌 사이에서 더 좋은 관계를 유지하려면 변화가

필요했다. 무엇보다 내 스스로가 변화를 원했다. 다만 어찌해야 할지를 몰랐다.

"괜찮아요?"

"당신보다는 괜찮아요." 나는 농담을 던졌다. "내 다리는 아직 멀쩡하거든요."

할 일을 마치고 난 후 나는 도서관으로 달려갔다. 그리고 책이 내뿜는 천상의 향기를 들이마셨다. 나는 동화책을 정리하고 있는 비찌를 찾아갔다.

"차 한잔할래요?"

그녀의 보라색 눈동자가 희망으로 반짝였다. "일해야 하는데……."

"관장님도 봐주실 거예요."

"레미가 보고 싶어요." 비찌가 속삭였다.

나는 레미에게 그랬듯 발을 뻗어 비찌의 발을 토닥여줬다.

제

17

장

＊

오딜
Odile

1940년 5월, 프랑스 파리

도서관 앞 정원에 장미꽃이 활짝 피었다. 달콤한 장미 향이 도서
관 안까지 흘러 들어왔다. 평온한 나날이었지만 모두들 신경이 곤
두서서 멀리 떠나 있는 사랑하는 사람들과 핀란드에서 들려오는 처
절한 전투 소식 등에 대해 걱정하고 있었다. 다음 차례는 프랑스일
것인지에 대해서도 말이 많았다. 프라이스-존스 씨가 드 네르시아
씨에게 가까이 오지 말라고 경고하기도 했다. 보리스가 코헨 교수
의 새 서류 가방에 대해 칭찬의 말을 늘어놓자 시몬 부인이 중얼거
렸다. "내 자식이나 마찬가지인 자랑스러운 프랑스 국민이 쥐꼬리

만큼 버는 걸 생각하면, 당신네들이 이렇게 좋은 것을 누리는 걸 볼 때마다⋯⋯." 이러나저러나 비찌와 나는 잘 지내고 있었다.

나는 생각에 깊이 빠져 내 곁에 다가오는 비찌의 발소리를 듣지 못했다. "관장님이 하실 말씀이 있으시대요. 직원 회의를 하실 건가 봐요."

비찌가 관리인과 함께 맨 마지막으로 들어왔고 내 옆에 와서 섰다.

책상 앞에 앉은 리더 관장이 헛기침을 했다. "알려줄 소식이 있어요. 독일군 공수 부대가 벨기에, 룩셈부르크, 네덜란드로 쳐들어갔습니다. 그리고 프랑스 북부와 동부에 폭격이 시작됐습니다."

프랑스 북부라면 레미가 있는 곳이었다. '부디 레미에게 아무 일도 없어야 할 텐데.' 나는 비찌의 손을 꼭 쥐었다. 리더 관장은 독일 공군의 폭격은 물론 전면전에도 대비해야 한다고 말했다. 하지만 뭘 어떻게 해야 할지 전혀 알 수가 없었다. 아마도 파리 출신 직원들은 파리를 떠나고 외국인들은 고국으로 돌아가지 않을까 싶었다.

"고향으로 돌아간다고요?" 헬렌이 물었다.

"유감스럽지만." 리더 관장이 대답했다.

"관장님도 떠나실 겁니까?" 보리스가 물었다.

"제발 가지 마세요." 비찌가 혼잣말처럼 중얼거렸다.

"나는 안 떠나요." 리더 관장이 말했다. "도서관은 계속 열려 있을 겁니다."

하나님 감사합니다. 비찌가 내 손을 힘껏 잡았다. 우리는 두려움에 몸을 떨었다. 그렇지만 최소한 우리에게는 도서관이 남아 있었다.

"전할 말은 여기까지예요." 리더 관장이 회의를 끝냈다. 우리는 당구대 위의 당구공처럼 흩어졌다. 그리고 서로 알고 있는 소식을 나누거나 직원 휴게실로 가서 참았던 울음을 터트렸다. 나는 멍하니 비틀거리며 정기 간행물 열람실로 향했다. 폴이 잡지 서가 근처에서 서성거리고 있었다.

"방금 막 소식 들었어요." 폴이 말했다. "레미 때문에 상심이 크시죠." 폴이 두 팔을 뻗었고 나는 그의 품으로 미끄러지듯 안겼다.

일주일 뒤 리더 관장이 걱정스러운 얼굴로 나에게 다가왔다. "지금 파리 미국 병원이 난리인가 봐요." 그녀가 말했다. "가서 한 며칠 정도 도와주면 어떨까요? 어쩌면 동생이나 동생 부대 사정을 잘 알고 있는 사람을 만나게 될 수도 있고."

"도서관은 어쩌고요?"

"책은 사람보다 더 잘 버텨줄 거예요. 거기서 할 수 있는 일을 한 번 찾아봐요."

간호사들이 이 수술실에서 저 수술실로 정신없이 뛰어다녔다. 평소라면 단정했을 간호복이 이리저리 구겨지고 피에 흠뻑 젖어 있었다. 복도에는 더러운 붕대를 감은 병사들이 의자에 아무렇게나 앉아 있었다. 자원봉사자들이 그런 병사의 얼굴과 발을 씻겼다. 나도 대야에 더운물을 채워와 무릎을 꿇고 차례차례 그들을 씻겼다. 어두운 머리색을 한 병사의 얼굴에 묻은 피를 닦아줄 때마다 혹여나 레미의 총명한 눈동자가 드러나지 않을까 기대했다. 나는 수없이 많은 얼굴을 닦아주고 나서 자리에서 일어나 사방을 둘러봤다. 좁은 병상에 부상자가 즐비한 이 병동에서 과연 내가 조금이라도 도움이 되었을까. 부상자 중에 레미가 없는 것에 안도해야 하는지, 아니면 여전히 전장의 한복판에 있는 것을 걱정해야 하는지 답답하기만 했다.

새벽녘이 다 되어서야 나는 휴게실의 간이침대에 몸을 누일 수 있었다. 불과 두 시간 후에 다시 일어나 아침밥을 먹어야 했지만. 군복이 아닌 잠옷 차림의 프랑스군과 영국군 병사에게는 계급도 국적도 없었다. 병원 안에서 질서와 순서를 결정하는 건 부상의 정도였고 나도 나름대로 그 정도를 가늠하는 요령이 생겼다. 이를테면 나를 보고 시답지 않은 농담이라도 던진다 치면 상태가 많이 호전된 것이며, 아무 말도 하지 않으면 여전히 몸이 좋지 않은 것으로 보면 딱 맞았다.

수술을 마치고 들것에 실려 나온 한 병사가 신음 소리를 냈다. 나는 가까이 다가가 손수건을 꺼내 한껏 찌푸린 그의 이마를 닦아줬다. 엄마가 라벤더 향 향수를 듬뿍 뿌려둔 손수건이었다.

"당신이…….” 그가 입을 열었다.

"네." 내가 대답했다.

"당신이 내 얼굴을 닦아줬군요. 손길이 너무 부드러워서…….” 남자는 얼핏 잠이 들었다가 다시 깨어났다. "사랑해요.”

"당신 몸에 집어넣은 약을 생각하면요,” 내가 대꾸했다. "염소를 보고도 사랑한다는 말이 나올걸요.”

다음 날 아침 나는 그가 고국인 미국에 편지를 쓰는 걸 도와줬다. 그는 캐나다를 거쳐 유럽에 와서 영국 공군에 입대했다고 했다. "원래도 가만히 못 있는 성격이라서요." 그가 말했다. 그는 부상병의 상처를 씻어주느라 거칠어진 내 손을 가리켰다. "당신도 비슷한가 봐요.”

"전 사람 말고 책 돌보는 일을 해요.”

"책이요?"

"도서관에서 근무하거든요."

"그러니까 사람들에게 조용히 하라고 겁주는 일을 한다는 건가요?"

나는 장난스럽게 그의 팔을 쿡 찔렀다. "예의를 모르는 병사를 조용히 시키는 일을 하죠."

"여기가 병원이 아니라 도서관이면 좋겠군요."

"주로 어떤 책을 좋아하세요?" 나는 몇 주 만에 처음으로 이 질문을 입에 올렸다.

"성경 책이요. 내가 태어난 고향에서는 다들 성경 책을 열심히 읽어요."

"한 권 가져다줄까요?"

"네? 싫어요! 그게 아니라 괜찮다고요. 이미 다 읽었어요."

"그럼 내일 다른 책을 하나 가져다주면 어떨까요?"

"좋은 생각이네요."

그는 하품을 하더니 이내 잠이 들었다. 시간은 밤 아홉 시가 다 되었고, 나도 엄마가 걱정을 하다 화분을 다 잡아뜯어버리기 전에 집으로 돌아가야 했다. 문을 향해 걸어가는데 토마스라는 한 일등병이 손을 뻗었다. 그의 손가락이 피로 얼룩진 내 옷을 움켜쥐었다. 토마스는 열아홉 살로 입대 전에 이발사였다고 했다. 어제 내가 그에게 표지에 여배우 라나 터너[33]의 사진이 실린 주간지 〈라이프〉를 가져다줬을 때만 해도, 그는 더 이상 세상일을 알고 싶지 않다며 잡지를 펴보는 일조차 거부했었다.

"가지 마세요, 책벌레 아가씨." 토마스가 내 옷을 쥐고 놓지 않았다.

나는 레미와 비슷한 갈색 머리를 이마에서부터 쓰다듬어줬다.

"가지 마세요." 그가 다시 속삭였다.

아무래도 엄마가 좀 더 기다려야 할 것 같았다. 나는 담요를 그의 턱밑까지 끌어올려줬다.

"말 좀 해보세요." 그가 말했다.

"무슨 말이요?"

"아무거나요."

"우리 도서관에 가서 단골 이용자들을 소개시켜주고 싶네요. 영국 신사가 한 분 있는데, 페이즐리 무늬의 나비넥타이를 맨 황새를 연상하면 될 거예요. 그리고 그분의 프랑스인 친구는 덥수룩하게 수염을 기른 바다코끼리를 닮았고요. 두 사람은 매일 냄새가 고약한 궐련을 피우면서 말싸움을 하죠. 프루스트가 언급했던 마들렌보다는 크루아상이 더 낫지 않느냐, 아니면 이름에 J가 들어간 운동선수 가운데 누가 최고냐? 조니 와이즈뮬러[34]냐, 제시 오언스[35]냐, 뭐 이런 걸로요."

토마스가 재미있다는 듯 웃었다. "둘 다 아닌데요. 조정 선수인 잭 베레스포드가 최고인데. 다른 얘기 더 해주세요."

"시몬 부인이라는 사람도 있어요. 입이 큰데 틀니가 너무 작아서 틀니를 잘 떨어트리시는 분이예요. 떠도는 소문이랑 뒷담화를 너무나 좋아하시고요."

"우리 동네 교회 아줌마들이랑 비슷하네요. 또요?"

"가장 최근에 있었던 일이라면 내가 좋아하는 도서관 회원인 한 교수님에 관한 건데요. 사람들은 그 교수님의 과거에 대해 잘 알지도 못하면서 자주 뒷담화를 하거든요. 시몬 부인이 교수님이 자기 나이의 절반밖에 안 되는 남자랑 결혼했었다고 운을 떼요. 그럼 도서관에서 장서 목록을 관리하는 청회색 앞머리의 턴불 부인이 끼어들어요. 그게 아니고 반대로 남자가 교수님보다 나이가 두 배 더 많았다고 하면서요. 두 사람 다 틀린 건 아니래요. 교수님의 첫 번째 남편은 나이가 두 배 더 많았고 두 번째 남편은 반대였대요. 그렇게 결론을 내리면 계속해서 세 번째 남편에 대해서 이러쿵저러쿵 떠들어대죠."

"세 번째 남편이요?" 토마스가 말했다. "파란만장하네요."

나는 시계를 흘낏 봤다. 벌써 열한 시가 다 되었다.

"가지 마세요." 토마스가 말했다.

목소리가 쉬었기에 나는 그의 머리를 받쳐 올리고 물을 한 모금 마시게 했다. "절대 혼자 두지 않을게요." 나는 그에게 약속했다. "이야기 더 해줄까요? 그 교수님이라면 아주 먼 곳에서도 쉽게 알아볼 수 있어요. 언제나 보라색 숄을 하고 다니시거든요. 그리고 책에 대해서 이야기할 때는 마치 책이 제일 친한 친구라도 되는 것처럼 말씀하세요……."

"어떤 분인지 한번 만나보고 싶네요."

나는 밤새도록 토마스의 곁에서 이런저런 이야기를 하며 열에 들뜬 그를 진정시켰다. 그리고 그가 세상을 떠날 때까지 잡은 손을 놓지 않았다.

제
18
장

---
*

오딜
Odile

1940년 6월 3일, 프랑스 파리

나는 도서관에서 몇 블록 떨어진 곳에서 병원의 병사에게 전해줄
책을 운반하고 있었다. 시내는 고요했다. 그 흔한 비둘기 소리나 파
리 시민의 잡담 소리조차 들리지 않았다. 그저 커다랗게 윙윙거리
는 소리만 들릴 뿐이었다. 고개를 들어 하늘을 보니 비행기가 보였
다. 수십, 아니 수백 대는 되어 보였다. 가슴속 깊은 곳에서 심장이
쿵쾅거리기 시작했다. 멀리서 폭탄이 터지고 유리창이 깨지는 소
리가 들렸다. 거리에 공습경보가 울려 퍼졌다. 주변에 있던 사람들
이 달리기 시작했다. 내가 있는 방향으로 달려오는 사람도 있었다.

타는 냄새가 진동하자 어디로든 몸을 피해야 한다는 사실을 깨달았다. 하지만 청명한 푸른 하늘을 뒤덮은 폭격기를 눈으로 보면서도 믿기지 않아 멍하게 얼어붙은 채 움직일 수 없었다. 나는 오로지 레미 생각뿐이었다. 레미는 지금 어디 있을까? 레미도 이런 소리와 냄새에 둘러싸여 있을까?

한 시간, 아니면 두 시간? 아니면 그저 20분쯤 지났을까? 폭격이 끝나자 나는 건물 벽에 바짝 붙어 걸으며 도서관으로 돌아왔다. 입구로 들어서자 직원들이 나를 둘러쌌다. 비찌가 보였다. 누군가 외쳤다. "아, 이를 어째!" 이마에 깊은 주름이 파인 리더 관장이, 진주 목걸이를 움켜쥐고 있는 마거릿이, 그리고 보리스가 눈에 들어왔다. 보리스가 말했다. "이러다 쓰러지겠어요!"

리더 관장이 나를 자리에 앉혔다. 보리스가 가져온 위스키 한 잔이 바짝 곤두선 신경을 진정시켜줬다.

"안심해요." 보리스가 말했다. "이제 안전해요."

"독일군은 절대로 마지노선을 뚫지 못할 거예요." 마거릿도 말했다.

"희망 사항은 다들 이야기했으니까." 리더 관장이 말했다. "현실적인 계획을 세워야 할 시간이에요."

"파리를 떠나야 한다는 말씀이신가요?" 비찌가 물었다. "하지만 어머니와 저는 어디로 가야 할지 모르겠어요."

귓가에는 여전히 공습경보가 울리고 있었고 사람들이 하는 말은 전혀 들리지 않았다. 머릿속에는 병원으로 돌아가야 한다는 생각만 가득했다. 그곳의 병사들이 나를 필요로 하고 있었다. 나는 의자에서 몸을 일으켰다.

"앉아 있어요." 비찌가 말했다.

안 된다. 나는 부상당한 병사들 곁으로 돌아가야 한다.

파리 미국 병원은 별다른 피해를 입지 않았지만 안으로 들어가 보니 모두들 벌벌 떨고 있었다. 나 역시 읽을거리를 든 손을 벌벌 떨며 병상 사이를, 그리고 겁에 질린 사람 사이를 돌아다녔다. 저녁 식사시간이 되었지만 다들 입맛을 잃은 듯했다. 간호사들과 나는 수프그릇을 내밀며 한 입이라도 먹도록 병사들을 다독였다.

집에 돌아오니 엄마가 요란스럽게 나를 맞이했다. "매일 이렇게 늦니. 폴이 집에 와 있어. 저녁 차린 지 한 시간이나 지났는데."

"레미한테 편지는 왔어요?"

"아직 안 왔다." 아빠가 대답했다.

다들 음식을 먹는 둥 마는 둥 하는 동안 폴이 말했다. "지독한 하루였어요." 그의 손길이 주는 위안이 필요했던 나는 한쪽 다리를 폴의 다리 사이로 밀어 넣었다.

"됭케르크[36]에서 좋은 소식이 있다. '악전고투가 계속되고 있지만······.'" 아빠가 정부의 공식 발표를 읽어 내려갔다. "'연합군의 놀라운 저항이 빛을 발하고 있다.'"

"전쟁이 끝나기만 바랄 뿐이야. 그럼 레미도 집으로 돌아오겠지." 엄마가 한 손으로는 지끈거리는 관자놀이를, 다른 한 손으로는 레미의 의자를 짚으며 말했다.

다음 날 아침 나는 아무 일 없었다는 듯 도서관에 출근했다. 리더 관장 혼자 열람실 책상 앞에 앉아 신문을 읽는 데 열중해 있었다. 파란 저지 원피스를 입고 정성 들여 화장한 얼굴은 한 치의 빈틈도 없어 보였다. 그녀는 두려움 따위에 굴하지 않는 모습으로 평상시처럼 도서관에 나와 있었다.

내 시선을 느꼈는지 리더 관장이 고개를 들었다. 나는 그녀의 표정에서 여러 가지 감정을 읽을 수 있었다. 염려, 호기심, 용기, 애정 모두 다. "혹시 지난번 폭격 때문에 가족이 다치거나 한 건 아니죠?" 그녀가 물었다.

"아니요."

"다행이군요." 그녀가 전보 한 통을 내밀었다. "우리 가족은 집으로 돌아오라고 간절히 애원하고 있네요."

나로서는 그녀의 가족을 비난할 마음이 전혀 없었다. 나 역시 도망가고 싶다는 생각이 수시로 드는데. "여기 계속 머무르실 수 있는 건가요?"

그녀가 부드러운 손길로 내 뺨을 토닥였다. "나는 책의 힘을 믿어요. 우리는 중요한 일을 하고 있어요. 지식의 가치를 인정하고 사람들을 하나로 뭉치게 만들면서 말이죠. 나에게는 나름대로의 신념도 있고요."

"하나님에 대한 믿음인가요?"

"당신이나 비찌, 마거릿같이 내가 알고 있는 젊은 여성들이 세상을 올바르게 이끌어갈 것이라는 신념이죠."

정기 간행물 열람실의 단골 이용자들이 신문을 읽기 위해 모여들었다. 〈르 피가로〉는 파리 주민들의 침착한 대응을 칭찬했다. 기사에 따르면 1,084개의 폭탄이 파리에 떨어져 민간인 사망자 45명, 부상자 155명이 발생했다고 한다. 폭탄을 맞은 건물 사진도 함께 실려 있었는데 창문이 죄다 열려 있는 것이 마치 인형의 집을 보는 듯했다.

"전투만 벌어졌다 하면 '단호한 대응'에 '용맹스러운 분투'라고 하는군." 드 네르시아 씨가 말했다.

"매일 더 많은 신문 기사가 검열을 받아 삭제되고 있어요." 코헨 교수가 말했다. "도대체 당국에서는 뭘 숨기려는 것일까요?"

그때 프라이스-존스 씨가 둘이서만 이야기를 좀 할 수 있겠느냐고 물어왔다. 그의 희부연 파란 눈동자에 근심이 가득했다. "내가 동생이 있었다면 상황을 제대로 알고 싶어 했을 거 같아서."

망가진 우산이며 삐거덕거리는 의자가 놓여 있는 직원 휴게실에서, 이 전직 외교관은 신문 기사나 정부 당국의 공식 발표는 상황을 있는 그대로 전하지 않고 있다고 털어놓았다.

"그렇지만 신문을 보면 우리가 이기고 있다고……."

프라이스-존스 씨는 그건 사실과 다르다고 했다. 대사관에서 직접 들은 바에 따르면 프랑스와 영국 연합군 병사 수만 명이 이미 포로가 되었다고 하며, 됭케르크에서 독일군에게 포위당한 연합군이 영국 해협을 등지고 오도 가도 못하는 신세라고 했다. 독일군의 맹렬한 공격 속에 영국 함정이 병사들을 태워가기 위해 몰려오고 있으며 머지않아 영국군의 대부분이 유럽 대륙에서 철수하게 될 것이라고 했다.

나는 의자에 털썩 주저앉았다. 우리가 신문에서 읽은 내용과 방금 전해 들은 이야기 사이의 간극이 너무나 컸다. 전투가 시작된 지 몇 주나 지났다고 영국군이 철수를 한단 말인가. 홀로 남은 프랑스군은 이제 어떻게 되는 거지? 레미는 어떻게 되는 거야?

"정말 유감이야."

"아니에요. 잘 말씀해주셨어요. 그런데 영국군이 프랑스군까지 철수시킬 수는 없을까요?"

"내 소식통에 따르면 영국군도 할 수 있는 한 최선을 다하고 있는 모양인데. 그렇지만 영국군만 해도 30만 명에 가깝고, 그들을 실어 나르기 위해 해군 함정은 물론 어선에 나룻배까지 다 동원되고 있다고 하니 말이야."

프랑스군은 유럽 최강이며 마지노선이 우리를 지켜줄 것이다……. 다 새빨간 거짓말이었다. '아, 레미 넌 지금 어디 있는 거니?' 만일 레미에게 무슨 일이 생긴다면 '직감'으로 알 수 있을 거라고 자신했지만 지금은 아무것도 느껴지지 않았다.

그로부터 며칠이 지난 날이었다. 나는 집으로 돌아오는 길에 녹음이 우거진 큰 길가로 방향을 틀었다. 니나 리치 정장, 키슬라브 장갑으로 치장한 화사한 젊은 여자들을 보고 싶었다. 물론 장갑의 재료가 실크든 면이든, 또 정장에 모피 같은 것이 장식으로 달려 있든 그렇지 않든 상관없이 아무래도 좋았다. 거리는 족히 수천 명은 되어 보이는 사람들로 가득 차 있었고, 인파에 가려져 길 건너편이 제대로 보이지 않을 정도였다. 모두들 피곤하고 초췌한 얼굴이었다. 나로서는 이 수많은 사람들이 무슨 일을 겪었는지, 이들이 달아나고 싶어 하는 전쟁의 공포가 어떤 것인지 상상조차 할 수 없었다.

황소가 끄는 수레에 올라탄 한 가족이 보였다. 뒤에는 이부자리 같은 게 잔뜩 쌓여 있었다. 탈것도 없이 그냥 걸어가는 사람들도 있었다. 그들은 세간살이가 꽉 들어찬 짐 꾸러미를 짊어지고 가거나 유모차에 실어 끌고 있었다. 작업용 장화를 신은 사람들은 아마도 지방 출신이겠고, 정장 구두 차림인 사람들은 근처 대도시에서 왔겠지. 땀으로 얼룩진 치마를 입은 어느 할머니의 품에는 주철 냄비가, 남편으로 보이는 할아버지의 손에는 보따리가 들려 있었다. 심지어 어린아이까지도 성경 책, 옷 보따리, 새장 등을 들고 걸어갔다. 빈손인 사람들은 없었다. 대부분이 작게 무리 지어 걷고 있었지만, 간혹 홀로 피난 행렬에 끼어 있는 사람들도 보였다. 나는 거리를 지나가는 사람들을 넋 놓고 바라보다 팔에 흙이 잔뜩 묻은 붕대를 감은 병사와 부딪힐 뻔하기도 했다. 어느 젊은 여자는 젖먹이를 안은 채 터덜터덜 걷고 있었다. 나와 비슷한 또래로 보이는 그 여자는 아기를 어떻게 안아야 하는지조차 모르는 듯 영 어설픈 모습이었다. 아마도 남편이 징집되고 난 후 갓난아기만 데리고 혼자의 몸으로 피난길에 오른 것이리라. 여자가 아기를 부드럽게 얼렀다. 마치 잠든 아기를 깨우려는 것 같았다. 여자의 품에 안긴 아기의 두 뺨이 퍼랬다. 시간이 갈수록 아기의 몸이 뻣뻣해지는 게 보였다. 나는 이미 벌어진 비극을 지켜보기 힘들어 외면하듯 고개를 돌렸다.

내 옆에서 어떤 농부가 황소를 재촉했고, 한 아이 엄마는 아장아장 걷는 아이에게 뭐라고 중얼거렸다. 그렇지만 많은 사람들은 자신들이 목격한 것에 대해 아무 할 말이 없다는 듯 침묵했다. 넋이 나간 사람들의 표정에서 삶이란 천차만별일 수밖에 없다는 사실을 깨달았다. 나는 사람들 사이에 섞여서 장례식 행렬이라도 바라보듯 일종의 경외심을 느끼며 그대로 서 있었다. 그러다 비틀거리며 힘없이 집으로 돌아왔다. 아빠는 저녁 식사 자리에서 다른 경찰들과 함께 갑작스럽게 피난민이 된 사람들에게 커피를 대접했다고 말했다. 피난민 대부분은 프랑스 북부에서 왔고 일평생 고향을 떠나본 적이 없는 사람들이었다. "나랑 이야기를 나눈 사람들은 죄다 평범한 농부 아니면 장사꾼이더구나. 독일군을 피해 도망치는데 아무런 도움이나 지시도 받지 못했다더군. 시장이나 읍장이 제일 먼저 도망을 쳤다는 거야."

"그럼 앞으로 어떻게 되는 거예요?" 엄마가 물었다. "그 가엾은 사람들은 갈 곳이 있나요?"

엄마의 손을 어루만지며 아빠가 말했다. "남쪽으로 가는 거지. 당신이랑 오딜도 아마 남쪽으로 가게 될 거야. 나는 남아서 내 할 일을 해야겠지만 두 사람만은 어디 안전한 데로 보내고 싶어."

아빠의 말은 지극히 당연했고 나는 엄마도 아빠의 의견에 동의할 거라고 생각했다. 그렇지만 엄마는 뺨을 얻어맞고 이혼하자는 말이라도 들은 사람처럼 몸을 휘청거렸다.

"안 돼요!"

"오르탕스……."

엄마는 아빠의 손을 뿌리쳤다. "레미가 돌아올 곳은 여기뿐이에요. 나는 어디로도 떠나지 않아요."

대화는 거기서 중단되었다.

우리 파리 사람들은 말하자면 태생적으로 성품이 느긋했다. 우리는 걸음은 빨랐지만 결코 급하게 서두르는 법이 없었다. 우리는 공원에서 사랑을 나누는 연인을 봐도 눈 하나 깜짝하지 않았고, 쓰레기를 버릴 때도 품위를 유지했으며, 누군가와 다툴 때도 침착하고 논리정연했다. 하지만 6월이 되고 독일군 기갑 부대가 불과 며칠이면 당도할 거리까지 접근했다는 소식이 들려오자 파리지앵들은 본연의 모습을 잃어버리고 말았다. 짐 싸라, 문 잠가라, 서둘러라 등등 할 말이 너무 많았다. 사람들은 어쩔 줄 몰라 하며 허둥댔다. 누군가는 역으로 달려가 사랑하는 사람들을 기차에 태워 안전한 곳으로 떠나보냈고, 또 누군가는 자동차, 자전거, 손수레, 마차로 이루어진 피난 행렬에 끼어들었다. 구둣방, 정육점, 그 밖의 이런저런 가게 주인들은 가게 창문을 널빤지 같은 걸로 막아놓고 파리를 떠났다. 주택 단지의 문은 모두 굳게 잠겼다. 닫혀 있는 문은 머지않아 뭔가 끔찍한 일이 일어날 것임을 암시하는 증거물 같았다.

영국 대사관은 직원에게 파리를 떠날 것을 권고했다. 때문에 로렌스, 마거릿 부부도 딸을 데리고 차로 브르타뉴 쪽으로 떠날 계획을 세웠다. "상황이 진정될 때까지만이에요." 마거릿이 말했다. 그저 몇 주 동안만 떠나 있을 거라는 말이었다. 그렇지만 하룻밤 만에 고향 땅에서 피난민 신세로 전락한 프랑스 사람들의 겁에 질린 얼굴을 떠올리며 나는 아무것도 확신하지 못했다.

파리는 유령 도시로 변해갔지만 정기 간행물 열람실의 단골 이용자들은 여전히 도서관을 찾아줬다. 우리는 책상 하나를 둘러싸고 모여 배달된 신문을 샅샅이 훑어봤다. 파리 폭격이 다시 시작될까? 독일군이 파리까지 진격해올까? 하지만 군사령부조차 이에 대한 답을 모르는 것 같았다. 어쩌면 사람들이 가장 두려워하는 건 앞으로 어떤 일이 벌어질지 모른다는 사실 그 자체일지도 몰랐다.

"영국으로 돌아가실 건가요?" 코헨 교수가 프라이스-존스 씨에게 물었다.

프라이스-존스 씨가 고개를 치켜들었다. "그럴 리가요! 내가 있어야 할 곳은 여기 파리라고요."

드 네르시아 씨가 레미에 대해 물었지만 나는 고개만 저을 수밖에 없었다. 섣불리 입을 열었다가 울음이라도 터트리지 않을까 두려웠다.

"정치인들은 이미 도망가고 없더군." 프라이스-존스 씨가 친절하게도 다른 이야기를 꺼냈다.

"외교관들도 마찬가지야."

프라이스-존스 씨가 헛기침을 하자 드 네르시아 씨가 덧붙였다. "여기 있는 이 친구만 빼놓고."

"정치인 없는 파리는 접대부 없는 술집이나 마찬가지야." 프라이스-존스 씨가 말했다.

"지금 파리를 술집에 비유하시는 건가요?" 내가 물었다.

"아니지!" 드 네르시아 씨가 말했다. "저 친구는 지금 정치인을 지조 없는 접대부에 비교하고 있는 거라고."

"그건 인정할 수밖에 없겠네요." 내가 말하자 두 남자가 웃음을 터트렸다.

"빌 불릿은 여전히 파리에 남아 있어." 프라이스-존스 씨가 〈르 피가로〉에 실린 사진을 가리키며 말했다. "프랑스 대혁명 때를 빼고 미국 대사가 파리를 떠난 적은 한 번도 없었다고 하는군. 1914년 전쟁 당시 독일군이 쳐들어왔을 때도 파리를 지켰대. 제기랄, 불릿이 파리를 빠져나간 첫 번째 미국 대사로 기록되지 않으면 좋을 텐데."

"어떤 선전물에는 파리가 비무장 자유 도시가 될 수 있다고 적혀 있던데 이게 무슨 말이에요?" 내가 물었다.

"파리가 방어전 자체를 포기하면 적군도 굳이 공격을 해올 필요가 없다는 뜻이야. 파리에 거주하는 사람들의 안전을 확보하기 위한 한 가지 방법인 셈이지."

"그럼 더 이상의 폭격도 없을까요?" 내가 조심스럽게 물었다. 나는 정부 당국의 발표는 믿을 수 없어도 프라이스-존스 씨에 대해서만큼은 무한한 신뢰를 가지고 있었다.

"폭격은 없겠지만," 그가 대답했다. "독일군이 들어올 수는 있어."

마거릿이 도서관으로 뛰어 들어왔다. 낯빛이 목에 건 진주 목걸이처럼 창백했다. 마거릿은 이곳저곳을 기웃거리다가 나를 발견하고 급하게 뛰어왔다. "마지막으로 한 번만 더 물어보려고 왔어요." 그녀가 말했다. "정말로 같이 안 갈래요?"

"레미가 파리로 돌아올 수도 있으니까요……."

"알겠어요." 마거릿이 내 손을 꼭 잡았다. "다시 만나지 못하게 된다면……."

누구도 확답할 수 없는 질문이었다. 나는 이렇게 말할 수밖에 없었다. "마거릿, 마거릿은 내 가장 소중한 친구예요."

"당신 없이 내가 뭘 어떻게 할 수 있을까요. 나는 도서관을 사랑해요. 하지만 오딜을 더 많이 사랑해요."

밖에서 차가 빵빵거렸다.

"로렌스예요. 크리스티나가 칭얼대나 봐요." 마거릿이 몸을 떨며 말했다. "이제 그만 가봐야겠어요. '봉 쿠라주'."

'나는 도서관을 사랑해요. 하지만 오딜을 더 많이 사랑해요.' 우리는 같은 감정을 공유했다. 우리는 내가 제일 좋아하는 책의 주인공 제이니와 피비의 모습과 닮아 있었다. 우리는 무슨 이야기든 서로에게 다 털어놓을 수 있는 사이였다.

내가 제일 좋아하는 친구가 떠나는 걸 보고 있자니 이번에는 내가 '금이 간 찻주전자'가 된 것 같았다. 나는 도서관에 있는 사람들에게 흐트러진 모습을 보이고 싶지 않았기에 도서 목록을 뒤적이는 척하며 눈을 빠르게 깜빡거렸다. 책 제목과 번호가 적힌 색인표를 뒤적거리는데 눈물이 흘러 종이에 스며들었다. 나는 모든 불안감을 O자 항목 서랍 속에 조심스럽게 감췄다.

"마거릿은 현명한 선택을 한 거야." 코헨 교수가 숄을 내 어깨에 걸쳐주며 말했다.

"교수님도 떠나시나요?"

그녀가 묘한 웃음을 지어 보였다. "'마 그란데', 사랑하는 오딜, 내가 언제 바보 같은 짓 하는거 봤어?"

도서관은 진실을 수호하는 곳이어야만 했다. 그런데 진위를 알수 없는 소문이 코헨 교수와 시몬 부인이 이런저런 이야기를 나누는 정기 간행물 열람실까지 흘러 들어오고 있었다. "듣자 하니 이제부터 학교에서 독일어만 가르칠 거라던데." 시몬 부인이 잡지를 정리하는 나에게 말했다. "이제는 독일군만 인도를 자유롭게 걸어다닐 수 있다더군. 우리는 그렇게 못하고. 내 말 듣고 있어?" 시몬부인이 내 가슴팍을 쿡쿡 찔렀다. "독일군은 두 다리가 달린 건 뭐든 강간한다잖아. 특히나 당신처럼 얼굴이 반반한 아가씨들을 말이야." 나는 그녀를 무시하려 했지만 속에서 두려움이 치밀어 올랐다. "얼굴에 겨자라도 칠하고 다니라고. 그래야 독일군이 얼굴을 보고 비켜 가지."

"그만 좀 하세요!" 코헨 교수가 소리쳤다.

리더 관장이 직원을 앙굴렘[37]까지 태워갈 수 있도록 차량을 주선했다. 거기서 미국 병원의 업무를 돕게 될 거라고 했다. 나는 동료들이 떠나는 모습을 보고 싶었지만 아빠는 나에게 집에 있으라고 명령했다.

"그냥 작별 인사를 하려는 것뿐이에요!"

"절대 안 된다."

"내가 집에 있으면 리더 관장님 혼자 남게 된다고요." 나는 어느 도서관 회원이 리더 관장의 품에 안겨 흐느끼던 모습을 떠올렸다. 리더 관장은 도서관을 떠나지 않았고 그녀의 조국인 미국도 아직 전쟁에 직접적으로 참전하지는 않았다.

"그 여자가 어떻게 되든 상관없어. 난 네가 걱정될 뿐이다."

"리더 관장님은……."

"리더 관장! 리더 관장! 넌 내 말은 말 같지도 않다는 거냐?"

"그럼 도서관은요?" 내가 물었다.

"도서관?" 마침내 아빠는 불같이 화를 냈다. "넌 지금 상황이 어떻게 돌아가는지 알기나 하는 거냐?"

다음 날 아침 우리 가족은 확성기 소리에 잠에서 깼다. "독일군에 대한 모든 저항과 적대적 행위는 사형에 처해질 수 있는 중범죄입니다!"

리더 관장
Miss Reeder

1940년 6월 16일, 프랑스 파리

이곳이 정녕 파리란 말인가? 리더 관장은 믿을 수가 없었다. 거리는 황량했고 가게 매대도 텅 비어 있었다. 심지어 참새들까지 어디로 날아가버린 건지 보이지 않았다. 리더 관장은 빠른 걸음으로 버스 정류장으로 향했다. 도중에 지나친 꽃집에는 말라 죽은 수국밖에 없었다. 빵집 역시 사방이 널빤지로 막혀 있었다. 그녀는 크루아상이 뿜어내는 마법 같은 향긋한 냄새가 그리웠다. 보통은 28번 버스를 타고 도서관에 갔지만 지금은 대중교통 운행이 모두 중단되어 걸어갈 수밖에 없었다. 서류 가방에 방독면까지 들고 도서관으로 출근하던 리더 관장은 순찰 중인 독일군 셋을 보고 자신도 모르게 움츠러들었다. 또 독일군과 마주칠까 걱정된 그녀는 더욱 빠르게 걸음을 옮겼다. 그 와중에도 머릿속에는 온통 도서관 생각뿐이었지만.

리더 관장은 센강을 건넜다. 거대한 콩코르드 광장에는 사람 하나 없었고, 심지어 프랑스에서 교통이 복잡하기로 유명한 샹젤리제 거리마저 차 한 대 없이 텅 비어 있었다. 전 세계에서 가장 활기 넘치는 도시였던 파리에서 이제는 바닥에 바늘이 떨어지는 소리도 들을 수 있을 것 같았다. 기이한 고요함이었다. 그녀는 이런 고립감이 낯설고 두려웠지만 아직은 미국 대사관이 건재했기에 안심할 수 있었다. 리더 관장은 대사관에 잠시 들러서 불릿 대사에게 파리 미국 도서관이 여전히 열려 있다는 소식을 전하고 싶었다. 어쨌거나 불릿 대사는 명예 도서관장이었기 때문이다. 하지만 리더 관장은 프랑스 정부의 수상이 파리를 버리고 떠나기 전에 미국 대사에게 부담스러운 요청—파리에 입성할 독일군 장성들을 상대하고 파리의 질서를 유지하는 일—을 했다는 걸 알았기에 도서관 일까지 신경 쓰게 하고 싶지 않았다. 미국 대사관 바로 건너편에 위치한 크리용 고급 호텔에 걸려 있는 나치 독일의 깃발은 불릿 대사가 당면한 골치 아픈 과제를 암시하는 듯했다.

리더 관장은 관리인이 열어주는 문을 통과해 도서관 정원으로 들어섰다. 그녀는 시간에 딱 맞춰 도착해서 자신의 세계가 졸린 눈을 비비며 잠에서 깨어나는 모습을 지켜봤다.

"전 사무실에 있을 거예요. 아홉 시까지는 아무도 들여보내지 말아주시고요." 그녀는 평소와 다름없이 관리인에게 부탁하고는 커피를 준비했다. 책상 앞에 앉은 리더 관장은 하룻밤 사이에 뭔가 변화가 있었기를 기대하며 어제 받은 전보를 다시 읽어봤다. "기금 요청은 보류되었음. 파리 미국 도서관의 존속 여부에 대해 이사진들의 심중에 의구심이 생기고 있음." 도서관 이사회의 부이사장이 뉴욕에서 보낸 전보였다. 또 다른 전보에는 이렇게 쓰여 있었다. "이사회는 파리 미국 도서관이 곧 폐관될 것으로 생각하고 있음. 나 또한 가까운 미래에 도서관이 계속 남아 있을지 확신이 서지 않음."

"나는 아직 도서관장 자리를 지키고 있다고!" 그녀는 그들에게 외치고 싶었다. "우리는 아직 여기 있습니다." 리더 관장은 파리 미국 도서관이 반드시 유지되어야 한다는 사실을 그들에게 분명히 알릴 필요가 있었다. "도서관은 사람의 몸으로 치면 폐나 마찬가지입니다." 그녀는 다급한 마음에 글자를 갈겨쓰기 시작했다. 그녀의 펜이 앞서가는 주인의 생각을 겨우 따라왔다. "신선한 공기와도 같은 책이 도서관에 들어오면 우리의 심장은 멈추지 않고 뛸 것이며 우리의 뇌는 끊임없이 사고할 수 있을 것입니다. 물론 희망도 계속 남아있게 되고요. 도서관 이용자들은 우리를 통해 새로운 소식을 전하고 서로의 관계를 이어갈 수 있습니다. 병사들은 책이 필요합니다. 그리고 파리 미국 도서관의 친구들이 그들을 걱정하고 있다는 사실 또한 알릴 필요가 있고요. 이토록 중요한 우리의 업무를 지금 이 시점에서 중단할 수는 없습니다." 리더 관장은 편지를 다시 훑어봤다. 지나치게 격앙되고 적나라했다. 그녀는 마음을 가라앉히고 편지를 몇 통 더 썼다. 앞에 쓴 편지는 미국 도서관 협회의 밀람 씨에게 보내는 것이고, 이번 편지는 뉴욕의 이사회에 보내는 것이었다. "우리는 학생들은 물론 일반인들에게도 필요한 책을 제공하고 있습니다. 병사들에게도 원한다면 책을 보내고 싶습니다. 다시 말하지만 우리는 우리가 하는 일이 궁극적으로 인류를 위한 커다란 공헌이 될 것이라는 희망으로 포기하지 않고 계속해야 합니다."

리더 관장은 잔에 커피를 따랐다.

"일이 더 남아 있습니까?" 빌 불릿이 벗겨진 머리를 사무실 안으로 들이밀며 물었다.

"대사님."

"리더 관장," 그가 말했다. "내가 왜 왔는지 알고 있겠지요."

"미국으로 돌아가라는 충고를 하시기 위해선가요." 그녀가 평온한 말투로 말했다.

"루스벨트 대통령이 나에게 파리를 떠나라는 명령을 내렸지만 보시다시피 나는 여전히 여기 남아 있잖아요. 그러니 나 자신도 거부한 명령을 당신에게 따르라고 충고하진 않겠지요."

"상식적인 행동은 아니군요." 그녀가 옅게 웃으며 말했다.

"우리 둘 다 상식 같은 건 미국에 두고 왔나 봅니다."

그녀는 대사가 직접 커피를 따르는 모습을 지켜봤다.

그가 자리를 잡고 앉았다. "르 브리스톨 호텔로 거처를 옮기세요. 다른 미국인들도 거기 머물고 있으니까."

"호텔에 머물 만한 여유가 없는데요."

대사가 커피를 한 모금 마셨다. "비용 같은 건 걱정하지 않아도 됩니다."

"지금 이대로도 아무 문제없습니다."

"지금 살고 있는 집 건물에 독가스 공격 같은 걸 피할 수 있는 지하 대피소가 있나요?"

리더 관장이 대답 대신 책장 앞에 던져놓은 방독면을 가리켰다.

"곧 대중교통 운행이 전면 중단될 겁니다." 대사가 다시 말했다. "르 브리스톨 호텔이라면 여기서 그리 멀지도 않고."

도서관과 가깝다면 편한 건 사실이었다.

리더 관장이 입을 다물자 침묵이 흘렀다.

"뭐 더 하실 말씀이라도 있으세요?" 마침내 그녀가 입을 열었다.

지금까지의 자신 있는 말투가 사라진 불릿 대사가 조용히 말했다. "독일군을 상대하느라 여간 곤란한 게 아니에요. 그러니 관장도 조심하겠다고 약속해주시지요. 조만간 호텔로 거처를 옮기겠다는 약속도 해주고."

"오늘 밤에 가겠습니다." 리더 관장이 외교 행낭에 넣어 보낼 편지를 내밀었다.

"그럼 일 보세요." 리더 관장은 사무실을 나서는 대사를 배웅하지 않았다.

그녀는 제발 미국으로 돌아오라는 부모님의 말을 듣지 않은 걸 조금은 후회했다. 그녀는 부모님 사진을 가방에 넣어 다녔다. 가방에서 지갑이나 손수건을 꺼낼 때마다 부모님의 눈은 그녀에게 집으로 돌아오라고 애원했다. 하지만 리더 관장은 이제는 파리가 그녀의 집이라는 사실을 부모님이 받아들였으면 싶었다. 그녀는 자신의 인생을 건 일을 하고 있었고, 그녀의 인생은 이곳 파리에 있었기 때문이다.

파리에 남기로 한 건 옳은 선택이었다. 그녀가 부모님으로부터 배운 게 하나 있다면 그것은 바로 자신의 자리를 지키라는 것이었다. 상대가 악의를 품은 동료건, 미국 의회 도서관의 권위적인 상사건 뒤로 물러설 순 없었다. 원칙이 없으면 아무것도 아닌 인간이 된다. 이상이 없는 곳에는 머물 필요가 없다. 용기가 없는 사람은 죽은 것이나 마찬가지다. 비록 딸에게 고향으로 돌아오라고 애원할지언정 리더 관장의 부모는 그런 그녀를 자랑스러워했다. '사랑하는 엄마, 아빠께,' 리더 관장이 다시 펜을 들었다. '하고 싶은 이야기가 너무나 많고 또 여러 가지 생각으로 머리가 복잡하지만, 그래도 제가 마음속에 품고 있는 것을 솔직히 알려드리려면 두 분의 관대한 마음과 판단력에 기댈 수밖에 없겠네요…….'

르 브리스톨 호텔이라. 그곳에서 다른 미국인들과 머물고 있다고 하면 고향의 부모님도 어느 정도 안심할 수 있겠지. 현재 그 호텔에는 이름 있는 사람들이 꽤 많이 머무르고 있었다. 영화배우도 있었고 귀족이나 유명한 상속녀에 이제는 도서관 관장까지. 일을 끝마친 후 그녀는 짐을 챙기러 세즈 거리 1번지에 있는 집까지 걸어갔다. 문을 열자마자 팔루스키 부인이 달려왔다. 부인의 올리브색 피부가 하얗게 질려 있었다.

"무슨 일이에요?" 리더 관장이 물었다.

"우리 남편이 폴란드 도서관에 있는데 독일군이 찾아왔대요." 팔루스키 부인이 흐느끼기 시작했다. "갑자기 쳐들어와서는 열쇠를 죄다 내놓으라고 했다나 봐요. 그리고는 도서관 전체를 쑥대밭을 만들어버렸대요. 보관 중인 각종 자료며 귀한 원고까지 모조리 뒤지고……. 거기 관장이 독일군들을 막아보려고 했지만 오히려 체포하겠다고 위협했다는군요."

"남편분은 별일 없으신 거죠?"

"그이는 괜찮아요. 하지만 독일군이 있는 거 없는 거 다 훔쳐가버려서······."

독일군이 파리에 주둔한 지 사흘이 지났고 드디어 올 것이 왔다. 리더 관장은 적어도 성당이나 도서관 같은 조용한 몰입의 장소는 피해를 입지 않기를 바랐다.

그렇지만 머지않아 자신도 적군을 마주하게 될 것임이 분명했다.

제
20
장

✳

오딜
Odile

1940년 7월 2일

보고 싶은 레미에게,

지금 어디에 있니? 모두들 너를 무척이나 그리워하고 있
어. 네 소식도 간절하게 기다리고 있고. 여기는 다 괜찮아.
아빠는 열흘이라는 긴 시간 동안 나를 집 안에 붙잡아뒀
다가 마침내 다시 출근해도 된다는 허락을 해주셨어. 나
는 홀로 도서관을 지키고 있을 리더 관장님 걱정에 전전

궁금했지만 관장님은 도서관을 혼자 지키는 동안 오히려 더 뿌듯했다고 말씀하시더라. 나라면 직원 없는 도서관이 아주 끔찍할 정도로 외롭게 느껴졌을 텐데. 그러니까 도서관에서 비쩌를 다시 만났을 때 너무 기뻐서 그렇게 비명을 질러댔겠지. 드 네르시아 씨는 말로는 조용히 좀 하라고 하면서도 내심 아주 즐거워했어. 그렇지만 나쁜 소식도 있어. 보리스가 그러는데 독일군이 앙굴렘에도 입성했대. 턴불 부인은 앙굴렘에서 곧바로 캐나다로 돌아가는 중이래. 캐나다인도 넓은 의미에서 영국 신민이라 한다면 적국의 국민으로 간주될 수 있으니까.

지금 파리의 독일군은 물건을 닥치는 대로 사들이고 있어. 비누부터 하다못해 바늘까지. 우리는 그런 독일군을 '관광객'이라고 불러. 무슨 휴가라도 온 것처럼 기념사진을 찍느라 정신이 없거든. 지나가는 파리 사람들을 붙잡고 개선문은 어디 있느냐, 물랭 루주는 어느 쪽이냐 물어보면 대부분 모르는 척해. 저녁 아홉 시부터는 통행금지라서 그때부터는 사방이 침묵에 휩싸여. 시간도 독일 시간에 맞춰서 강제로 한 시간을 앞당겨놓았어. 그래서 시계를 볼 때마다 독일군의 시간에 맞춰서 독일군의 명령에 따라 살고 있다는 사실을 실감하게 돼.

프랑스가 이렇게 빨리 항복하리라고는 아무도 예상하지 못했을 거야. 설교단에 선 신부님은 성경 책을 흔들어대면서 하나님이 우리의 도덕적 타락을 응징하기 위해 프랑스에게 패배를 안긴 거라고 소리쳤어.

아빠는 일부 사람들이 독일군을 향해 돌을 던지거나 벽에 낙서를 한 혐의로 체포되는 일이 있기는 했지만 그런 일 말고는 파리가 대체로 평온하다고 하셔. 폴은 지금 화가 너무 많은 상태라 누구 하나라도 걸리면 죽여버릴 태세야. 폴 말로는 파리 경찰의 현 위치는 독일군을 위한 교통 신호등 그 이상도 이하도 아니래. 게다가 독일군은 경찰에게 흰 장갑을 끼라는 명령을 내렸대. 때문에 '빌어먹을 하인'이라도 된 것 같은 기분이라는 거지. 조금 있으면 폴은 예전처럼 농장으로 추수를 도우러 가야 해. 그 일이 폴에게 기분 전환이라도 되면 좋겠다 싶어.

비찌와 가까이 있을 수 없어서 괴로울 거라는 거 잘 알아. 비찌도 너를 많이 그리워해. 약속할게. 네가 없는 동안 내가 비찌를 잘 돌볼게. 최선을 다해 다정하게 대할게.

마거릿으로부터는 아무 소식도 듣지 못했어. 그저 별일 없기만을 빌 뿐이야. 얼마 남지 않은 도서관 회원들은 그 어느 때보다도 소설을 많이 대출해가더라. 아마도 불안하게 '변신'해버린 현실로부터 도피하기 위해서겠지. 보리스는 이 회원들에게 프랑스 카프카라는 별명을 붙여줬어.[38]

사랑을 담아서,

오딜

"영국 해군, 프랑스 전함 두 척 격침. 1천 명이 넘는 프랑스 해군 수병 전사." 〈헤럴드〉 1면에 실린 기사 제목이었다. 기사에 따르면 알제리 서북부 근처에서 프랑스 해군이 보유하고 있는 전함이 독일군에 넘어갈 것을 우려한 영국 해군이 공격을 가한 모양이었다. 영국 해군은 전함을 포기하지 않으면 공격해 격침시키겠다고 최후 통첩을 했고 여섯 시간의 여유를 줬다. 그리고 프랑스 해군이 이를 거부하자 공격을 했다는 것이다. 나는 기사를 두 번이나 읽었지만 상황이 이해가 가지 않았다. 영국과 프랑스는 동맹 관계인데 왜 공격을 했지?

"배신자들!" 드 네르시아 씨가 프라이스-존스 씨를 향해 고함을 질렀다. 신문 기사를 굳이 끝까지 읽지 않아도 프랑스와 영국의 동맹 관계에 금이 갔다는 사실을 알 수 있었다. 나는 지난 며칠 동안 드 네르시아 씨가 도서관을 마구 휘젓고 다니는 모습을 지켜 봤다. 그는 배신자가 더럽히지 않은 자리를 찾아야 한다는 말을 반복했다.

인기척을 느껴 돌아보니 보리스가 곁에 와 있었다. "전화가 왔습니다." 그의 초록색 눈동자에 슬픔이 어려 있었다. "아버님입니다." 나는 급히 달려가 수화기를 들었다. "아빠? 레미 소식이에요?"

"오딜, 집으로 좀 와야겠다." 아빠가 말했다.

나는 비찌를 찾아갔다. 비찌는 아이들 몇을 모아놓고 책을 읽어주고 있었다. 한 아이가 나를 올려다봤다. 비찌가 들고 있던 책을 떨어 트렸다. 우리는 서둘러 도서관을 빠져나왔다. 나는 집으로 가는 내내 그녀의 손을 꼭 잡고 앞장서서 걸었다. 그렇게 집을 향해 거리를 내달리다가…… 문득 걸음을 멈췄다. "왜 그래요?" 비찌가 물었다. 나는 고개를 저었다. 갑자기 될 수 있는 한 길게 시간을 끌고 싶었다. 만일 레미가…… 나는 아무 말도 할 수 없었다. 아니, 생각조차 하기 싫었다. 지금 이대로 멈춰 선다면 레미는 살아 있는 셈이었다.

하지만 집에 도착하는 순간 어쩌면 레미는 더 이상…….

그동안 레미와 보낸 나날들이 주마등처럼 스쳐 지나갔다. 우리의 다섯 살 생일날 엄마가 가장자리가 살짝 탄 초콜릿 케이크를 만들어줬고, 아빠는 우리에게 조랑말을 태워줬다. 레미와 내가 설탕 그릇에 소금을 채워놓는 바람에 엄마가 친구들과 차를 마시다 뿜어버린 일도 있었다. 엄마는 아빠에게 이 소동에 대해 말하며 우리를 혼내주라고 했지만 아빠는 배를 잡고 껄껄 웃기만 했다. 엄마는 또 당할 수 없다며 이후로는 각설탕만 썼다. 영원히 끝날 것 같지 않았던 일요일 점심 초대도 레미가 있었기에 견딜 수 있었고, 결국 내 인생에서 가장 중요한 사람인 폴도 만날 수 있었다. 나의 모든 기억 속에는 항상 레미가 있었다.

레미가 군에 입대하기 전까지 내 하루의 시작과 끝에 레미가 있었고 우리는 셀 수 없이 많은 대화를 나눴다. 그럼에도 레미에게 '넌 나의 가장 친한 친구이자 소중한 내 반쪽'이라고 말해주지 못했다. 우리가 서로에게 했던 마지막 말이 뭐였더라? 나는 레미가 입대하던 날을 떠올렸다. 그때 내가 뭐라고 했었지? 감기 걸리면 안 되니까 두꺼운 옷도 챙겨라? 기차 안 놓치려면 서둘러라?

"그만해요." 비찌가 말했다.

"뭘요?"

"뭐가 됐든 지금 하고 있는 거요."

집에 돌아오자 아빠가 비찌와 나를 엄마 옆에 나란히 앉혔다. 엄마의 얼굴은 아스피린처럼 창백하게 질려 있었다. 아빠가 벽난로에 기대섰다. "레미 소식을 들었다." 아빠가 말했다.

제
21
장

릴리
Lily

1985년 4월, 미국 몬태나주 프로이드

아빠와 나는 3시 30분에 성당에 도착했다. 그다지 깨끗해 보이지 않는 성수반에 손가락을 담그는데 성당에 장식된 분홍색 장미 다발이 눈에 들어왔다. 엄마가 세상을 떠난 지 1년이 조금 넘었고, 아빠의 결혼식을 축하하는 꽃은 엄마의 장례식 때만큼이나 많았다. 머리가 아팠다. 나는 엄마와의 추억을 이불 삼아 마냥 침대에 누워 있고만 싶었다.

엘리너의 어머니라는 사람이 서둘러 달려왔다. "준비는 다 됐고?" 그녀가 아빠에게 물었다. 그러고는 나를 끌어안았다. 코끝이 가슴에 꽂은 카네이션에 닿는 바람에 재채기가 나왔다. 여자가 말했다. "편하게 펄 할머니라 불러." 그런 다음 나를 성당 뒤편의 작은 방으로 데려갔다. 방 안에는 한껏 들뜬 신부 들러리 셋이 있었고 펄 할머니는 나를 그들에게 인사시켰다. 신부 들러리들은 펄 할머니처럼 루이스타운 출신이었다. 나와 들러리들은 펩토 비스몰(39) 같은 진분홍색 드레스를 차려입었다. 엘리너는 쪽 지어 틀어올린 머리와 얼굴을 면사포로 가린 채 전신 거울 앞에서 자신의 모습을 비춰보고 있었다.

"다이애나 왕세자비처럼 예뻐요." 내가 말했다. 하나님에게 맹세코 그건 거짓말이 아니었다. 두 사람 모두 크고 예쁜 눈을 가지고 있었으니까.

나는 엘리너를 좋아하고 싶었고 그녀가 나를 좋아해주기를 바랐다. 하지만 그녀가 반짝이가 잔뜩 달린 가슴팍으로 나를 힘껏 끌어안은 순간 아직은 그녀를 받아들일 준비가 되지 않았다는 걸 깨달았다.

"릴리," 그녀가 말했다. "친딸처럼 아껴줄게. 약속해." 약속이 제대로 지켜질 수만 있다면야 문제될 건 없을 터였다. 그리고 나는 그런 말에 어떻게 반응해야 하는지 잘 알고 있었다. 프랑스어 형용사를 공부하고 나서 오딜이 말했었다. '영어로 쓸 만한 말을 알려줄게. 사람들이 듣고 싶어 하는 말.' "두 분이 행복하시길 바랄게요." 나는 엘리너에게 말했다. 여러 번 연습했지만 입에서 나온 그 말은 어색하기 짝이 없었다.

프랑스어에는 마주하고 있는 '상대방'을 가리키는 말이 두 가지 있다. 형식적인 사이에 쓰는 말과 가까운 사이에 쓰는 말이 그것이다. '튀'는 친구나 사랑하는 사람에게 쓰고 '부'는 안면만 있거나 거리를 두고 싶은 사람에게 쓴다. 나는 아빠는 '튀', 엘리너는 '부'라고 부르고 싶었다.

파헬벨의 곡이 오르간으로 연주되기 시작하자 우리는 서둘러 성당 뒤편으로 나갔다. 이 마을에서 오르간을 연주할 수 있는 유일한 사람인 올슨 부인은 결혼식 일정을 따르는 법이 없었고, 오히려 그녀의 일정에 결혼식을 맞춰야 했다. 나는 급히 이동하다가 통로에서 미끄러져 넘어졌다. 몸을 일으키는데 로비가 뒤에서 네 번째 줄에 앉아 있는 게 보였다. 로비가 나를 쳐다봤다. 나는 땀으로 흥건한 손을 옷에 문질러 닦고 첫째 줄에 앉아 있는 오딜과 메리 루이즈 사이로 뛰어들었다. 단정하게 차려입은 신랑 들러리들과 신부 들러리들이 서로 짝을 지어 들어왔다. 웅장하다 못해 듣는 사람을 짓누르는 듯한 결혼 행진곡이 성당 가득 울려 퍼졌다. 아빠는 엄마의 관이 놓여 있던 바로 그 자리에 서 있었다. 엄마의 상아색 관이 엘리너와 그녀의 아버지가 입장한 바로 그 통로를 따라 성당 밖으로 옮겨졌었다.

"사랑하는 성도 여러분." 말로니 신부님이 설교를 시작하자 눈에 눈물이 고이기 시작했다. 하지만 이런 나를 아빠가 보면 화를 낼까 봐 고개를 푹 숙이고 무릎만 쳐다봤다. 오딜이 자신의 발을 내 발 위에 얹었다. 다행히 오딜의 발에 신경 쓰느라 다른 생각을 하지 않게 되었다.

"결혼하고 나면 브렌다를 잊을 수 있겠죠." 수 밥이 말했다.

"재혼 상대가 너무 어린 거 같은데." 아이버스 부인이 말했다. 그 어린 신부를 소개해준 사람은 다름 아닌 그녀 자신이었다.

"다 릴리를 위한 거지 뭐." 머독 부인이 말했다. "애한테는 엄마가 있어야 돼."

여기저기서 숙덕거리는 소리가 들려왔다. 나는 귀를 틀어막고 싶은 심정이었다.

"이제 신부에게 입 맞추십시오." 결혼식에서 가장 기대되는 순간이 아마도 이 부분이 아닐까. 아주 로맨틱하고 무엇보다 식이 거의 다 끝났다는 신호이기도 하고. 하지만 아빠가 엄마 말고 다른 여자에게 입 맞추는 장면을 보고 있으려니 기분이 묘했다. 메리 루이즈 또한 믿기지 않는다는 듯 팔꿈치로 나를 쿡쿡 찔러댔다.

마을 회관 천장의 형광등 사이에 파스텔 톤의 리본들이 늘어뜨려져 있었다. "온통 분홍색이네. 이제는 분홍색을 보기만 해도 토할 것 같아." 메리 루이즈가 말했다. 접이식 의자에 대강 자리를 잡고 앉은 하객들은 신랑과 신부가 인사를 하며 들어오는 모습을 지켜봤다. 두 사람 사이에 아이가 생기면 엄마를 몰아냈듯 나를 몰아내는 건 시간문제였다.

엘리너의 키만큼이나 높다란 축하 케이크는 하늘하늘하고 아름다운 엘리너의 예복을 그대로 옮겨놓은 것 같았다. 아빠와 엘리너가 다정하게 케이크 나이프를 쥐고 커팅식을 했다. 그리고 서로에게 케이크를 한 입씩 떠먹여줬다. 여기저기서 사진을 찍어댔고 아빠는 나에게도 어서 와서 케이크를 먹으라고 손짓했다. 가장 먼저 달려간 건 티파니 아이버스였지만.

"뭐, 케이크는 맛있네." 티파니가 말했다.

"닥쳐." 나는 메리 루이즈 것까지 접시 두 개를 집었다.

"너도 좀 얌전히 있어 봐." 티파니는 아빠를 돌아보며 말했다. "제이콥슨 씨, 제이콥슨 부인, 결혼 축하드려요."

아빠도 티파니와 나 사이에 오간 대화를 들었으니 왜 자신의 딸은 티파니 아이버스처럼 예의 바르지 못할까 한탄했을 것이다. 접시를 든 손이 떨리기 시작했다. 나는 아빠가 뭐라고 하기 전에 결혼식 하객들 틈을 비집고 서둘러 자리를 빠져나왔다.

로비가 내 앞에 불쑥 나타났다. "거지 같지?"

로비의 말에는 여러 가지 의미가 담겨 있었다. '네 엄마가 돌아가셔서 안됐어. 오늘은 정말 견디기 힘들었을 거야.'

"응."

로비가 나에게서 케이크 접시를 건네받아 메리 루이즈에게 가져다주고는 잠시 서성거리다 자기 부모님이 있는 자리로 돌아갔다. 메리 루이즈는 말없이 케이크 두 접시를 먹었다. 느린 음악이 흘러나오자 나는 문 위에서 깜빡이는 비상구 표시로 시선을 돌렸다. 제이콥슨 씨와 제이콥슨 부인이 몸을 비비는 꼴을 보고 싶지 않았다. 아빠가 내 팔을 잡으며 말했다. "릴리, 아빠랑 춤출 시간이야." 그러고는 사람들이 춤추고 있는 회관의 한가운데로 나를 데리고 갔다. 하지만 이미 엘리너의 아버지인 칼슨 씨가 엘리너와 춤을 추고 있었기 때문에 우리는 그 옆에 우두커니 서 있을 수밖에 없었다. 아빠가 말했다. "성당에서 고개 숙이고 있는 거 봤어."

갑자기 온몸이 굳어버리는 것 같았다.

"사실 아빠도 좀 슬펐어." 아빠가 고개를 끄덕이며 말했다.

아빠가 내 손을 잡았다. 우리는 천천히 몸을 움직였다. 피로연이 끝날 때까지 아빠의 고백이 내 귓가를 떠나지 않았다.

아빠와 엘리너는 '우리 결혼했어요'라는 문구를 단 스테이션 왜건을 타고 떠났다. 나는 시련의 시간이 마침내 끝난 것에 안도했고, 메리 루이즈와 걸어서 집으로 돌아왔다. 집에 돌아와 독수리가 그려진 티셔츠로 갈아입었다. 메리 루이즈가 내가 벗어놓은 분홍색 드레스를 침대 밑으로 걷어찼다.

ʕ

나는 버터의 풍미가 가득한 크루아상 냄새와 함께 오딜의 집에서 잠이 깼다. 몸이 개운하지 않아서 아침을 먹는 둥 마는 둥 했다. 그러고 있으려니 아빠와 엘리너가 '륀 드 미엘', 신혼여행에서 돌아오면 내 앞에 어떤 삶이 펼쳐질지 생각해보지 않을 수 없었다. 모든 게 변하겠지. 거기에 내 자리가 있을까.

"무슨 걱정이라도 있어?" 오딜에 나에게 《아웃사이더》라는 소설책을 내밀었다. "가족에 대한 내용이야. 태어날 때부터 함께했던 가족, 그리고 영혼이 통하는 사람들끼리 만나서 이룬 가족에 대한 이야기. 이 세상에서 우리 스스로를 위한 자리를 만드는 방법에 대한 이야기이기도 하고."

"여기 있는 책은 주인을 참 잘 만났어요." 내가 책장을 훑어보며 말했다. "정확하게 자기 자리에 꽂혀 있잖아요. 본인 옆에 누가 있어야 하는지도 알고요. 나에게도 듀이 십진분류법 번호가 붙어 있으면 좋겠어요."

"나도 나에게 번호가 있다면 몇 번쯤 될까 생각해보곤 했어. 지금 만들어서 붙여볼래?"

새로운 이야깃거리는 대화에 활기를 불어넣어줬다. 우리는 소설일까, 비소설일까? 오딜은 프랑스어와 영어 어느 쪽으로 분류해야 할까? 오딜과 나는 같은 번호가 되어 함께할 수 있을까? 우리는 각각 영어권 책 번호 813과 프랑스어권 책 번호 840에 우정에 대한 책 번호 302.34를 붙였다. 그다음 우리가 좋아하는 책을 따로 모아놓은 서가에 1955.34라는 번호를 붙였다. 그 서가에는 《어린 왕자》, 《작은 아씨들》, 《비밀의 화원》, 《캉디드》, 《긴 겨울》, 《나를 있게 한 모든 것들》, 《그들의 눈은 신을 보고 있었다》 같은 책이 꽂혔다. 번호 붙이기를 끝내고 나니 앞으로 무슨 일이 생기든 괜찮을 거 같다는 생각이 들었다. 나에게 오딜과 함께할 수 있는 장소가 생겼기 때문이다.

다음 날 아침 메리 루이즈와 나는 오딜네 소파에서 뒹굴뒹굴하며 카페오레를 마셨다. 오딜은 정원 손질을 했다. 우리가 마시는 카페오레에는 '레', 우유가 커피보다 훨씬 더 많았다. 나는 카페오레를 다 마시고 나서 오딜의 작은 탁자에 달린 서랍을 슬쩍슬쩍 열어보기 시작했다.

"너 아직도 저 여자가 무슨 첩보원이라고 생각해?" 메리 루이즈가 물었다.

나는 어깨를 으쓱했다. 나는 서랍에 있는 영수증을 보고 오딜이 시카고의 한 부티크에서 옷을 맞춰 입는다는 사실을 알게 되었다. 딱히 새로울 건 없었다. 이 마을 옷 가게의 옷이 아니라는 사실 정도는 이미 알고 있었으니까. 서랍에는 오래된 크리스마스카드도 있었다. 뤼시엔느라는 이름을 가진 누군가 오딜에게 '너무 늦기 전에' 부모님께 연락하라고 재촉하는 글이 적혀 있었다.

"오딜이 바로 앞에 있잖아." 메리 루이즈가 속삭였다. "너 그러다 들킨다."

"파리에서 무슨 일이 있었던 거야. 그래서 여기 와 살게 된 거고."

그때 미닫이문이 열리는 소리가 들렸다. 나는 황급히 서랍을 닫았다.

오딜이 낸 프랑스어 동사 쪽지 시험을 막 끝마쳤을 때 신혼여행에서 돌아온 아빠가 오딜의 집으로 나를 데리러 왔다. 오딜이 아빠에게 잠깐 들어왔다 가라고 했지만 아빠는 예의를 갖춰 거절했다. 오딜, 아빠, 나 이렇게 세 사람이 서 있는 현관문 앞에 따뜻한 봄 햇살이 내려앉았다. 나는 아빠 입에서 무슨 말이 나올지 걱정되었다. 아빠로서는 그저 더하거나 빼기만 하면 되는 숫자 이야기가 훨씬 쉬웠을 것이다. 하지만 말은 숫자와 달랐다. 아빠는 말이 지니고 있는 무게를 결단코 이해하지 못했다.

"릴리를 돌봐주셔서 감사합니다." 아빠가 말했다.

"같이 있게 해주셔서 제가 더 고맙습니다." 오딜이 나를 지긋이 바라봤다.

"이제 엘리너가 있으니까 신경 쓰지 않으셔도 됩니다."

"신경 쓰지 않아도 된다고요?" 오딜이 아빠의 말을 되풀이했다.

"이제부터는 릴리가 저희 집에서 더 많은 시간을 보내야 하지 않나 싶어서요."

나는 오딜 곁을 떠나고 싶지 않았다. 오딜은 언제나 내 편이었고 나는 그런 오딜에게 무슨 말이든 다 할 수 있었다. 아빠는 나에게 이래라저래라 잔소리만 했지만 오딜은 그러지 않았다. 그녀는 내 스스로 올바른 선택을 할 수 있도록 나를 믿어줬다.

나는 그녀의 차를 닦고 잔디를 깎으며 화분에 물도 줬다. 오딜과 프랑스어 수업을 계속할 수 있다면 뭐든지 할 생각이었다. 집에 가려는데 오딜이 먼저 프랑스어로 말했다. "내일 이 시간에 봐요."

"'위, 메르시', 네, 감사합니다." 나도 프랑스어로 화답했다. 진심에서 우러나온 감사 인사였다.

엘리너는 다니던 은행을 그만뒀고, 아빠의 삶 또한 이전의 평범했던 모습으로 돌아가는 듯했다. 은행에서 힘든 하루를 마치고 돌아오면 아내와 딸이 따뜻한 저녁 식사를 차려놓고 기다리고 있었다. 토요일 아침이면 엘리너는 나에게 청소기를 돌리라고 하거나 레몬 향이 나는 광택제로 가구를 닦게 했다. "여자는 어릴 때부터 집안 일을 배워야 해. 나중에 나한테 고맙다고 할걸." 내가 불평하면 아빠는 엘리너의 말을 '잘 들어야 한다'고 나를 타일렀다. 그 말인즉슨 무조건 '복종'하라는 뜻이었다.

여름 방학이 시작된 후에도 엘리너는 아침 일찍 일어나 머리를 매만졌고 아빠가 출근하기 전에 넥타이를 열 번은 넘게 바로잡아줬다. 엄마는 내 셔츠를 한 번도 다려준 적이 없었지만 엘리너는 달랐다. "내가 널 제대로 키우지 못한다는 소리가 누구 입에서도 못 나오게 할 거야." 한번은 저녁을 먹다가 콘옥수수 크림을 식탁보에 쏟았는데 싱크대로 득달같이 달려가 행주를 가져와서는 얼룩이 남지 않도록 열심히 닦는 것이었다.

나는 그런 엘리너로부터 해방되고 싶었고 빨리 고등학생이 되고 싶었다. 나는 로비가 사랑에 빠지는 사람이 내가 되기를 바랐다. 그리고 티파니가 어디 먼 데로 사라졌으면 싶었다. 콜레라 같은 거라 도 걸리면 더욱 좋겠지만. 나는 밤마다 그날 배운 프랑스어를 복습 했다. 그리고 너무 '티미드', 부끄러워서 영어로는 감히 내뱉을 수 없는 말을 중얼거렸다. '주 템므, 로비. 주 테도르.' 사랑해, 로비. 널 정말 사랑해.

고등학생이 된 첫날 독수리 티셔츠를 입었다. 옷이 맞지 않을 정 도로 몸이 자랐고 티셔츠에 새겨진 그림이나 글씨도 거의 다 지워 졌지만 이 옷을 입고 있으면 엄마를 떠올릴 수 있었다.

아빠가 주방에서 차 열쇠를 흔들었다. "준비됐어?"

"릴리, 새 옷 사줬잖아." 엘리너가 인상을 쓰며 말했다. "웬만하 면 새 옷 입지."

나는 팔짱을 끼며 대답했다. "싫어요."

엘리너와 나는 별로 끼어들고 싶지 않다는 듯한 표정의 아빠를 쳐다봤다.

"사람들이 뭐라고 할지 뻔해! '릴리 하고 다니는 꼴 좀 봐' 하고 쑥덕대겠지." 엘리너가 사람들이 뒷담화하는 흉내를 냈다. "'바지 고 티셔츠고 저렇게 몸에 꼭 끼고 추레해서야. 쟤 엄마는 도대체 뭐 하는 거야?'"

"사람들이 뭐라고 한다고 꼭 그 말을 들을 필요는 없어." 아빠가 손목시계를 확인했다. "어쨌든 지금 안 나가면 둘 다 늦어."

"알았다고요." 아빠가 재촉하는 바람에 엘리너가 체념한 듯 말 했다.

결국 내가 입고 싶은 옷을 입긴 했지만 좀 찝찝한 승리였다고나 할까.

나는 담임 선생님과 만나는 첫 시간에 맨 앞자리에 앉았고 메리 루이즈는 내 뒤에 앉았다. 로비는 슬며시 내 건너편에 자리를 잡았다. "봉 주르." 나는 로비에게 프랑스어로 인사했다. 로비는 주위를 두리번거렸다. 내가 다른 사람에게 말을 걸었다고 생각한 듯했다.

"아무래도 영어가 나을 것 같은데." 메리 루이즈가 참견했다.

"조용!" 보이드 선생님이 박수를 쳤다. "조용히 안 하면 숙제를 더 내줄 거야!"

'브레프 르 리시', 한마디로 고등학교 생활은 좀 더 큰 건물에 선생님들만 바뀌었을 뿐 실망스럽긴 매한가지였다. 게다가 학교를 마치고 집에 돌아가니 엘리너가 나에게 새로운 집안일 목록을 할당해 줬다. "결혼식장에서 서로 사랑하고 존중하며 배려하겠다고 약속한 건 엘리너와 내가 아니었으니까." 나는 이렇게 중얼거리며 마룻바닥을 건성으로 닦았다.

나는 이따금씩 엄마 꿈을 꿨다. 꿈에서 엄마와 나는 기러기 떼가 날아가는 모습을 보기도 하고, '징글벨'을 목청껏 부르기도 했다. 또 같이 쿠키를 굽기도 했다. 그러다 자명종이 울리면 엄마는 사라졌다. 가슴이 찢어질 듯한 아픔이 몰려오면 나는 공처럼 몸을 웅크렸다.

"이 잠꾸러기야, 어서 일어나!" 엘리너가 방문을 두드렸다. "이러다 학교 늦겠어."

"몸이 좀 안 좋아요." 내가 훌쩍거리며 말했다.

"멀쩡하게 말만 잘하네."

엘리너가 추수 감사절에 오딜을 집에 초대하기로 했다. 오딜 덕분에 어색할 뻔했던 식사 자리를 부드럽게 넘길 수 있었다. 오딜이 남편을 떠나보낸 후 지금까지 줄곧 혼자서 명절을 보냈다고 털어놓자 아빠는 엘리너의 손을 쓰다듬었다. 아빠가 오딜을 초대할 생각을 해낸 엘리너를 뿌듯하게 여기고 있다는 게 훤히 보였다. 퍼석퍼석한 호박 파이를 잘라 접시로 옮겨 담는데 엘리너가 오딜에게 크리스마스카드에 쓸 사진을 한 장 찍어달라고 부탁했다. 나는 순간 멈칫했다. 아빠와 엘리너가 자리에서 일어나 사진 찍을 준비를 했다. 나는 엄마가 우리 가족에서 영영 사라지는 것 같은 생각에 가슴이 아렸다.

크리스마스 연휴가 시작되었다. 숙제는 모두 끝냈고 티파니 아이버스는 동부에 사는 친척들을 만나러 갔다. 하늘에는 구름 한 점 없었다. 메리 루이즈와 나는 펄 할머니에게 줄 깜짝 선물로 눈사람을 만들었다. 구슬로 눈과 입을 만들고 귀걸이 모양도 만들어서 여자 눈사람을 완성했다. 펄 할머니는 엘리너에게 전화할 때마다 나와도 통화를 하고 싶어 했다. 거기다 결혼식 이후 매달 우스꽝스러운 엽서며 〈세븐틴〉 같은 잡지 구독권, 보라색 방한용 부츠 같은 물건을 보내줬다. 엘리너에 대한 감정은 아직 분명하지 않았지만 적어도 펄 할머니는 마음에 들었다.

"이 눈사람 어때요?" 마침 우편물을 확인하러 나온 오딜에게 물었다.

"다른 색을 좀 더하면 좋을 것 같은데."

메리 루이즈가 엔젤한테서 '빌려온' 진홍빛 목도리를 눈사람의 차가운 목에 둘러줬다. 그런데 공교롭게도 그곳을 지나가던 엔젤에게 딱 걸리고 말았다. 엔젤은 삽으로 눈사람을 마구 두들겨 패서 무너

뜨려버렸다. 엔젤이 자리를 뜨자마자 눈사람을 꾸몄던 구슬을 열심히 찾아봤지만 헛수고였다.

엘리너의 부모님이 우리 집까지 운전해왔다. 나는 펄 할머니가 차에서 미처 내리기도 전에 그녀를 힘껏 끌어안았다. 짐 꾸러미를 든 아빠와 칼슨 씨는 곧바로 거실로 사라졌고 우리 여자들은 생강 쿠키를 구웠다. 오딜이 주방 조리대에서 쿠키 반죽을 밀대로 밀면서 '고요한 밤 거룩한 밤'을 흥얼거렸다. 나는 산타 모양의 쿠키 틀로 끈적끈적한 반죽을 찍어냈다. 펄 할머니는 뜨겁게 데운 사이다 [40]를 휘저었다. 엘리너는 화장실이 급한 사람마냥 좀처럼 집중을 못했다.

"얘, 무슨 일이라도 있는 거야?" 펄 할머니가 물었다.

"더 이상 말 안 하고는 못 배기겠어요!" 엘리너가 꽥꽥거렸다. "저 임신했어요!"

"우리 딸이 아기를 가졌다고!" 펄 할머니가 놀라서 소리쳤다.

내가 지금 무슨 말을 들은 거지?

"예정일이 언제냐?" 펄 할머니가 물었다.

"4월 28일이요."

아빠도 알고 있는 걸까? 그렇다면 왜 나한테는 말하지 않았을까?

"임신이라니!" 오딜이 박수를 쳤다. "이 얼마나 기쁜 일이에요!"

"네가 세례식 때 입었던 옷이 아직 우리 집 혼수함에 있다." 펄 할머니가 말했다.

"그걸 꺼내와야겠구나."

"집에 털실이 좀 있는데 아기 담요 짜기에 딱 좋아요." 오딜도 거들었다.

우리 집에는 남는 방이 없었다. 아이가 태어나면 방은 어떻게 할 생각인 걸까? 참새들은 제비 둥지를 습격해 새끼 제비를 쫓아낸다고 한다. 또 찌르레기는 참새 둥지를 빼앗아 차지한다. 참으로 교활하기 짝이 없는 일이지만 엄마는 그게 다 자연의 법칙이라고 했다.

철제 책상이며 낡은 캐비닛이 밖으로 치워졌다. 그동안 모아뒀던 고지서며 영수증도 전부 내다 버렸다. 콘서트 프로그램이 적힌 팸플릿, 새 사진 등 엄마와의 추억이 가득한 물건도 하나도 남지 않았다. 엘리너에게는 그저 낡고 오래된 종잇조각으로밖에는 보이지 않겠지만 나에게는 모두 다 소중한 추억이 깃든 물건이었다. 다행히 쓰레기차가 오기 전에 나는 그것들을 내 방으로 몰래 챙겨올 수 있었다.

아빠가 서재로 쓰던 방은 이제 아기방이 되었다. 엘리너는 색 견본을 한참 들여다본 뒤 부활절 달걀을 연상시키는 색을 골랐다. 우리는 아기방을 밝은 노란색으로 칠했다. 엄마가 있었다면 나무로 만든 아기 침대가 꼭 새의 둥지를 닮았다고 했겠지. 하지만 나는 엘리너에게 아무 말도 하지 않았다. 내가 엄마 이야기를 입에 올릴 때마다 내 말에서 냄새라도 나는 듯 코를 찡그리는 엘리너를 본 다음부터 엘리너 앞에서는 엄마에 대해 입도 뻥긋하지 않기로 했기 때문이다.

5월 1일 엘리너는 엄청나게 부푼 배를 손으로 받치고 학교 가는 나를 배웅했다. 그리고 그날 저녁 엘리너는 병원에 입원했다. 장거리를 완주하고 우승한 사람처럼 피곤해했지만 행복해 보였다. 남자들은 아빠에게 궐련을 권하며 아빠를 격려했다. 아빠는 만화에 등장하는 사람 좋은 바보마냥 웃기만 했다. 아이버스 부인은 새로 태어난 아기에게 저축 채권을 선물했다. 머독 부인은 아기 양말을 떠왔다. 제한된 방문 시간마다 마을 사람들이 몰려들었다. 메리 루이즈도 왔다. 나는 메리 루이즈와 눈을 이리저리 굴리며 사람들이 했던 말을 흉내 냈다.

"사내아이라니! 하나님, 감사합니다!"

"이 집안의 이름이 계속 이어질 수 있겠군!"

나중에서야 나도 아기를 안아봤다. 문득 엄마 생각이 나며 왠지 모를 쓸쓸함이 밀려들었다. 그때 내 새 남동생 조가 품 안으로 파고들었다. 나는 머리를 숙여 아기 냄새를 맡았다. 슈가 쿠키 같은 냄새가 났다. 어쩌면 모든 게 다 잘 될지도 모른다는 생각이 들었다.

퇴원해서 집으로 돌아온 엘리너는 잠을 거의 자지 않았다. 만일 그녀가 조를 돌보기 위해 밤새도록 깨어 있을 수 있다면 기꺼이 그렇게 했을 것이다. 엄마 말이 맞았다. 아기들은 얼마나 많은 보살핌을 받는지 알지 못했다. 그렇게 큰 사랑을 받는 대부분의 시간 동안 잠만 잤기 때문이다. 제대로 쉬지도 못하고 3개월을 보낸 엘리너는 끊임없이 하품을 해댔다. 이제는 정신없이 떠들어대는 앵무새가 아니라 아기 침대와 흔들의자 사이를 뒤뚱뒤뚱 걸어 다니는 살찐 비둘기가 되어 있었다. 엘리너의 피부는 거칠했고 머리도 새집처럼 엉망으로 헝클어져 있었다.

"당신은 엄마이기도 하지만 동시에 한 사람의 여자예요." 오딜이 엘리너에게 말했다. "자신의 몸도 잘 돌봐야 해요. 이제 좀 쉬고 운동도 할 필요가 있다고요." 오딜과 내가 번갈아가며 조를 돌보는 동안 엘리너는 제인 폰다[41]의 에어로빅 비디오를 보며 운동을 했다. 오딜과 나는 운동 중인 엘리너를 가만히 지켜봤다. 엘리너는 분홍색 에어로빅 복장으로 다리를 높이 들어 올리는 동작을 취하고 있었다. "파리에서 보던 캉캉 춤 같네." 오딜이 속삭였다.

엘리너와 함께 아빠가 퇴근하기를 기다리는데 그녀가 물었다. "돌아가신 엄마 몸무게는 얼마나 됐어?"

"모르겠는데요."

이튿날에는 좀 더 집요한 질문이 이어졌다. "엄마가 너한테 어떤 기저귀를 썼었지? 모유 수유했대?"

급기야 엄마의 모유 맛이 어땠느냐는 질문까지 나왔다. 엘리너가 이 집에 오기 전까지 우리 집에는 체중계 자체가 없었다. 출산 전 엘리너는 일주일에 한 번씩 몸무게를 확인했는데 이제는 부은 몸 관리를 한다며 하루에 열 번 넘게 체중계에 올라갔다.

"엄마가 모유 수유를 하셨니?" 엘리너가 다시 물었다. "혹시 천 기저귀 쓰셨어?"

"엄마는 실크로 기저귀를 만들었어요. 그리고 밤에 다섯 번 모유를 먹였고 외할머니가 오시긴 했지만 도움은 받지 않으셨대요. 도와줄 필요 없다고 하셨다더라고요."

나는 그 길로 엘리너가 입을 다물어주기를 기대했지만 질문은 또다시 시작되었다.

"그러니까 엄마 몸무게가 얼마나 됐었다고?"

"아빠한테 한번 물어보세요."

"얼마나 됐냐니까?"

엘리너의 바보 같은 질문을 듣고 있으려니 머리가 돌아버릴 것 같았다. 나는 한참 후에야 엘리너가 세상을 떠난 엄마와 자신을 비교하고 있다는 사실을 깨달았다. 엘리너는 엄마 냄비로 요리를 하고 엄마 접시에 음식을 담아 먹었다. 그리고 엄마가 살던 집에서 살았다. 내 엄마 노릇도 했다. 그렇지만 엘리너는 엄마를 대신할 수는 없었다. 나는 말도 안 되는 대답을 해버렸다. "한 45킬로였을걸요."

"45킬로?" 엘리너의 입술이 가볍게 떨렸다.

학교에서 돌아왔을 때 오딜이 우리 집에서 엘리너와 차라도 마시고 있으면 마음이 편해졌다. 엘리너는 우리 식구 외에 다른 사람이 있으면 나를 귀찮게 하지 않았기 때문이다. 오늘은 아기 침대에서 칭얼대는 조까지 옆에 둔 채 아주 먼 미래에 관한 대화 중이었다. 엘리너는 언젠가 대학에 다시 다니고 싶다고 했고, 오딜은 시카고에 산다는 같은 전쟁 신부 출신인 친구 뤼시엔느를 찾아가고 싶다고 했다. 오딜이 포도를 권하자 엘리너는 배를 쓰다듬으며 말했다. "요즘 살 빼는 중이라서요."

나는 엘리너가 포도를 먹고 살이 찐 모습을 상상하며 히죽 웃었다.

"앞으로 몇 개월간은 살이 빠지지 않을 거예요." 오딜이 말했다.

엘리너가 인상을 쓰며 말했다. "갑자기 그게 무슨 말이에요?"

"엘리너, 당신은 임신을 했어요."

또 임신이라고? 나는 얼굴이 굳어졌다.

"조가 태어난 지 겨우 5개월밖에 안 됐는데요." 엘리너는 이해가 가지 않는 표정이었다.

"그 정도는 눈치챌 만큼 비슷한 여자들을 많이 봐왔거든요."

"제임스가 문제없을 거라고 했는데……."

"도대체 나이가 몇인데 아직도 남자 말을 믿어요?"

엘리너가 웃음을 터트렸다. 뭐가 재밌다고 웃는 거야? 그리고 무엇보다 오딜의 목소리에는…… 평소와는 다르게 비꼬는 듯한 분위기가 있었다. 불현듯 그녀가 지금까지 어떤 남자를 만나 무슨 이야기를 들었는지 궁금해졌다.

엘리너의 배가 집채만큼 부풀어서 머리가 다 작아 보일 지경이었다. 임부복이 우스꽝스럽게 꽉 끼었고 가슴과 엉덩이가 옷을 찢고 나올 것처럼 크게 부풀어 올랐다. 엘리너는 더 이상 머리 염색을 하지 않았고 검은 머리카락 뿌리가 드러나며 머리색이 들쑥날쑥했다. 이른바 게으르기 짝이 없는 여자들이 그런 모습으로 지내는 거라 나는 생각했다.

"조를 가졌을 때하고는 너무 다른데." 엘리너가 멍하게 말했다.

배가 아니라 마치 온몸이 임신한 듯 창백하게 부풀어 오른 엘리너는 일어서기만 해도 어지러움을 느꼈다. 엘리너가 엄마처럼 하루 종일 침대 신세를 지게 되자 나는 그녀 옆에 계속 머물렀다. 나는 《비밀의 숲 테라비시아》의 한 구절을 떠올렸다. "생명은 민들레 홀씨처럼 섬세하고 나약해서 어디서든 누가 숨만 몰아쉬어도 산산이 부서져 흩날리게 된다." 어렸을 때 나는 나이 든 사람들만 죽는다고 생각했다. 이제는 그렇지 않다는 걸 안다. 왜 나는 엘리너에게 좀 더 다정하게 굴지 못했을까? 나는 그녀에게 상처를 주며 뿌듯해 했던 내 자신이 끔찍하게 느껴졌다. 사실 엘리너는 그리 나쁜 사람이 아니었다. 오히려 아빠를 설득해 내 용돈을 올려주라고까지 했다. "명색이 은행 직원 딸인데 돈 모으고 쓰는 법쯤은 알아야 하지 않겠어요?" 나는 제발 아무 일 없기를 간절히 기도했다.

오딜이 찾아왔다. 나는 그녀가 우리 집을 자기 집 드나들듯 하는 게 좋았다. 오딜은 마치 우리 가족인 양 거침없이 집 안으로 들어왔다.

"여배우처럼 사랑스러운 모습이네요." 오딜이 엘리너에게 말했다.

"정말요?"

정말? 영화에 나오는 배불뚝이 외계인과 착각한 건 아니고? 하지만 나도 진실이 도움이 되지 않을 때가 있다는 것 정도는 아는 나이였기에 동의의 의미로 옆에서 고개를 끄덕였다.

"그래도 혹시 모르니까 스탠치필드 선생님에게 전화는 해두자고요." 오딜이 말했다.

스탠치필드 선생님은 엘리너의 혈압을 두 번 재보고 정밀 검사를 해봐야 할 것 같다고 했다. 엄마를 진찰했을 때와 같은 상황이었다.

"선생님, 별일 없겠죠?" 내가 물었다.

"네 새엄마는 혈압이 높아. 산모에게도 아기에게도 별로 좋지는 않지."

조와 엘리너가 잠이 든 사이 오딜은 프랑스어 단어를 알려주며 내 관심을 다른 데로 돌리려고 했다. 아기는 '베베', 아기 침대는 '쿠팽', 기저귀는 '쿠슈'……. 그렇지만 아픈 엘리너를 곁에 두고 있으려니 집중이 잘 되지 않았다.

"고혈압은 프랑스어로 뭐라고 해요?" 내가 물었다.

"'라 탕송'."

탕송. 철자 그대로 영어로 옮기면 긴장이나 불안이라는 뜻…….

말 그대로 단어 하나에 모든 게 담겨 있었다.

"잠시 산책이라도 갈까?" 오딜이 말했다.

오딜은 신선한 공기의 효과를 지극히 신뢰하는 사람이었다. 대로를 따라 내려가는 동안 차가운 북풍이 우리를 휘감았다. 우리는 성당과 작은 소나무 숲을 지나 공동묘지에 도착했다. 마을의 다른 나이 든 여자들과 마찬가지로 오딜도 이곳을 자주 찾았다. 하지만 나는 그렇지 않았다. "사랑받는 아내이자 어머니였던 브렌다 제이콥슨 여기 잠들다." 묘비명에 새겨진 이 문구는 나의 마음을 아프게 했다. 엄마가 세상을 떠난 지 벌써 2년이 넘었다. 국화꽃 다발이 엄마의 무덤에도, 그리고 오딜의 아들과 남편의 무덤가에도 놓여 있었다. 고개를 숙이고 기도를 올려야 한다는 걸 알고 있었지만 대신 오딜이 하는 걸 지켜봤다. 고개 숙인 오딜의 얼굴이 어두웠다. 나는 문득 오딜이 벅이나 마르크뿐만 아니라 자신의 부모님과 쌍둥이 남동생도 그리워하고 있다는 사실을 깨달았다. 나는 그녀의 프랑스 가족들에게 무슨 일이 있었는지 알고 싶었다.

오딜
Odile

1940년 8월, 프랑스 파리

"어쩌면 이렇게 집으로 불러들이지 말았어야 했는지도 모르겠다." 아빠가 말했다. "그렇지만 가능한 한 빨리 알고 싶어 할 거라 생각해서……."

"아버님……." 비찌가 다음 말을 재촉했다.

"레미는 살아 있다." 아빠가 대답했다.

나는 짧은 숨을 내뱉었다.

"레미는 지금 어디 있어요?" 비찌가 물었다. "집으로 돌아오는 중인가요?"

"레미는 포로수용소에 있어." 아빠가 대답했다.

"포로수용소요?" 비찌가 되물었다.

"독일군이 스탈크라 부르는 곳이야." 아빠가 말했다. "우리말로 하면 전쟁 포로수용소지."

나는 흐느끼는 엄마를 끌어안았다.

"어쨌든 레미가 살아 있잖아요." 내가 엄마에게 말했다.

"적어도 레미가 어디 있는지는 알고 있으니," 아빠가 계속해서 말했다. "그걸로 위안을 삼도록 하자꾸나."

아빠의 말은 틀리지 않았다. 가엾게도 비찌는 몇 개월째 동생 줄리앙의 소식을 듣지 못했다.

"네 동생에게서도 곧 소식이 있었으면 좋겠구나." 아빠가 비찌를 보며 말했다. 아빠의 목소리가 따뜻했다.

비찌가 입술을 깨물며 울음을 터트리지 않으려 안간힘을 썼다.

아빠가 블레이저 주머니에서 종이 한 장을 꺼냈다. 나는 아빠의 손에서 종이를 낚아채 희미하게 인쇄된 글자를 읽었다. '주 쉬 프리조니에.' 나는 전쟁 포로입니다. 아래로 두 줄이 더 있었다.

1. 나는 건강에 아무런 문제가 없습니다.

2. 나는 부상을 당했습니다.

그리고 2번에 동그라미가 쳐져 있었다. 즉, 레미는 부상을 당한 채 홀로 외롭게 지내고 있다는 뜻이었다.

같이 종이를 들여다보던 비찌의 얼굴이 하얗게 질렸다. 비찌는 집에 가서 어머니에게 알려야겠다고 했고, 아빠와 내가 그런 그녀를 문 앞까지 배웅했다. 비찌가 아빠의 뺨에 입을 맞추며 인사하자 아빠의 얼굴에 희미한 웃음이 떠올랐다.

다시 엄마에게 간 아빠는 엄마 곁에 무릎을 꿇고 앉아 다정하게 엄마의 눈물을 닦아줬다. 아빠와 내가 양쪽에서 엄마를 부축해 침대로 데려갔다. 하지만 엄마의 눈물은 멈출 줄을 몰랐고 아빠는 그런 엄마의 주변을 서성거릴 뿐 달리 해줄 수 있는 게 없었다.

"토마스 선생님께 연락해볼까요?" 내가 물었다.

"지금은 의사 선생도 아무 도움이 못 될 거다." 아빠가 말했다. "내가 여기 있을 테니까 너는 그만 가서 쉬어라."

나는 얌전히 아빠 말대로 했다. 슬픔에 빠진 엄마 곁에 있어주지 못하는 게 마음에 걸렸지만 나 역시 지치고 힘들었다. 스탈크. 상실과 관련된 단어 하나를 새로 배운 셈인가. 지금까지 우리는 레미가 멀쩡히 집으로 돌아올 거라며 서로를 위로했다. 하지만 이제는 무슨 말로 우리 자신을 위로해야 할까.

나는 책상 앞에 앉아 레미의 만년필로 이렇게 썼다.

보고 싶은 레미에게,

네가 포로가 되었다니 너무 싫다. 부상까지 입고 어딘지도 모르는 먼 곳에 있다니 너무나 걱정돼.

뭐라도 쓰고 나니까 마음이 좀 진정되는 것 같았다. 그러나 이 따위 편지가 레미에게 무슨 도움이 될 수 있을까. 나는 잉크를 떨어트려 쓴 내용을 지워버리고 다시 편지를 쓰기 시작했다.

나는 여기서 단 한 글자도 더 쓸 수가 없었다.

날이 밝자 옷을 갈아입고 엄마를 들여다봤다. 엄마는 이불 속에서 웅크리고 있었다. 눈을 감은 채로 악몽에서 깨어나지 못하는 사람처럼 계속 훌쩍거리기만 했다. 아빠는 옷장 앞에서 셔츠를 입고 있었다.

"엄마는 내가 살펴보마." 아빠가 말했다.

"이런 모습을 너한테 보이고 싶어 하지 않을 거야." 아빠는 나를 문 앞까지 배웅했다. "엄마를 돌봐줄 만한 사람을 구해봐야지."

거리에는 사람이 거의 보이지 않았고 차는 한 대도 없었다. 도서관 역시 이상할 정도로 적막했다. 나는 마거릿이, 그리고 폴이 보고 싶었다. 심지어 턴불 부인이 학생들에게 조용히 하라고 주의를 주는 소리까지 듣고 싶을 지경이었다.

"레미 이야기는 들었어. 나도 정말 마음이 아파." 코헨 교수가 로라 잉걸스 와일더의 《기나긴 겨울》을 내밀었다. "특별히 읽을 만한 부분에 표시해뒀어. 눈보라가 쉬지 않고 몰아치는 동안 로라네 가족은 개척 농지의 오두막에서 추위와 싸우고 있었어. 그때 아빠가 바이올린을 켜며 세 딸들에게 춤을 춰보라고 해. 그렇게 웃으며 움직이는 동안 몸이 따뜻해져서 간신히 얼어 죽지 않고 버텨나갔어. 외양간에 가축도 보러 가야 했는데 눈보라 때문에 한 치 앞도 보이지 않는 상황인 거야. 그래도 아빠는 밧줄을 연결해서 그 줄에 의지하며 집과 외양간 사이를 오갔고, 그동안 엄마는 숨을 죽이고 아빠가 무사히 돌아오기만을 기다렸지." 내가 책을 받아들자 코헨 교수가 내 손을 잡았다. "우리 역시 한 치 앞을 내다볼 수 없는 상황에 놓여 있어. 그러니 무슨 줄이든 붙잡고 의지하고 버텨야 해."

저녁 식사 전에 집에 돌아온 나는 엄마를 살펴보러 갔다. 엄마는 잠들어 있었고 옆에는 간호사인 듯한 사람이 앉아 있었다. 가느다란 갈색 머리카락 사이로 불그스름한 얼굴이 보였다. 어딘지 모르게 낯익은 얼굴이었다. 도서관에서 본 사람인가? 아니면 미국 병원의 자원봉사자?

"오딜이라고 해요."

"외제니예요."

"엄마는 좀 어때요?"

"계속 누워만 계세요. 아무래도 크게 충격을 받으신 것 같아요."

하루하루 시간이 흘러갔다. 일을 마친 비쩌와 나는 오랜만에 튈르리 공원으로 산책을 나갔다.

"어머님은 좀 어떠세요?" 내가 물었다.

"당장이라도 동생이 집에 올 것처럼 하염없이 대문만 보고 계세요."

＊

파리 사람들은 독일군과 함께하는 일상에 점점 익숙해져갔다. 카메라 필름이나 맥주 등을 팔며 독일군을 상대로 장사를 하는 사람들도 생겨났다. 반면에 그들의 존재를 인정하는 일 자체를 거부하며 독일군이 없는 것처럼 행동하는 사람들도 있었다. 독일군과 친하게 지내고 식사 초대도 기꺼이 받아들이는 여자들이 있는가 하면, 그런 일을 불쾌하게 여기고 얼굴을 찡그리는 여자들도 있었다. 지하철을 탔다가 어느 말라깽이 독일군 병사 하나가 나를 뚫어져라 쳐다보기에 그가 시선을 돌릴 때까지 똑바로 노려본 적도 있었다.

외제니가 집에서 뜨개질을 하면서 엄마를 지켜보고 있다는 사실은 적지 않은 위안이 되었다. 다만 어디선가 그녀를 본 것 같다는 생각이 머릿속을 떠나지 않았다. 도서관의 병사 지원 사업을 돕던 자원봉사자 중 한 사람이었을까? 아니면 학교 친구의 어머니?

그러던 어느 날 저녁 일을 마치고 돌아가는 그녀를 배웅하며 외투를 입는 것을 도와주던 아빠가 그녀에게 집까지 바래다줘도 괜찮겠느냐고 물었다. 아빠는 집안일을 도와주는 여자들에게 그런 말을 한 적이 없었다. 외제니는 짧은 거절의 말을 남기고 종종걸음으로 사라졌다. 순간 나는 깨달았다. 이 '간호사'는 아빠랑 같이 호텔 앞에 있던 바로 그 여자였다.

"어떻게 저 여자를 집으로 불러들일 생각을 할 수 있어요?" 내가 씩씩거리며 아빠에게 따졌다.

아빠는 잠시 당황한 것처럼 보였지만 이내 뭔가를 계산하듯 눈을 번뜩였다. 내가 뭘 알고 있는지 확인하고 우선은 자신의 잘못에 대해 변명한 다음 엄마에 대한 애정과 내연녀에 대한 애정에는 분명한 차이가 있다는 걸 강조하려는 것이겠지. 복잡한 계산을 마친 아빠는 레미가 학교에서 법률 토론을 하듯 자기 변론을 펼치기 시작했다.

"그럼 이 상황에서 뭘 어떻게 할 수 있다는 거냐? 독일군 점령 지역 밖에 있는 네 고모 재닌이라도 불러들여야 속이 시원하겠니? 아니면 전혀 알지도 못하는 사람에게 부탁할까?"

"카로 이모가 어디 있는지 찾아볼 거예요. 카로 이모라면 우리 집 상황을 궁금해하고 또 어떻게든 돕고 싶어 할 테니까."

"이렇게 너와 내가 네 엄마 뒤에서 카롤린 이야기를 하는 것만으로도 네 엄마는 크게 화를 낼 거다."

"하지만 아빠……."

"아니면 네가 집에 남아서 엄마를 돌보든가."

나는 끝이 보이지 않는 엄마의 슬픔에 나까지 빨려 들게 될까 봐 두려웠다. "다른 간호사를 구하면 안 돼요?"

"훌륭한 취지에서 파리에 남은 간호사들은 병원에서 하루 열 시간이 넘게 근무 중이다. 어쨌든 외제니가 네 엄마를 잘 돌봐주고 있잖니."

나는 코웃음을 쳤다. "엄마가 아니라 아빠를 잘 돌봐주는 거겠죠."

"제대로 알지도 못하는 일에 대해서는 아예 말도 꺼내지 마라! 그리고 외제니는 사실상 간호사나 다를 바 없는 사람이야."

"도서관을 왔다 갔다 한다고 사서가 되는 건 아니에요. 엄마에게는 진짜 간호사가 필요하다고요."

나는 발을 구르며 내 방에 들어왔다. 숨겨둔 애인을 집으로 불러들이다니. 폴이 여기 있었다면 아빠가 정신을 차리게끔 따끔한 말을 해주지 않았을까. 나는 폴이 나를 끌어안기라도 하듯 양팔로 몸을 감쌌다. 아빠가 나를 실망시킬 때, 도서관에서 힘든 일이 있을 때, 레미가 견딜 수 없이 그리울 때마다 폴은 영혼의 상처를 달래주는 치료 약이 되어줬다.

저녁 여덟 시가 되자 아빠가 방문을 두드렸다. "저녁 먹을 시간이다."

"전 됐어요!"

나는 밤을 새워가며 아빠의 그 뻔뻔한 애인을 몰아붙이는 장면을 그려봤다. 수치심에 얼굴이 새빨개진 여자가 감히 우리 엄마와 같은 하늘 아래에서 같은 공기로 숨 쉬고 사는 것에 대해 사과하겠지. 그리고 다시는 우리 집 문턱을 더럽히지 않겠다고 약속하고, 다시는 아빠와 말도 섞지 않을 것이다.

출근을 하기 전에 엄마를 슬쩍 들여다봤다. 외제니는 사랑하는 애인의 머리를 빗겨주듯 엄마의 머리를 섬세하게 빗겨주고 친정 엄마처럼 엄마의 코도 닦아줬다. 나는 지금까지 엄마의 잠옷 한번 입혀준 적 없고 요강을 치워준 적도 없었다. 이 낯선 여자는 우리 집에 발을 들여놓고 내가 할 수 없는 일을 척척 해내고 있었다. 천천히 마음속 분노가 사그라들기 시작했다.

나는 엄마의 뺨에 입을 맞췄다. 엄마는 움직이지 않았다.

"좀 나아졌나요?" 여전히 외제니의 얼굴을 똑바로 쳐다보기는 힘들었다.

"어제는 손수건 여섯 장을 썼어요. 그저께는 열두 장이었으니 나아졌다고 할 수 있겠죠?"

"엄마······."

"부인의 심정을 충분히 이해해요."

"혹시 그쪽도?"

"우리 아들은 지난번 전쟁 때 마을에 떨어진 폭탄 때문에 죽었어요. 막 걸음마를 시작했었는데······. 당신 어머니는 절대로 나 같은 경험을 하게 되지 않길 빌어요." 외제니가 엄마의 팔을 토닥였다. "오르

286

탕스, 힘들죠. 지금은 참 견디기 힘든 때인 것 같네요. 그래도 부인 아이들은 부인을 필요로 하니까. 아들한테 편지도 쓰고 여기 있는 딸도 한번 봐요. 딸내미 얼굴 보고 싶지 않으세요?"

엄마가 고개를 들어 절망적이고 무기력한 눈빛으로 나를 바라봤다.

1940년 8월 25일

보고 싶은 레미에게,

네가 하루라도 빨리 집에 돌아올 수 있기를 기도하고 있어. 혹시 집으로 편지 썼니? 그렇다면 편지가 아직 도착하지 않은 거겠지. 아빠와 엄마는 잘 지내셔. 폴은 추수를 돕기 위해 파리에서 멀리 떨어진 곳으로 갔고. 폴이 너무 보고 싶어. 나도 이런데 넌 얼마나 비찌가 보고 싶을까.

도서관에 사람들이 점점 더 많이 몰려들고 있어. 서로 만나서 잠시나마 한숨 돌리기 위해 오는 듯해. 많은 회원들이 파리를 떠났고 책도 다른 곳으로 보내졌지만 어쨌든 지금은 직원이 총동원되어 일하는 중이야. 리더 관장님은 도서관을 찾아온 사람이라면 누구도 그냥 돌려보내려 하지 않거든.

마거릿 소식은 아직 듣지 못했어. 비찌는 동생 소식을 들었나 봐. 그나마 다행이지. 비찌는 너 때문에 속을 많이 태우고 있지만 그러저럭 잘 지내고는 있어.

이 편지가 너에게 전해질 수 있을까? 네게 하고 싶은 이야기가 너무나도 많아.

사랑을 담아서,

오딜

1940년 8월 25일

너무나도 그리운 폴에게,

숙모님께 초대해주셔서 정말 감사하다고 좀 전해주세요.
나도 너무나 가고 싶고 또 당신도 보고 싶지만 레미 소식
을 더 듣게 될지 모르니 파리에 있는 게 나을 것 같아요.
어제는 비쩌가 남동생 소식을 전해 들었어요. 레미처럼 포
로수용소에 있다는군요. 비쩌 동생 이야기를 듣는데 눈물
이 나려 해서 겨우 참았어요. 도서관을 아끼고 사랑하는
만큼 견딜 수 없을 정도로 일이 힘들 때도 있어요.
비쩌를 보고 있으면 마치 거울 속 내 모습을 보는 것 같아
요. 비쩌의 찡그린 이마에서 내 걱정거리가 보이고, 창백
한 얼굴에서 내 불행한 모습이 떠올라요. 하지만 남동생
과 애인이 모두 포로로 잡혀 있는 비쩌가 나보다 두 배는
더 힘들겠죠. 찻잔 가득 꽃을 담아 비쩌의 책상에 올려놓
았어요. 다른 사람들을 위해 더 많은 일을 하고 싶어요. 더
좋은 소식을 듣고 부정적인 생각은 더 적게 하고 싶어요.
당신은 언제 돌아오나요?

나의 모든 사랑을 담아,

당신의 까칠한 도서관 사서가

1940년 8월 25일

보고 싶은 마거릿에게,

편지를 자주 썼는데 아직 한 번도 답장을 받아보지는 못
했네요. 그저 잘 지내고 있기만을 바랄 뿐이에요. 여기 상
황은 별로 좋지 않아요. 레미는 독일군 포로수용소에 갇
혀 있고 엄마는 완전히 넋이 나가 거동조차 못해요. 아빠
는 그런 엄마를 돌본답시고 집 안에 내연녀를 끌어들였어
요. 그 여자가 엄마한테 한 짓을 생각하면 엄마의 요강 비
우는 일쯤은 당연히 해줘야겠죠. 하, 모든 게 다 엉망이에
요. 엄마는 조금씩 차도를 보이고는 있지만 크게 달라지
진 않았어요. 그렇게 시중받는 걸 은근히 즐기는 건 아닌
지. 아니면 그 '간호사'의 정체를 알아채고 더 괴롭혀주려
고 일부러 그러는 건지. 평소의 엄마를 생각하면 둘 다일
수도 있고요.

독일군이 파리를 점령했고 국립 도서관까지 차지했어요.
책을 보내달라는 전쟁 포로의 요청이 쇄도하고 있지만 독
일군 사령부에서 독일에 포로로 갇혀 있는 연합군에게 책
을 보내는 걸 허락하지 않고 있어요. 이 또한 가슴 아픈
일이죠.

지금 내 모습은 시몬 부인처럼 우울해 보일 거예요. 그래
도 몇 가지 좋은 소식이 있어요. 서가 정리를 맡은 피터와
자료 열람실 담당 헬렌이 요즘 들어 함께 보내는 시간이
많아요. 점심시간이면 정원에 나가서 나들이도 즐기고요.

다른 사람들 눈을 의식하지 않고 손도 잡아요. 그렇게 둘이서 하나가 되었답니다. 사랑에 빠진 거죠. 보는 것만으로도 어쩌나 사랑스러운지.

어서 이곳으로 돌아오세요! 당신이 없으니 도서관이 예전 같지 않아요.

사랑을 담아서,
오딜

＊

9월이 되자 리더 관장이 창문에 붙였던 갈색 종이를 모조리 떼어냈다. 나는 창밖을 바라봤다. 더 이상 자갈이 깔린 길이나 담쟁이덩굴이 있는 화분 같은 건 눈에 들어오지 않았다. 눈에 보이는 건 오직 갈 곳을 잃은 편지며 멀리 떠나버린 친구들뿐이었다. 그때 마거릿의 모습이 눈에 들어왔다. 그녀가 요란한 발소리를 내며 도서관으로 달려오고 있었다!

"레미는요?" 그녀의 입에서 나온 첫마디였다. 나는 이토록 다정한 그녀를 이전보다 더욱 사랑하게 될 것 같았다. "레미에게서 다른 소식 있나요?"

"포로수용소에 있다는 소식 말고는 없어요."

"오딜……," 마거릿이 나를 끌어안았다. "그동안 당신과 레미에 대해 얼마나 걱정했었는데요. 그리고 도서관도……."

"'라콩트'!" 우리 둘은 동시에 소리쳤다. 어서 말해봐요! 나는 모든 걸 알고 싶었다.

마거릿은 파리를 떠날 때의 일을 떠올렸다. "도로에 차가 넘쳐났어요. 독일 전투기가 민간인도 공격했기 때문에 머리 위로 전투기가 나타나면 차는 급정거를 하고 사람들은 도로변 도랑으로 뛰어들었죠. 가다가 기름이 떨어져서 캠페르[42]까지 남은 16킬로 정도를 걸어가야 했어요. 크리스티나는 가는 내내 울음을 그치지 않았고요. 그렇다고 애한테 지금은 전시 상황이니 참으라고 할 순 없잖아요."

로렌스는 아내와 딸을 런던으로 돌려보내려고 했다. 하지만 마거릿이 거부했다. "태어나서 처음으로 내가 중요한 사람이라는 기분이 들었다고요. 내가 하는 일, 내 봉사가 작게나마 의미가 있다는 그런 기분이요."

"당연히 당신은 중요한 사람이에요." 내가 힘주어 말했다. "도서관은 당신의 손길이 필요해요."

"'생세르망', 진심으로 책 정리하러 도서관에 돌아온다는 사실에 너무나 흥분됐어요!"

"남편도 기꺼이 돌아오겠다고 한 건가요?"

마거릿이 진주 목걸이를 만지작거렸다. "로렌스는 지금 독일군 점령 지역 밖인 자유 지역에 있어요."

현재 프랑스는 둘로 나눠져 있었다. 북부는 독일군이 점령했고, 프랑스 영토의 절반에 해당하는 남부는 지난 전쟁의 영웅 필리프 페탱[43] 원수가 이끌고 있었다.

"로렌스가 그렇게 멀리 떨어져 있다니 안타깝네요." 내가 말했다. "거기서 무슨 일을 하는 건가요?"

"로렌스는 지금…… 친구랑 있어요."

"언제까지 거기 있을 거래요?"

마거릿은 내가 도서관에서 영어와 프랑스어를 번갈아 쓰다가 두 언어가 헷갈릴 때 잠시 말문이 막히듯 현 상황에 적당한 말을 찾지 못한 것 같았다. "로렌스는 신경 쓰고 싶지 않아요!" 마거릿이 말했다. "어쨌든 돌아오는 길에는 행여나 기름이 떨어질까 걱정돼서 오래된 찻주전자에까지 기름을 꽉 채워왔지 뭐예요."

"설마 금이 간 찻주전자는 아니었겠죠!"

*

그로부터 일주일 후 드디어 폴이 우리 집을 찾았다. 나는 마른 지푸라기처럼 햇빛에 바랜 머리카락이며 붉게 탄 두 뺨을 그저 바라보기만 했다. 나는 밤마다 잠들기 전에 수없이 우리 둘의 재회의 순간을 상상했었다. 폴의 품에 몸을 던지고 그의 온 얼굴에 입 맞추면 폴이 내 몸을 더듬고, 그러면 온몸이 전율하겠지. 그렇지만 정작 그가 두 팔 벌려 나를 안았을 때 경직된 채 제대로 움직이지도 못했다. 너무 오랫동안 긴장한 상태로 지내와서인지 몸이 제대로 풀리지 않았던 모양이다. "사랑해요." 폴이 말했다. 이마에 그의 입술이 느껴진 후에야 비로소 긴장이 풀리기 시작했고 나는 눈물을 흘렸다. 내가 부모님이 신경 쓰는 걸 원치 않는다는 사실을 잘 알기에 폴은 나를 번쩍 들어 안았다가 곧바로 살며시 땅에 내려줬다. 그동안 나는 가족들과 비찌, 그리고 도서관 사람들 앞에서 아무렇지 않은 척 버텨왔다. 하지만 폴 앞에서는 그럴 필요가 없었다.

"우리 함께 견뎌나가요." 폴이 말했다.

나는 흐느낌을 멈추고 폴에게 가까이 갔다. 폴의 품 안이라면 영원토록 머물 수 있을 것 같았다. 그때 엄마가 나타났다. 폴이 가져온 감자, 버터, 햄 등을 보며 엄마가 말했다. "오딜의 몸과 마음의 허기를 채워주는 사람이 드디어 와줬군요."

"아주 믿음직한 가장이 되겠어." 아빠도 한마디 거들었다.

우리는 거실로 들어갔고 엄마와 아빠는 자리에서 일어서서 계속 서성거렸다. 엄마의 이마에 깊이 새겨져 있던 주름이 조금 펴진 것도 같았다. 아빠는 한 달 만에 처음으로 웃음을 터트리기도 했다.

"정말 보고 싶었어요." 폴이 나에게 속삭였다. "단 5분이라도 좋으니 단둘이 있었으면 좋겠군요."

"내일은 내가 경찰서로 찾아갈까요?"

"우리 층에 동료가 네 사람 더 있는데 날 보러 온 당신을 보면 수근거릴 겁니다."

포로수용소 전용 우편

1940년 8월 15일

엄마, 아빠께,

저는 괜찮습니다. 건강은 조금씩 좋아지고 있어요. 보르도 출신 의사가 바로 옆 침대에 있습니다. 잘 때 코를 골기는 하지만 의사가 바로 옆에 있다는 건 큰 위안이 됩니다. 편지 보내주셔서 감사해요. 그런데 물건 몇 가지만 부탁드려도 될까요? 두꺼운 셔츠, 속옷, 손수건, 수건 같은 게 필

요해서요. 실이랑 면도칼, 비누 같은 것도 있으면 좋겠어
요. 그쪽 상황이 크게 나쁘지 않다면 오래 보관할 수 있는
파테[44] 같은 먹을거리도 부탁드릴게요.
너무 걱정하지 마시고요. 대우도 괜찮고 수용소 환경도 불
평할 만큼 나쁘지 않아요.

사랑하는 아들,

레미 올림

포로수용소 전용 우편

1940년 8월 15일

보고 싶은 오딜에게,

어떻게 지내? 비쩌랑 엄마랑 아빠랑 폴은? 어깨 부상은 나
아지고 있어. 됭케르크에서 총에 맞았었어. 당시에는 지독
하게 아팠지만! 그러고 보니 네가 식탁 밑에서 나를 걷어
찰 때도 지독하게 아프다고 불평했었네. 나를 포함해서 같
은 부대원 몇 명이 포로로 붙잡혔어. 우리는 얼마나 많은
병사들이 됭케르크에서 전사했는지 전해 들은 후에야 우
리에게 주어진 운명에 대한 분노를 멈출 수 있었어.
포로 중에는 프랑스군 말고도 영국군도 일부 있어. 우리들
은 독일군 진격 속도와 맞먹을 정도의 속도로 행군을 계속
했지만 음식도 휴식도 주어지지 않았어. 너도 알다시피 평
소에 난 운동이랑은 담 쌓고 살던 사람이잖아. 그렇게 몇

주를 걸어서 포로수용소에 도착했고 모두들 안도하며 침대에 곯아떨어졌지. 그 침대라는 것도 고작 널빤지 하나에 불과했지만 차갑고 축축한 땅바닥보다야 백배 나으니까. 편지 보내줘서 고마워. 그동안 소식 못 전해서 미안해.

사랑을 담아,

레미

1940년 9월 30일

보고 싶은 레미에게,

필요한 거 알려줘서 고마워. 엄마는 묵주도 보내고 싶어 하셔. 그래야 너랑 다른 병사들이 '제대로' 기도를 올릴 수 있다 하시네. 오늘은 아주 오랜만에 엄마도 성당 미사에 참석했어. 하지만 아직 상태가 그리 좋지는 않아서 아빠가 엄마를 돌봐줄 사람을 구했어.

처음에는 낯선 사람한테 엄마를 맡기는 게 영 못 미더웠어. 하지만 엄마랑 그 사람은 아주 잘 지내. 엄마를 돌봐주는 외제니는 하얀 블라우스에 카디건을 입는 평범한 여자야. 굽은 어깨에 슬픈 눈을 한 평범한 여자. 아주 가끔 뭔가를 생각하는 듯 입가에 웃음을 지어 보이는데 그 모습은 엄마를 닮은 것 같기도 해. 저녁때 아빠가 퇴근하면 다함께 차를 마셔.

아빠의 퇴근 시간은 점점 늦어지고 있어. 차를 징발당하는 바람에 버스를 타고 출퇴근하시지. 설상가상으로 기름 구하기가 하늘에 별 따기라 버스 운행 시간도 크게 줄었어.

네가 그렇게 가버리고 아빠는 전보다 두 배는 더 내 일에 참견해. 다소 과잉보호를 하기도 하고. 우선은 내가 외출하는 것 자체를 마뜩잖게 생각해서. 낮에 잠깐 영화관 가는 것조차 싫어한다니까. 독일군 전용 극장이랑 유흥업소가 따로 있어서 밖에 나갔다가 봉변당할 일은 없을 건데. 극장 안에 불이 꺼지면 사람들은 꽁꽁 숨겨뒀던 감정을 드러내곤 해. 본 영화 상영 전에 틀어주는 선전 영상에 히틀러가 나오면 야유를 퍼부어대기도 하고.

독일군 병사는 '졸다텐', 금지 사항은 '파보텐' 하는 식으로 독일어가 일상 속으로 침투 중이야. 동시에 독일군 병사들은 프랑스어를 배우고. 사시(斜視)인 어느 '코만단트', 독일군 장교처럼 보이는 사람이 도서관 회계 담당에게 대화를 시도한 적이 있어. 웨드 양 기억하지? 왜 그 고대 그리스 철학자에 관심 많고 스콘도 잘 굽는다는 당찬 아가씨 말이야. "안녕하세요, 아가씨? 무척이나 아름다우십니다." 그 장교가 프랑스어로 말을 걸었는데 웨드 양이 이렇게 대꾸했어. "사양하겠습니다!" 장교가 잘 못 알아들어서 친절하게 독일어로 한 번 더 말해주더라. "안녕히 가세요!"

사랑을 담아서,

오딜

편지에 가벼운 내용을 담는 건 쉬운 일이 아니었다. 특히나 파리에 독일군이 가득한 지금의 상황에서는 더욱 그랬다. 보리스가 직원 회의 시간에 독일군이 노트르담 대성당 근처에 있는 러시아 도서관에서 10만 권이 넘는 책을 압수해갔다고 알려줬다.

"10만 권이라니." 마거릿이 힘없는 목소리로 되뇌었다.

어렸을 때 카로 이모와 러시아 도서관에 가본 적이 있었다. 우리는 카지모도[45]가 있을 법한 시테섬의 한 성당에서 미사를 보고 센강 왼쪽으로 건너갔다. 그런 다음 뷔셰리 거리를 지나 아주 웅장해 보이는 건물까지 한가롭게 걸어갔다. 건물 문이 활짝 열려 있기에 우리는 안을 들여다보려고 기웃거렸다. "어서 오세요. 환영합니다." 은색 안경줄이 달린 독서용 안경을 쓴 사서가 나에게 그림책 한 권을 내밀었다. 카로 이모와 나는 책을 보고 깜짝 놀랐다. 단순히 외국어로 쓰인 책이라서가 아니라 우리말과 완전히 다른 러시아식 알파벳 때문이었다.

도서관 벽은 책장으로 뒤덮여 있었고 책장의 높이가 천장까지 닿아 있었다. 천장 자체도 엄청나게 높아서 맨 위 칸에 있는 책을 꺼내기 위한 사다리가 별도로 있었다. 카로 이모는 내가 사다리 꼭대기까지 올라가볼 수 있게 해줬다. 카로 이모와 함께하는 시간이 늘 그랬듯 그날 역시 나에게는 천국의 나날이나 다름없었다.

나는 러시아 도서관의 책장이 텅 빈 모습을 상상해봤다. 눈에 눈물이 그렁그렁한 사서의 모습도. 책을 반납하러 왔다가 자기 손에 들려 있는 책이 도서관에 남은 유일한 책이라는 사실을 알게 된 도서관 이용자의 심정은 또 어떨까.

"그런데 독일군은 왜 하필 책을 약탈해갔을까요?" 비찌가 물었다.

보리스는 독일군이 다른 나라의 문화를 말살하고 싶어 한다고 했다. 과학, 문학, 철학 관련 저작을 체계적으로 꼼꼼하게 몰수하는 것이 그 시작이었던 것이다. 보리스는 또한 독일군이 이름 있는 유대인 가문의 개인 소장품도 강탈하고 있다고 했다.

"우리 유대인 회원들도 비슷한 일을……," 내가 말했다. "코헨 교수님 같은 분이요."

나는 어제 일을 떠올렸다. 일반 열람실을 둘러보는데 구석 자리의 책상에 책이 잔뜩 쌓여 있는 게 보였다. 책 더미 뒤로 하얀 정수리와 공작새의 깃털이 보였다. 코헨 교수였다. 그녀는 도서관 책으로 방어벽이라도 쌓아올린 것 같았다. 책에는 제프리 초서, 존 밀턴, 제인 오스틴 같은 이름이 있었다.

내가 가까이 다가갔는데도 코헨 교수는 인기척을 느끼지 못했다.

"다시 고전 작품을 연구하시나 봐요?" 내가 물었다.

"독일군이 내 책을 다 가져가버렸어. 갑자기 집에 들이닥쳐서는 다짜고짜 책을 몽땅 상자에 쓸어담는 거야. 내가 소장하고 있던 초판본부터 《베오울프》에 관한 논문까지. 심지어 논문은 아직 완성도 못한 건데."

"세상에……." 나는 그녀의 어깨를 감싸 안았다. "어떡해요. 많이 속상하시죠……."

"응. 너무 답답해." 코헨 교수는 무기력한 모습으로 책을 가리켰다. "기분도 그렇고 내가 좋아하는 책 옆에 있고 싶기도 해서 도서관에 나왔어."

코헨 교수의 딱한 사정이 떠올라 직원 회의 때 사람들에게 말해 줬다. 마거릿이 안타까워하며 응수했다. "장장 40년의 연구 성과가 전부 물거품이 돼버렸네요."

"코헨 교수님 취향은 잘 알아요." 비찌가 말했다. "서점을 샅샅이 뒤져서라도 대신할 만한 책을 좀 찾아내면⋯⋯."

"그럼 다른 회원들은요?" 리더 관장이 물었다.

"러시아 도서관은요?" 보리스도 거들었다.

"우리 도서관은 또 어떡해요?" 내가 말했다.

"오딜 말이 맞아요." 리더 관장이 말했다. "이곳에도 곧 독일군이 들이닥칠 거예요."

10월이 되자 어떻게든 삶은 계속된다는 사실을 증명이라도 하듯 학교들이 하나둘씩 문을 열기 시작했다. 엄마들은 아이들의 교복을 깨끗하게 다리고 공책, 연필 등을 살뜰히 챙겼다. 구하기 어려운 식료품이 생기면서 정육점 앞에 길게 줄을 선 주부들의 모습도 보였다. 패션 잡지는 여자들을 대상으로 모자 뒤를 눌러쓰는 형태의 새로운 스타일을 선보였다. 마거릿과 나는 프랑스 외곽에 있는 수용소에 보낼 책을 포장했다. 그곳에는 공산주의자와 집시를 비롯해 다른 나라에서 온 민간인이 수용되어 있었다. 이 외국인들은 독일과 같은 편에 선 나라의 국민들이었다.

이른바 '프로파간다슈타펠', 독일군 선전 부대의 활동도 더욱 치열해졌다. 이 특수 부대의 목적은 프랑스에서 적개심을 불러일으키는 것이었다. 지하철역이나 극장, 혹은 여러 건물에 붙어 있는 벽보에는 프랑스 해군 수병이 피로 물든 바다에서 허우적대는 모습이 그려져 있었다. 그림 속 병사는 넝마가 된 프랑스 깃발을 움켜쥐고 애절한 모습으로 외쳤다. "잊지 않겠습니다!" 그 뒤에는 공격을 해오는 영국 해군이 보였다. 꼭 독일군의 선전이 아니더라도 어떻게 이 사건을 잊을 수 있을까. 영국 해군의 공격으로 프랑스 해군이 1천 명 넘게 전사한 것을. 드 네르시아 씨는 여전히 프라이스-존스 씨와의 대화를 거부했다.

하지만 독일군의 선동에 휘둘리기를 거부하는 파리 사람들은 벽보 속 문구에 '수영복'이라는 단어를 붙여 '수영복을 잊지 않겠습니다!'라는 말로 바꿔놓기도 했다.

오늘 점심시간에는 폴과 함께 몽소 공원에 갔다. 분노로 경직된 얼굴의 폴이 모래가 깔린 길을 성큼성큼 걸어갔고, 나는 그런 그를 쫓아가느라 애를 먹었다.

"독일군의 벽보를 원래대로 깨끗하게 만들라는 명령을 받았습니다." 그가 말했다. "빌어먹을 흰 장갑을 끼고 교통정리를 하는 것보다 더 불쾌한 일이에요. 사람들이 그 꼴을 볼 때마다 뒤에서 낄낄거린다고요."

"그렇지 않아요." 내가 다정하게 그의 팔에 팔짱을 꼈지만 폴의 화는 조금도 누그러지지 않았다.

"모욕적인 일입니다. 총을 들고 사람들의 안전을 지켜주던 경찰이 걸레를 들고 낙서나 지우러 다니고."

"어쨌든 적어도 당신은 파리에 남아 있잖아요."

"차라리 레미처럼 참전하고 싶은 심정입니다."

"그런 말 말아요." 내가 말했다.

"최소한 레미는 싸워보기라도 했잖아요. 그러니 당당한 프랑스 남자라고 말할 수 있죠."

"당신은 당신 나름의 몫을 하는 거예요."

"독일군놈들의 벽보나 지키면서요?" 폴은 길에 뒹구는 나뭇가지를 걷어찼다. "너무나 치욕스러워요."

포로수용소 전용 우편

1940년 10월 20일

보고 싶은 오딜에게,

파테 보내줘서 고마워. 다른 사람들이랑 맛있게 나눠 먹었어. 여기서는 집에서 보내준 음식을 다 같이 나눠 먹어. 간혹 감춰두는 사람도 있기는 해. 이런 상황 속에서도 프랑스는 하나가 되지 못하니 못내 실망스러울 따름이야. 폴이 신문 스크랩한 거랑 손수 그린 도서관 낭독회 풍경 그림을 보내줬어. 비찌가 책을 펼쳐서 머리 위로 들고 있던데. 지붕처럼 말이야. 책이란 우리에게 지붕이나 집 같은 역할을 해준다고 아이들에게 말하고 있는 것처럼 보였어. 파리 소식을 들을 수 있어서 기뻐. 무슨 일이 벌어지고 있는지 나한테 굳이 숨기지 않아도 돼. 거기서 일어나는 일은 웬만하면 뭐든지 다 알고 싶으니까. 그러면 잠시나마 이곳 수용소가 아닌 다른 데로 시선을 돌릴 수 있거든. 얼마나 더 이 생활을 지속해야 하는지 알 길이 없으니 다들 미치기 일보 직전인 상태야. 개중에 카드놀이하

는 법을 가르쳐주는 사람도 있어. 하기야 여기서 남아도
는 건 시간뿐이니까.

사랑을 담아서,
레미

1940년 11월 12일

보고 싶은 레미에게,

폴이 보내준 그림이 마음에 들었다니 나도 좋다. 폴한테
그런 재능이 있는 줄은 너도 몰랐지? 엄마는 폴과 비쩌를
집에 자주 초대해. 지난주 저녁 식사 자리에서 아빠가 너
아기 때 사진을 보여주기도 했어. 비쩌만 오면 아빠가 자
상한 사람으로 변해. 비쩌가 아빠와 어떻게 소통하는지 언
젠간 네 눈으로 직접 볼 수 있는 날이 오겠지. 물론 그러려
면 네가 집에 돌아와야 한다는 건 말할 것도 없고. 어제는
무려 2천 명 가까운 고등학생과 대학생이 점령군에 대항
하는 시위를 벌였어. 표면적으로는 페탱 원수 같은 늙은
이가 프랑스를 지배하는 것처럼 보이지만 이제 젊은이들
이 새로운 길을 열어줄 거라고 생각해.

사랑을 담아서,
오딜

나는 레미에게 보낸 파테가 우리 가족이 배급받은 일주일치 고기
를 전부 쏟아 넣어 만든 거라는 말은 하지 않았다. 그리고 학생 시위

가 당국의 무력 진압으로 빠르게 끝나버렸다는 말도 하지 않았다. 나는 레미에게 독일군이 체코슬로바키아 도서관을 점거했고 '코만단투어', 프랑스 소재의 독일 점령군 사령부가 일주일 안에 '비블리오테크슈츠', '도서관 보호인'을 파견해 우리 도서관을 '점검'하겠다고 통보한 사실 또한 편지에 쓰지 않았다.

리더 관장을 비롯해 보리스, 비찌, 그리고 나는 사령부에서 날아온 통지서를 보고 벌어진 입을 다물 수 없었다.

"비블리오테크슈츠가 뭔가요?" 비찌가 물었다.

"그대로 옮기면 '도서관 보호인'이라는 뜻이에요." 리더 관장이 말했다.

"그리 나쁜 뜻으로 들리는 것 같진 않은데. 안 그래요?" 내가 물었다.

리더 관장은 서글픈 표정으로 고개를 저었다. "사실은 그 반대일 거예요. 독일군이 우리 책을 몽땅 압수해갈 거 같아요."

"쉽게 말해 나치 독일의 비밀경찰이 책을 관리하겠다는 뜻입니다." 보리스가 덧붙였다.

'점검'을 하는 날이 되었다. 보리스는 오후가 되기도 전에 담배 한 갑을 몽땅 다 피워버렸다. 리더 관장은 파리 미국 도서관의 존폐를 가를지도 모를 기술적인 트집이나 빌미를 잡히지 않기 위해 서류 작업에 몰두했다. 나는 책을 다시 정리했다. 《위대한 개츠비》, 《그린 뱅크》, 《그들의 눈은 신을 보고 있었다》 같은 책은 정말로 좋은 친구들이었다. 마거릿 쪽을 흘끗 봤는데 그녀도 나와 같은 생각을 하고 있다는 사실을 알 수 있었다. '도서관 없이 우리가 어떻게 견뎌낼 수 있을까?'

"관장님께 가서 다 같이 차라도 한잔해요." 그녀가 말했다. "뭐라도 해야지 안 그랬다가는 미쳐버릴 것 같아!"

내가 안절부절못하고 초조해하는 바람에 마거릿이 쟁반을 들었다. 그녀가 리더 관장의 책상에 주전자와 찻잔이 올려진 쟁반을 내려놓자 내가 말을 꺼냈다. "좀 어떠세요?"

"배가 쑤셔요. 속이 다 뒤집히는 것 같아." 리더 관장이 대답했다. "아주 귀하신 도서관 보호인 양반을 기다리는 기분이라니. 어떻게든 도서관을 계속 열 수 있게 해달라고 기도라도 해야겠군요."

마거릿이 잔에 캐모마일차를 따랐다. 뜨거운 찻잔이 땀에 젖어 끈적거리는 손을 따뜻하게 데워줬다. 차를 한 모금 막 마시려는 찰나 묵직한 구둣발이 나무 바닥을 두드리는 소리가 서가를 따라 울려 퍼졌다.

리더 관장은 의자에 그대로 앉아 어깨를 똑바로 폈다. 독일군 군복을 입은 남자 세 명이 들어왔다. 입을 여는 사람은 아무도 없었다. 프랑스어로도, 독일어로도 인사조차 오가지 않았다. 우리를 체포하겠다는 협박 혹은 히틀러 만세 같은 독일군의 경례 구호도 없었다. 독일군 둘은 내 나이 또래 정도의 건장한 일반 병사였고 나머지 한 명은 금테 안경을 쓴 몸집이 작은 장교였다. 그의 손에는 가죽 서류 가방이 하나 들려 있었다.

세 사람은 무슨 가격이라도 매기듯 사무실 안을 천천히 둘러봤다. 책상 위에는 서류가 가득했지만 책장은 텅 비어 있었다. 거기 있던 진귀한 책이나 초판본은 이런 때를 대비해 이미 안전한 곳으로 치워둔 후였다. 리더 관장의 피부가 푸르스름하게 빛났고 틀어 올린 머리에는 윤기가 흘렀다. 입은 여전히 굳게 다문 채였다.

설사 리더 관장이 겁에 질렸다고 해도 그걸 알아차린 사람은 아무도 없을 것 같았다. 나는 그녀가 그렇게 꼿꼿한 자세로 앉아 있는 걸 한 번도 본 적이 없었고, 또 그렇게 차가운 표정도 본 적이 없었다.

그녀는 사람이 찾아오면 언제든 자리에서 일어나 따뜻하게 맞아들였다. 원래 있던 규정 아닌 규정에 따르면 그녀는 관장으로서 그냥 자리에 앉아 있거나 악수를 하기 위해 손만 내밀면 되었다. 하지만 그녀는 규정 같은 건 무시했다. 그렇다고 이런 초대받지 않은 손님들에게까지 평소의 따뜻한 모습을 보일 필요는 없었다.

자칭 '도서관 보호인'은 분명 여자가 아닌 남자 관장이 있을 거라고 예상했던 모양이다. 장교는 리더 관장을 바라보며 독일어로 뭐라고 말을 했다. 목소리는 낮았고 지시 내용은 간결했다. 그러자 왼쪽에 서 있던 두 병사가 시중을 드는 하인들처럼 사무실 문을 조용히 닫았다. 리더 관장이 여전히 아무 말이 없자 장교는 유창한 프랑스어로 말을 하기 시작했다. "대단한 도서관이군요. 깜짝 놀랐습니다, 리더 관장. 유럽 어디서도 이런 곳은 찾아보기 힘들 겁니다!"

자신의 이름을 듣자 리더 관장이 남자의 얼굴을 유심히 쳐다봤다. "헤르만 훅스 박사? 파리에 계셨어요? 생각지도 못했네요." 그녀는 마치 옛 친구를 만나 기뻐하는 것처럼 손뼉을 쳤다. "솔직히 말해서 군복에만 눈이 갔지 누가 찾아왔는지는 별로 신경 쓰지 않았어요."

"나도 바로 지난주에야 이 부서로 배속됐습니다. 지금은 네덜란드, 벨기에, 프랑스 점령 지역의 지식 활동 부문을 총괄하고 있지요." 훅스 박사라는 남자는 어린아이처럼 그녀의 칭찬이라도 기대하듯 한껏 자랑하는 투로 말했다. 그의 반짝이는 두 뺨과 윤기 흐르는 금발 머리는 보는 사람들로 하여금 주일 학교 교사 같은 인상을 줬다.

"도서관이 그리우시겠어요." 리더 관장이 안됐다는 듯 고개를 내저었다.

"네, 아주. 하지만 베를린에 있는 국립 도서관은 내가 부재하더라도 아무 지장 없을 겁니다. 내 스스로가 도서관을 떠나 문제없이 잘 지낼 수 있는가 하는 건 또 다른 이야기지만요."

나는 독일군이라면 책이 뭔지도 모르는 무지한 짐승 같을 거라고 생각했다. 그런데 이 남자는 베를린에서도 가장 명성이 높다는 국립 도서관에서 일을 했다는 것이다. 마거릿과 나는 리더 관장의 입에서 어떤 지시라도 떨어지기를 기다렸다. 하지만 관장과 독일군 장교는 주변 사람들은 안중에도 없이 대화를 이어나갔다.

"그나저나 현재 여기 관장이신 겁니까?" 훅스 박사가 말했다. "그렇다면 진심으로 축하드릴 일이군요."

"헌신적인 직원들과 자원봉사자들이 있어서 정말 다행이었어요." 리더 관장이 얼굴을 살짝 찡그리며 말했다. "그런데 지금은…… 상황이 많이 달라져서요. 동료들이 도서관을 떠날 수밖에 없었거든요."

"혼자서 감당하기 어려울 겁니다." 그는 종이 한 장을 꺼내 자신의 전화번호를 적은 다음 관장의 책상에 올려놓았다. "도움이 필요하면 연락 주세요."

"아무튼 진짜 오랜만이에요." 리더 관장이 화제를 돌렸다.

"국제 연맹에서 국제 지적 협력 위원회 활동을 함께한 후로 처음이니까요." 훅스 박사가 혼잣말처럼 중얼거렸다. "그때가 그립군요."

"그냥 '비블리오테크슈츠'라는 말만 들었다면 일주일 내내 그렇게 고민하진 않았을 텐데요. 그런데 '점검'을 하러 오겠다는 통지를 받고 그때부터 어떻게 대응해야 할지 생각하고 또 생각했습니다."

"어떻게 대응할 생각이었습니까?" 그가 여전히 차렷 자세로 서서 물었다.

"일단 차부터 한잔하세요." 리더 관장이 의자를 가리켰다.

마거릿이 찻잔을 가져오기 위해 밖으로 나갔다. 나도 마거릿을 따라 나가야 했지만 시시각각 변하는 상황에서 눈을 뗄 수가 없었다.

"그 '비블리오테크슈츠', 그러니까 도서관을 보호하거나 관리하겠다는 사람들에게 이용자가 없는 도서관은 책의 무덤이나 다름없다고 말하려고 했지요." 리더 관장이 말했다. "책은 사람하고 똑같아서 고립되어 있으면 존재 가치가 없거든요."

"멋진 말입니다." 그가 고개를 끄덕였다.

"파리 미국 도서관 문을 계속 열어두기 위해서라면 언제든 머리를 숙이고 부탁할 준비가 되어 있었지만 설마 당신이 찾아올 줄 누가 알았겠어요."

"내가 이 도서관의 폐관을 절대로 허락할 리 없다는 사실을 당신이 알아줬으면 합니다. 다만……."

"다만?" 리더 관장이 다음 말을 재촉했다.

"프랑스 국립 도서관에 적용된 규칙과 똑같은 규칙을 따라야 할 겁니다. 그러니까 일부 책은 더 이상 대출을 할 수 없게 되는 거지요." 그러면서 그는 가방에서 뭔가를 적은 목록을 꺼냈다.

"책을 폐기 처분해야 하는 건가요?" 리더 관장이 물었다.

그가 깜짝 놀란 눈으로 관장을 쳐다봤다. "오 이런, 나는 대출이 불가하다고 했을 뿐입니다. 도서관에서 잔뼈가 굵은 사람들끼리 무슨 그런 말을! 우리 같은 사람들이 책을 폐기 처분이나 할 수 있을까요."

마거릿이 얼그레이를 담은 찻잔을 들고 돌아왔다. 신맛이 나는 베르가모트 향기가 희망의 기운을 불어넣어주는 것 같았다. 그는 '우리 같은 사람들'이라고 했다. 동료 사서이자 같은 영혼을 가진 사람들. 비록 전쟁은 우리들을 갈라놓았지만 책에 대한 사랑은 우리를 여전히 하나로 묶어주고 있었다. 우리는 차 한 잔을 사이에 두고 문명인처럼 대화를 나눴다. 리더 관장은 최악의 상황은 넘겼다고 생각한 듯 떨리는 한숨을 내뱉었다. 두 사람은 함께 참석했던 학회와 서로 알고 있는 사람들에 대해 이야기를 나눴다. '아, 시카고에서 있었던 미국 도서관 협회 행사는 참 흥미로웠어요.' '아, 그분은 현직에서 물러났습니다.' '그 사람은 다른 부서로 옮겨갔고 전과는 많이 달라졌어요.'

그러다 훅스 박사는 깜짝 놀란 듯 시계를 보고 다음 약속에 늦었다고 말했다. "다시 만나 즐거웠습니다." 그는 자리에서 일어서며 리더 관장을 보고 말했다. 화기애애한 분위기에서 끝난 만남이 만족스러운 듯 웃던 그가 사무실을 나서기 전에 우리 쪽을 돌아봤다. 훅스 박사가 도서관에 대한 언급이나 평범한 작별 인사를 할 거란 내 예상은 빗나갔다. "물론," 그가 말했다. "'일부' 사람들은 도서관 출입을 금지당할 겁니다."

---

*

오딜
Odile

손가락으로 관자놀이를 누르며 리더 관장이 중얼거렸다. "생각을 해야만 해. 분명 방법이 있을 텐데……. 어떤 식으로든 책을 직접 보내줄 수도 있을 거고……."

직원들이 하나둘씩 모여들었다. 비찌가 입술을 지그시 깨물었고 보리스는 얼굴을 찡그렸다. 웨드 양은 머리에 연필을 열두 자루나 꽂고 있었다. 나는 리더 관장의 책장에서 《몽상가들》이라는 책을 꺼내 들었다. 나는 붙들고 의지할 수 있는 뭔가가 필요했고 굳이 무슨 내용인지 알기 위해 책을 펼쳐야 할 필요는 없었다. '이 책은 일종의 지도다. 각각의 장이 하나의 여정이다. 때로 가는 길은 험난하지만 밝은 빛으로 우리를 인도해줄 수 있을지도 모른다. 나는 지금 우리가 어디를 향해 가고 있는지 두렵기만 하다.'

"그래서……," 비찌가 먼저 입을 열었다. "그 사람들이 뭐라고 하던가요?"

"저자 마흔 명의 저술을 서가에서 치워야 한대요." 마거릿이 대답했다.

우리가 받은 목록에는 어니스트 헤밍웨이와 윌리엄 L. 셰리어 등의 이름이 올라와 있었다. 헤밍웨이의 글은 우리 소식지에 종종 실리기도 했고, 셰리어의 경우는 주로 연구 논문이 열람실에 비치되어 있었다.

"책의 권수로 치면 수백 권 정도가 금서가 되는 셈인데요." 보리스가 말했다. "어찌 생각해보면 그 정도면 피해가 적은 편일 수도 있어요."

내 생각은 반대였다. 이런 책이 없다면 파리는 영혼의 일부를 잃는 것이나 다름없었다.

"도서관 출입이 금지된 사람 중에 우리가 잘 아는 이들이 있는지도 확인해야겠는데요." 피터가 말했다.

우리가 잘 아는 이들이라……. 나는 코헨 교수를 떠올렸다. 그리고 소르본 대학교의 학생들이며 낭독회를 찾아오는 어린아이들도. 나는 책을 꼭 끌어안은 채 과연 코헨 교수에게 더 이상 도서관을 이용할 수 없다고 말을 전할 수 있을까 생각해봤다. 다른 유대인 회원들의 얼굴은 또 어떻게 마주할 수 있단 말인가. 이렇게 가다가는 아동책마저 다 금지되는 건 아닐까. 물론 이제는 책 몇 권이 문제가 아니었다. 독일군은 우리에게 도서관을 지탱하는 뿌리나 다름없는 도서관 회원들을 쫓아낼 것을 요구하고 있었다.

클라라 드 샹브렝 백작 부인이 찾아와 훅스 박사가 떠난 자리를 채웠다. 백작 부인은 파리 미국 도서관의 이사 중 유일하게 프랑스에 남은 사람이었다. 다른 이사들은 이미 안전한 미국으로 피신한 후였다. 백작 부인은 미국, 아프리카, 유럽 등지를 오가며 지냈고 셰익스피어 학자로서 소르본 대학교에서 박사 학위를 받았다. 나는 그녀의 또렷한 눈동자에서 그녀가 겪은 수많은 경험을 엿볼 수 있었고, 그녀의 도움으로 우리가 살아남을 수 있는 길을 찾게 될 거라는 희망을 품었다.

독서용 안경을 코끝에 걸친 그녀가 말했다. "자, 무슨 말인지 한번 들어볼까요?"

우리의 시선이 리더 관장에게 향했다. 평상시 그녀는 다른 사람들과 만날 때 업무 시간이 줄어드는 걸 의식해서 용건을 빠르게 말하곤 했다. "그러니까…… 그게……."

"어서요." 백작 부인이 재촉했다.

"파리에 사령부를 둔 독일 비밀경찰, 그러니까 게슈타포에서 파리 미국 도서관에 유대인 출입 금지령을 내렸어요." 리더 관장의 목소리는 작았다. 그리고 그녀는 자신이 무슨 말을 하고 있는지 자신조차 믿을 수 없다는 듯 고개를 흔들었다.

"무슨 그런 말도 안 되는 일이!" 비찌가 말했다. 턱을 앞으로 내민 모습이 도움이 필요한 사람들을 위해서라면 언제든 앞으로 나설 준비가 되어 있었던 레미와 닮아 보였다.

"일단은 유대인들이 세운 단체인 이스라엘 만국 협회 관련 책부터 압수당했습니다." 보리스가 말했다. "한 권도 빠짐없이 가져가서 폐기해버렸죠. 우크라이나 도서관 같은 경우는 책만 가져간 게 아니라 담당 사서까지 잡아갔대요. 사서의 행방은 아무도 모르고요. 명령에 복종하지 않으면 우리 도서관도 폐관되고 사서들도 어디론가 끌려갈지 몰라요. 어쩌면 그 정도로만 끝나는 게 운이 좋은 걸 수도 있고."

우리는 리더 관장을 바라봤다.

"'일부 사람들은 도서관 출입을 금지당할 겁니다.'" 그녀는 훅스 박사가 남긴 말을 되풀이했다. "그리고 일부는 우리 도서관의 아주 중요한 단골 이용자들이고요. 그러니 그 사람들에게 계속 책을 대출해줄 수 있는 방법을 찾아야만 합니다."

"예언자 무함마드와 산에 대한 이야기가 떠오르는군요. 산이 사람들에게 먼저 다가간다!" 백작 부인이 대답했다. "나는 내 발로 알아서 자유롭게 움직일 수 있어요. 보리스도, 피터도, 오딜도요. 나는 언제든 회원들에게 책을 직접 가져다줄 준비가 되어 있어요. 다른 도서관 직원들도 모두 다 기꺼이 그렇게 해주리라 생각합니다만."

"독자라면 누구든 책을 읽을 수 있게 해줄 거예요." 마거릿이 말했다.

"너무 위험해요." 리더 관장이 심각하게 말했다. 그녀는 우리가 이 상황을 제대로 이해하고 있는지 확인하려는 듯 한 사람 한 사람을 똑바로 바라봤다. "우리가 지금까지 따라온 규정이 전부 뒤바뀌었어요. 책을 직접 전달하는 일은 점령군에 대한 저항으로 인식될 수도 있고 그것 때문에 체포될 수도 있습니다."

"저는 전쟁이 일어나기 전날 파리에 도착했어요. 책을 읽고 싶어

하는 사람들에게 책을 전해주기 위해서요." 헬렌이 말했다. "이제
와서 그 일을 그만두진 않을 거예요."

"필요하다면 도서관 책 전부를 사람들에게 가져다줄 수도 있습니
다." 피터도 거들었다.

"독자들을 고립된 상태로 내버려둘 순 없잖아요." 웨드 양이 딱 잘
라 말했다. "책은 물론이거니와 스콘도 구워서 가져다주겠어요. 물
론 밀가루만 충분히 배급받을 수 있다면요."

"책을 전해주는 일은 우리가 할 수 있는 저항 운동이 될 거예요."
비찌가 말했다.

"이 일은 꼭 필요한 일입니다." 내가 말했다.

"옳은 일이기도 하고요." 보리스가 말했다.

"그렇다면 바로 작업에 들어가도록 하지요." 리더 관장이 말했다.

리더 관장과 백작 부인은 유대인 회원들에게 편지를 썼고, 전화
가 있는 회원들에게는 비찌가 전화를 걸었다. 비찌는 리더 관장의
책상에 있는 전화기를 썼다. 수화기가 어찌나 큰지 비찌의 머리를
가릴 정도였다. 나는 그녀의 통화 내용을 들을 수 있었다. "상황이
정상으로 돌아올 때까지는……. 네. 죄송합니다……. 그럼 어떤 책
을 가져다드릴까요?"

보리스는 요청받은 책을 정리해 노끈으로 묶었다. 그는 코헨 교수
에게 전해줄 책 한 묶음을 나에게 내밀었다. 이제 나는 이전과는 완
전히 다른 세상 속으로 발을 내딛게 되었다.

일단은 독일군의 검문소를 피해가려 했지만 두 블록 정도 떨어진
곳에 벌써 새로운 검문소 하나가 자리 잡고 있었다. 비좁은 거리에
서 다섯 명 이상씩 무리 지어 다니는 무장한 독일군 병사들이 철

제 바리케이드를 치고 행인들의 증명서와 소지품을 일일이 확인했다. 사람들 사이에서 줄을 서 있다가 문득 가방에 코헨 교수의 주소를 적은 종이쪽지가 있다는 사실을 깨달았다. 왜 그런 걸 외워두지 않았을까? 나 때문에 독일군을 코헨 교수의 집으로 끌고 가게 되는 건 아닐까?

병사의 지시에 따라 가방을 열고 아무 일 없는 듯 섰다. 숨 쉬는 것조차 힘겨워서 금방이라도 정신을 잃을 것 같았다. 그는 가방을 움켜쥐고 안에 든 책이며 종이를 마구 뒤졌다.

"특별한 건 없습니다." 병사가 독일어로 보고했다. "손수건 한 장, 집 열쇠, 책 몇 권이 다입니다."

독일어를 잘 몰랐지만 어쨌든 그가 대충 그런 말을 하는 중이라고 생각했다. 내가 알아들을 수 있는 단어는 아무것도 없다는 뜻의 '니히츠', 특별하다는 뜻의 '인테레산트', 그리고 책을 뜻하는 '부흐' 정도였다. 그는 신분증 사진을 보며 음흉하게 웃다가 내 가슴팍에 신분증을 내다 꽂으며 으르렁거렸다. "빨리 움직여!"

모퉁이를 돌자마자 가방에서 주소가 적힌 쪽지를 꺼냈다. 그리고는 앞으로 더 조심하자고 다짐하며 종이를 찢어버렸다. 나는 독자들을 위험에 빠트리고 싶지 않았다. 호흡이 정상으로 돌아온 것 같아 다시 가던 길을 재촉했다.

나는 코헨 교수가 사는 곳이 늘 궁금했었다. 장미 정원이 내다보이고 통풍이 잘 되는 서재에 앉아 있지 않을까 하는 상상도 했다. 초대받아 가는 것도 아니었고, 사교적 방문도 아니었다. 이런 상황에서 만나면 뭐라고 말을 꺼내야 할까? 옳지 않은 일이긴 하지만…… 이렇게 말을 시작해야 할까? 아니면 정말 특별한 상황이라고 말할까? 차라리 파리 미국 도서관에서도 대단히 유감스럽게 생각하지만 앞으로 도서관 출입이 금지되었다고 솔직하게 말하는 건?

뭐라고 하지.

20분쯤 걸어 코헨 교수 집에 도착했다. 19세기 파리 재정비 사업 시절 지어진 건물 안으로 들어서자 달팽이 껍데기처럼 둥글게 이어진 계단이 있었다. 계단을 따라 2층으로 올라섰다. 철컥, 철컥, 철컥. 타자기 두드리는 소리가 들려왔다. 혹시나 방해되진 않을까 걱정이 된 나는 책 꾸러미를 그냥 문가에 놓고 갈까도 생각해봤지만 책을 그렇게 내버려두는 건 보리스가 좋아하지 않을 터였다. 마음의 준비를 하고 문을 두드렸다. 코헨 교수가 숄을 한쪽으로 젖히며 나를 집 안으로 안내했다. 그녀를 따라 거실에 들어갔다. 그녀의 머리에 꽂혀 있는 공작새 깃털이 오늘따라 유난히 눈에 띄었다. 곧이어 한때 1천 권이 넘는 책이 있었지만 지금은 텅 비어버린 책장이 보였다. 독일군은 코헨 교수의 연구에 대검을 꽂은 것이나 다름없었다.

"심지어 내 일기장까지 가져갔어. 사랑하는 사람들과의 행복한 기억이나 절망적 상황에 대한 기록까지 말이야."

그런 사적인 영역까지 손을 대다니. 태풍, 551.552. 책 검열, 363.31. 그리고 위험한 포식자, 591.65.

코헨 교수가 의자에 쌓여 있는 책 더미를 가리켰다. "친구들이 왔다 갔어. 내 취향을 아니까. 저렇게 조금씩 도움을 받아서 서가를 다시 채우려고. 어쩌면 내가 직접 쓴 소설로 채우게 될지도 모르고. 진행 중이던 작업을 담당하는 편집자하고도 이야기했는데 그 사람이 많이 걱정하더라."

희망, 152.4. 나는 그녀의 타자기를 흘끗 봤다. "그런데 오딜은 주로 어떤 책이 취향이지?"

"우리 자신들에 관한 책이요. 그러니까 파리지앵에 대한 내용이겠네요. 대부분의 파리 사람들처럼 저도 사람 구경하는 걸 좋아해요. 물론 우리가 서로에 대해 지나치게 의식하고 있다는 생각도 들지만요. 다른 사람을 신경 쓰다 보면 서로를 좀먹는 질투심만 생길 뿐일 텐데요."

내 대답이 끝나기도 전에 코헨 교수가 자리를 비웠다. 그러더니 쟁반에 차와 쿠키를 내왔다. 시계를 보니 오후 네 시였다. 도서관의 다른 회원들도 책을 기다리고 있을 것이었다. 더군다나 나는 보리스가 사람들에게 시달리는 걸 바라지 않았다. 하지만 심적으로 큰 어려움을 겪은 코헨 교수 곁을 쉽사리 떠날 수 없었다.

값비싼 홍차가 제대로 우려지기를 기다리는 동안 나는 시가렛 쿠키를 조금씩 먹었다. 요즘 구하기 힘든 버터 맛을 본 혀가 깜짝 놀란 것 같았다. 도대체 이 귀한 걸 어디서 구했을까?

"내 조카랑 제일 친한 친구가 유제품 가공 공장을 해서 말이야." 코헨 교수가 말했다.

나는 인상을 썼다. "꼭 필요한 먹을거리를 가지고 있을 뿐인데 그걸 길게 설명해야 할 날이 오게 될 줄 누가 상상이나 했을까요."

"상황은 계속 나빠질 거야."

나는 지금보다 더 나빠진 상황을 상상하기 힘들었다. "리더 관장님이 내일쯤 찾아오시겠다고 전해달래요." 나는 이런 소식이 코헨 교수의 기분을 조금은 달래줄 수 있기를 기대하며 말했다.

"도서관은 좀 어때?"

내 귀에 그녀가 직접 묻지 않은 질문이 들리는 듯했다. '도서관의 친구들이 내가 도서관에 가지 않는 데 대해 신경은 쓰는 걸까? 그리고 나를 보고 싶어 할까?'

평소와 다르게 긴장을 푼 그녀의 얼굴에 형용할 수 없는 슬픔이 가득했다. 한 사람이 사는 모습을 통해 그 사람의 내면에 다가가는 일은 색다른 경험이었다. 도서관에서만 보던 사람의 집을 찾아가 사적인 영역을 보게 되다니. 나는 무슨 말을 해야 할지 알 수 없었다. 아마 코헨 교수도 마찬가지였으리라. 결국 코헨 교수가 먼저 입을 열었다. "이렇게 직접 책을 가져다줘서 고마워. 나는 쓰던 소설이나 마저 써야겠네."

독일군이 점령 중인 파리에는 바깥세상의 소식이 잘 전해지지 않았다. 리더 관장의 어머니는 1929년부터 한 주도 빠트리지 않고 편지를 보냈었다. 하지만 벌써 6개월째 한 통의 편지도 도착하지 않았다. 다른 외국 도서나 정기 간행물도 마찬가지였다. 나는 뉴욕의 어느 창고에 전송되지 못한 물건이 가득 쌓여 있는 모습을 상상했다.

인쇄물뿐만 아니라 식량도 사정은 마찬가지였다. 시장에 가면 다 시들어 빠진 대파 세 대를 사는 데도 족히 한 시간은 넘게 줄을 서야 했다. 예전에는 몸에 꼭 맞던 리더 관장이 자주 입는 물방울무늬 스커트가 지금은 야윈 몸에 말 그대로 걸쳐져 있었다. 헬렌은 머리 모양도 그대로고 눈빛도 여전했지만 살이 5킬로나 빠졌다. 나 역시 체중이 심하게 빠졌고 몇 개월째 생리가 없어 토마스 선생님과 상담을 해야 했는데 나 같은 사람이 한둘이 아닌 듯했다.

나는 너무 배고프고 지쳐 걸음걸이조차 느려졌다. 때문에 파리 시내를 돌며 책을 전해주는 일을 이전의 반 정도밖에 해내지 못했다. 내가 가는 곳은 몽소 공원을 이웃하고 있는 고급 주택가부터 몽마르트르 근처의 서민 주거지까지 다양했다. 오늘따라 검문소에서 장교로 보이는 사람이 가방의 내용물을 꼼꼼하게 살폈다. "《야성의 부름》?《모히칸족의 최후》? 젊은 프랑스 여자가 이런 영어 소설은 왜 가지고 다니는 거지? 신분증 꺼내봐!"

장교는 신분증에 붙어 있는 사진을 손으로 문질렀다. 위조 신분증이 아닌지 확인하는 것 같았다. 그는 다른 병사들에게 독일어로 뭐라고 말을 했다. 그러자 그들이 가까이 다가왔고 나는 졸지에 독일군에게 둘러싸이고 말았다. 이렇게 위축되기는 처음이었다. 게다가 내가 알아들을 수 있는 독일어는 몇 마디 되지 않았다. '그로스, 로만, 구트.' 중요한, 소설, 문제없다. 저들은 무슨 말을 하고 있는 것일까? 내가 무슨 소식이라도 몰래 전달하고 있다고 생각하는 걸까? 그래서 나를 체포하겠다고? 만일 그렇다면 뭐라고 변명하지? 파리 미국 도서관의 사서라고 해볼까? 아니, 독일군이 도서관까지 찾아갈 수 있었다. 영국인 친구가 있다고 하면? 이것도 아니다. 자칫하면 마거릿을 위험에 처하게 만들 수 있었다.

"'젊은 프랑스 여자'는 다른 나라 문화에 관심이 많아요." 내가 입을 열었다. "내 동생과 나는 괴테를 아주 좋아해요."

장교가 알아들었다는 듯 고개를 끄덕였다. "우리 독일에는 좋은 작가가 많소."

그가 가방을 돌려줬다. 나는 그가 마음을 바꿔 먹기 전에 서둘러 자리를 떴다.

독일군은 여기저기에 무작위로 검문소를 설치해뒀다. 때문에 이들을 피해가기가 쉽지 않았다. 나는 책을 전달하는 임무를 마치고 도서관으로 돌아왔다. 그러고는 마거릿에게 프랑스에 거주하는 연합국 출신 외국인들이 체포의 위험에 처한 상황에 대해 경고했다.

"나도 알고 있어요. 어제는 집에 가다가 검문소가 설치된 걸 보고 바로 모자 가게로 뛰어 들어갔어요. 세 시간쯤 지난 후에야 독일군이 철수하더군요. 덕분에 모자를 네 개나 사게 됐지만." 마거릿은 목에 걸린 진주 목걸이를 손가락으로 감았다 풀었다 했다. "요즘은 이 목걸이가 교수형 밧줄처럼 느껴진다니까요."

도서관 회계 담당이 출근을 하지 않자 우리는 최악의 상황을 떠올리며 두려움에 떨었다. 우리는 웨드 양의 집과 병원, 그리고 경찰서까지 곳곳을 찾아다녔다. 그러다 결국 보리스가 웨드 양에게 무슨 일이 일어났는지 알아냈다. 독일군이 웨드 양을 체포해 프랑스 동부에 있는 수용소로 보내버렸다고 했다. 그녀가 영국인이라는 것이 체포 이유였다.

리더 관장은 외국인 직원들을 프랑스에서 내보내겠다는 결심을 굳혔다. "헬렌과 피터에게 파리를 떠나달라고 부탁하는 일이 지금까지 했던 일 중에서 가장 힘들었습니다." 회원들과 직원들이 모인 송별회에서 리더 관장이 말했다. "그렇지만 올바른 결정이라고 생각해요. 두 사람이 안전하다는 사실을 알게 되면 내 머리와 가슴이 훨씬 더 편하게 일에 몰두할 수 있을 테니까요."

헬렌의 안색은 파리했지만 눈동자만은 반짝반짝했다. 피터가 청혼을 했기 때문이다. 도서관에서 꽃피운 두 사람의 사랑 이야기를 듣고 나니 이별을 아쉬워하며 잔을 들었던 우리들의 우울한 기분이 조금은 나아지는 것 같았다.

"리더 관장님이 남아주셔서 얼마나 다행인지 몰라요." 내가 비찌에게 말했다.

"지금까지는요." 비찌의 대답이었다.

2월, 3월, 4월. 봄은 좀처럼 오지 않았다. 여전히 먹구름이 하늘을 뒤덮고 있었고, 비는 밤낮을 가리지 않고 부슬부슬 내렸다. 폴이 근무 중에 도서관에 들러 라일락 꽃다발을 선물해줬다. "우울해 보이네요." 폴이 말했다. "레미에게서는 소식 있나요?"

나는 가장 최근에 받은 편지 한 통을 주머니에서 꺼내 아주 귀한 물건 다루듯 조심스럽게 펼쳤다.

그리운 오딜에게,

부활절 축하해! 줄곧 네 생각을 하고 있어.《빌레트》는 고맙게 잘 받았어. 이제는 브론테 자매가 아주 절친한 친구들처럼 느껴지네.

요즘 농장에 강제 동원되고 있어. 독일 남자들은 동부 전선으로 싸우러 나갔고 남아 있는 건 대부분 여자들과 나이 든 노인들뿐이라서. 우리가 마을로 내려가면 쓸 만한 일꾼을 찾는 농장 주인들이 와서 우리를 유심히 살펴봐. 동료들은 할 수 있는 한 일을 방해하고 있어. 어쨌든 독일 농부들도 우리의 적이잖아? 네가 마르셀이라는 친구를 한번 만나보면 좋을 텐데. 어떤 나이 든 여자가 마르셀을 외양간으로 데려가더니 양동이를 가슴팍에 내던지면서 소젖을 짜라고 했는데 마르셀이 우물에서 두레박을 길어 올리듯 소꼬리를 잡아당겨버린 거야. 마르셀은 놀란 소의 발길질에 한 방 맞았어. 그 바람에 지금 나랑 수용소 막사에 누워 있게 됐고. 비록 갈빗대가 두어 개 부러졌지만 늙은 여자의 얼굴을 생각하면 그만한 가치가 있었다는 게 그의 주장이야.

사랑을 담아서,
레미

레미는 내가 레미에게 했듯 듣기 좋은 소식만 전해주고 있었다.
"무슨 일 있어요?" 폴이 물었다.
"어디서부터 시작해야 할까요? 어느 독일군 병사가 비찌의 집에서 마음대로 지내고 있어요. 남동생 침실을 쓴다는군요. 비찌가 어찌 견디고 있을는지. 어제는 일 끝나고 어린이 열람실에서 혼자 울고 있는 거예요. 가서 위로를 해줘야 할지 아니면 모른 척해야 할지 모르겠더라고요. 어쨌든 비찌에게도 나름대로 자존심이 있을 테니까요. 드 네르시아 씨와 프라이스-존스 씨는 여전히 말을 안 하고. 두 분의 우정에 금이 가게 만든 전쟁이 너무 미워요. 하루하루 야위어가는 리더 관장님에 대해서도 다들 걱정이 많고……."
"그래도 최소한 당신에게는 존경할 만한 직장 상사가 있잖아요."
폴의 표정이 복잡미묘해 보였다. 나는 두 팔을 벌려 폴을 끌어안고 싶었다. 그리고 단 5분만이라도 전쟁 따위는 잊고 싶었다. 그렇지만 시몬 부인의 끈적거리는 눈길이 나를 불안하게 했다. 폴과 내가 둘만의 시간을 보낼 수 있는 날이 과연 오기는 할까.

나는 달팽이 껍데기를 닮은 계단참에서 코헨 교수가 타자기를 두드리는 소리를 들었다. 계단에서부터 타자기의 잉크 냄새가 진하게 풍겼다. 마음은 우울했지만 턱시도를 입고 문을 열어주는 코헨 교수를 보고 웃음을 터뜨리지 않을 수 없었다.

"도대체 이게 무슨 일이에요?" 내가 물었다.

"내 소설 주인공의 마음속으로 들어가보려고 하는 중이야. 그래서 남편의 턱시도를 꺼내 입었지."

"효과가 있어요?"

"아직 잘 모르겠어. 하지만 재미는 있네."

그녀의 뒤로 반쯤 채워진 책장이 보였다. 비찌, 마거릿, 리더 관장, 보리스, 그리고 내가 각자 가지고 있던 책을 가져다줬고, 거기에 더해 코헨 교수의 친구들도 줄줄이 도움을 준 모양이었다. 타자기 옆에 원고 뭉치가 쌓여 있었다.

"뭐 좋은 소식이라도?" 그녀가 물었다.

나는 한숨을 내쉬며 말했다. "저 자료 열람실 담당 사서로 승진했어요."

"그건 좋은 일 아닌가?"

"이전 담당자가 미국으로 돌아갔거든요. 제가 원해서 승진한 게 아니에요. 저는 그냥 정기 간행물 열람실에 영원히 남아 단골 회원을 만나는 게 더 좋은데."

"인간은 계획을 세우지만 신은 그저 웃을 뿐이지." 그녀가 말했다. "차 한잔할까? 그리고 오딜도 한번 차려입는 게 어때?"

우리는 무릎에 찻잔을 올려놓은 채 등받이가 없는 긴 의자에 앉아 잡담을 나눴다. 코헨 교수는 턱시도 차림이었고, 나는 검정 나비넥타이를 맸다. 부들부들한 실크 소재 넥타이를 만지고 있으니 기분이 좀 나아졌다.

매주 코헨 교수를 방문하는 일은 나의 업무 중에서 가장 즐거운 것이었다. 아니, 내 삶 전체를 통틀어 가장 큰 즐거움이 아니었을까. 그녀는 집필 중인 소설을 읽는 것도 허락해줬다. 내용의 일부는 파리 미국 도서관이 배경이었다. 소설은 코헨 교수처럼 재치와 통찰력이 넘쳐났다. 그녀는 분류 번호와 상관없이 내가 가장 좋아하는 작가가 되었다.

파리

1941년 5월 12일

경찰 담당자 귀하,

왜 숨어 있는 유대인들을 철저하게 색출하지 않는 겁니까? 여기 코헨 교수 주소가 있습니다. 블랑슈 거리 35번지입니다. 그 여자는 소르본 대학교에서 이른바 문학을 강의했다고 하더군요. 지금은 본인 집으로 학생들을 불러들여 강의를 한답니다. 동료들, 학생들과 희희낙락하면서요. 그것도 대부분 남자로만. 나잇값도 못하고 그게 무슨 짓이랍니까!

그 여자는 외출할 때 보라색 숄을 두르고 머리에 공작새 깃털을 꽂고 나가기 때문에 1킬로미터 밖에서도 알아볼 수 있어요. 그 유대인 여자에게 출생 증명서와 여권을 꺼

내보라고 하세요. 그러면 거기에 그 여자의 종교가 똑똑
히 적혀 있을 테니. 지금 프랑스의 성실한 남자, 여자가 모
두 힘들게 일하고 있는데 그 잘난 교수님은 앉아서 책 나
부랭이만 읽고 있다고요.

여기 적힌 내용은 전부 틀림없는 사실이니 이제는 그쪽에
서 나설 차례입니다.

익명의 제보자 드림

오딜
Odile

엄마가 아끼는 화분을 들고, 있는 거라고는 흙뿐인 우리 집의 안마당으로 나갔다. 화분을 뒤적거리던 엄마가 몸을 움찔했다. 나는 엄마 옆에서 외제니와 당근 씨를 심었다. 그러고 있으려니 엄마를 돕는 것 같아 기분이 좋았고 햇살도 아주 따뜻했다.

"작년부터 먹을 만한 채소를 좀 심어뒀음 좋았을걸." 엄마가 화분에서 파낸 쓸모없는 이파리를 바닥에 흩뿌리며 말했다. "난 그냥 예쁜 걸 집에 두고 싶었을 뿐인데."

"독일군이 이렇게 오래 있을 줄 누가 알았겠어요." 외제니가 말했다.

"영원히 이런 상태면 어쩌죠?"

"그래도 지난번 전쟁에서 배운 게 있잖아요. 좋은 일은 결국 끝이 있고 나쁜 일도 마찬가지라고."

엄마는 시골에 사는 사촌들이 보낸 편지를 우리에게 읽어줬다. 먹을 걸 좀 보내주겠다는 내용이었다. 엄마는 편지를 다 읽고 나서 말했다. "내 평생 시골 출신이란 걸 부끄럽게 여기면서 살았는데. 네 아빠의 상사들이 부인들을 데리고 저녁 식사를 하러 오면, 뭐랄까…… 내가 파리 출신이 아니라는 사실을 의식할 수밖에 없었던 것 같아. 훈제 연어 옆에 있는 기름진 양고기랄까."

"오르탕스……." 외제니가 엄마의 흙 묻은 손을 잡았다.

"하지만 이젠 시골 친척들이 우리의 구세주가 될지도 모르겠구나."

"구세주가 당근의 형상을 하고 오겠네요." 내가 웃으며 말했다.

"그나저나 하필 양고기 얘기를 해서는," 외제니가 한탄하듯 말했다. "양고기란 말을 들으니 너무 배고파요."

외제니와 나는 큭큭대면서 화분을 들고 집으로 돌아와 원래 있던 창가에 가져다놓았다. 뒤따라오는 엄마의 손에는 물음표처럼 구부러진 어린 잎사귀가 잔뜩 들려 있었다.

"저녁에 뭐 먹을까 생각해봐야겠는데," 외제니가 말했다. "폴도 부르면 어때요?"

"폴이 온다면 자기가 보고 싶은 사람 때문이지 저녁밥 때문은 아닐 거야." 엄마가 가져온 잎사귀를 유리잔에 담고 물을 조금 부었다. "저녁이라 해봤자 어차피 순무밖에 없는데."

"그럼 오늘은 순무를 구워 먹어봐요." 외제니가 밝은 목소리로 말했다.

저녁 식사를 마치고 나자 엄마는 식탁을 치우는 척했다. 폴과 나는 등받이가 없는 긴 의자로 가서 앉았다. 자유롭게 이야기를 할 수 있는 상황이 아니었던 까닭에 나는 폴에게 《순수의 시대》를 펼쳐서 보여줬다. 같이 책을 보는 우리의 몸이 닿을 듯 말 듯 아주 가까워졌다. "우리가 헤어진 후 당신을 만나기를 고대하면서 내 모든 생각은 거대한 화염 속에 뜨겁게 불타오르고 있습니다. 그렇지만 당신이 온다면 어떨까요. 당신은 내가 기억하고 있는 것보다 훨씬 더 중요한 존재이기 때문에, 내가 당신을 그리워하는 마음은 그저 이따금씩 떠오르는 뜨거운 열기 속의 변덕스러운 목마름과는 비교도 할 수 없을 정도로 큽니다."

외제니가 나타나 엄마의 손을 잡아끌었다. "젊은 사람끼리 좋은 시간 보내게 해주자고요."

"결혼만 하면 '좋은 시간'쯤은 원하는 대로 얼마든지 가질 수 있는데." 엄마가 대꾸했다.

"아버님은 어디 계세요?" 폴이 엄마를 의식해 공통의 화젯거리를 꺼냈다.

"아직 퇴근 전이세요. 요즘은 한밤중이 다 돼서야 서류 뭉치를 들고 퇴근하시는데 우리한테는 아무 말씀 안 해주세요. 아빠의 피곤한 얼굴을 볼 때마다……."

"당신은 온통 다른 사람 걱정뿐이군요. 나는 당신이 걱정인데요." 폴이 말했다. 그는 나에게 깜짝 선물을 하기 위해 1년 가까이 돈을 모았다고 했다.

"깜짝 선물이요?"

"내일 카바레 갑시다."

"카바레라니!" 엄마가 놀라서 소리쳤다.

"그래 봐야 다른 사람들도 잔뜩 있는 곳이잖아요. 둘만 있는 게 아니고요." 외제니가 엄마를 진정시켰다.

나는 폴의 목을 감싸 안았다. 흥겨운 음악에, 샴페인에! 엄마, 아빠 없는 데서 밤새도록 춤출 수 있는 기회였다. 통행금지가 실시되고 있던 터라 저녁 무렵 카바레에 가면 차라리 거기서 밤을 새우고 날이 밝은 뒤에 돌아오는 것이 보통이었다.

"그렇다고 걱정거리가 사라지진 않겠지만 적어도 몇 시간 정도는 잊고 지낼 수 있지 않을까 싶어서요." 폴이 말했다.

다음 날 저녁 코듀로이 정장을 차려입고 나타난 폴이 초조하게 나를 기다리는 동안 엄마가 내 머리에 물기를 살짝 머금은 기다란 잎사귀를 꽂아줬다. 우리는 카바레에서 샴페인을 마시며 브래지어와 짧은 바지 차림의 무희들이 풍만한 가슴과 엉덩이를 흔들면서 춤을 추는 모습을 구경했다. 격렬한 춤사위에 무희들의 가슴골까지 보이기도 했지만 내 관심은 그들의 가슴이 아닌 접시에 올라온 닭 가슴살에 쏠려 있었다. 나이프와 포크를 쥔 손이 나도 모르게 떨렸다. 고기를 맛본 지 얼마나 되었는지 기억조차 나지 않았다. 촉촉한 살을 한 입 베어 물었다. 국물 한 방울도 놓치고 싶지 않은 마음에 손가락까지 쪽쪽 빨아 먹었다. 저녁 식사를 마치고 나서 우리는 다른 커플들처럼 춤을 추러 무대로 나갔다. 폴과 나는 서로에게 딱 붙어 있었다.

동이 터오자 흥청망청 밤을 보낸 사람들이 피곤한 모습으로 카바레를 나서기 시작했다. 폴과 나는 텅 빈 거리를 돌아다니다 구청 앞을 지나가게 되었다. 거기에는 결혼식을 알리는 공고문이 붙어 있었다. "파리 출신 안느 주슬랭과 숄레 출신 뱅상 드 생-페르주의 결혼을 알려드립니다."

"결혼식을 올리는 사람들이 있다니 왠지 낯선데요." 나는 너무나 멀리 떨어져 있는 레미와 매일 밤을 쓸쓸하게 보내고 있을 비쩨를 떠올렸다.

"삶은 계속되니까요." 폴이 그윽한 눈으로 나를 바라봤다.

나는 문득 폴에게 모든 걸 맡겼다면 우리는 이미 결혼에 성공하지 않았을까 하는 생각이 들었다. 나는 폴을 끌고 몽마르트르의 구불구불한 거리를 헤맸다. 해가 더 높이 솟아올랐을 무렵 우리는 사크레쾨르 대성당 앞에 서 있었다. 나는 폴의 품에 안긴 채 노란색, 분홍색 구름이 꽃처럼 피어나는 광경을 지켜봤다.

"당신을 처음 만났을 때부터 당신은 다른 사람들과 다르다는 걸 알았어요." 내가 만족스러운 듯 말했다.

"어떻게요?"

"레미 편을 들어줬잖아요. 내가 직업을 갖겠다고 했을 때도 내 편을 들어줬고."

폴이 나를 더 가까이 끌어안았다. "당신이 독립심 강한 사람이라 좋아요. 안심도 되고요."

"안심이요?"

"난 아버지가 떠난 뒤로 줄곧 어머니를 돌봐왔어요."

"그렇게 어렸을 때부터요?"

"어렸을 때는 어머니가 어떤 상태였는지 전혀 몰랐어요. 집에 오면 엄마는 늘 반쯤 헐벗은 모습으로 술에 절어 남자들이랑 어울리고 있었어요. 결국 난 학교를 그만두고 취직을 해야만 했어요. 버는 돈의 대부분을 엄마에게 보냈고요. 솔직히 아버지가 왜 우리를 버리고 떠났는지 알 것 같기도 해요."

"폴……."

폴이 멀어졌다. "이제 가봐야겠네요."

"더 같이 있으면 안 돼요?"

"당신 부모님께 걱정 끼치고 싶지 않습니다."

폴은 집으로 돌아가는 내내 냉담한 얼굴이었다. 나는 갑자기 멀어진 우리 사이의 거리를 다시 좁히고 싶었다. 아직 어둠이 남아 있는 우리 집 앞에서 폴을 끌어안았다. 나는 그의 심장이 두근거리는 걸 느꼈고, 내 입술에 닿은 그의 입술과 그에게서 전해진 샴페인 맛에 또다시 취하는 것 같았다. 그가 내 두 뺨과 목, 살짝 드러난 가슴에 입을 맞췄다. 나는 두 손으로 그의 몸을 쓰다듬었다. 우리 두 사람이 만들어내는 이 거칠고도 부드러운 마법에 휩싸여 그를 계속 내 곁에, 내 안에 두고 싶었다. 두 사람의 관계라는 책에서 새로운 장을 써 내려갈 시간이 된 것이다.

나는 폴의 넥타이를 풀었다. "어서요."

"정말 괜찮아요?" 그가 조심스럽게 물었지만 벨트는 이미 풀려 있었다.

내 손가락 안에서 요동치는 그를 느끼고 조용히 내뱉는 그의 신음소리를 듣는 것이 좋았다. 그리고 그가 내 몸을 덮었을 때 나 역시 그에게 똑같은 느낌을 전해준다는 사실에 아주 만족스러웠다. 나의 다리가 그의 다리 위로 올라갔다. 폴이 내 허벅지를 움켜쥐고 내 몸을 끌어당겼다. 서로의 혀가 만나 거침없이 뒤엉켰다. 그는 내 다리를 더 들어 올려 자기 허리를 감싸게 했다. 온몸의 피가 요동쳤다.

"오딜, 너니?" 문 뒤에서 엄마의 목소리가 어렴풋하게 들렸다.

폴은 천천히 나를 땅 위에 내려놓았다. 나는 뜨거운 욕정에 몸을 떨며 비틀거렸다. 그는 한 손으로 나를 잡아주고 다른 한 손으로는 내 옷매무새를 바로잡아줬다. 내 몸은 아직 뜨거웠고 거기서 멈추고 싶지 않았다. 열정이 내 이성을 빼앗아갔지만 그것마저 좋았다.

현관문이 열렸다. "열쇠 안 가지고 갔어?" 다시 엄마의 목소리가 들렸다.

"우리 둘만 있을 방법을 찾아봐요." 나는 폴에게 속삭이며 내 뜨거운 입술을 그의 입술로 가져갔다. 폴과 함께할 수 있다면 그 어떤 위험도 감수할 수 있을 것 같았다⋯⋯.

도서관에 출근한 나는 직원 휴게실에 옷을 걸어두고 지난밤 들었던 음악을 흥얼거렸다. 배 속의 포만감은 그대로였고, 몸은 여전히 흥에 취해 있었다. 그러다 머리부터 발끝까지 우울함으로 뒤덮인 비찌가 들어오자 정신이 번쩍 들었다.

내가 난감해하는 것을 알아본 비찌가 물었다. "무슨 일 있어요?"

"아무것도 아니에요." 나는 비찌의 얼굴을 똑바로 쳐다볼 수 없었다.

"아무것도 아닌 게 아닌데요."

"레미가 없는데 이렇게 아무 일 없다는 듯 평소 같은 나날을 보내는 게 미안해서요."

"사는 게 다 그렇죠 뭐." 비찌가 부드럽게 말했다.

"레미가, 그리고 당신이 행복하지 않은데 어떻게 나만 행복하게 지내요."

"그렇다고 당신과 폴이 결혼을 미루거나 하는 일은 없었으면 좋겠어요."

나는 비찌를 바라봤다. "폴이 그런 마음을 내비치기는 했지만……."

"당신의 행복과 지금 레미의 상황은 아무 관계없다는 것만 기억해요. 두 사람, 정말 잘 어울리는 한 쌍이에요."

"정말로 그렇게 생각해요?"

"그럼요."

돌아서서 어린이 열람실로 가는 비찌의 뒷모습을 보며 나는 왕관 모양으로 땋아 올린 그녀의 머리가 성자의 후광 같다는 생각을 했다.

비찌의 뒤를 따라나서려고 하는데 보리스가 오늘 전해줘야 할 책 묶음을 내밀었다. 코헨 교수의 집으로 가는 길모퉁이에서 꽃 파는 소녀를 만났다. 잠시 코헨 교수와 대화를 나눴던 때를 떠올렸다. 그녀는 말하는 중간중간 아무것도 꽂혀 있지 않은 크리스털 꽃병을 우울한 눈길로 바라보곤 했다. 코헨 교수의 기분이 조금이나마 나아지기를 바라며 소녀에게서 꽃을 한 다발 샀다.

내가 보라색 글라디올러스 다발을 내밀자 그녀가 활짝 웃었다. 코헨 교수는 찬장에서 물병을 꺼내 꽃을 담았다.

내가 꽃병을 가리키며 말했다. "저건 안 쓰세요?"

"저 꽃병에는 한 번도 뭘 담아본 적이 없어서."

"왜요?"

"내 세 번째 남편이 자기 부모님 집에 처음 데려간 날이었어. 일요일 점심 식사 초대였는데 아주 지겨웠지. 나는 한숨 돌리려고 잠깐 밖으로 나왔어."

"무슨 말씀이신지 알 것 같아요."

"다시 돌아와보니 그 남자 어머니가 내 험담을 하고 있는 거야. '사람이 너무 차갑다, 머리에 든 것만 많다, 무엇보다 나이가 많아서 아이를 갖기 힘들다…….' 그가 뭐라고 대꾸하기 전에 나는 그만 가보겠다고 말하고 그 집에서 나왔어. 다음 날 전남편이 저 꽃병을 들고 사무실로 찾아왔더라고. 꽃병을 보니 내 생각이 났다나 어쨌다나. 나는 이렇게 말해줬지. '차갑고 딱딱하고 그리고 텅 비어서요?'"

"그러니까 그분이 뭐라고 그러시던가요?"

"우선은 아름답고, 그 자체로도 충분하지만 그래도 여전히 다른 것을 더 담을 수 있는, 완벽하게 독립적인 모습이라고."

나는 코헨 교수가 결혼을 결심한 이유를 알 것 같았다.

"도서관은 좀 어때?"

내 귀에 그녀가 직접 묻지 않은 질문이 들려왔다. '도서관 사람들이 유대인은 더 이상 대학에서 교편을 잡을 수 없다는 사실을 알고 있어? 때문에 내가 실직했다는 것도? 내 얘기를 듣고 속상해했나?'

"드 네르시아 씨랑 프라이스-존스 씨가 오늘 오후에 잠깐 들를 거예요." 내가 말했다.

코헨 교수의 얼굴에 밝은 빛이 떠올랐다. "두 사람이 같이? 이제 화해한 거야?"

상황은 이랬다. 지난주 대치 상황에 진저리가 난 드 네르시아 씨가 리더 관장에게 중재를 요청했던 것이다.

"리더 관장은 어마어마한 사람이지." 프라이스-존스 씨가 나에게 말했다. "우리는 상대도 못 돼."

"그녀가 뭐라고 한마디만 해도 도서관 전체가 벌벌 떨잖아." 드 네르시아 씨가 프라이스-존스 씨의 말에 동의한다는 듯 덧붙였다.

두 사람의 논쟁이 재개되며 열람실은 예전의 시끌벅적한 활기를 되찾았다.

"미국은 전쟁에 참전하게 될 거야!"

"미국은 고립주의가 원칙이지. 계속 관망만 할걸."

두 사람이 티격태격하는 광경이 얼마나 그리웠는지!

"두 분이 화해하셔서 너무 기뻐요." 나에게 인사를 하러 잠시 들른 드 네르시아 씨에게 말했다.

"글쎄, 그 친구 입장에서 생각을 해보지 않을 수 없더군."

'상대방 입장에서 생각한다'를 프라이스-존스 씨가 영국인인 걸 감안해서인지 '상대방 신발을 신어본다'는 영어식 표현으로 말하는 드 네르시아 씨를 보며 나는 작게 웃었다.

"뭐든 다 처음이 어려운 게 아니겠어요?" 내가 말했다.

"친구를 잃는 것보다 힘든 일은 없지."

자료 열람실에 사람들이 길게 줄을 서 있었다. 나는 옥수수죽 만드는 법을 알려달라거나 큰 소리로 떠드는 사람을 조용히 시켜달라는 등의 다양한 문의와 요청을 들어줬다. 사람들 사이에 줄을 서 있던 폴의 차례가 되었을 때 그 역시 나에게 요청할 것이 있었다. "점심시간에 밖에 좀 나갈 수 있습니까?"

나는 어린이 열람실 쪽을 힐끗 봤다. 폴과 나를 두고 잘 어울리는 한 쌍이라고 비찌가 말했었다. 그녀가 선사하는 축복은 그 어떤 신부나 목사님이 내리는 축복보다도 큰 의미가 있었다.

몽소 공원 근처의 대사관 건물이 몰려 있는 고급 주택 단지에서 폴은 어느 화려한 건물 안으로 나를 데리고 들어갔다.

"어디 가는 거예요?" 대리석 계단을 따라 올라가면서 폴에게 물었다.

"가보면 알아요." 폴이 웃으며 대답했다.

2층으로 올라가자 폴이 마거릿의 집보다도 더 좋아 보이는 어떤 집의 문을 열쇠로 열었다. 커다란 창문에는 벨벳으로 된 화려한 휘장이 장식되어 있었고 햇살을 받은 샹들리에가 반짝거렸다.

"누구 집이에요?" 나는 놀라서 속삭였다.

"아마 독일군 점령 지역 밖으로 탈출한 부자 사업가쯤 되겠죠?"

"열쇠는 어디서 났어요?"

"우리랑 처지가 비슷한 어떤 친구에게 빌렸어요. 그 친구도 자기 여자 친구를 여기서 만난답니다."

연인과 밀회를 나누기 위한 비밀 장소라니!

폴이 내 목에 입을 맞췄다. "사랑해요." 폴이 말했다. "당신을 위해서라면 뭐든지 다 할 거예요. 뭐든지 다."

나는 그 무엇보다도 이 순간을 고대했었다. 하지만 지금 나는 겁이 났다. 이 일로 인해 모든 것이 다 바뀌어버리지 않을까 겁이 났고, 고통이 뒤따르게 될까 봐 겁이 났다. 사랑을 나눈 후 우리 두 사람이 영원히 하나로 묶이게 될까 봐, 혹은 반대로 그렇게 되지 않을까 봐 겁이 났다.

"나도 처음이에요." 폴이 말했다.

내 눈을 들여다보며 폴이 내 대답을 기다리고 있었다.

나는 그의 뺨을 어루만졌다. "나는 괜찮아요."

내 옷을 벗기는 폴의 손가락이 떨리고 있었다. 엄마의 방해를 걱정할 필요 없이 내 벗은 몸을 드러내고 그의 벗은 몸을 바라볼 수 있다는 게 얼마나 황홀한 일인지. 폴이 내 낡은 실크 스타킹을 애무하듯 어루만졌다. "큐 튀 에 벨르." 당신은 정말 아름다워요. 폴이 나를 폭신한 소파로 이끌었다.

내가 두 다리를 들어 올리자 폴이 천천히 미끄러져 들어왔다. 처음에는 좀 아팠지만 눈앞에 있는 남자가 폴이라는 기쁨이 더 커졌다. 그가 내 안에서 움직였고 나도 그런 그에게 맞추듯 나도 모르게 허리를 들썩였다. 이번만큼은 사소한 것까지 따지고 분석하기를 그만두기로 했다.

그와 사랑을 나누고 난 후 나는 그의 몸에 기대어 책에서는 왜 이 부분을 건너뛸까 생각했다. 이렇게나 완벽한 느낌을, 더구나 잘한 일이라는 기분마저 드는 일을. 폴과 함께 있는 이 순간이 꿈만 같았고 어떤 중요하고 옳은 일을 했다는 생각이 들었다.

그가 몸을 떨자 나는 고개를 들어 주위를 둘러봤다. 저쪽 복도를 따라가면 뭐가 나올까. 나는 벌거벗은 채 햇살이 따뜻하게 내리쬐는 마룻바닥을 뛰어갔다. 폴이 내 뒤를 따라왔다. 첫 번째 문을 열자 화려한 책상이 있는 서재가 나왔다. 레미가 있었다면 우리가 맨 위 서랍에서 찾아낸 고급 만년필을 보고 아주 좋아했을 것이다.

"이런 값비싼 물건을 왜 가져가지 않았을까요?" 내가 물었다.

"전쟁이 나니까 그냥 정신없이 떠난 것 같네요."

나는 그 끔찍했던 시간을 다시 떠올리고 싶지 않았다. 나는 모든 의문을 그대로 남겨둔 채 폴을 밖으로 잡아끌었다. 왼쪽에 있는 문을 여니 분홍빛의 안방이 나왔다. 우리는 고급스러운 사주식 침대에 올라갔다. 그러고는 조심스럽게 한 걸음씩 내딛어보다가 펄쩍펄쩍 뛰기 시작했다. 아이들처럼 깔깔거리며 위아래로 뛰는데 폴이 갑자기 진지한 표정으로 멈춰 섰다. 나는 폴이 그런 식으로 나를 바라보는 게 좋았다. 그의 두 눈동자에 감탄의 빛이 가득했다.

나는 숨을 헐떡거리며 그대로 쓰러져 이불 속으로 파고들었다. 이 따스한 천국 속으로 폴도 곧 따라 들어오겠지. 폴의 다리가 다시 내 다리와 엉겼다. 멋대로 헝클어진 내 머리카락에 대고 그가 속삭였다. "우린 지금 함께 있는 거예요."

우리는 따뜻한 침대에서 내려와 미끄러지듯 복도를 달려 처음의 방으로 돌아왔다. 그리고 아무렇게나 벗어 던졌던 옷을 다시 입기 시작했다. 폴이 나에게 시계를 보여줬다. "입에 안 맞는 틀니를 낀 누군가가 우리가 얼마나 자리를 비웠는지 떠들어대기 전에 빨리 돌아가야겠어요."

"여기 다시 올 거라고 약속해줘요." 문을 닫고 나왔을 때 내가 말했다.

폴이 내 머리를 쓸어 넘기며 말했다. "당신이 원한다면 매일이라도."

우리는 도서관에 도착해서도 바로 들어가지 못하고 주변을 서성거렸다. "이제 그만 들어가는 게 좋겠어요." 내가 떨리는 목소리로 말했다. 깜박 잠이 들었다가 완전히 깨어난 것 같은 기분이었다. 내 눈의 모든 깜빡임과 모든 호흡, 그리고 모든 심장 박동이 하나하나 느껴졌다. 나는 내 안에서 일어난 변화를 다른 사람도 눈치챌 수 있을지 궁금해졌다.

2권에 계속.

주

〔1〕 1932년 이탈리아 출신 디자이너 마리아 니나 리치가 프랑
스 파리에 창립한 패션 브랜드.

〔2〕 1940년대 여성용 고급 장갑 브랜드.

〔3〕 책을 읽던 부분을 쉽게 찾을 수 있도록 책갈피에 끼워두는
종이쪽지.

〔4〕 전쟁 중에 자국 군인과 결혼한 외국인 여성.

〔5〕 1920년대에 유행한 종 모양의 여성 모자.

〔6〕 1958년 미국의 보잉사가 개발에 착수한 고체 연료를 사용
하는 대륙 간 탄도 미사일.

〔7〕 활주로(runway)와 패션쇼의 런웨이(runway)가 같은 단어라
는 데서 착안한 언어 유희다.

〔8〕 철의 장막은 2차 세계 대전이 끝나고 소비에트 연방에 속
하는 나라들이 채택한 폐쇄주의를 비유적으로 표현한 말
이다. 연극의 막(curtain)과 철의 장막(Iron's Curtain)에 같은
단어가 쓰인다는 데서 착안한 언어 유희다.

〔9〕 와인에 향료를 넣어 우린 알코올성 음료.

〔10〕 스페인에서 생산되는 화이트 와인.

〔11〕 1차 세계 대전이 끝나고 프랑스가 독일로부터 국경을 지
키기 위해 구축한 방어선.

〔12〕　　　로빈(Robin)은 개똥지빠귀라는 뜻이다.

〔13〕　　　오디일(Ordeal)은 시련이라는 뜻이다.

〔14〕　　　손잡이가 달린 사각형의 학생 가방.

〔15〕　　　1867~1946, 프랑스 디자이너.

〔16〕　　　중국 남부에서 나는 정산소종이라는 홍차의 유럽식 발음.

〔17〕　　　숲으로 유명한 파리 근교의 휴양 도시.

〔18〕　　　프랑스의 대표적인 담배 브랜드. 지탕(Gitane)은 프랑스어
　　　　　로 집시 여인이라는 뜻이다.

〔19〕　　　안톤 체호프의 단편 소설 〈개를 데리고 다니는 여인〉의 한
　　　　　구절.

〔20〕　　　슬라이스한 사과에 버터와 설탕을 뿌리고 그 위에 페이스
　　　　　트리 반죽을 씌운 다음 뒤집어 오븐에 구워낸 프랑스의 디
　　　　　저트.

〔21〕　　　1915~1963, 프랑스의 샹송 가수.

〔22〕　　　1908~1989, 미국의 영화배우.

〔23〕　　　어깨를 드러낸 드레스.

〔24〕　　　1775~1851, 영국의 화가 조지프 말로드 윌리엄 터너.

〔25〕　　　프랑스어로 쪽진 머리라는 뜻으로 머리를 뒤에서 둥글게
　　　　　모아 틀어 올린 스타일.

〔26〕 베샤멜소스를 바른 흰 빵에 햄과 치즈를 넣고 구운 프랑스
식 샌드위치.

〔27〕 1949~, 미국의 가수.

〔28〕 벨기에에 인접해 있는 프랑스 북부 도시.

〔29〕 독일과 프랑스 국경 지역에 있는 석탄 산지.

〔30〕 프랑스 북동부의 중공업 지역.

〔31〕 프랑스 북부 도시. 1차 세계 대전 이후 승전국과 불가리아
가 이곳에서 강화 조약을 체결했다.

〔32〕 1906~1975, 미국 출생의 프랑스 가수이자 댄서.

〔33〕 1921~1995, 미국의 영화배우.

〔34〕 1904~1984, 미국의 수영 선수.

〔35〕 1913~1950, 미국의 육상 선수.

〔36〕 프랑스에서 가장 북쪽에 있는 도시.

〔37〕 프랑스 남서부의 소도시.

〔38〕 '프랑스 사람들'의 '변신'을 프란츠 카프카의 소설《변신》
에 빗대어 프랑스 카프카라고 언어 유희를 한 것이다.

〔39〕 분홍색 제형으로 유명한 미국의 소화제.

〔40〕 사과즙을 발효시켜 만든 비알코올성 음료.

〔41〕 1937~, 미국의 영화배우.

〔42〕　　프랑스 북서부의 도시.

〔43〕　　1차 세계 대전의 영웅으로 프랑스의 원수 자리에까지 올랐다가 2차 세계 대전 당시 나치 독일에 협력하며 전범으로 체포되어 종신형을 받았다.

〔44〕　　고기, 생선, 채소 등을 갈아 만든 스프레드로 빵이나 크래커에 발라 먹는다.

〔45〕　　빅토르 위고의 소설 《파리의 노트르담》속 인물로 노트르담 대성당의 종지기다.

파리의 도서관 1

1판 1쇄 발행	2021년 3월 29일
1판 2쇄 발행	2023년 1월 31일

지은이	자넷 스케슬린 찰스
옮긴이	우진하

발행인	황민호
본부장	박정훈
책임편집	강경양
기획편집	김순란 김사라
마케팅	조안나 이유진 이나경
국제판권	이주은 한진아
제작	심상운

발행처	대원씨아이㈜
주소	서울특별시 용산구 한강대로15길 9-12
전화	(02)2071-2094
팩스	(02)749-2105
등록	제3-563호
등록일자	1992년 5월 11일

ISBN	979-11-362-6942-3 04840
	979-11-362-6941-6 (SET)